西岭雪 作品

西續紅樓夢之

林黛玉後傳

西嶺雪◎著

目錄

【序言】

新續《紅樓夢》的文學女超人

鄧遂夫

誰也沒有料到，當歷史進入西元兩千年之後，會掀起一股規模空前而歷久不衰的「紅樓熱」和「紅學熱」。更不會料到，「紅樓續書熱」亦隨之升溫。所有這些，都妝點出當今中國文化的一道獨特風景。

對於《紅樓夢》這樣一部至今難以超越又分明殘缺不全的經典名著，究竟能不能續，該不該續，又該如何去續，似乎從來就是一個爭論不休見仁見智的老話題。在此，我只想更清晰地表明一下自己的觀點：首先我舉雙手贊成續寫《紅樓夢》，就像贊成續寫其他一切文學經典一樣；其次是我相信，真正有才華有勇氣的作家，是完全可以把它續寫成功的——雖然這成功不可能也不必以達到或超越曹雪芹的原著爲標準；再有就是，我殷切地希望每一位嘗試續寫《紅樓夢》的作者，都務必拋開高鶚所續後四十回，而應該以曹雪芹前半部原著和脂硯齋等人的批語（通稱脂批）所提供的後文線索爲依據，直接從原著所保留下來的七十九回書稿之後開始續起；至於是不是非得按現今可考之原書總回數而續至一百零八回或一百一十回結束，則大可不必拘泥，完全可以根據各續書者的寫作習慣和敘事風格來決定。

我這裏所說的「敘事風格」，當然不是指小說的語言文字風格，而是指敘事的結構方式及推進速度之類。若單就語言文字的基本風格而言，按常理，肯定應該力求貼近曹雪芹原著才行。不僅語言文字，即在人物的外貌舉止和性格特徵上，在故事和環境的特定氛圍上，都應該力求達到與原著相似甚至亂真的程度才好。這恐怕是古今中外一切嚴肅的續書所必須遵循的最起碼的遊戲規則吧。

令人欣慰的是，如今擺在讀者面前的這本新鮮出爐的《紅樓夢》續書，正好符合我心目中的上述標準。可以說，這是我迄今所見的古今《紅樓夢》續書中寫得最好的一部，它真正讓我體會到了什麼叫續書的亂真。所以我才會在稱奇道妙之餘，不揣冒昧地接受了作者西嶺雪女士的邀請，爲她的「西續紅樓夢」之《林黛玉》、《賈寶玉》作序，並和廣大紅迷一起期待著她的下一部續書《妙玉傳》的出版完成。這三部續傳合起來，大約堪稱是一部大製作《紅樓夢》續書的三部曲了。

我本人因近年埋頭校訂《紅樓夢脂評校本叢書》（三種），對於《紅樓夢》之外的其他創作與評論，往往有點孤陋寡聞。所以，當我最初聽說有一位叫西嶺雪的青年女作家也在續寫《紅樓夢》時，對她的名字還頗感陌生。直到在紅友于鵬的引薦下認識了這位作者，親自讀到她的「西續紅樓夢」，《紅樓十二釵典評》、《西嶺雪探秘紅樓夢》等書，才真正讓我大吃了一驚：竟然在當今的青年作家中，會有如此大手筆的一位奇才！

接下來再深入了解，我的這份驚訝更是不斷升級：原來，這個西嶺雪還在主編著一本暢銷全國的雜誌《愛人．月末》，正是我過去常常閱讀頗有好感的刊物。更有甚者，她在新千年以來的短短十年間，先當公司老闆，後做雜誌主編，每一樣都幹得很出色，竟然還「業餘」出版了四五十部較爲暢銷的長篇小說和散文集。這不僅對於我，恐怕對於絕大多數搞寫作的人來說，都是難以想像的一個天文數字。因而，當我在她的雜誌社裏目睹其日理萬機的繁忙景象，再從她家的書櫥裏親見其排列成行的數十部作品時，也就不能不發出驚歎：「這哪是作家、編輯，簡直就是文學界的一個女超人！」

說真的，我以前不是沒有懷疑過：西嶺雪又沒有三頭六臂，哪能在這麼短的時間裏「生產」出這麼多的作品？——而且部部到位，發行業績可觀。該不會是出版社或書商借她的名氣，暗中組織了專爲她提供題材、素材和毛坯的「寫作班子」吧？然而，後來經過對西嶺雪每日的生活工作流程作近距離觀察，終於徹底打消了我的疑慮。別說以她目前的工作狀態壓根兒就沒有選擇合適「捉刀人」和「半成品」加以改造的自由空間，即單以她對自己每一部作品的個人風格近乎於偏執的苛求，以及容不得編輯或其他朋友輕易改動她一個字的超常自信，那種「流水作業」般的著書方式，就絕不可能發生在西嶺雪身上。反過來說，她白天密鑼緊鼓地上班編雜誌，晚上或假日進行閱讀、上網和寫作的高效率工作方式，也絕非常人所能做到。

西嶺雪所有這些作品的涉獵範圍之廣，以及從中所體現出來的文字與學識功力之深厚，都令人歎爲觀止。僅以題材論，裏面既有爲當今少男少女所極力追捧的青春愛情、玄幻穿越一類作品，又有爲各個年齡層的讀者包括知識階層人士所欣賞的反映現實人生及歷史題材的作品，甚至還有諸如《西望張愛玲》這樣的傳記小說。我曾細細閱讀她的一部歷史小說《大清後宮》，那詩一般優美動人的文筆，史詩般磅礴的氣勢與結構，以及活生生的歷史人物與場景，無不讓我深深折服。

當然最讓我吃驚的還是這兩部《林黛玉》和《賈寶玉》。原以爲，由寫流行小說的年輕作者去續《紅樓夢》，不是「戲說」，便可能是「現代腔」。結果細看之下，一種如讀《紅樓夢》原著的亂真感竟揮之不去。從書中所折射出來的作者對曹氏原著巨細無遺的熟悉與把握，對紅學專家各種研究考證的深入了解和作者本人的獨到眼光，以及那些既保持原著韻味又分明在標新立異的諸多情節、細節、場景的深細描摹，再加上那些嚴格遵循格律規範同時又合乎《紅樓夢》象徵隱喻手法的諸多詩詞歌賦的撰寫，都把我給「鎮」住了。一問，才知西嶺雪確非等閒之輩，她並不是那種趁「紅樓熱」而臨時跟風才來續書的。她原本出身於書香門第，不僅家學淵源深厚，而且從八歲起便熟讀《紅樓夢》，其反覆閱讀此書之深入和迷戀之癡狂，真讓我這個半路出家的紅學研究者望塵莫及、自愧弗如。

更奇的是，這樣一位在當今青年作家中極爲罕見的古典文學功底深厚並寫得一手絕佳舊體詩詞的超負荷寫作高手，還並非那種不食人間煙火的「女迂夫子」。她在生活中所給我的印象，反倒是一個典型的現代時尚白領：穿名牌，開名車，品名酒，長髮披肩，行動如風，辦事效率驚人，生活品味高雅……

以上種種矛盾與反差紛呈、真實與神奇同在的特徵，怎麼可能集於一身，甚至集於一個小女子之身呢？這不能不讓我深感困惑與迷茫。我有時甚至生出遐想：她會不會是一個外星人的化身？

最後，談一點有關這部書的體例問題。正如讀者所見，如今這部續書所呈現出來的面貌，乃是一部典型的帶評點的傳統章回體小說。加之是續作《紅樓夢》，故在體裁、內容等諸多特徵上，都只能嚴格限制在《紅樓夢》原著形態的框架之內。作者的小說正文，固然需要刻意摹仿曹雪芹原著的文風筆致；其敘述故事的含蓄迂迴，草蛇灰線的手法運用，也不得不向原著靠攏。

其次，既然要摹仿原著風格，甚至力求與原著亂真，那麼，在語言文字的規範上，便不可能與現代漢語完全接軌，而必須受原著語言文字的嚴格制約。舉例說，曹雪芹原著中尚未使用的一些後世所新創的字詞，如女性代詞「她」、疑問代詞「哪」、狀語助詞「地」，在這部續書中都顯然不能用，而須仍以雪芹原著中的「他」、「那」、「的」等代替。諸如此類的問題，敬希讀者明察並理解。

還有一些與原書的文本校訂有關的問題，需要略作說明。《紅樓夢》的現存各脂本及通行印本裏，有不少「得」、「的」混用和「似的」、「是的」混用的情況，在校訂出版原書時固然可以各自保留其原貌；但在這部續書中則一律按實際情況統一規範爲「得」、「似的」等，不再與「的」、「是的」混用。另有一些涉及原書人名地名的版本差異，如「待書」、「攏翠庵」、「蘆雪廣」等，在過去的程高本和後來的現代校印本中，都經依某些脂評本不甚可靠或明顯不通的異文而逕作「侍書」、「櫳翠庵」、「蘆雪庵」（或蘆雪亭）等，本書均依照更能體現曹雪芹原著真貌的甲戌、庚辰本及其校訂本文字而統一爲前者。

鄧遂夫：當代著名學者，紅學家，與魏明倫並稱「自貢兩大才子」；自稱草根紅學家。「當代紅學第一家」周汝昌當年曾經說過：「我們這個擁有十億人的文化大國，只出了一個鄧遂夫。」

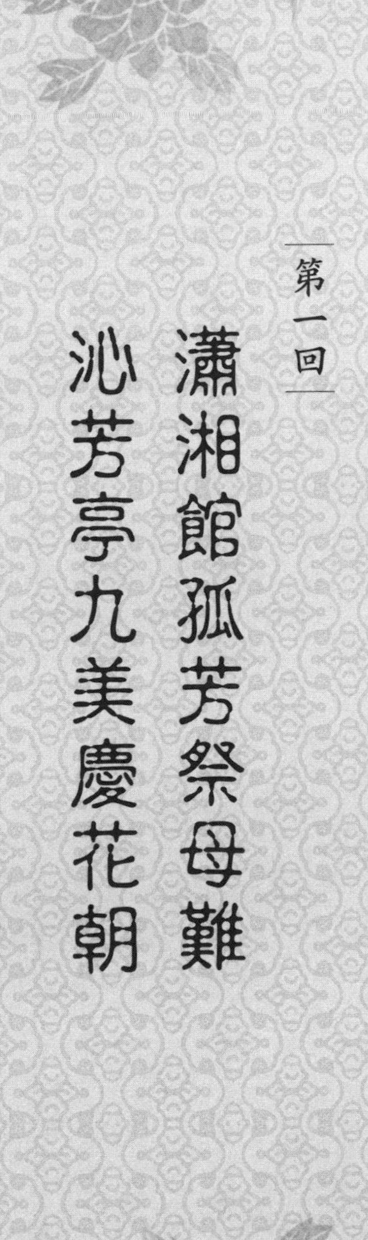

第一回

瀟湘館孤芳祭母難
沁芳亭九美慶花朝

卻說這日乃是二月十二，林黛玉侵晨即起，素服淨手，在窗前設下楠木鑲心高腿香几，上置一瓶一爐，四碟鮮果，玉膽瓶中插了雪白大朵的千瓣獨步春，龍紋鼎裏焚了去年親製的心字茉莉香，清煙嫋嫋，花香脈脈，又恭恭敬敬取出父親生前時常把頑的一幅小鑲撞邊手卷，與母親手繡的一柄綠紗紈扇，一併供在案上，眼中含淚，跪拜下去，口內作悲道：「佛經上說：『親之生子，懷之十月，身如重病，臨生之日，母危父怖，其情難言。』因此又將生日叫做『母難之日』。母親生我，卻不曾得我一日奉養；父親養我，亦不能相伴庭前，分憂解頤。黛玉自幼來京，拋老父於千里之外，生不能承歡膝下，死不能灑掃穹塚。是大不孝也。」說罷叩拜不已，哭的抬不起頭來。

紫鵑再三解勸，道：「是時候更衣了。等一下拜壽的人來，看到姑娘這樣，難免又有話說。況且還要去給老太太磕頭呢。」雪雁打了洗臉水來，又奉上膏沐手巾等物。黛玉只得重新洗了臉，換了家常衣裳。紫鵑少不得又勸：「太太昨兒特地打發玉釧兒送來新衣裳，專備著今兒坐席穿的，這會子倒又換了舊的，太太看見，豈不多心？」黛玉道：「那衣裳來之前，也不知拿什麼薰的，異香異氣，怪刺鼻的。」紫鵑笑道：「知道姑娘不喜歡薰香。我昨兒已經噴了水，挑在竹子下面晾了小半晌了，好借些竹葉的清爽，那怪味道早已沒了。」

雪雁潑了水進來，也笑道：「說起晾衣裳，還有一個笑話兒呢。昨兒傍晚寶二爺下學回來，一進咱們院子，便同我說：『你們這裏桃花倒開的比別處早。』我心裏想，這院裏那有什麼桃花？往他指的方向回頭一看，原來是那衣裳晾在林子裏，竹葉兒掩映著露出一點桃紅來，想是他隔的遠沒看真，還當是桃花開了呢。」說的黛玉和紫鵑也都笑了。紫鵑見黛玉終於掩悲作喜，放下心來，伏侍著勻臉敷粉，妝飾一新。

方出院子，便見寶玉遠遠的正往這邊來，迎著黛玉便在沁芳橋磯下立住，唱了一個肥喏，笑嘻嘻道：「林妹妹千秋大喜。」黛玉道：「你一大早不去給老太太請安，又跑來做什麼？」寶玉道：「給老太太請安橫豎天天都要請的，妹妹的芳辰卻是一年一度，不可疏忽，所以先趕著來給妹妹拜壽，再一同去見老太太可好？」黛玉便不說話，遂一同出園來，往上房來見賈母。

賈母剛梳了頭，看見黛玉一身新衣，桃紅柳綠，嫋嫋婷婷的走來，連紫鵑和雪雁也都打扮的花團錦簇的，十分喜歡，笑道：「女孩兒家就該這麼穿。倒是臉上的胭脂淡了些，被衣服的顏色一搶，就顯不出來了。咱們家的女孩兒雖不作興濃妝豔抹的，逢年過節，又或是生日喜慶，略微妝點些也討個吉利。」因命鴛鴦：「把昨兒西域來的那一盒畫眉用的青雀頭黛，和那兩隻聖檀心、猩猩暈的胭脂取來給林姑娘。」

黛玉拜謝了，接過來交給紫鵑拿著。賈母又歎起氣來，說道：「你這模樣兒，真真跟你娘一個模子裏脫出來的。你娘從前才是會打扮呢。我記的他也有過這麼一件衣裳，那年過生日，我也給過他一些胭脂水粉，他喜歡的什麼似的。如今看見你，就讓我想起我那苦命的女兒來，怎麼就走在我前頭了呢？」黛玉聽見，早又流下淚來。鴛鴦、琥珀忙上前勸道：「今天是林姑娘的好日子，老太太難得高興，怎麼倒又傷起心來了？」轉眼看見王熙鳳同著平兒遠遠的來了，如得了救星一般，連忙悄悄的招手，又指指黛玉。

鳳姐早已看的明白，一腳門裏一腳門外就已經先拍手笑道：「哎喲喲！林妹妹這個樣子，我剛才大老遠的過來，還以爲昨晚兒好月亮，嫦娥下凡到我們老祖宗房裏來了呢。我倒有一句話要叮囑妹妹：今兒若是沒事，竟寧可少往那池子邊走動才是。」寶玉詫道：「爲什麼不許往池邊去？我昨兒還同三妹妹商議，讓把沁芳亭收拾出來，就在那裏替林妹妹祝壽呢。」鳳姐笑道：「虧你還天天上學，讀書識字的，竟連我也不如。我就沒讀過書，也知道個浣紗沉魚的典故。林妹妹今兒這個模樣兒，這個打扮，若是往池邊去，少不得也要沉魚的，可不是害死了咱們池子裏那幾條大錦鯉嗎？」說的滿屋子人哄堂大笑。

賈母笑罵道：「猴兒，偏是沒學問，偏是賣口齒。西子浣紗，那魚兒貪看美色，所以沉進水裏發了一會子呆，怎麼到你這兒就變成沉進水裏死了呢？」鳳姐故意詫異道：「原來只是沉了，並不是死麼？我還琢磨呢。那魚好好的在水裏，便是生氣慚愧，也不至於那麼大氣性，竟就死了；便是氣死，也該翻了白肚兒浮在水面上才是，怎麼倒沉到水裏了呢？難不成不是氣死，倒是淹死，肚子裏喝飽了水，所以浮不起來了？枉自納悶了這些年，還是老太太今兒一句話才說明白了。」話未說完，滿屋人早已笑倒，賈母指著笑罵道：「你個謅斷了腸子的，連魚被水淹死了的話也說的出來，虧你會想。」

說笑間，人已聚齊，用過早飯，便都辭了賈母，簇擁著黛玉往園裏來。賈母叮囑：「天氣還涼呢。那裏略坐一坐，吃茶說話是使得的，吃飯時，還要進屋子裏來。」

原來這沁芳亭建於橋上，進了園，穿過曲徑通幽處便是，山石環抱，別有洞天，岸上花木蔥蘢，橋下噴珠濺玉，又離瀟湘館最近。故而將席設在此處。眾人穿山依石，迤邐而來，亭裏早已擺下大條桌，鋪著雪白的石青鎖邊金線挑牙案巾，供著兩盆水仙，十幾隻刻絲瑪瑙盤子裏盛著些法製杏仁、半夏、砌香、橄欖、薄荷、肉桂等乾果小食，八寶攢心什錦彩漆盒子裏盛著山藥糕、雞油卷、蛤蟆酥、羊乳酪、玫瑰蜜餞等點心，又有兩個小丫頭正在通火烹茶，襲人和待書帶著三四個婆子安放插屏，以爲擋風之用。

此時正值早春二月，柳芽新吐，李杏芳菲，風行水上，送來陣陣花香，十分清涼怡人。眾人讓黛玉坐了上位，餘者李紈、寶釵、寶琴、史湘雲、邢岫煙、探春、惜春、寶玉等團團圍住，並不分主次，不過誰喜歡那裏便坐那裏罷了。寶玉因歎道：「可惜少了兩個人。」湘雲忙問：「是誰？」寶玉道：「一個二姐姐，一個香菱。」湘雲便向寶釵道：「何不把香菱接出來，叫他散一日的心。」寶釵道：「他現正病著，只怕來不了。」湘雲道：「來不來，問一聲也好。倘若他喜歡，興許病倒好了。」黛玉道：「這說的是。」遂向紫鵑道：「你親自去請來。」寶釵道：「果然要請，他便願意，也未必好意思。倒叫鶯兒陪著去吧。」紫鵑與鶯兒答應著走了。

探春因又歎道：「香菱還好說。最可歎是二姐姐，我聽說自嫁去孫家，非打即罵，那裏是嫁人，竟是遭賊。又不好三天兩頭去接。偏是二姐姐性情軟弱，又偏是遇到這樣一個對家，若是我，拚了性命不要，鬧他個天翻地覆也罷了，大不了同歸於盡，死也死的痛快。」衆人也都唏嘘感慨。

寶釵自抄撿大觀園後搬出去，這一向總不大來，縱與黛玉、探春等相見，也都相約在賈母房中，又或是黛玉等出園往薛姨媽處去看他。今兒爲著黛玉芳辰，難得進來一趟，卻見自今日早起，打老太太往下，從王熙鳳到寶玉、探春，個個談生論死，語意竟大是不祥，便想了個話頭，遂道：「依我說，人齊不齊有什麼要緊，趁此好好頑一頑，才是正經。自從顰丫頭建立桃花社，詠過一回柳絮，這一年裏竟沒再正經起過一社，難得今兒人多，倒把這詩社重振起來如何？」

湘雲頭一個贊同，便向黛玉攛掇道：「你白起了桃花社，卻總未好好作一回桃花詩，今兒你生日，現成的東道，不如就起一社，專詠桃花，也不負了你這桃花社社長的美名。」寶玉、寶琴等也都點頭稱是，獨邢岫煙道：「桃花還沒開呢，不如索性等幾日，桃花開的好了，再來起社。」李紈道：「等什麼。桃花年年開的，應不應景兒，心中也都有數，倒不如占個先機。」黛玉笑道：「人家說：春江水暖鴨先知。大嫂子原來比鴨子更占先機，難怪住在稻香村。」說的衆人都笑了。

李紈笑道：「你少同我掉猴兒，我還沒謝你那年替我寫的那首詠稻香村五言律呢，我最喜歡那句『菱荇鵝兒水，桑榆燕子樑』，看去皆是實事，想來卻是動景，何等自然妥貼。趕明兒叫寶兄弟幫我寫成條幅，就掛在壁上倒好。」黛玉聽見，紅飛滿頰，心想元妃省親時，命姊妹們每人題詩一首，獨命寶玉四首，自己不忍見他苦思，遂悄悄代作一首稻香村，這事大嫂子卻如何知道？若是連他都知道了，少不得這些姐妹皆已盡知。想著，心中大沒意思，忙一頓閒話岔開，只說：「既是你們這樣好興致，我就奉旨起社，詠桃花。可先說好在這裏：生日歸生日，作詩歸作詩，只千萬別給我祝壽，寫些陳辭濫調來塞責。一則不雅，二則我也當不起。」眾人都笑道：「這考慮的周到。既然你這樣說了，倒要拿出精神來，寫上幾句好的，方不負你雅致。你便出題來，我們照辦便是。」

湘雲笑道：「自古以來，二月的代稱不少，什麼夾鐘，跳月，令月，仲春，麗月，春中，約莫總有三四十個。今天單挑一個切景的來說，即是『令月』，可見最宜發號施令的。」黛玉笑道：「阿彌陀佛，我聽他賣弄半天，只怕他要選一個『跳月』出來，叫我們都拖裙曳擺的跳起來呢。原來只是要我做令官，這倒便宜。」寶釵笑道：「怕什麼？若要『跳月』，也該由你下令，命他一個人跳，我們只看著罷了。」寶琴道：「我並不知道二月又有名字叫『跳月』，倒是西南有個部落叫什麼『阿細族』，又稱『彝人』，素有『跳月』習俗。專撿月亮升起的時候舉行集會，一群異族女子圍成圈兒跳舞，步子雖簡單，倒有趣。有一年我同父親經過那裏，恰碰上了，還換上當地衣裳同他們一起跳過呢。」

湘雲頓時來了興致，慫恿道：「你就跳給我們看看。」寶琴後悔不及，只說忘了。黛玉笑道：「才說簡單，這會兒又說忘了。左右這裏沒有外人，便跳兩下又怎的，又不是當真叫你街頭賣藝去。枕霞說今兒是『令月』，該我發號施令的，我便命你『跳月』，違者重罰。」衆人都笑說：「這兩個典故連用的巧。」湘雲早將寶琴死活拉起來。

寶琴只得隨便拍了三下手，又轉一個圈子，復坐下道：「不過就是這樣，三步一轉圈，終究沒什麼好看，不過仗著人多，齊整，穿戴又鮮麗，趁著月色，便覺有趣。」寶玉聽了，悠然神往，說道：「許多異族女兒穿著別樣服色，在月光下一齊拍手轉圈兒，那是何等景象，足可驚天地泣鬼神了。昔時唐明皇夢遊月府，見衆仙羽衣霓裳，翩翩起舞，想來也就和這個不差多少。」

說話間，紫鵑和鶯兒兩個已經攙著香菱來到。衆人見他病容慘澹，身形輕飄，腮上的肉盡皆乾枯，竟瘦成了個人影子，都覺惻然，忙讓座看茶，鋪下座褥，又吩咐取毯子來替他蓋著腿。香菱不過意道：「我只是個奴才，怎好勞姑娘們這般費心？」又跪下給黛玉磕頭，口稱：「林姑娘千秋。」林黛玉忙令紫鵑攙住，說：「別折我的壽了。往年寶玉生日，老太太還不叫人磕頭呢。」香菱執意要跪，說：「姑娘一是主子，二是師父。香菱命苦，難得前年跟我們姑娘入園住了一年，又蒙林姑娘不棄，收爲徒弟，教我寫詩。我雖命蹇，一輩子裏有這一年，也就值了。」

衆人聽他說的慘切，都淒傷不忍聞，笑勸道：「何必傷感？你不過是身子弱，又受了些閒氣，悶在心裏；如今搬來與寶姑娘住著，閒時常到園子裏走走，心一開，少不得就要好了。」又向黛玉道，「難得他癡心，倒是讓他拜一拜的為是，你只別當拜壽，只當謝師，領他一個頭也不算逾份。」說著，探春、湘雲兩個按住黛玉，果然令香菱恭恭敬敬磕了三個頭起來，紫鵑親自扶去插屏後錦凳上坐著。

眾人便催黛玉出題。黛玉道：「雖然由我命題，卻也不敢擅專。今日的大題目自然是詠桃花，形式倒是不拘律詩詞賦，總要活潑靈動、不落窠臼為妙。」湘雲笑道：「我們這幾社，也有七律，也有聯句，也有填詞，也有限韻的，也有不限韻的，凡古往今來所有式樣，俱已想絕了。你又有什麼新鮮題目？除非模仿楚辭漢賦，又或者乾脆歌行古風，往常還不大做。」

黛玉笑道：「我並不要規定什麼新奇題目，倒是剛剛相反，只把以往做過的所有格式俱用鬮兒寫出，撂在瓶子裏，誰拈了什麼便是什麼，豈不有趣？」寶玉笑道：「這個有趣。虧你想的出來。」黛玉笑道：「這也不是我想的。倒是雲丫頭一句『令月』，讓我想起去年你過生日的時候，大家抓鬮兒行酒令。我想何不化俗為雅，也用這法子，倒比命題作詩的好，且也熱鬧。」眾人也都說新鮮有趣，不落俗套。

於是小丫頭侍候了紙墨來，寶釵便命寶琴執筆，黛玉出題，黛玉說了一個七律，因是詠桃，便限定是四豪的韻；又命香菱也說一個，香菱便說了填詞，用〈千秋歲〉牌名。寶玉道：「才說不要祝壽，又來。我最討厭這些〈集賢賓〉、〈賀聖朝〉的調調兒，只看牌名，已經把人限死了。倒不必做詩，直接弄些法螺兒來吹打著不是更好？」

香菱只得又想一想，道：「那便是〈念奴嬌〉？〈滿庭芳〉？〈臨江仙〉？」寶釵道：「〈滿庭芳〉也還罷了。」又道：「步韻填詞，最工便是蘇軾次韻章質夫楊花詞，『似花還似飛花』，反客爲主，比原作高出十倍。我以往幾次試著要再和上一首，竟然不能。索性今兒便出了這個題目，以待高明。」

寶琴依言寫了「〈水龍吟〉詠桃花步章質夫韻」，自己又說了一個古風，也寫了。湘雲道：「我竟簡單一些，便是集句成詩吧，只不許有一個『桃』字，亦不許用前人所有現成詠桃花詩，原詩本意並不爲桃花，然八句集齊，看去卻是一首桃花詩。」眾人笑道：「這還說簡單？偏他最會難爲人，又偏不與人同。」餘者也有說絕句的，也有說對子的，也有說詩謎的，寶琴一一謄清，撚成鬮兒，便放在一隻青花釉裏紅雲龍膽瓶裏。

黛玉雙手抱著搖了兩搖，便要發令。湘雲偏又阻道：「拈鬮兒也是無趣。依我說，不如分別放入錦袋裏，懸於柳枝之上，大家蒙上眼睛，摸到那個算那個。」探春寶琴都道：「如此更有趣了。」

黛玉只得又將鬮兒倒出，命丫頭取錦袋來，須臾捧了十幾隻來。都繡著花草鳥蟲，也有花開並蒂，也有喜上梅梢，也有鴛鴦戲水，也有蝴蝶雙飛。寶琴且不裝鬮兒，只翻覆拿著那些錦袋看，放下這個又拿起那個，笑道：「好精緻針線，是誰繡的？」雪雁抿嘴笑道：「是我繡的，姑娘若喜歡，說個花樣子，改日繡來。」

寶玉喜的看著雪雁笑道：「原來你這樣巧手，往日竟不知道。」紫鵑笑道：「他們蘇州女孩兒，自會拿筷子便會拈針了，繡荷包是入門功夫，也值的二爺這樣大驚小怪的，不像誇人，反像罵人了。」寶釵笑道：「你兩個只管跟著林姑娘學，也這般牙尖嘴利起來。」紫鵑笑道：「豈敢。」幫著寶琴將鬮兒各自裝入錦袋打了結，同雪雁兩個走下沁芳橋來，都一一繫在池畔柳條上。那柳芽才黃未綠，望去朦朦朧朧的一片，如雲如霧，惹人憐愛，再繫了這些姹紫嫣紅的錦袋，便如掛燈籠一般，煞是好看。

眾人都笑道：「還是雲丫頭心思巧，這又好看又好頑，果然別致。」彼此挽手扶欄，都往堤上來，只命鶯兒陪著香菱在亭中等候，說好留下最後一個鬮兒便是他的。湘雲第一個下了橋，道：「我先來。」自己蒙了眼睛，便要去樹上摘取。黛玉叫住：「且慢。」親自過來將他拉住，命道：「你也要學琴妹妹剛才『跳月』那樣，舞過了才許你摸。」湘雲笑著，果然拍了三下掌，原地轉了一圈，這才伸出兩手只管向枝間尋摸，柳條柔軟，雖然牽衣扯袖，倒不至勾破。寶玉看他穿著大紅花綢繡花鳥紅緞鑲領通肩大寬袖對襟女披，水紅花紗五彩雲雀百褶裙，站在綠柳錦燈下舞著，碧顫香搖，鶴影蝶形，春才三分，趣已十足，不由向惜春歎道：「這比你前兒畫的白雪紅梅圖又如何？」惜春笑道：「這樣活潑跳脫景致，我竟畫不出來。」

一時湘雲摸到了，遂摘了蒙布，解開袋子，卻是對對子。湘雲道：「倒也爽簡。只是一個人怎麼對？這得有個對家才行，你出我對，我出你對，才覺熱鬧。」寶釵道：「找一個人來給你做對家倒不難，只是不公平些。依我說，竟是在座每人出一個題目讓你來對，不然，倒像聯句了。」湘雲素來好戰，且是遇強則強的，聞言並不推讓，反搓手挽袖的道：「如此更好。那就是我以一敵十，儘管放馬過來。」李紈笑道：「現在說的豪放，等下對不出來，才叫打嘴呢。」

接著餘人也都摸了，卻是寶玉拈著了寶釵的題目，黛玉得了湘雲的題目，寶釵摸著了〈滿庭芳〉填詞，探春是一個詩謎，惜春是一支小令，香菱是首絕句，寶琴是一篇賦，李紈是只古風，邢岫煙是七言律。寶玉笑道：「偏我得了這個題。我原說自己不大會填詞，又是個限死了韻的。」黛玉笑道：「還沒做呢，先就拿這些話來墊底，難道爲你說了這些話，等下做不出，本令官便不罰你了麼？只是你若做不好，倒辜負這題目了。」寶玉便坐到池邊去，眼觀鼻，鼻觀心，靜思默想。湘雲捅寶釵道：「姐姐這詩題太也難爲人，你看他，不是做詩，倒是參禪呢。」眾人又笑。

湘雲便催眾人出對子題目，探春便先出了一個，卻是「微君之故」，典出《詩經》；湘雲一笑，說：「現成兒的，就是瀟湘妃子現住著的『有鳳來儀』。」探春笑道：「果然被你撿了便宜。」

接下來該李紈，笑道：「早晨老太太才給了林妹妹一盒什麼『雀頭黛』，說是產自西域，是畫眉的上品，我長了這麼大，竟沒聽過這名目，便用他做題吧。」黛玉道：「正是呢，我又不大描眉，你若喜歡，只管拿去。」李紈失笑道：「可是顰兒瘋了。你不喜描眉，難道我一個寡婦家的倒天天塗脂抹粉的不成？」湘雲道：「且別閒話，我已經有了，就對『竹葉青』。」探春搖頭道：「雀對竹尤可，頭對葉卻不工，而且詞意也不雅。」湘雲又道：「要麼就『蜂尾針』。」眾人都笑道：「這更不雅了。且『黛』是畫眉之墨，還含著『青色』的意思，『針』則平白。」

湘雲性急，不等眾人批評，早又對了幾個，都不大工。寶釵勸道：「你且別急著對，不如先擱了這個，往下說吧。」湘雲豈肯認輸，又想一想，道：「有了，便是『鶴頂紅』，這回還不工麼。」眾人都唬了一跳，笑道：「虧他想的出來。」李紈道：「雀對鶴，頭對頂，黛對紅，工整是工整，只是聽著怪怕人的。」湘雲笑道：「只要對的工，管他怕不怕人，橫豎又不是拿來吃。」李紈歎道：「越說越不知忌諱。」

下該邢岫煙。款款站起，未語先笑道：「我因見這亭子上的對聯寫的好，要想另擬一副來記述此情此景，竟不能。只是今天我們在柳條上繫錦囊出詩題，如此雅事，焉可不記？所以我便出個即景聯兒吧。」遂清聲吟道：

柳岸何時結錦繡，

寶玉率先贊喝：「這問的好，比我『繞堤柳借三分綠』更有奇情，且也生動，真不負了今朝盛會。」湘雲聽了，心裏早已轉過六七個對句，卻都不滿意，一心要尋個最好的壓倒了他。因左右張望，忽而看到橋上所鐫「沁芳」二字，靈機一動，笑道：「有了，下句也是實情，且是大白話。」吟道：

花溪鎮日洗胭脂。

眾人都撫掌讚歎：「這對的絕妙。且是閨閣本色，大觀園裏的水，可不都洗的是胭脂麼。這是更比『隔岸花分一脈香』豔而自然，且關人事。」李紈笑道：「原來惦記著那盒雀頭黛的不獨是我一個人。」寶釵也笑道：「這確是老太太兩盒胭脂的功勞。」

湘雲十分得意，便又催寶琴出題。寶琴便也說了個對子：

玉映閨房秀，

湘雲笑道：「我當遇到你，必有機關，原來只拿這些香豔典故塞責，現成兒的，難的倒我嗎？」因對：

香拂林下風。

黛玉笑道：「我竟省點心，來個加字對吧。就在小薛對子前加『藍田』二字，便是『藍田玉映閨房秀』如何？」湘雲笑道：「這有何難？『龍涎香拂林下風』便是。」寶釵道：「這不雅，且也不工。『藍田』二字加的何其自然，以『龍涎香』對『藍田玉』倒也說的過，只是藍田同時又是地名，『龍涎』卻是什麼？」湘雲垂頭沉吟。黛玉笑道：「這回還難不倒你？」寶玉道：「我倒替你想了一個。西夏國有地名『白水』，為古時驛站，豐產美酒，用以對『藍田』也還勉強說的過。」慢聲吟道：

藍田玉映閨房秀，白水香拂林下風。

湘雲道：「胡說，我怎麼沒聽說過這麼個地方兒？」寶玉道：「天下大了去了，你怎麼會處處都知道呢？當真不是我杜撰，據說還是杜康的故鄉呢。只可惜，本來『閨房之秀』、『林下風氣』都是用來形容美人兒的，加上『白水』兩字，『衣香』變成『酒香』了。不過美酒佳人，也算是絕對。」說的眾人都笑起來。

湘雲只得罷了，總不服輸，又逼黛玉另出一個。黛玉笑道：「不知死活的，既這樣，我就再出一聯你對，若對不上來，才不說嘴了。」因道：

風起琅玕環珮亂，

探春率先笑道：「果然瀟湘本色，又在說他那幾竿竹子了。」香菱在自己手心裏畫了一遍，贊道：「七個字裏，倒有四個字偏旁是一樣的，最難得是渾然天成，畫裏有景，景外有聲，這『琅玕環珮』四個字，活生生看見人影兒從竹林裏走出來了。」湘雲任人評講，只低頭思索不語，半晌猛抬頭道：「有了。」遂朗聲念道：

雨餘絡緯紡織忙。

眾人都一片聲叫起好來。香菱又在掌心畫了一遍，請教黛玉：「對的極是工整，意思卻不明白，絡緯是什麼？」黛玉笑道：「絡緯就是蟋蟀，又俗稱『紡織娘』或是『促織兒』的，這對得雖工，只是若再過些日子，就更應景兒了。」香菱贊道：「這難為想得出來，蟋蟀可不是在雨後叫得格外歡勢麼。」黛玉笑道：「這對子，也只有雲丫頭才想的出來，自然是常往山洞子裏掏蟋蟀的緣故。」眾人聽了，更笑起來。

接著是寶釵，因見湘雲力戰眾人，恐他才盡，便不肯難為，只撿容易的題目道：「我出個詞牌名兒，就是香菱剛才說過的〈念奴嬌〉吧。」湘雲脫口而出：「〈憶王孫〉。」寶釵道：「這不工，『嬌』是嬌媚之意，乃是虛字；你對『孫』字，豈不錯了？且平仄也錯了。」湘雲辯道：「奴嬌連用，應當作『嬌娥』講，為實，我對『王孫』，如何不工？

倒是平仄還須斟酌。」

黛玉笑道：「知道你已經有了婆家，巴不的趕緊嫁了去，所以對個詞牌名兒也要叫『憶王孫』，滿心裏只想著王孫公子，連『臉面』都不要了，還那裏顧的上『虛實』『平仄』？」眾人哄然大笑。湘雲氣的追著黛玉要打，寶玉急忙笑著攔住。黛玉躲在屏風後面告饒道：「別打，你出的那個刁鑽題目是我得了，看了詩再打。」寶釵亦道：「且饒他，看詩要緊。」

湘雲見寶釵、寶玉兩個左右拉住自己，情知打不到，只得恨道：「詩若不好，兩罪並罰。」黛玉遂從屏風後笑著轉出，提起筆來回風舞雪，一揮而就，擲與湘雲道：「你這集句成詩，竟比自己做一首更難。我好容易湊了八句出來，你要說不好，我也沒法兒。」眾人看時，只見寫道是：

今年春半不知春，風雨朝朝夜夜深。
惟向深宮望明月，遙憐翠色對紅塵。
燈烘畫閣香猶冷，繡在羅衣色未真。
賞自初開直至落，階前愁煞葬花人。

眾人都笑道：「全是瀟湘妃子口吻。雖是集句，倒像原作。只是最後一句眼生的很，卻出自何典？」黛玉以袖掩面，笑而不答。惟寶玉深知端底，卻不肯拆穿，故意岔開道：「蕉下客已經得了，且看他的。」探春道：「我本來正爲題目絞盡腦汁，瀟湘子這首集句成詩，倒提醒了我，不妨也套一句現成話兒倒便宜。」

衆人先看題目，要求詩謎一首，卻要一謎兩解，既是眼前人，又是日常物，這人與這物且要身分符合。湘雲笑道：「這題目出的倒像我的腔調兒。是誰出的？」寶釵笑道：「能和你一般古怪心腸的，再沒別人，不是寶玉，就是黛玉。」黛玉笑道：「我如今修心養性了呢，再不會出這種題目。」寶玉便也笑了，道：「今兒起社，原圖個熱鬧，作詩還在其次，難得是大家高興。當然少不得要出幾個謎語讓大家取樂，爲的是雅俗共賞。」寶釵便知是他出題，笑道：「饒是難爲人，還有這許多道理。」湘雲道：「我說這題目出的好，所謂絳樹兩歌，黃華二牘。做出詩來，必是好的。」催著探春寫出來，拿起來替他大聲念出：

赤兔無鞭奔走頻，簪花映月照浮塵。
江山已改渾不覺，卻問紅樓第幾春。

寶釵早已猜出，卻故意笑道：「末一句化的是『紅樓二十四回春』，倒也自然應景。論物件也還平常，這個人卻猜不出來。」惜春詫異道：「寶姐姐猜出來了嗎？我倒剛好相反，這個人大概是二哥哥，這件東西是什麼我卻不知道，難道是木牛流馬？」寶琴道：「你也想想這個『照』字。」又問，「為什麼這個人是二哥哥？」探春惜春俱掩口而笑。

恰好襲人因怕寶玉在池邊坐久了，原來披的那件單斗篷不濟事，便回房去拿了件夾的，約著麝月兩個手拉手的一起走了來。眾人都指著笑道：「這可來的巧，謎底自己打詩裏走出來了。」說的寶玉不好意思起來，忙迎上襲人，問：「做什麼來？」襲人因將披風取出，將他身上那件換了下來。寶玉道：「正是今兒也是你的生日，等下坐席，還要好好敬你一杯。」襲人趕忙道：「快別嚷嚷，叫人聽見，又當成一件新鮮事兒到處講，笑話咱們屋裏沒大沒小了，什麼意思？況且府裏從來沒有給奴才過生日的理，你白嚷出來，倒攪大家的興，反教姑娘們為難，沒的打臉。」寶玉只得罷了。

眾人仍讓茶推盞，岫煙因不知襲人姓花，便也回頭問人為何稱他們兩個做「謎底」，寶釵只得解給他二人聽，又說了寶玉的綽號「無事忙」。寶琴、岫煙都笑了。麝月聽見自己兩個被寫進詩裏去，便要香菱拿詩給他看，又問是什麼意思。香菱笑著將一詩兩謎的緣故說了一遍。麝月笑道：「這是怎麼說的？我們爺竟成了『走馬燈』了。這可不是人家說的：繡花燈籠，外邊亮堂，裏面荒唐麼。」寶釵黛玉都笑道：「這罵的巧。」寶玉出題後，又後悔起來，只怕被湘雲得了去，沒輕沒重，竟拿黛玉入詩來打趣，惹他生氣，反為不美；及見是探春得了題目，用來打趣自己，倒覺放心。如今任人嘲笑，只不分辯。

一時寶釵、寶琴、李紈、惜春並邢岫煙等也都做得了，各自謄出，稱賞一回，尤其指著香菱的詩格外稱讚，都說「這大有長進。」乃是一首七絕，寫道：

簾卷輕寒夢未通，懶聽鶯語倦欹風。
忽聞別院擂金鼓，催得花心照眼紅。

寶玉贊道：「擂鼓催花是舊例，難爲他入詩後竟能化俗爲雅，把桃花那種慵倦嬌媚的腔調兒寫的十足。」

黛玉因要喝茶，一回頭卻見丫環們走了大半，只剩下紫鵑、襲人、鶯兒帶著幾個極小的丫頭在旁伏侍，連麝月、素雲、待書、翠縷也都不在，詫道：「怎麼只剩了你兩個？那些人呢？」紫鵑笑道：「是雪雁淘氣。剛才琴姑娘誇獎他的錦袋繡的好，他得了意，一味誇嘴。麝月故意氣他說：『這是晴雯不在，由得你誇嘴。倘他還活著，你這針線功夫，一分兒也不及他。』雪雁便惱了，叫陣說：『只管提死人做什麼？你們平日裏難道都是當小姐般養著，只管吟詩做畫的不成？一般也都要做針線的，就把你們做的拿出來同我比一比。那時才不說嘴呢。』因此他們幾個都各自去拿自己的得意繡活兒，要去咱們院子開繡花大賽呢。」

眾人聽了，都笑起來，說：「有這等事。等下倒要過去看看。」又催寶玉：「只差你了，還等著做好了去看繡花賽呢。」寶玉原在心中默擬了幾句，總不滿意，雖然協韻，終嫌艱澀。忽聽提起晴雯來，心中刺痛，有感於衷，正是「抛殘繡線，銀箋彩縷誰裁？折斷冰絲，金斗御香未熨。」一時激蕩於胸，靈思泉湧，瞬即吟成，笑道：「寶姐姐這題原出的難，我好不容易做了，只怕不好。」遂錄出來給眾人看，只見寫著〈水龍吟步章質夫、蘇東坡韻詠桃花〉：

有情莫若無情，歎前生、玉衡星墜。薛濤浣紙，香君題扇，杜娥愁思。金谷園空，華清池冷，燕子樓閉。縱褒姒無言，息嬀不語，霖鈴怨、誰彈起？

纖手挽春且住，繡花針、金絲銀綴。棲霞未老，武陵人杳，玉壺冰碎。灼灼光華，夭夭顏色，終歸萍水。怨崔郎來遲，紅飛滿地，作胭脂淚。

黛玉看了，沉吟不語。湘雲便問寶釵：「這是你出的題目，可滿意麼？」寶釵道：「協韻倒還自然，只是一味用典，也太取巧些。」寶玉笑道：「我想自古寫桃花，無非傷春，總沒什麼可寫。況且〈水龍吟〉的曲牌規矩原大，偏又限死了韻，又有『綴』字，『碎』字這些個險韻，若只管做些奇巧豔冶字句，姐姐必然又有批評，索性竟用些典故塞責，倒還可以偷懶。」

香菱讀了，又要了原詞來看，讚歎：「蘇東坡『似花還似飛花，也無人惜徒教墜』固然是好的，二爺這句『有情莫若無情，歎前生、玉衡星墜』也不差什麼。〈春秋運斗樞〉

說：『玉衡星散爲桃。』這兩句開篇點題，破空而來，順流直下，比蘇東坡怎麼樣，我不敢說——我們姑娘已經說過蘇詞是最好的——然而比起章詞之『燕忙鶯懶芳殘，正堤上、柳花飄墜』，倒覺更自然流利些，通篇不見一個『桃』字，卻句句都是桃花。」黛玉笑道：「你說的不錯。學寫詩，先要會讀詩，比如稻香老農雖不大寫，評審卻是最妙，也就是詩家了。今日你倒來做個評判，只管往下說，這詞寫的怎樣？」香菱唬的道：「這怎麼敢？」眾人憐他命薄，知他平生遭遇，不如意事十常八九，只學詩這一件倒還是最上心的，便都要助他之興，都道：「你只管評，好不好，是個意思罷了。」

香菱便又鼓勇說道：「這上半闋裏連用了薛濤浣紙桃花井、李香君血染桃花扇、杜宜春人面桃花相映紅、以及綠珠之金谷園墜樓、玉環之華清池賜浴、關盼盼絕食燕子樓、褒姒烽火戲諸侯、桃花夫人息嬀被擒後緘口不言等八個典故，一氣讀去，餘香滿口，竟是一幅連軸古代仕女圖，就同咱們家花廳裏擺著的那面十二扇的美人屏風一般；下闋起首這『繡花針』一句是說雪雁妹妹繡錦袋的事，又應景兒，又現成兒，字面雖平常，聯繫眼前事一想，卻有餘味；錦袋未曾繡成，桃花倒先落了，更覺增人悵惘；這後邊『棲霞山』與『桃花源』的故事我是知道的，『桃之夭夭，灼灼其華』是引的詩經句子，再有沒有別的典漏下，我就不知道了。只是『華清池冷』和『霖鈴怨，誰彈起？』都說的是楊貴妃故事，不過把地方兒一個放在華清池，一個放在馬嵬坡，前後照應著，也還說的過去；末一句『崔郎來遲，紅飛滿地，作胭脂淚。』字面雖好，仍用崔護收尾，未免與前邊『杜娥愁思』犯沖了。」眾人都笑道：「果然評的不錯。」

湘雲道：「這個簡單，末句倒不必改，只把前文『杜娥愁思』換成『任娥』便不犯沖了。且又多一個典，共是九個，就喚作《九美圖》倒好。」寶琴忙問：「任娥是誰？我竟不知道。」湘雲道：「與周公鬥法的桃花女，不就是任公之女嗎？」黛玉笑道：「這不像，比之綠珠、香君、息夫人、關盼盼這些人，未免不倫不類；而且桃花女那樣豪壯有本事，又精通陰陽數術，大概不會輕易又愁又思的。正經換個大男人，改作『劉郎愁思』也還切合身分。」

眾人笑道：「瀟湘妃子句句總不離她家鄉故事。」寶釵亦頷首道：「這說的是。劉禹錫兩遊玄都觀，『紫陌紅塵』與『前度劉郎』兩首詩都寫的好，這愁思害的也就算不輕。」眾人愈發笑道：「《九美圖》裏加個大男人畢竟不成話，正經改作『顰卿愁思』也罷了，她原該在美人圖裏。」黛玉氣得跺腳：「你們只是拿我打趣，再沒一句好話的。」李紈道：「派你做美人兒，還不是好話麼？我倒想充數來著，想想換一句『稻農愁思』，可成什麼樣子？」眾人聽了又笑。

探春又道：「虧的瀟湘妃子這一改，還增的一二分瀟灑之氣，不然這首詩合該叫作《桃花劫》了。你看二哥哥所詠之人，無不是傾城亡國之女，所謂紅顏禍水。」寶玉道：「古往今來這些士大夫僞道學，但遇亂世，就推出幾個女人來抵罪，說什麼紅顏禍水，妖媚惑主。豈不知，果然明君至聖，必得才女佳人，又豈會被妖媚所迷？不過是那做君的原本昏庸無道，做臣的又只一味逢迎，致招下禍來，便胡亂擬幾個女人名字來出首，開脫昏君佞臣之罪。古來美女原多，明君罕見，比之千里馬遇伯樂更加難爲。」說著，眾人便起身往瀟湘館去。

寶玉因見香菱坐這半日，早已力竭氣促，便央襲人送他回房。寶釵見了，便叫鶯兒也一同去，順便請母親往老太太房中來，再把自己的暖扇拿一柄來，叮囑：「回來了也不必找我，只在席上等著就好，免的走來走去又岔了。」遂扶著橋欄杆，一壁走，一壁暗思探春方才所言，果然寶玉詞中所用之典，無不是紅顏薄命、少年橫死之人，湘雲又比作《九美圖》，今兒在座女子，又恰是九人，愈覺不祥。正是：

常把詩詞翻覆看，莫作遊戲等閒聽。

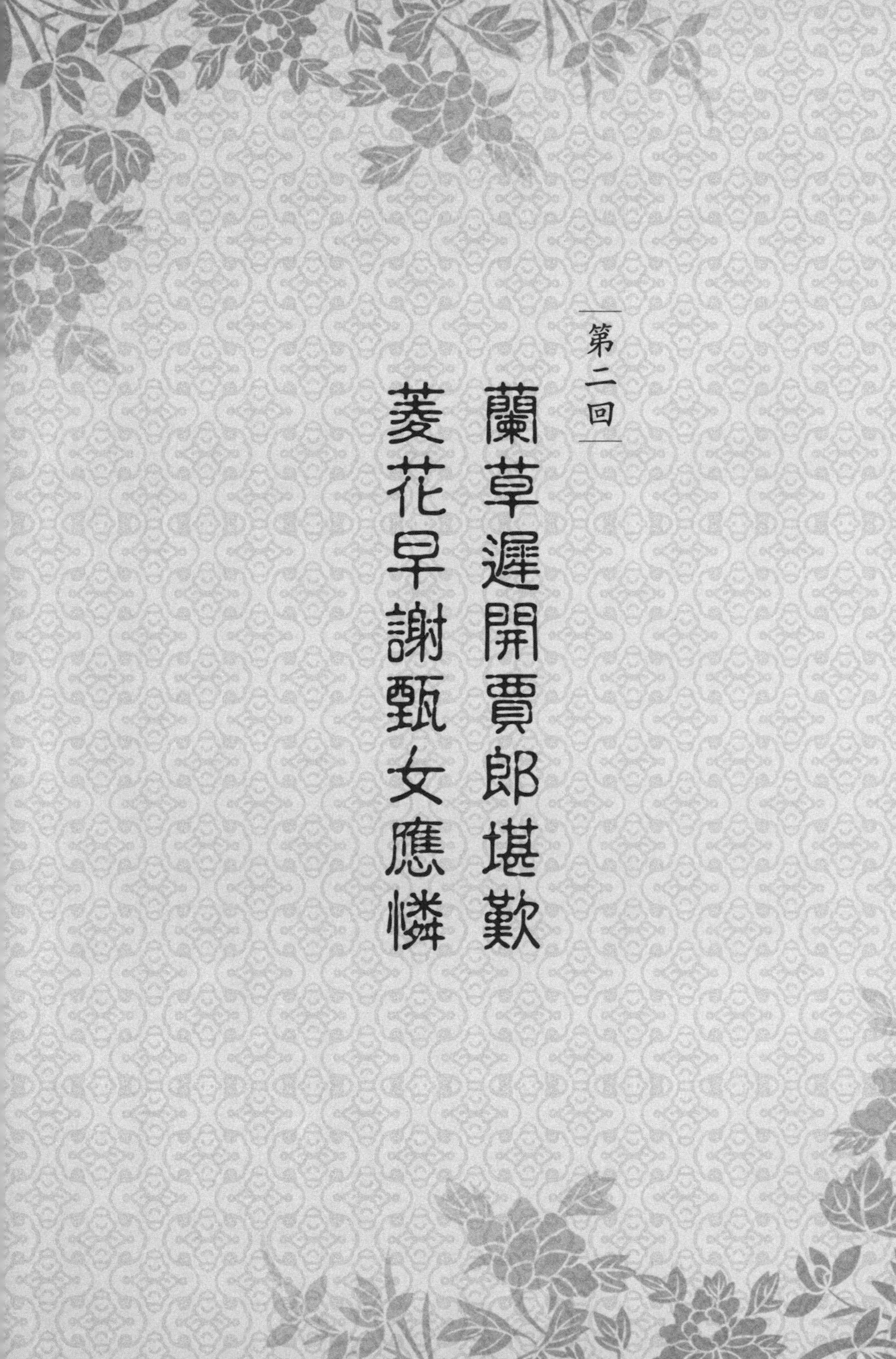

第二回

蘭草遲開賈郎堪歎
菱花早謝甄女應憐

且說眾人正往瀟湘館去，忽見鴛鴦、待書、翠縷等一干人拉拉扯扯、嘻嘻哈哈的迎面走來，鴛鴦道：「老太太怕姑娘們在池邊坐久了，吹了風，特地叫我來請呢。紅香圃那邊已經放下桌子，粗細十番並說書唱曲的也都到了，只等姑娘奶奶們過去，就要開席。」李紈笑道：「聽說你們要開什麼繡花大會，我們正要趕去觀賞，你們倒又散了。」雪雁待書等都笑道：「奶奶那裏看的上我們的玩意兒，大家剛攢了些東西，估量著該坐席了，不敢耽擱，說好改日再比，忙著回來，剛好就遇見鴛鴦姐姐了。這要是來晚一步，該罵眼裏沒主子，只管自己頑樂，竟把主子丟了。」

鴛鴦笑道：「我說主子們都在亭子裏，你們一大堆人怎麼倒從那頭來了呢，原來是這樣。你們要比繡花，怎不叫上我呢？」雪雁道：「正是要請姐姐，所以才推遲了。」鴛鴦笑道：「你倒會送現成人情。」

於是眾人隨了鴛鴦往紅香圃來，安席飲宴，分箸設座，賈母便坐在首席一張蘇式紫檀描金席心椅上，命黛玉坐在自己身前一張杞梓木雕花椅上，王夫人、薛姨媽俱是京作黃花梨木夔紋扶手靠背椅子，自紈、鳳往下至姐妹們皆是一溜水磨楠木椅，都設著織錦墊、椅袱，席前花梨邊座漆地嵌牙玉雕山水大屏風下又另擺著一張大花梨雕螭紋翹頭案，上面鋪著錦緞，放了許多禮物，不過是衣料香粉、書畫玩物之類，上自賈母、邢王兩位夫人及薛姨媽，下至姐妹兄弟都有表贈，邢夫人因說病了，未來坐席，只打發人送了兩雙鞋襪來。連宮中也有小太監傳元妃的旨，送了一座漢玉筆架、一方漢玉鎮紙，以及水沉、心字、須彌等各色香共計十二盒，又指著一軸用黃緞子裹著收在檀香匣裏的畫說：「這一軸沈周山水，是給四姑娘的。」

黛玉與惜春都跪接了，鳳姐過來打了賞，黛玉又親自把酒，爲賈母助興，又給長輩們磕頭。賈母又說：「這是葡萄酒，不醉人的，你姐妹們也都喝幾杯。」黛玉便又下座去給李紈、鳳姐及諸姐妹們斟酒。鳳姐忙說：「你斟不慣，還是我來吧。今兒是你好日子，好好受用一日才是。」

忽然北靜王府來了四個女人，也說賀林姑娘的壽，又有一個帖子是給寶玉的，邀他明日赴席。賈母忙命快請，略問了幾句話，另設一席單賞他們坐了，重新布上酒菜來。因禮物中有一缸世所罕見的北溟金魚，養在一只巨型碧玉荷葉缸裏，連缸抬來，擱在院子中，眾姑娘丫頭都搶著擁上前看，指指點點，嘻笑不絕。惟黛玉不理不睬，充耳未聞，只坐著與寶釵說話。眾人賞一回魚，仍舊歸座，撤席換茶，聽曲談笑，不消詳述。

誰知晚間怡紅院裏又布一席，專爲襲人賀壽，因他也是今兒生日，日間皆因老太太在座，不敢驚動上頭，故不提起。直到晚間關了院門，才好安箸插席。襲人早早卸了簪環，此時只穿著件半新不舊的家常扣身衫子，披著件油綠綾機小夾襖，下著綠綢夾褲，倚著桃紅撒金線織花絲棉被垛兒歪著，笑道：「我算什麼東西，也值得這樣擺酒插席的，那裏當的起？」只淡淡的不起勁。麝月道：「你現在越來越難討好了，我們熱辣辣的給你拜壽，你倒只管擺小姐款兒，愛搭不理的。我倒想你們替我祝壽呢，又沒那福分。」寶玉笑道：「這有何難？你是什麼時候生日？到時候也替你擺一桌。」麝月道：「罷喲，這屋子裏那麼多人，只管都擺起生日來，一年十二月還鬧不完了呢。有那些錢糟蹋？」寶玉道：「管那麼多。有一日，且消受一日；到了那沒錢的時辰，也只好捱著罷了。古人云：隨遇而安。並不是單指落魄潦倒的日子要耐的了窮，也還有安榮樂業的意思。」麝月忙道：「別同我們掉書袋，聽不懂那些。要做詩，找寶姑娘、林姑娘他們去，就把我們罵了還不知道呢。」寶玉笑道：「那又不是什麼壞話。你就那麼上心。」麝月笑道：「原來你喜歡人家管你叫『走馬燈』的。『不是什麼壞話』，敢情你當好話兒聽呢。」

他兩個閒話間，秋紋、春燕兒已經帶著小丫頭們安好了席，便請襲人上座。襲人死活不肯，只說：「這折死我了。」寶玉道：「這有什麼？不過是個座位罷了。我陪你坐就是。」因拉著襲人的手一同坐了上座，麝月、秋紋兩個坐了對家，綺霰、碧痕打橫，餘者春燕兒、佳蕙等小丫頭們不過見縫插針，都隨便坐了。麝月等便要給襲人敬酒，襲人只不肯受，笑道：「別折我的壽了，正經安靜說會兒話吧，只管這樣招搖，外頭聽見，又該有閒話了。」麝月笑道：「若不想嚷起來，趕緊喝了這杯，大家好坐下。不然你們兩個這樣高高在上的並肩坐著，我們一群人只管滿地裏排著隊敬起酒來，倒像是人家辦喜事兒了。」

眾人聽了，左右看看，果然有些意思，都笑起來。襲人臉上飛紅，只得接過杯來，一揚脖喝了。秋紋、碧痕又上來，說：「一併連我們的也喝了吧。」襲人欲不飲，又怕逗出他們更多閒話來，只得一左一右接了，也都喝了。餘下連春燕兒等也都走來敬酒，喝了這個，拒不了那個，說話間襲人已經灌了十幾杯，臉上桃花爛熳，眼中春水蕩漾，圖不得，擺手央告：「好妹妹，饒了我吧，再不能了。」

寶玉看他吃的雙眼餳起，紅飛滿面，勸道：「別再灌他了，醉了傷身倒不好。」秋紋道：「二爺心疼了，咱們坐下吧。」於是眾人坐了，喝酒吃菜，閒話家常。寶玉又親撿了幾樣菜放在襲人座前，說：「吃幾口，壓壓酒也是好的。」

襲人看他這樣，只得略嘗幾筷，卻只是心口悶悶的，嚼在嘴裏，終究不知是何滋味。滿眼裏珠搖玉動，滿耳裏吆五喝六，他卻只是如坐舟中，隔岸觀景兒，倒好像和人群隔著幾丈遠似的。忽又聽寶玉說：「依我看，今兒唱戲的那幾個女子，說是行家，扮相嗓子都不怎麼樣，還不如咱家從前的幾個女孩子，你們看是怎麼樣？」襲人聽了這話，便知他又想起芳官來，更覺心寒。木著臉，也不用人勸，斟了杯酒又一揚脖喝了。眾人也都有些意會，那裏敢接話，亦不敢說破，且也都心酸起來，想當日寶玉生日，在怡紅院裏擺席夜宴，請了諸位姑娘來，行酒令占花名兒，何等熱鬧。如今屋裏不過短了兩三個人，竟好像空了半個怡紅院似的。因此也都興致不高，不過隨便吃些酒菜，又說些眼面前的吉祥話兒，便撤席睡去。

夜裏襲人睡在寶玉外床，翻來覆去，只是睡不著。原來日間他送了香菱回房，不便一時就走，因坐下說了幾句閒話，問他：「你身上到底覺的怎樣？家常走的這些個大夫，難道竟不能治？」香菱道：「也沒怎樣，只是口乾潮熱，夜裏盜汗不止。身上將有半年沒來了。」襲人聽了大驚道：「那可怎麼得了？」香菱慘笑道：「便治好了又怎樣？心強命不強，也是枉然。」又握了襲人的手道：「姐姐，我們相好一場，前兒姐姐贈我的那條石榴裙，我還好好兒的收著，只怕沒機會再穿了。我早想過了，他日大去之時，也不圖別的什麼裝裹，就穿著他去罷了，不枉我在園裏住過一年，有過開心的時辰。」

襲人聽見，眼淚直流下來，勸道：「何苦說這樣話？你運雖不濟，姨太太對你是好的，寶姑娘也大方厚道，別的不說，你看這些大夫天天你來我往，是真心要替妹妹治病的。過幾日病好了……」摸著他手，忽覺滾如炭熾，不由驚道：「怎的這樣燙？我這就去回姨太太，還是請個大夫來看看吧。」

香菱死命搖頭，不令他去，緊緊拉著道：「姐姐，今兒一見，不知還有無再見之時。我有一句肺腑之言，要叮囑姐姐。」襲人聽他說的鄭重，忙問：「什麼話？」香菱卻又打住，望著窗子黯然慘笑，他自被夏金桂逐出，搬來與寶釵同住，身體便一天天虧損下來，釀成乾血之症。自知命不久長，再無顧忌，且與襲人素相投契，因握了手剖心瀝膽緩緩說道：「姐姐，我固然命苦，今世裏遇見這個冤家，只道是前生罪孽，原不敢怨什麼；不想他娶了親，又是這麼著一個人，竟活活要了我的命了。我想一般的都是女孩兒，憑什麼就該被人這樣欺辱折磨，況且他那行止品德，那裏像個千金小姐，竟是索命閻王。因此我縱死了，也不服氣。如今有一句話要告訴姐姐——且莫以爲自己終身有靠，便安逸度日起來。與人做小，好比鼠共貓眠，縱有一萬分小心，曲意下之，遇著個和氣持禮的奶奶還好，若像我這麼著，便有鐵打的身子銅鑄的骨也被挫磨化了。倒是寧可嫁個尋常百姓，平頭夫妻，那怕吃粥咽菜，也好過在這玻璃燈罩羊脂油裏逐日煎熬著，值多著呢。」

襲人聽他說的大膽，遠非平常言行，且又說中自己心病，羞的握著臉道：「我們做女孩兒的，自是聽天由命，走到那裏是那裏，自己又如何做的了主呢？況且像你們奶奶那樣兒的，畢竟是少數，萬裏難有一的。你看園子裏這些姑娘，可有一個那樣兒的嗎？」香菱苦笑道：「話不是這麼說。他在家做女兒時，不也是好端端的。不好也不會娶了來。那時，誰又料想是這個形狀呢？我自幼被拐子拐賣，便連親生父母、姓甚名誰也都記不的，又落在這羅剎國裏，只好隨波逐流，由命罷了。姐姐不比我，原有父母兄弟，身子是自己的，想往那裏去便往那裏去，又何必淌這渾水？」襲人聽了，自是驚心動魄，意駭神馳，勉強道：「你皆是因爲病中，思慮太多，所以有這些想頭。快別多想，只安心養病，還有多少好日子在後頭等著你呢。」香菱聽了，知不能勸，在枕上點頭歎道：「癡人也。」遂不再言語。襲人估量著即要開席，遂告辭而去。香菱亦不留。

此時夜深人靜，襲人復又想起香菱那些話來，一字字一句句，清清楚楚，竟比刻在心上的還分明。所謂人之將死，其言也善，香菱那些肺腑之言，句句都是打心窩子裏掏出來說與他的，如何不信，如何不驚。他素日心高志大，一心只要越過眾人去，然而看了香菱如此人物，如此下場，卻不能不起兔死狐悲、唇亡齒寒之歎。因此一夜裏翻來覆去，總未合過眼，直到天將亮時，方朦朦朧朧睡去了。

次日起來，見屋裏空空，寶玉的床上鋪的整整齊齊，便連麝月、秋紋也都不在，便知自己醒的遲了。忙披了衣裳出來。小丫頭們已經吃過早飯，正在收拾桌子。見了襲人，都笑道：「姐姐醒了。姐姐想是昨兒醉了，睡的倒實。」襲人羞道：「原來這樣遲了。怎不叫醒我？」麝月、秋紋剛好進來聽見，笑道：「本來要叫的，二爺不讓，說你難得一醉，索性叫你睡足了才起來。」襲人愈發不好意思，因問：「二爺呢？」麝月道：「一大早換了素服出去了。」襲人唬了一大跳，急忙問：「是誰死了？」麝月道：「沒聽清，說是什麼傳通判的妹子，不是什麼要緊的人。這不，我剛送出園子，把隨身包袱交給茗煙，又囑咐了幾句話才回來。」襲人這方放下心來，一顆心突突亂跳，倒驚出一身的汗。

且說鳳姐一早打扮了往賈母處來，方進院子，看到一個才留頭的小丫頭拄著人高的大掃帚在掃院子，左右拖著，百般吃力，極是認真。不由停住了問他：「你幾歲?叫什麼?」那丫頭仰著臉，瞇了眼睛答道：「我叫小霞，因我姐姐嫁人，把我挑了進來。叫先在這院裏使喚幾天，再送去太太房裏呢。」鳳姐遂問：「你姐姐是那個?」小霞答：「是從前伏侍太太的彩霞。」鳳姐心中一動，便不再說話了。先進房請賈母的安。

王夫人已經來了，問鳳姐：「我聽說姐兒病了，看過大夫沒？」鳳姐回道：「謝太太惦記著。大夫昨晚來過了，說只是尋常傷風，不打緊，吃幾服藥就好。」因又說起昨日酒宴，賈母歎道：「昨兒是你林妹妹好日子，我見席上竟沒幾樣像樣兒的菜式，連那十番的班子也不是最好的，我知道現今不比從前，講不的那些排場了，可也不能失了大形兒。前年你薛家妹子十五歲生日，還那樣熱鬧；今年到你林妹妹，便差了這麼多。他又是個多心的孩子，豈有不心冷的？」

鳳姐滿心委屈，卻只得婉轉回道：「我何嘗不是這麼說。只是前兒跟大嫂子商量過，他說園中姐妹多不喜油膩，一味大魚大肉的倒嫌絮煩，只要新鮮奇巧花樣兒多多的做去，投其所好就是；林妹妹素來不大愛戲，他們姐妹也都好清淨，我原問過他們，都說只要老太太、太太喜歡為上。我因度量著教廚房撿老太太、太太喜歡的菜式各樣做了來，另外依照他們姐妹各自口味做了幾樣，所以並不見豐盛。便那些唱曲說書的也只是預備給老太太、太太、並姨太太解悶兒的。我知道老太太原是為湊姑娘們的趣兒，不過略坐坐就要歇著的，姑娘們也都只看了兩齣戲就散了，所以竟沒多預備。橫豎老太太的心思也不在吃酒看戲，只惦記著席散了好湊臺子打牌，贏了我的錢去，那時不管聽戲擺酒，什麼錢都有了。」

說的賈母笑起來，道：「你這樣說，不過是想我可憐你，不好意思要你的錢。打量我會把昨兒贏的錢還給你呢，那可不能。」又道：「正是昨兒還未盡興呢。請你薛姨太太去，咱們一同吃飯，吃過了，好接著打牌。」鳳姐笑道：「原來老太太擔心林妹妹委屈是假，昨兒沒贏足錢自己委屈是真。既這樣，我便叫人請姑媽去，我也進園子趕著把事情料理完了，這就過來陪老太太吃飯，打一下晌的牌，由著老太太可勁兒的贏去，可好？」遂抽身出來。

王夫人跟出來道：「我同你一道去，看看姐兒。」鳳姐道：「姐兒咳嗽呢，過給太太倒不好。況且我這會兒並不回家去，還有一攤子事要料理呢。」王夫人便立住了歎道：「那就明兒再去吧。我知道你事情多，姐兒又多病，自己身上也時常不好，精神越發不如前了。竟連面兒上的禮也不講究了。雖說日子不比從前，也緊張不到那個地步去，如何連在場面上也只管節省起來，老太太看見，豈有不傷心的？雖然不肯深責，我知道老太太心裏是不好受的。我們做小輩的，不能孝敬就罷了，難道連擺個席面圖個高興也不會討好嗎？依我說，算計雖是正理，也得有個分寸，面兒上總要過的去才好。昨兒北靜王妃還巴巴兒的打發了幾個女人來送賀禮呢，咱們自己家倒不當作一回事。那般寒酸臺面，叫人看在眼裏，說出去，可不成了笑話兒？」

鳳姐聽了，噎的口乾舌燥，欲要分辯，又知太太不問家計，再說不明白的。只得應著，眼望著太太去了，方向平兒道：「這是怎麼說的？難道我不會花錢，不知道擺排場圖熱鬧的？也要量著米下鍋才行。我倒是想打座金盞銀台包了南北班子來唱半月的戲呢，統共那幾兩銀子，夠做什麼的？就這樣兒還是咬咬牙拆東牆墊西牆的置辦下的呢。省下的錢，是我裝進自己腰包了不成？當年林姑老爺過世，那幾百萬兩銀子抬來，難道是我個人私吞了？那麼大個園子，是平地上生出來的？省親的排場倒好看，有銀子時，誰不會要風光？有那會兒銀子花的跟淌水似的，現在倒會抱怨，得便宜賣乖，都裝不知道銀子那裏來的，只留我一個做惡人。幸虧前年宮裏薨了個老太妃，這幾年才不再提省親的事，若再來這麼一回兩回，除非再死一位巡鹽御史，再接一個世事不知的林姑娘來養著，好有那些銀錢白塡進來，不然那才真叫笑話兒呢。」平兒聽見，不便接話，只得陪笑說：「那北靜王府也怪，平時除了老太太、太太、寶玉，以及府裏有數的幾個爺們兒，從沒聽見說那府裏給姑娘送壽禮的，況且還是位表姑娘。怎麼突然興起這個文章，想起來給林姑娘祝壽呢？」鳳姐道：「可說的是呢。又不知唱的是那一齣。」

一行說，一行來在議事廳坐定，執事媳婦婆子早已站了一地等在門外頭，於是一起一起的進來，回話問事。鳳姐手揮目送，指派賞罰，不到半日已處理了十數件大小事體，因傳命下去：「若沒什麼大事，下晌不必找我，或是回平兒就是了。」又問：「林之孝家的那裏去了？」有媳婦回道：「東府裏珍大奶奶找了去有事吩咐。」

鳳姐點點頭，因向平兒囑咐道：「我想剛才老太太院裏那個小丫頭，好容易挑進來了，又做粗使，年紀又小，況且太太屋裏，彩雲、玉釧兒都虎視眈眈的，那肯讓別人出頭？只怕待上八百年也沒個見天的日子。不如派給姑娘們使，倒還能憐惜著些。你替我說給林之孝家的，叫他晚飯後到屋裏來，想法給那丫頭另尋個地兒使喚。」平兒聽了，深以爲罕。

於是鳳姐仍回賈母這裏來，王夫人薛姨媽也已都來了，便放下飯來。因席上有一味新筍桂圓湯，賈母忽想起那日寶玉捱打後鬧著要吃小荷葉小蓮蓬湯的往事來，因笑道：「倒把這湯送去與寶玉一碗罷，免的惦記著，直到捱了打才有的吃。」說的眾人都笑了。鳳姐湊趣道：「老太太憑吃到什麼好的，只是惦記著寶兄弟，生怕咱們刻薄了他。這虧的姑媽是天天眼見的，倘或別的親戚聽見，還以爲咱們天天苛扣著不給吃不給穿，要到老太太提著才給一口湯喝呢。」說的王夫人薛姨媽一齊笑起來。賈母笑著叫一聲「猴兒」，罵道：「我把你給慣的，越發排揎起我來了。我才說一句，你有的沒的說了一筐出來。」薛姨媽道：「幸虧鳳丫頭不是個男人，倘若做了男人，再爲官作宰的，一句話下頭不知壓死多少人，黑的也說成白的了。」

笑的停了，鳳姐方緩緩稟道：「老太太有所不知，我今兒看了水牌，知道有這一道湯就已經知會廚房多做一碗，叫襲人他們端去。卻說寶兄弟一早就換衣服出門了，說是什麼傅通判的妹子死了，去弔唁來的。」

賈母大驚，一連聲問道：「多早晚的事？怎麼我竟一點不知？那傅通判妹子又是什麼要緊人？誰叫寶玉去的？」王夫人道：「我倒是聽說了的，說是叫個什麼傅試，老爺門下出身的，所以素有往來，如今做了通判，老爺很是看重。」賈母猶蹙眉道：「什麼副通判正通判的了不起的人物，不拘打發那個小子去問一聲就是了，如何倒要寶玉親去？你既知道，就該攔著他，又不是什麼喜慶事，又不是什麼好地方，沒的去沾那個晦氣。」鳳姐忙笑著分辯：「這可怪不的太太，老祖宗難道不知道寶兄弟那古怪脾氣？他可不是衝著什麼正通判副通判去的，是衝那死的妹子，聽說叫個傅秋芳，模樣兒又好，天分又高，針黹學問都來的，因此他哥哥便當作寶貝一般，通常的人家都不肯給，單指這妹子攀高附貴呢，那知命裏沒這福分，那妹子前兒忽得了一病，請醫問藥都不見好，才不過拖了一二月，竟死了，才只二十五歲。」

賈母聽見，早又「阿彌陀佛」念個不了，歎道：「這哥哥也是糊塗，憑他妹子什麼天仙模樣兒，長長久久留在閨中總不成話；那妹子也是可惜了兒的，我說竟不是病，竟是他這哥哥活活把他的緣分錯過了，他既然有才有貌，心裏多半不安靜，既不安靜，那裏招不出邪魔病症來，可不是醫藥治得了的。」王夫人、薛姨媽都說：「老太太說的是，想必是這個道理。」

一時吃過了飯，洗手漱口，又說一回閒話兒行食，鴛鴦等放下桌子來。鳳姐果然陪賈母打了半日牌，至晚方回屋裏來。林之孝家的已經來了，等在那裏，見鳳姐來了，連忙起身含笑問好，見鳳姐坐定了方又坐下，且不忙回話。平兒侍候著脫了衣裳，端上茶來。

鳳姐便向炕沿上坐了，因見鎖子錦靠背上搭著賈璉家常穿的一件長腰身紫羅綢面深綠夾裏的半袖褶衣，隨手扯過來披在身上，又慢慢的喝了幾口茶，這方問道：「那邊珍大嫂子找你去做什麼？」林之孝家的道：「還不是為前兒抄檢的事。因攆了入畫去，原該給四姑娘另添一個伏侍丫頭，若說是這邊添呢，四姑娘原是那邊的人；若是那邊挑了送來呢，一則四姑娘未必看的上，二則怕奶奶多心；若是不理，又怕人家閒話，說妹妹短吃短用，當嫂子的只做看不見。因此要我探探奶奶的意思，看是怎麼樣。」鳳姐笑道：「他也太小心了。這又有什麼可多心的。」且同他商議：「這可巧了，我今兒找你，也正為丫頭子的事。早起我在老太太房裏看見彩霞他妹子，名喚小霞的，才蘿蔔頭那麼大一點兒，拄的掃帚倒比他人還高。我的意思，你不拘把他派到那個姑娘房裏，提作二等丫頭，派些輕省的活計也罷了。太太那裏，另派一個就是。」

林之孝家的聽了，也覺詫異，不由同平兒對看一眼，見平兒向他悄悄點頭示意，笑道：「既然這樣，何不就把他放在奶奶屋裏呢？」鳳姐冷笑道：「我上次挑了你女兒進來，那起小人還說三道四，說我見了好的只管往自己屋裏拉扯，挑個丫頭也要拔人家的尖兒。這會子再從太太屋裏挑進一個來，更有的說了。」

林之孝家的連忙帶笑說道：「這可是那個眼裏沒主子的說的混賬話？小紅又是個什麼好的，值的嚼這些瞎話？他從前在怡紅院裏，也不過是個粗使丫頭，手腳又笨，心思又慢，是奶奶抬舉了來，跟在奶奶面前兒學些說話行止，待人接事，這才有了些人樣子。正經又不是什麼有臉的一二等丫頭，還要勞動奶奶去爭去搶的，這是一層；再一層，就憑是什麼好的，別說寶玉屋裏的，那怕老太太跟前的大丫頭，奶奶果然看中了，要做臂膀，老太太少不得也要給，誰又敢說一個不字呢？我平日家就跟我們那丫頭說，也不知你修的什麼福，竟然能入了二奶奶的法眼，你老子娘這一輩子的體面也趕不上這個呢。只一條，千萬別以爲奶奶拿你當個人兒，就學那起扶不上牆的擺出張狂浪樣兒來，把你老子娘積攢了半輩子的老臉丟盡了還是小事，要給奶奶面上抹一二分黑，那才是把你打死八回也賠不來的。」

鳳姐兒聽了這話，十分受用，笑道：「這是你心疼我才會這麼想。那裏能得那些人都跟你一樣心思呢。」忽又想起一事，因叮囑，「前幾天太太出門進香，我看他那輛朱沿元青車走不穩，問起來才知道，原來有幾顆麻菰釘脫了，各處也都有些鬆動，你記的找人來修，免的用時著忙。」

林之孝家的答應了，又說：「不光是太太，兩府裏的車子都有些年代了，依我說，何不重造兩輛？我剛從那府裏過來，看見門前停著許多大車，都簇新嶄亮，油的明晃晃的，問了才知道，說是街口有南省人新開了兩間藤器店、油漆店，合夥造的好車，許多王孫公子都去他家造車子。」

鳳姐聽了心中不快，卻不便與林之孝家的說起，只笑道：「南省人造車，也就是車頂、車沿還罷了，若做輪子，還得京城老店。我倒想每位造輛新車呢，那得多大一筆開銷？莊上的租子是你們家林之孝看著收上來的，你還有什麼不知道的？去年裏一旱一澇，收的那一點點銀子只好塞牙，如今竟是寅吃卯糧，坐食山空的。有車坐就罷了，再過些日子，只怕老太太出門，得我趴在地上背著走。」

林之孝家的陪笑道：「果然是這話不錯。我聽說如今市面上黃豆蜀秫漲到五六兩一石，糠都賣到二錢一斗，只怕過些日子，樹皮草根都沒的吃。府裏爺們兒倒不知著急，還是夜夜笙歌的，就只有奶奶日夜操心。這府裏若不是二奶奶，還不定亂成什麼樣兒呢。還有一事，寶玉屋裏的晴雯去後，還一直沒有補人，是另指派一個還是把二等的提拔一個上來，還是把這份月錢關了，都要等奶奶裁決，還有芳官和四兒兩個的缺兒也未補人，奶奶今兒既要理一理丫頭的事，不如就一併定奪了。」鳳姐想了想道：「這卻不好由我擅做主張的。寶玉屋裏的丫環是太太親目一一審過的，若要補缺，還得我探一探太太的口氣，再問問襲人才定吧。」

林之孝家的笑道：「所以說奶奶精明，每日手裏過著百十件的大小事故，還要一絲不漏的體會這些上上下下的人心，精神略差一點兒都不能的。現有例子比著，前些時候奶奶病了幾天，太太託付大奶奶、三姑娘、還有薛姨太太家的寶姑娘幫著管家，那倒是三個人管一宗事兒呢，又定了許多規矩，又每日巡邏檢視的，也就算小心了。饒這麼著，還按下葫蘆起了瓢，生出多少是非來，一時賭酒，一時失竊，一時林姑娘房裏的藕官在園子裏頭燒紙，一時趙姨奶奶又同寶玉的丫頭打起來了，一時在園裏擺壽，史大姑娘喝醉了，大天白日的躺在石凳子上就仰面八叉睡著了，惹的底下媳婦子多少閒話，虧是我聽見了，打著罵著止住，報給三姑娘，打一頓攆出去了；眼錯兒不見，又是什麼玫瑰露，茯苓霜，雖然奶奶寬柔體下，不肯深責，誰不知道這喊捉賊的就是賊？四下裏亂的通沒個譜兒，胡蘿蔔拌辣椒——看不出來，還吃不出來？八個油瓶七個蓋——不是少這，就是缺那。饒是這樣，老太太回來還直說辛苦，誇三姑娘寶姑娘能持家主事兒。真叫我們愈念奶奶的英明，二奶奶理家的時候，何曾有過這些事？也沒見上頭這樣沒口子的誇過。可見世人說的不錯，『能者多勞』，那越是能幹的人，越是責任重大，許對不許錯的，若不是奶奶七個心眼八個頭，那能料理的這般妥當？」鳳姐歎道：「我這個心也算操碎了，如今也有些顧不過來呢。」林之孝家的只說「不能，不能，再添幾百口人，一萬件事，奶奶也必料理的井井有條的。」

兩個又說了一回閒話，林之孝家的方告辭了出來。一路上暗暗尋思，倒也慨歎：原是那年來旺家的仗著自己是鳳姐的陪房，強要娶了彩霞做兒媳婦，林之孝回到家裏，原就悄悄地同自己說過這事不妥，旺兒那小兒子賭錢吃酒，不務正業，大不成樣子，彩霞這些年裏在太太屋裏半個主子似的，也是穿金戴銀飲甘咽肥的，何曾受過那些醃臢氣，還不是一朵鮮花兒插在牛糞上。無奈鳳姐強做保媒，彩霞的娘不敢違逆，兩家到底還是做了親。娶過去沒半年，彩霞倒已被折騰出了一身病，七葷八素，一個月裏頭爬起來十天，倒有二十天是趴著的。想來這些話，二奶奶也有所風聞，難得他善心一動，要給小霞尋個好差使，也是彌補的意思，自己倒不可負了他這片心，少不得找一個妥妥當當的所在，好好安置了小霞。便想正好惜春屋裏要人，不如便叫他進去。忽又想，既做了這番善事，不如送一個滿情兒倒好，須得叫小霞的娘知道，就不稀罕他答謝，也須得他感恩。遂親自往彩霞娘家來。

彩霞的娘正帶著一個小丫環在擀麵餅，案上一碗肉醬豆腐，一碗粉皮合菜，一碟子醬瓜，一大碟生菜，又有一把剛摘淨的白綠小蔥，一碟子切成細條又用油炸過了的紅綠椒絲，堆的五顏六色。見林之孝家的來到，知道必有事故，忙不迭的洗手點茶，又敬瓜子杏脯。

林之孝家的只說「嫂子別忙，我才在二奶奶房裏喝了這一肚子的南海女兒茶，正不知往那裏開銷呢。」拉住了坐下，又張望著案上笑道：「嫂子倒會換口味兒，趕明兒也教教我怎麼擀這薄餅，我們當家的總是說我擀的麵皮比案板還厚，不是吃餅，倒是啃牆。」說笑一回，方將來意一五一十的說明，又道：「這真是二奶奶天大恩情，我想著既要替咱們閨女找個好地方，總要他心裏樂意才好，因此竟來問嫂子，你平日在園裏侍候，覺的那個院子最好？」

彩霞娘一行聽著一行念佛，千恩萬謝的道：「彩霞從前在府裏的時候，就多承大娘照顧，如今小霞進去，少不得還要大娘教導指引著，大娘這樣成全，我做親娘的真是沒話說。什麼好不好的，一進園子就提作二等丫頭，我還有什麼別的想頭不成？若再挑挑揀揀，嫌三厭四，越不成個人了，就憑大娘派遣，大娘說那處好就是那處。」林之孝家的聽了，越性說道：「依我說，嫂子竟不如去你那親家家裏，當著你親家的面問問你大姑娘的意思。一則他在府裏這些年，在園裏自有不少好姐妹，比咱們更熟悉園裏情形，又知道主子們的脾性，又對他妹子盡知的，倒比咱們兩個亂猜著值多些呢；二則，也是當面做給你那親家看看，要他們知道，二奶奶耳目靈著呢，連二奶奶都這般體恤，他們倒敢拿著金葉不當銀子，難道欺負咱閨女出了園子，就再沒個仗腰子的了麼？」彩霞娘聽了，深以爲是，且連耳帶腮俱紅起來，拭淚道：「這也瞞不得嫂子。彩霞那男人，狗屎鞭子——文（聞）不得，武（舞）不得，吃喝嫖賭就一樣不缺。他們提親時說的天花亂墜，蜜糖樣言語，過了門才三天，就喊打喊殺，每日裏不是賭錢就是酗酒，略勸兩句，采了頭髮就打，不管要害不要害，那裏順腳踢那裏。閨女每每回來，解開衣裳，身上一塊青一塊紫，說不到三句話就哭，哭的我腸子也揉碎了，也去找他爹娘問過幾次，當著面也都好聲好氣款待著，轉了身就折磨閨女。倒反讓我們不好上門了。」

林之孝家的歎道：「外邊的事我雖不深知，也聽我們當家的說過，說那旺兒小子生就的賤胚，好比要飯花子丟在雪地裏，不與他烤火還罷，若與了他烤火，便要上炕的；上了炕，又要熱酒吃；吃了酒，便惦記著娶東家閨女；娶了閨女，還要謀人家的財產——心裏沒個饜足還是其次，只一項不如他的意，便要生事故。當初來旺媳婦提這門親時，我就說不妥，偏你們耳根子軟，逕自答應下來。如今弄成這樣兒，我又看不上。」

彩霞娘哭道：「嬸子有什麼不知道的？當初是二奶奶親自保的媒，我敢說個『不』字的麼？大氣兒也不敢喘一聲，糊裏糊塗就答應了下來。回到家，足足的悔了三四夜睡不得覺。無奈說出去的話，潑出去的水，還能收的回來不成？如今也怨不的旁人，惟托嬸子的福，庇佑著些罷了。」

林之孝家的道：「這原是各人命裏的姻緣造化，只是你大姑娘的性格兒也太軟弱了些。這也罷了，如今小霞也大了，一進園已經提作二等，想來不上幾日就要出人頭地的。嫂子倒是著緊去你那親家家裏走一趟，問準了信兒，明兒一早找個小丫頭告訴我去才是。」彩霞的娘聽一句點一個頭，直把林之孝家的當作在世觀音一般，因知林之孝家的爲回鳳姐話尚未吃飯，便苦留他吃了晚飯再去，說是「雖沒什麼好的，卻是剛烙下的薄餅，卷著大蔥、甜醬吃倒也有味，還有才出缸的好滋味醬瓜兒，用香油、薑蔥蒜末兒、紅綠椒絲拌在一起，最下飯的」，又命小丫頭子打酒來。

林之孝家的笑道：「我倒想踏踏實實坐下來同嫂子喝幾盅，奈何那有那個福份呢？還有三四件犄角疙瘩的差事沒了呢。吃酒閒話的日子橫豎還長著，以後再吃也是一樣的。」說罷告辭起身。彩霞娘那裏肯放，死拉著叫好歹喝了茶再去，又命小丫頭子出門叫車，自己打點了三斤臘肉，一隻醃雞，一罈子醬瓜，兩罈子酒，一屜薄餅，又將各色配菜都撿了些用碟子盛著，用碗扣著，都教裝在車上，送往林家去。林之孝家的只略辭了一辭，便坦然受了，遂坐在車上，揚長而去。彩霞娘手巴著門，眼看著走遠了，方回屋來急急梳頭換衣服，又拎了兩刀臘肉一盒熟食，果然往他親家處來。

卻說寶玉素來最恨賀弔應酬，卻向慕傅秋芳才名，知他夙根穎異，綽約自好，如今少年夭折，能不歎息？遂親去唁禮不算，回房後猶自長吁短歎，愁眉不展的。襲人侍候著換了衣裳，勸道：「你出去這一日，老太太惦記的緊，下半晌打發了三四次人來問你回來不曾，又怕路上有閃失，又怕那些地方氣味不好，衝撞了你。既然好端端回來，好歹先去老太太、太太處打個轉兒，好叫人放心；再或者去各位姑娘房中走走，談談講講散散心，只管悶在這裏做什麼？等下悶出病來，可不是找不自在麼？」

寶玉聽他說的有理，少不得出來，叫兩個小丫頭跟著，往賈母房中去請安。襲人便將素服收起，又叫預備洗澡水等他回來，又命人尋了塊陳年普洱茶餅來，親自用金刀敲下一小塊來，在乳缽裏碾碎了，用一把朱砂梅花小壺濃濃的沏了來備著出色。秋紋笑道：「姐姐太也著慌了些，又不是頭一回出門，又不曾擠著碰著，何以這樣興師動眾的。何況二爺素來並不喜歡喝普洱，又巴巴兒的請他出來。」襲人道：「你那裏知道，那些地方什麼人不來往，或是吸了誰的病氣，或是招了什麼邪崇，表面上一時半會兒看不出來，隔個一天半夜發作起來，才是饑荒呢。因此早早的叫他散心解悶，再洗個痛快澡，喝一大碗猛猛的茶來，把那口濁氣去淨了才好。」麝月道：「既如此，寶玉常說一把壺只喝一種茶最好，不然串了氣味，壺便廢了，用來沖茶，把好茶也糟蹋了。那把梅花壺是舊年喝鐵觀音時用過的，倒是放起那個，另拿一把新的用吧。」

秋紋只得放下梅花小壺，另取了一把緞泥紫砂瓜春壺去燙洗，嘟囔道：「姐姐們倒是細心，偏咱二爺不肯體貼姐姐，但凡自己肯小心一兩分，就不該沒事找事的撲了那停屍倒氣的地方兒去。害的咱們白落了老太太一頓責罵，特特的打發琥珀來傳話，說再去這樣兒的地方，就該攔著些。」碧痕道：「誰說不是呢？那個傅秋芳，不過是聽說個名兒罷了，說是佳人，究竟臉長面短也沒見過，他倒巴巴兒的傷心歎氣，好像死了多年至交似的。要說我們爺，真就是個無事忙；自己忙也罷了，偏要帶著一屋子的人忙個人仰馬翻不算完。怪不的姑娘們叫他『走馬燈』呢。」

一時寶玉回來，碧痕忙掩口不說了，寶玉卻已聽了三兩句進去，看其情形也大約猜得到了，笑道：「你們這些人真是沒良心，饒是人家死了人，還得你們抱怨。」麝月道：「罷喲，爺不說自己不體諒人，倒怨我們無情。別說那傅家小姐我們不認得，原談不到有心無心，便是認得的，他得了二爺這一哭，已經是意外之福了，這還不足，還必得我們一屋子人替他念經誦道，不怕他在那世裏不安生嗎？」秋紋笑道：「你這牙尖嘴利的，越來越像晴雯的口氣，難怪天天念叨他。」一語既出，看襲人瞅了他一眼，才覺冒失，自悔不迭，忙佯裝拾掇杯盤避出去了。

寶玉的心思早又被勾起來，歎道：「晴雯也是難得的，偏又薄命；所以說老天無情，越是這些稀世奇珍一般的女孩兒越去的早，那些貪官祿蠹反倒白糟蹋糧食，真真雕樑畫棟，盡住著行屍走肉；玉盞金樽，都塡了酒囊飯袋。要不怎麼說天妒紅顏呢？從前晴雯去的時候，我還替他做過一篇誄文；按說傅小姐仙逝，我也應當有所賦詠才見真心敬重，無奈我又無緣見面，若只管虛詞妄擬了去，反爲不敬。」如此嘮嘮叨叨，說個不休。

恨的襲人抱怨道：「才說沒事找事，麝月蹄子倒又來火上澆油了。還不趕緊侍候二爺洗澡去呢。」一邊親自上來替他寬去外邊大衣裳。碧痕走上來幫忙，襲人道：「正是我差點忘了，今天二奶奶打發人來說，還在廚房給二爺留著碗湯，你這便去取來，洗過澡好喝。」碧痕道：「這都什麼時候了，還喝湯。」襲人道：「喝不喝，那怕端來倒呢。若不去拿來，只怕廚房裏還有人等著，且也辜負了二奶奶一片心。」碧痕只得去了。

各人說話，寶玉終究不曾聽見半句。他聽麝月說自己親弔傅秋芳是逾分之福，不禁便想晴雯、傅秋芳之死猶有自己悼念懷想，及他日自己大去之時，這些人早都風流雲散，或死或去，竟不知有誰爲自己流淚傷心。倘若自己死不得時，眼前這些人都已去了，只留自己孤魂野鬼的離開，卻有何趣味？忽又想起黛玉所寫〈葬花吟〉中的句子：「儂今葬花人笑癡，他年葬儂知是誰？」一時心痛神馳，眼中滴下淚來。

麝月看他這樣，心中悔之不及，自愧自責道：「這都是我的不是了，越是你閒愁亂恨的，我反越來招你。只是你原也說過的，晴雯不是死了，是去做了芙蓉花神了。從前我們哭他念他的時候，二爺還勸我們放寬心，如今自己怎麼倒想不開了呢？記的那年劉姥姥說古記兒，說起他莊上一個鄉紳的女孩兒，叫個什麼茗玉小姐的，年輕輕死了，他父母塑了像祭他，後來那塑像竟成了精，二爺還說不是成精，這種人原死不了的。二爺既說那傅秋芳文采相貌都有一無二，又年紀輕輕，想必也不是死，而是封了什麼花兒神了。天池御苑，總不止芙蓉花這麼孤單單的一枝吧，總有些別樣奇花異草，焉知傅姑娘不是去管理別的什麼花了呢？那天我恍惚聽見誰說，連太太房裏的金釧兒還做了水仙花神呢。我日常閑了倒也羨慕，想著晴雯從前就同金釧兒要好，如今他們在那裏見了面，自然比前越發和氣了。那傅小姐做了花神，這會子想必也同他們在一起。二爺雖然同傅小姐無緣見面，然而晴雯同他見了，也是一樣的，總是這屋裏出去的人，就是替二爺還了願了。」

這番話卻得了寶玉的心，聽的喜歡起來，況又提起金釧來，心想果然金釧也做了花神，也算是得其所哉，不禁又是讚歎又是思念，又怕自己一味傷懷，未免使麝月不安，再若令襲人抱怨了他，更爲不美，遂改了顏色說道：「你這話最有道理。想必是這樣。」遂梳洗了穿好衣裳出來。

襲人見他起先去時那般烏雲滿面，及至出來了倒顏色和霽，不禁放下心來，向麝月笑道：「解鈴還須繫鈴人。怪道你敢這樣慪他，原來是有法子哄解的開。」一邊鋪下衾枕。忽聽小丫頭報：「蘭爺來了。」眾人詫異：「怎麼這會子來？」只得接出來，看座奉茶。賈蘭同寶玉見了禮，說道：「學裏新請的先生明兒生日。母親讓我問問：二叔去不去見禮？要去，讓我同叔叔一起去呢。」寶玉道：「我這兩天身上正不自在呢。你自己去吧。」

賈蘭只得答應了，不好就走，又無話可說，只隨便翻著桌上書本。寶玉也怕冷落了他，只得找些話來問他：「我聽大嫂子說你日夜用功，想必大有長進。」賈蘭正要討論學問，聽他問起，因興沖沖的道：「我近日讀書，聞『天欲降大任於斯人也，必先苦其心志，勞其筋骨，餓其體膚，空乏其身，行拂亂其所爲。』我想咱們這些人自幼生於富貴鼎隆之家，長於膏梁綺羅之中，安富尊榮，從不知辛苦操勞爲何意，更不知饑餓空乏是何滋味，想來必是難以成大志的。」

寶玉笑道：「那不過是窮酸腐儒們少時家貧，又心高氣大，嫉富妒榮，故而編了出來自我標榜的，也是勉勵後人的意思。倒不必讀死書，以爲凡成大業，必先樂貧，反而是入了邪道了。比貪圖富貴更壞。須知果然樂業安時，便當貧富皆樂，並不是樂貧才賢，爲富則憂的。陳勝、吳廣、黃巢、王鳳之流，倒是辛苦操勞、饑餓空乏過的，因此後來起事，若說那便是大業，豈不有違聖賢之道？況且惟有盛世，方有明君，難道那賢明聖主必都出自貧窮空乏之家的？可見自相矛盾。」

這賈蘭自小雖居富貴世家，然而父親過世的早，母親又教導甚嚴，比之榮寧兩府其餘子弟，別說從不曾領會蓉、薔之流的酒色恣肆，任意妄爲；便連大一些有體面的奴才，諸如李貴、茗煙的得意縱性也不能夠，竟何嘗隨心所欲過一朝半日？每每以古人句自我警省，以爲刻苦才是正道，如今當作一番大道理斗膽向寶玉說出來，滿以爲他會誇獎自己有志氣，不料卻反得了一篇批評。心下不服，卻不敢多辯，只暗想：「若是古來聖賢都生於鼎盛之家，又何來宋徽宗、李後主這些亡國之君？堯、舜、禹、湯，何嘗生於富貴？桀、紂、莽、操，倒是喪於淫逸的。」暗暗腹誹，面上卻只惟惟應喏。又坐一回，便去了。

襲人因走來撤下茶盤，向寶玉笑道：「侄兒年紀小呢，你做叔叔的，原該教導，只是也要時常鼓勵才是。你往常總不肯多與他親近，今兒難得說幾句話，討論學問，正該和氣歡洽才是，怎麼倒又長篇大論教訓起來？」寶玉道：「這孩子小小年紀，倒一股子道學脾氣，與其死讀書，倒不如不讀書的好。」襲人歎道：「你自己不讀書便罷，還有這許多道理，看不的人家用功，幸虧老爺聽不見，不然又不知怎樣呢。何況他一團高興的來了，好不好，也該和顏悅色的討論了去，如何要掃他的興，拉下臉來教訓這一篇話，豈不叫他心裏不自在？」寶玉笑道：「年紀小，也是個爺們兒，那裏便有你說的那般嬌貴，行動愛生氣的。」襲人笑道：「行動愛生氣的人倒不是蘭哥兒，又不見你敢硬起口氣來說一半句重話。難道天下人，就只許你林妹妹行動愛生氣，便不許別人也有不自在的時候兒？這可是俗話兒說的，只許妹妹多心，不許侄兒生氣了。」說的滿屋子人都笑了。

寶玉忽的坐起，「呀」一聲叫道：「差點忘了。」襲人等都唬了一跳，忙問：「可是丟了什麼？」寶玉道：「不是，你剛才不是叫我去給老太太、太太請安，再去姐妹房裏轉轉嗎？我去看林妹妹時，偏他出園往寶姐姐處去了。我問紫鵑，他昨日在園裏略著了些風，原有些咳嗽，為什麼不好好養著，反到處走。紫鵑說，何嘗不養著，不過聽說香菱忽然病勢沉重，大概只在這幾天了，所以趕著去見一面。我本也想跟去看看，又想剛打那種地方回來，再去有病的人房裏，未免忌諱，原說洗了澡再去看妹妹的，不想蘭兒來這一混，就忘了，虧的你們提起。差點誤了大事。」

襲人道：「我當什麼了不得的大事？橫豎還要見的，何必著緊這一會半刻的？明兒早起還要去北靜王府聽戲呢，可別起得晏了，去的遲了，叫人看著不恭。」寶玉那裏肯等，只說：「我去去就回，不多坐的。寧可北靜王府不去，瀟湘館可是誤不的。」碧痕因大老遠走一趟端了湯來，寶玉果然不喝，心裏正不痛快，故意攛掇道：「你讓他去吧，不見這一面，他怎麼都不肯睡的。」襲人道：「既這麼著，你就跟了去，不要多耽擱，天也不早了，略坐一下就回來吧。」又命小丫頭佳蕙打著綠竹明角燈前頭照著。

推門出去，卻見好大的月亮，將圓未圓，晴光搖宇，移花動葉，照的人心清氣朗，寶玉脫口贊一聲好月色，道：「原來今天已經是十五了。」碧痕失笑道：「這個人可不是傻了？昨兒二月十二是你林妹妹生日，今兒是十三，怎麼倒又跑出十五來了。」寶玉笑道：「我看見這月亮圓了，只當今夜十五，就忘了昨兒了。」遂命佳蕙回去，說：「大好的月色，白點個燈籠，照不見路，倒多影子。不如熄了它。」

這裏襲人剛放下鏡袱，忽見佳蕙咚咚跑進來說：「我剛才看見海棠花後……」見襲人瞪他，忙煞住腳。襲人詫道：「叫你照著二爺，怎麼自己回來了？」佳蕙因將寶玉說月光正好不用燈籠的話說了一遍，不等襲人說話，秋紋先罵道：「便不用燈籠，也該在前面探著路，幫二爺提醒著點，一點眼色沒有。只會吃飯睡覺。」佳蕙嘟著嘴去了。秋紋等估摸著再用不著他們，便也都各自散去。

襲人點起夢甜香來，把帳子掖了兩角兒，想一想，再沒什麼可做的，只得拿了只小繃坐在燈下紮花。直待一朵重瓣水仙紮完了，方聽見院門開啓，踢踢踏踏的來了，連忙迎出房去，一邊接著，一邊抱怨道：「說是去去就回，一去就是這麼小半夜。沒黑沒白的只管坐著，難道林姑娘也不攆你的？」碧痕笑道：「林姑娘何嘗不攆來著，一直說要睡，咱們爺一步三回頭的口裏答應著走了，好容易挪到外間，又看見一個婆子守著爐子煎藥，咱們這癡心的小爺，跺腳說一聲『這如何使的』，趕了那婆子去，非要親自煎了藥，親手端進去，又眼看著林姑娘喝了藥，又伏侍著漱了口才肯走呢。」

襲人便說碧痕：「你跟著二爺去，這些小事，都不知道幫忙，倒叫他自己動手？他嫌婆子做的不好，他自己難道又是習慣伏侍人的？」碧痕撇嘴道：「罷喲，我知道姐姐會伏侍，天天嗔著我懶。只是別說我了，正經紫鵑、雪雁站在一邊都插不下手。姐姐難道不知道咱們爺是不聽勸的？除非姐姐親自過去拉了來，二爺或者還肯聽；我只管嘮叨，可頂什麼呢？不如一個屁。」

寶玉笑道：「好了，我已經回來了，你們還只管囉嗦。女孩兒家，連屁也說出來了。」碧痕也笑道：「你們高貴，有本事一輩子不放屁。」襲人倒笑起來，伏侍著寶玉漱洗睡下，不提。正是：

花謝難尋春去處，鸞歸安得返生香。

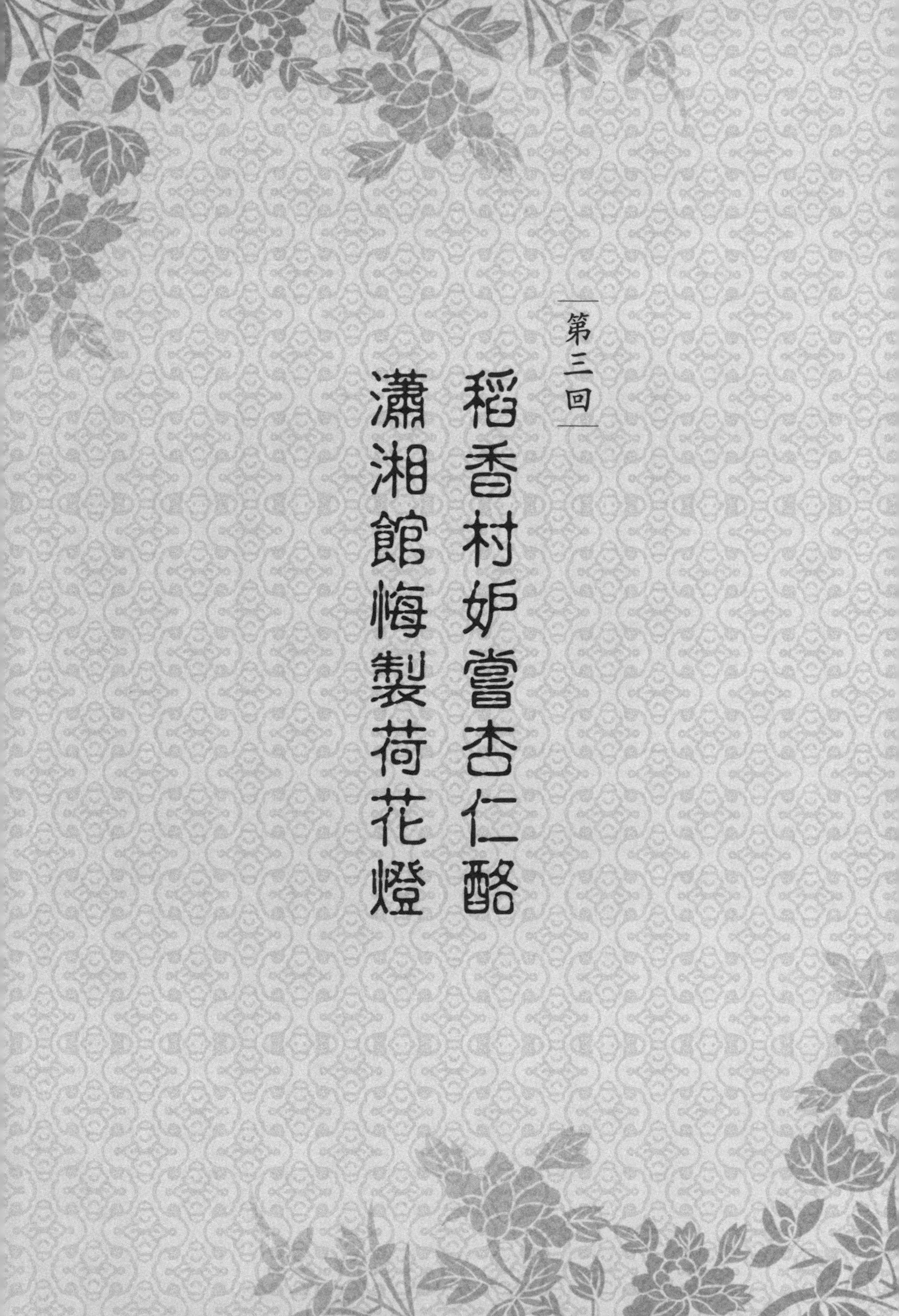

第三回

稻香村妒嘗杏仁酪
瀟湘館悔製荷花燈

話說小丫頭佳蕙提著燈籠跟寶玉出門，卻被半路打發回來，往回走時，看見一個人站在海棠花後頭衝他招手兒，他只當作是那位姐姐要使喚他，正要上前問話，那人卻一閃就不見了。這才想起，方才那人身形窈窕，眉眼俊俏，分明是晴雯的模樣兒，便連打扮也都是從前的家常穿戴。不禁大驚失色，一路飛跑進屋，正要說時，卻被秋紋一頓亂罵給打住了。因此嘟著嘴回至房中，自己呆呆的想了一夜，次日起來便悄悄的說給碧痕、綺霞等人，道：「人家說晴雯姐姐做了花神，從前我只不信，原來竟是真的。昨晚大月亮底下，我分明看見他衝我招手，那樣子像是有話要說，只可惜我一驚，他就走了。竟不知他要說些什麼。」

碧痕聞言不通道：「赤天白日的說瞎話，晴雯早死的連骨頭也化了，那裏又會到院子裏來。何況便說他死後做了花神，也是說管的芙蓉花，你卻見他站在海棠花後頭，分明不是他。」綺霞便道：「莫非另有一位花神不成？麝月說那個什麼傅秋芳八成也是做了花神了，莫非是他？寶玉昨兒特特的去祭他，又為他抹了那些眼淚，所以他來顯靈道謝也未可知。」碧痕道：「那是麝月隨口說說哄寶玉的瞎話罷了，虧你心實，這也肯信。」

恰恰的秋紋和春燕兒兩個侍候過寶玉洗漱下來，聽見這話，春燕便插口道：「佳蕙原不胡說，我前兒晚上做針線，做到一半不知怎麼睡著了，也夢見晴雯姐姐來了，就跟從前咱們在一處的時候一樣，大家圍坐在炕頭看針線說閒話，他還說我繡的不好，要替我繡。後來醒了，雖是一夢，竟是真真兒的，最奇的是我的香袋本來只繡了大半，分明還差著幾針的，醒來時，竟繡得了。」秋紋、綺霞都大奇問道：「可是真的？拿來我們看看可是晴雯的針線。」惟碧痕只是不信，撇嘴道：「必是你睡迷登了，打著瞌睡繡的，自己不知道罷了。」春燕道：「那怎麼會？你見誰夢裏繡花來著？」碧痕道：「這倒也說不定，我聽說香菱還夢裏做詩呢。你刺繡功夫通了神，忽然也夢裏繡起花來也不稀奇。」

忽聽前頭麝月罵道：「一個個挺到那裏去了？眨眼工夫，倒走的乾淨。」眾人忙忙的往前邊來，卻是襲人、麝月兩個送寶玉給老太太請安回來，欲換出門的衣裳，卻找不見人，因此在那裏叫喚。襲人因歎道：「你們也太不小心，我們回來，半個人也不見，屋子被人搬空了也沒人知道。」秋紋、綺霞兩個忙道：「並不敢走遠，原是倒了水去，在那屋裏說幾句閒話，打量著工夫就來的。既便姐姐不叫，也就要回來的。」麝月道：「這會子沒空同你們算賬，還不快去個人，告訴外邊小廝備馬？再打聽著，今天跟寶玉的人是誰？」春燕兒忙答應著去了。襲人、麝月便又重新檢點一遍寶玉出門佩戴之物，親自送寶玉出來。

且說賈母自黛玉生日那天接了北靜王府的賀禮，便覺心中躊躇，偏寶玉又說：「別的不知，那只碧玉荷葉缸我在北靜王府裏原見過的，是王爺的愛物兒，據王爺說，是用整塊的玉石剜成，滿天下也找不出第二只重樣兒的來。用來養魚，冬暖夏涼，最難得的。難為他竟捨的連缸帶魚送了來。」賈母聽了，愈覺嚴重，獨自忖度了兩日，這日找了王夫人同熙鳳兩個來，先問熙鳳：「那缸子魚怎麼樣了？」鳳姐笑道：「還說呢。自那些禮送來，林妹妹看也不看，就說無親無故，如何白受人家的禮，一樣不收。我只得記了賬，先收在庫房裏。衣料都還罷了，最勞神就是這缸子魚，正要討老太太的示下，卻養在那屋裏合適？」

賈母低頭想了一回，歎道：「我就說顰丫頭是個多心的——既這樣，就給別人罷。二丫頭出門了，寶丫頭如今也不大住，你大嫂子是個粗心的，三丫頭又是個過於勞心的，四丫頭是個無心的，不如就把那缸魚養在怡紅院裏，給寶玉頑兒也罷了。只怕這些人裏頭，獨他還知道些小心，況且他的丫頭又多，就使一個來專管養魚，也不難。」王夫人忙道：「我正說開了春要將寶玉從園裏挪出來，爲這些日子他略有些冷熱，就耽擱住了。已經把我隔壁的房子收拾出來，只等他好了就要搬的。那魚還是養在別院兒罷。」

賈母詫異：「好好的爲什麼要讓他搬出來？莫不是他在裏面淘氣，闖了什麼禍不成？」王夫人陪笑道：「那裏有那麼大膽子。不過是我看他一年年大了，裏面又有幾位姑娘有了婆家，再成日家一起住著，言語無拘，雖沒什麼事，叫別人看了畢竟不妥。況且他搬出來，他老子也好看著他用功，便於教導。」賈母益發不樂，半晌說道：「你們是他親娘老子，難道爲著我疼孫子，倒不許你們管兒子的不成？只是寶玉打小兒跟姐妹們一處長大，忽然熱不辣的搬出來，豈不慪出病來呢？且我看他雖然喜歡往姑娘丫頭叢中混去，倒是知道守禮的，便是姑娘們雖肯同他頑，也並非一味由著他性子胡鬧，就一時半次有禮數不到的去處，也都還肯勸著些。若說有什麼逾禮越分之事，我斷然不信的。」王夫人忙道：「老太太說的是。並非爲這個不放心，不過是怕他在園中一味貪頑，想叫他搬出來收收性子，好好讀書罷了。」

賈母便不說話，又獨自出了一會子神，忽然垂下淚來，歎道：「我一日不閉眼，這兩個玉兒再叫我放心不下。」遂吞吞吐吐，另說起一件緣故來，向王夫人道：「你可記的前年爲宮裏一位老太妃薨了，咱們每日隨朝入祭，賃了人家的院子住著，剛好同北靜王太妃、少妃在一處的事麼？」

王夫人道：「怎麼不記的？他們住西院，咱們住東院，大家彼此做了鄰居，來往好不親熱。我還只說北靜少妃爲人和氣，從不拿腔作勢，最沒架子的。」賈母歎道：「他倒是和氣，只是身子不爭氣，年前忽然得了一個怪病，總不能與男人同房，所以這少妃的身分，只是個虛名兒罷了。北靜太妃悄悄同我說，要爲王爺另選一位側妃。定要出身好，模樣兒上乘，還必得是位才女才肯下聘呢。」王夫人道：「那又是什麼難事？寶玉常往北靜王府裏走動，今兒吃酒，明兒看戲，回來說，那府裏姬妾眾多，歌舞不歇，每天裏客如雲來，行的流水席，全京城的戲班子差不多的名優大官都在他家出入，西院裏十幾間房子，專爲留宿戲子倡伶的，難道還不知足？」

賈母道：「據太妃的話，說是王爺自己的主意，他府裏雖然美色眾多，奈何都不如意。這次不是普通的納妾，是要三媒六聘，按正室的禮節問名納吉，進了府便封號賜第，同少妃比肩的，只分東西，不論正庶。所以必定要一位名門閨秀，世家千金才可爲配。」王夫人猶不明白：「難道他們想同咱們做親不成？」鳳姐卻已豁然省起：「怪道去年老太太生日，各府裏王妃命婦來坐席時，老太太叫了薛家兩位妹子，林妹妹、雲妹妹還有三妹妹一起出去見駕，原來便是爲著相看。」

賈母點頭道：「你記的清楚。」鳳姐笑道：「連日子我都還記得呢，是七月二十八不是？客人裏有南安王太妃，北靜王少妃，錦鄉侯誥命，臨昌伯誥命，都是些皇親國戚，金枝玉葉，我敢不打起十二分精神來？只恨撈不著近前侍候，站在老祖宗身後，只看見個鳳冠的翅尖兒罷了。」賈母笑道：「等著罷，璉兒這樣能幹，還怕不能掙一頂鳳冠給你戴？」

鳳姐兒笑道：「鳳冠不敢想，有頂雞冠子戴著罷了。」又道：「照如今看來，莫非林妹妹就要戴鳳冠了不成？」賈母歎道：「我只道五位姑娘中，北靜少妃或會取中咱們三姑娘，我想著探丫頭聰明能幹，待人處事心裏頭最有算計的，若是能嫁北靜王爲妃，倒也不算委屈。雖然琴兒和雲兒已經有了婆家，一則不叫他們出去，倒犯猜疑；索性裝作不知，果然被北靜王府取中了再說明情況也不遲，那怕王爺一定要娶，就叫梅、衛兩家退親也不難。偏偏又不是。如今看來，是我打錯了算盤。」

王夫人這方聽的明白，笑道：「原來北靜王府裏看中了林姑娘，咱們府裏果然能出一位王妃，也是好事。老太太又何故歎息？」賈母瞅他一眼，便不說話。鳳姐兒卻已猜到緣故，不便說破，也只得默不作聲。

恰好有丫頭來報說新訂的幾百件床紗、帳幔、簾子、圍子等已經送了來，都卸在議事廳裏，請二奶奶發派。鳳姐歎道：「這些個東西，原是爲著年下節裏替換，誰知道地方不平，盜賊蜂起，押送貨物的船隊一路停停走走，竟然一直耽擱到這時候才送到。早知這樣，不如在京裏訂造也就罷了，爲的是貪圖南邊好針線料子，價格又公道，所以特特的在打那邊訂了送來，誰想反而誤事。如今再換他們，倒沒名堂的。」遂請賈母示下。

賈母想了想道：「訂這些個東西，原爲的是積穀防饑，不至於用的時候不湊手，顯的寒酸。依我說，既已錯過時候，又不是年又不是節，索性省一省，也不必家家全部從新換過，不過是看看誰的舊了或是有破損的換了，下剩的且收著，等用的時候再換。你叫人各屋裏問一聲，缺什麼到你那裏去領就是了。再有，那北靜王府的事也沒放定，不過是來了幾個女人，白送些賀禮罷了。咱們倒不必先自慌張，你也不必同人說起。至於那缸子魚，就養在你院兒裏吧，好生看著，千萬別有個閃失就不好了。」

鳳姐兒只得答應了，出來，命平兒看著人將那缸魚好生抬著送去自己院中。且抽身進園往議事廳來。方進園子，只見一個小丫頭攀著柳條站在假山石子旁發呆，遠遠看見他們一行人來，轉身便走。鳳姐並不認識，只見他不懂禮，便大怒喝命：「站住。」命小紅拉那丫頭過來問話。

那丫頭那敢過來，拉拉扯扯，頓手頓腳，到底過來了，雙手捂了臉死不抬頭。鳳姐更怒，命左右道：「拉下他的手來。問他，叫什麼，做什麼，那房裏的，何以見到主子不說立住問好，倒一味鬼跑？難道沒人教過他規矩？」紅玉便走過去，依聲兒問他，又掰開他的手，叫他抬起頭來。那丫頭不得已露出臉來，膚色微黑，眉細鼻挺，滴溜溜一雙清水眼，倒也中看。紅玉認出來，笑向鳳姐道：「他是趙姨奶奶屋裏的小鵲。」又轉臉問他：「見了二奶奶，不說立規矩，倒越叫越走，是什麼道理？」

小鵲定了定神，知道躲不過，只得一五一十的稟道：「因為我們三爺聽說來了一缸魚，想要看看，又不知道送去了那裏，不好進園子亂闖，便命我進來打聽著。我剛才問了幾個人，都說不知道，所以在這裏犯難。」鳳姐笑道：「我說是誰這麼鬼鬼祟祟的沒眼色，原來是趙姨娘使喚的人，這才是有其主必有其僕呢。可惜了，聰明模樣笨肚腸，長的倒還不賴。」一邊說著，拔腳便走。

小鵲因並不曾命他去，只得跟著，偷覷鳳姐顏色，似乎並不真心惱怒，又聽誇他長的好，略略放心，越發實話實說道：「我們三爺原要進園來，只怕遇見二奶奶，倘若看見二奶奶在園裏，他便不進來了。我們奶奶又叮囑我，不要讓二奶奶知道。剛才看見二奶奶進來，我想著如果二奶奶問起，我又不能不說，又不敢欺瞞二奶奶，所以就想寧可躲開的好。」

鳳姐邊走邊道：「怕我做什麼？難道我長著三個腦袋六張嘴，會吃人不成？你倒還老實有眼力見兒。既這樣，去吧，同你那沒膽氣不長進的主子爺說，那缸子魚現在我屋裏呢，他若是想看魚，只怕還得看見我；若怕看見我，最好夾著腦袋圈在屋裏，一輩子別出來。」小鵲這方去了。見了趙姨娘與賈環，並不敢將鳳姐原話告知，只說已經打聽清楚，那缸魚抬往鳳姐院中了。

賈環聽了，只得息心，卻到底不平，因向他娘嘰嘰咕咕的道：「我和寶哥哥一樣是兄弟，憑什麼他就可以在園中住著，我便要跟著你住在外頭。連從從容容逛一回也不得。起初分園子分房，你就該跟老爺、太太提著，也給我分上一間半屋，橫豎園子裏空房多著呢，那些外四路的邢姑娘、史姑娘還一人一間，怎麼就不興我也分一處住著？連蘭兒還有個稻香村呢。」

趙姨娘又羞又憤，罵道：「你只管排揎我，怎麼又是我的不是了？寶玉進園子，是娘娘親下的旨，難道誰敢忤逆娘娘，攔著不許進不成？就是蘭小子，也不是特地給他分的屋子，是跟著他的寡婦娘住著。我再不濟，也管你吃管你穿，那日不小心伏侍著你三餐一宿。人家說母憑子貴，我究竟得過你什麼抬頭豎臉的好處？還指望你抬舉我呢，你倒怨我不給你使力。你不服，自己同你老子提去，又不見你在你老子面前也有這些話講。每見了你老子，縮首縮尾的，一些兒剛性沒有，言辭上又不靈通，腦筋又慢，就只會擠兌我，也學那個蹬上高枝兒就眼裏沒娘的死丫頭，一心踩過我的頭去。我白養你們兩個了。」說著哭起來。

原來自他姐妹們住進大觀園後，何止賈環，便是賈珍、賈璉、賈蓉、賈薔等也都難得進來。雖有時陪著賈母等家宴，又或是借請安進園來匆匆一行，不過是走馬觀花，畢竟不曾消消停停賞頑一回，十分的園子倒有七分光景不曾領略。其中蓉、薔尤可，本來不是這府裏的人，惟賈環因一心要與寶玉、賈蘭攀比，心中更覺不平，且這半年裏因賈赦抬舉，邢夫人待他亦不同往時，便又搭上了邢大舅，時時同往寧府裏聚宴，常與賈蓉、賈芹一干人往來。那邊何人不有，何事不爲，何話不說，便又聽了許多閒言碎語，引逗的比往日更壞十倍，也更恨寶玉、熙鳳等人，此時復被趙姨娘一激，便要性子發作道：「我但凡說一句，你就有這些話講。什麼時候我放一把火把園子燒了，誰都住不成，那時才見我環三爺的手段呢。只會說我沒膽子在我老子面前硬氣，你難道有膽子在三姐姐面前說這些話？我到底也是個爺，你就這樣三天罵兩天嚼的，那些人憑什麼欺負我，還不是因爲我不是太太生的？你不說自愧，倒怨我。」

趙姨娘被說中弊病，不禁紫脹了臉，咬牙罵道：「誰欺負你？你就該跟誰理論去。原來你也會說是個爺，你就該拿出爺的身分來。只會說這些瘋話。你但凡能像蘭哥兒似的，擺出個老成孝敬的樣兒來，哄的你老子喜歡，我的日子也好過些，也得臉些。弄的現在人人都說，做叔叔的倒不如侄兒懂事。你跟寶玉比不得就算了，他上有老太太寵著，連老爺教訓他兩句都要落不是呢；你若能比得過蘭哥兒，我也可省些心，掙些臉。偏是每日裏躲懶耍歪的，扶不上牆，又不知道裝用功樣子博你老子歡心，怎麼怪你老子不待見你呢？」

賈環冷笑道：「我老子不待見我，也沒見拿樑粗的棒子打我，不過偶爾教訓幾句，總沒捨的彈我一指頭。你還要我怎麼爭氣？」趙姨娘聽了這話，倒又喜歡起來，稱願發狠的道：「阿彌陀佛，上次怎麼就沒打死了他呢。都是老太太攔在裏頭。要是晚去一回半日，就便打死也罷了。饒是沒怎麼著，倒叫他越發得了意，佯病鬧怪的懶了大半年，連給他老子晨昏定省也免了，巴不的死在園子裏頭，一輩子守著他的姐姐妹妹不出來，縱的丫頭們無法無天，連個唱戲的粉頭也敢跟我梆啊梆的。如今又怎麼樣？那個芳官還不是攆了出去？姑娘們大了總要嫁，就是丫頭們大了還得放出來呢，到時候看他怎麼死。」

說起芳官來，賈環倒想起一事，遂向他娘耳邊說了。趙姨娘喜動顏色，問：「可真麼？」賈環道：「怎麼不真？管尼姑道士的是芹老四，那日水月庵打醮，他在那裏擺酒請客，我也去了的，雖是素席，倒鮮美異常，且都做成大鴨子大魚的樣兒，連味道也有七分相似，我就說虧他們怎麼做的出來。單是一味豆腐，就有慶元豆腐、芙蓉豆腐、八寶豆腐、雪花豆腐羹、水晶豆腐皮多少花樣兒，菜名兒也講究，一道一個故事，什麼八仙過海，猴子摘桃，又是什麼麻姑上壽，嫦娥奔月，連那府裏珍大哥哥請客，逢著初一、十五，也每每往庵裏借廚子，又叫人來伏侍。雖沒見過芳官，然而佐酒的幾個姑子都綾羅脂粉，義髻峨冠，打扮的花紅柳綠的，比尋常的娼妓粉頭還妖媚十分。那芳官原先就是個戲子，去了這種地方，難道還好的了麼？」

趙姨娘笑道：「阿彌陀佛，這才叫現世報呢。當初我罵他一句『粉頭』，還跟我頂嘴掉猴兒，尋死覓活的假撇清，到底應在今日。這還是寶玉屋裏使過的人呢！不過是這麼個下場。二十里地外蒼蠅打架偏看見，眼皮子底下母牛拉屎倒不理論。只會說嘴。同太太說，還不信，打量誰認真同那起蹄子一般見識，冤枉了他們。如今怎樣？可見本來就是這裏頭的貨。」又問賈環，「你說的這芹老四可是三房裏周氏的兒子？他母子倆常往府裏走動，最會獻勤兒的，我只知道他們巴結這府裏得勢的，在那府裏並不入珍大爺的眼，何時這樣好了？」

賈環仰著脖兒，打鼻子裏哼了一聲道：「你說的那都是從前的舊賬了，他那時只管和尚道士，就有油水也奉承不到珍大哥面前，且珍大哥爲著他嗜賭好色，所以並不待見他；及後來他管了鐵檻寺、水月庵兩處，和庵裏淨虛師太兩個攛掇著把些姑子妝扮了出來侍酒，做素席待客，就投了珍大哥的緣了。所以他們現在甚是要好。」趙姨娘便得意起來，咂舌舔嘴的道：「如今好了，雖然老太太一味護著寶玉，大老爺倒肯器重你，再有那府裏珍大爺照護，這府裏的家當將來少不得要落在你手裏。就是的，你每晚天一擦黑就往那府裏跑，究竟做些什麼？」賈環笑道：「有什麼可做？不過是打著練武的幌子耍錢罷了。雙陸也有，象棋也有，葉子戲也有，趕羊，搶紅，抹骨牌，喜歡什麼是什麼，一晚上輸贏好幾百上下呢。」

趙姨娘慌的道：「可別讓人哄了你的錢去。」賈環道：「我那裏有錢？都是珍大哥哥給的賭本。其實我也不大頑，不過跟著白瞧瞧，聽戲吃酒罷了。那些人才是會吃會頑呢，葷的素的，雅的俗的，總能弄出兩樣兒來，就拿這尼姑侍酒來說吧，別說見，從前就是連想也沒想過。他們還有個道理呢，說是隋唐以前並無女尼道姑，都是變相的妓院，諱名的娼館，比如魚玄機，李秀蘭，陳妙常，都是個中翹楚，相與的都是些名士風流，達官貴人，那楊玉環還做了貴妃呢，連皇上都心愛，武媚娘若不是在廟裏走一遭，就能修成正果牝雞司辰了？所以他們自謂尙古，以唐明皇、溫飛卿自居，最喜與姑子廝混，都教帶著妙常髻，穿著水田衫，打扮成唐人的模樣兒，侍酒取樂。」

趙姨娘聽的瞠目結舌道：「怪道前兒你老子說你寫詩作賦不如蘭小子，年紀既比他大兩歲，自然力氣也該大著許多，怎麼竟連膂力準頭也不如，連個弓也拉不滿。我還想著分明你天天往那府裏跑，不爲練功爲什麼，如何只沒長勁，原來卻是這個緣故。難道寶玉和蘭小子也一處裏頑麼？」又說，「攏翠庵裏的妙玉最壞，不過是我們家拿銀子買來的姑子罷了，倒慣的他比主子還大，平日在園裏，看見寶玉就眉開眼笑，看見我們娘倆，正眼也不瞧。巴不的他那日也被弄了去做伴酒的粉頭才稱我的願呢。」

賈環起先只顧說的高興，及見他娘這般，倒又怕起來，因叮囑道：「你可千萬別在太太面前漏一絲風兒，說了出來，珍大哥他們固有不是，連我也不好呢。」一句話提醒了趙姨娘，忙道：「可是呢。你從此再別去那種地方了，這要是老太太聽見，是要命的。」當下倒像得了件寶貝似的，只恨不的立刻拿給人瞧，口裏只說千萬別叫人知道，卻那裏忍的住，待要敲鑼打鼓的滿院裏張揚去，又不知該同誰饒舌，且也不敢。因此摩手搓掌的，轉磨樣在屋裏踏了四五個圈子，忽想起賈蘭有時也往東府去射鵠，倒不知有無參賭。遂胡亂指了個由頭往稻香村來串門子。

進了院子，遠遠看見賈蘭帶著兩三個小丫頭在籬笆外山坡土井邊搖轆轤作耍，正欲過去說話，探些消息，已有小丫頭看見他來，忙揚起聲音通報了。趙姨娘只得進屋來，只見那李宮裁梳著個牡丹頭，用一對壽字扁方簪兒綰著鴨青帕子，穿著家常鴨青織雲水紋花紗寬袖肥身長夾袍，藍綢襯裏，白緞鑲領，綴著兩顆銀鈕扣兒，正同李嬸娘、李綺圍著三足几坐在炕上，娘兒仨長篇大論的嘮家常，見他來了，都起身問好。李紈便叫小丫頭倒茶，又拿出李嬸娘帶的杏酪酥來請他嘗。

趙姨娘因不便開口即說家中是非，只得搭訕著問怎麼不見李大姑娘，李嬸娘因答以李紋已經訂了人家，下個月就要過門，因此不便出來等語。趙姨娘吃了一口酥，只覺鬆軟甜糯，入口即化，卻又不似通常蓮蓉、棗泥酥那般甜膩，不由喜的贊道：「這是什麼餡兒做的，連往日老太太賞下的都不及這個軟和。」

李紈笑道：「這也不算什麼，就是把杏仁捶磨出漿，濾去渣滓，再拌上米粉，加糖熬了，再裹以粉衣就是了。你說這個軟活，其實老太太上次給的蘇州軟香糕、西施虎丘糕才真是甜軟呢。」趙姨娘便作眉作臉的歎道：「大奶奶難道是不知道的，真正好東西，那裏到得了我們屋兒呢？別說吃了，看也沒福看一眼。能給我們的，自然都是硬的餿的沒人要的，吃一口糕，倒硌去兩顆門牙。比方上回元宵節裏分湯圓，各門裏都是核桃、松仁、葡萄，又是什麼桂花、棗泥、白果餡兒，到了我們那裏，就只有豬油白糖餡兒，就連麵粉也不是上等的，又黃又陳，豬油都滲在外頭，糖味兒又齁，不是糖，倒是鹽醬……」

李紈不等他說完，忙道：「姨娘既說這糕的滋味好，不如多帶些回去給環哥兒吃吧。」趙姨娘道：「如此生受了。」果然要只盒子來，便拿起盤子來欲倒。李紈忙阻止道：「叫丫頭另拿一盒子沒開封的罷了。」因命素雲拿了來放在趙姨娘身旁，又將山藥圓子、乳糖槌拍、栗子粉糍團等各色花樣點心各撿幾樣，整攢了一盒子，也都教帶給賈環。趙姨娘收了，又針扎屁股似的坐了半晌，到底不便當著親戚的面說長道短，只得又吃幾塊酥，喝了兩盞茶，辭了別去。不提。

且說寶玉自北靜王府聽戲回來，因惦記著香菱之病，便不忙回園子，且往薛姨媽處來。先在姨媽跟前請了安，恰好夏金桂的母親夏老太太來了，正在上房裏同薛姨媽坐著閒話，只得一併揖見了。那夏老太太見寶玉生的秋水爲神，春山作骨，直看作瓊苑神仙一般，喜的眉開眼笑，拍手贊道：「家常只聽見說京城榮國府上有位生來含玉的公子，長的如寶似玉，今兒才算見了真佛了，這可把蟠兒比下去了。」薛姨媽笑道：「蟠兒那裏好同他比？若是一般的年青公子，蟠兒也還算模樣齊整，要是同他在一處，便是粗木樁子伴著嫩柳樹了。」說的一地的丫環婆子俱笑起來。

夏老太太便連聲兒命丫環打開箱籠，選了幾件珍珠鑲嵌的玩物出來充作見面禮，又拉著寶玉的手問長問短。寶玉雖不耐煩，也只得道謝收了，一一答應著說了好半日的閒話，方抽身往寶釵房裏來看香菱。恰便寶釵往王夫人處請安未回，香菱獨自躺在外間床上，見寶玉來了，掙扎要起。寶玉忙道：「姐姐且躺著。我為姐姐欠安特來問候，若再驚動姐姐起坐勞神，倒來的不是了。」香菱便不堅持，只拿一個拐枕來在身後倚著，側起半身來同寶玉說話。

因說起夏老夫人來，寶玉道：「若說為娘的慈眉善目也是好和氣的人，如何生的女兒這樣跋扈無禮？」香菱歎道：「若是世上的事情都有一定的道理，那也沒這許多冤案出來了。好比他這個情性，在家裏還不是當作鳳凰一般捧著寵著，要不是也不至於看的別人都像草灰瓦塊了；一樣都是爹生娘養的，偏我不知道家鄉何處，父母何人，要不也不至於落的這般田地。昨兒晚上我想著當年從南邊來的情形，無故做了一夢，夢見自己坐在船上，手執一花，枝上花瓣片片隨風著水。想是我命止於此矣。」寶玉連忙設辭安慰。

一時小丫頭臻兒送上飯來，香菱因寶玉在旁，只說等下再吃。寶玉連忙又勸，且道：「這樣一味客氣，倒不是你素日為人了，豈不教我不安？」臻兒便放下弧腿蓬牙炕几來，又遞上頸圍、汗巾等物。因香菱病著，不敢多吃，只得兩碟清淡小菜，並一缽子胭脂米粥，上面略漂著幾片百合提味兒。寶玉見那米湯晶瑩暈紅如女兒羞色，不由愣愣的看著出神。又見香菱隨意挽著個桃心髻，插著根方勝梅花簪，穿著家常半舊的槐綠妝花紅綢鑲腰夾紗襖兒，腰間及袖口各繡著一圈纏枝花卉，頸下繫著白綢子荷花巾，並不吃菜，只將粥碗擱在唇邊，一勺一勺舀著喝，倒像春妝女兒臨水照影一般，心想偏是這樣聰明苦命的一個人兒，又偏是這麼稀罕難得的一碗粥水，倒像是花瓣兒落在春水裏，又像是薛濤漂紙的桃花井，他又跟薛濤一般薄命，且有詩才。想著，不由呆呆的出神，竟是潸然欲泣。

那香菱胃薄氣虛，勉力吃了幾口，便說飽了，將碗擱下，命臻兒收了去。又向寶玉道：「你來了這許久，只怕襲人他們早該急了，這會兒不定怎麼找你呢。」寶玉點點頭站起來，轉身欲去。香菱卻又叫住，說：「今兒一見，就算別過了。二爺不必再來，關愛之意，我心領就是了。林姑娘面前，還請二爺替我說一聲，謝謝他前日送來的那些吃食，謝謝他送的書，還有那些花硯花箋，香菱一併在枕上磕頭了。蒙他青目，不以賤婢蠢物視之，肯教我那些學問，能與他師徒一場，我總算不白活。」

寶玉聽著，那眼淚便如簷上的雨水一般，直流下來。又恐人見了不雅，連忙拭去，別了出來。回至房中，更衣淨面，一會兒說茶味不好叫換，一會兒又命小丫頭來添香，只覺百般不適意，怔怔的出神。

襲人見了，不免又歎道：「你這些日子究竟是怎麼了，前兒為了什麼副姑娘正姑娘的唉聲歎氣，今兒好好兒的去北靜王府裏聽戲回來，原該高高興興的，卻還是這樣長吁短歎的，究竟還有什麼不足，又不肯說出來，有事沒事只管打悶葫蘆，慪的人心裏發堵，可不要慪死人？」寶玉見他這樣，不免勸道：「我好端端的，不過是聽了一天的戲，有些煩吵，所以在這裏出回神罷了。你何必多想？我且去看看林妹妹，散散心就好的。」說罷果然起身出門。

襲人反覺愣住，回身坐在一隻剛擺出來的豆青瓷涼墩兒上，益發煩惱。想著往日自己略露些煩愁不豫之意，寶玉必會百般安慰，如今卻每每不耐煩，說不到三句便拔腿走開，長此下去，往日的情份何在？今日尚且如此，他年娶妻生子，心中眼裏那還會再有自己？因又念及前日香菱勸他莫為人妾的那些話來，從這作妾的上頭，不免又想起從前尤二姐的死來，想以尤二之花容月貌，香菱之冰雪聰明，下景尚不過如此，況且自己容貌不及尤二，文采更遜香菱，將來還不知怎樣？越想越覺灰心，不禁靜悄悄滴下淚來。

且說黛玉自生日感了些風寒，早起便覺頭沉身軟，心中不耐煩，因此只說要睡，不叫丫頭們在跟前侍候。紫鵑正要預備三月初一王夫人的生日禮，打兩三個月頭裏就留心收了曬乾的茶葉以便絮在夾紗套子裏縫枕頭，樂的出來做活兒。因見雪雁兩手不停，裁粉紙折蓮花，問他：「你不幫忙繡枕套，怎麼做起紙花兒來？」雪雁道：「我看姑娘前兒祭奠老爺、太太，說是什麼『母難之日』，哭的那樣傷心，想著不如照俺們蘇州規矩，做幾隻荷花燈兒，點亮了漂在水裏，說是陰間的人看見，照著亮兒就見到親人了。我們老爺、太太去了這麼久，姑娘天天哭眼抹淚的，我也安慰不了別的，幫著做幾個荷花燈，順水漂一漂，也是個念想兒，果然老爺、太太的陰靈兒收到，也可以保佑咱們姑娘，早日找個好人家兒。」紫鵑啐道：「你作死呢。這也是頑的？大觀園裏放燈，上頭知道了，還了的？沒的招姑娘傷心。」雪雁嘟了嘴不服氣，心道姑娘總之是天天傷心的，那裏用我來招。然而紫鵑說園子裏不能漂燈倒也點醒了他，前回藕官燒紙惹了多大的禍，後來被攆出去，焉知不與這個有關呢。嘴裏卻仍強辯道：「就算有人看見了，我只說是折著頑兒的，他們未必就知道了。」紫鵑罵道：「人家都說心靈手巧，你白長了一雙巧手，怎麼就是個死心眼子？你光知道姑娘是從蘇州來，難道不知道老太太、太太的老家也都在金陵？這園子裏十成人，八成倒是從南邊來的，怎麼會連個荷花燈也不認識。何況那些大娘嫂子們，那個不是後腦門兒上長眼睛，就那麼好哄？正經老實坐在家裏還怕他們雞蛋裏挑出骨頭來呢，你倒往網裏撞去。」

他兩個在外拌嘴，只道姑娘睡著了。豈不料黛玉心裏正不自在，並未睡著，不過是懶怠睜眼罷了。聽見雪雁說漂燈，又說起自己的爹娘，那眼淚早流下來濕了半邊枕巾，想著父母若在世，何至於像如今這般苦楚漂泊？及聽見紫鵑教訓雪雁，益發感慨，想我林黛玉幼失怙恃，寄人籬下，連孝敬父母寄託哀思都要偷偷摸摸沒個可籌措處，真真的連丫頭也不如。他們總還有個假期，三不五時接回家去見老子娘時，什麼話不可說，什麼事不可做，強似自己在這裏坐牢似的，除非遠嫁，竟再沒可出去之時。想到遠嫁，更是刺心剜肝一般，喉嚨裏梗起，大咳起來。

紫鵑、雪雁兩個並沒料到姑娘醒了，忽聽裏面咳的天驚地動，急步搶進來，看見黛玉渾身抖摟著喘成一團，臉色煞白，咳的上氣不接下氣，都唬的連聲叫喚，遞茶遞帕子，瞅空兒交換一個眼色，都猜到他八成是聽見了對話，都覺後悔不已。一個想好好的做什麼荷花燈，真叫紫鵑姐姐說著了，沒的招姑娘傷心；一個想做什麼要教訓雪雁，姑娘聽見自己不替他著想，豈不寒心？

兩個人想著，一邊照顧姑娘，一邊自己的淚也下來了，竟騰不出手來擦一把臉。那黛玉從床上探出半個身子，越咳越緊，身子軟軟的往下沉，兩個人險些扶持不住，恰時寶玉進來，看見黛玉咳成這樣，紫鵑、雪雁兩個亦是淚流滿面，一驚非同小可，飛白了臉直奔過來，顧不的忌諱，一把抱住黛玉叫道：「好妹妹，你這是怎的了？」

紫鵑、雪雁兩個扶著黛玉，正覺吃緊，難得有寶玉將他抱住，一時也不及多想，各自抽開手來，一個去倒水，一個便擰了手巾來給黛玉拭面，又抽空將自己臉上胡亂揩了一把。黛玉軟軟的倚在寶玉懷裏，卻是漸漸喘的勻了，用力將寶玉推開，羞道：「你怎的……」一語未了，眼淚流下來，只瞅著寶玉不說話。寶玉坐在床邊椅子上，也是呆呆的瞅著黛玉，一顆心刀絞一樣，恨不的代他受罪。半晌，輕輕說：「好妹妹，你這樣不愛惜身子，叫我怎麼好呢？」

黛玉看著他，千言萬語只是說不出口，滿心裏想要他一句貼心的話，豈知寶玉當真熱辣辣說出來，他卻是禁受不住，急紅了臉道：「你這說的什麼話？」寶玉也自知情急造次，欲要賠禮，也是滿心的話說不出來，因低了頭，欲說不說，拿腳輕輕踢著那盆，便也慢慢的滴下淚來。

黛玉看他這樣，不禁柔腸百轉，歎道：「我聽說李嬸娘帶著紋妹妹來了，你不去稻香村問候一聲？」寶玉道：「我那裏還顧的……」忙又咽住，轉道，「你若起的來，我陪你過去走走，也使的。」

紫鵑倒了水回來，聽見這話，笑道：「二爺倒會說話，看姑娘這樣，緊著休息了這半日還覺不好呢，那裏還有力氣串門子去？」寶玉道：「這倒不然，就是爲著妹妹已經躺了半日，若能起的來，還該走動幾步，散散心才好。何況只是風寒，雖然體虛咳嗽，多穿些衣裳倒還不妨。若只管躺著，小病倒睡出大病來了。」紫鵑聽了有理，便也極力攛掇黛玉起身：「姑娘也躺了大半日了，晚上只怕又睡不安生，倒不如出去散一散，或者還睡的安穩些。」

黛玉推辭不過，坐起來喝了兩口茶，覺的精神略清爽些，於是對鏡理髮勻面。寶玉早開了妝匣，親自選了只飄花簪子便要替他插頭。黛玉早又紅了臉劈手奪過，嗔道：「誰要你動手動腳的？」自己對著鏡子插了。寶玉在鏡中看到她桃腮泛赤，杏眼含嗔，凝睇流盼，早不勝情，就勢坐下來，癡癡地望著鏡子，且與黛玉在鏡中對視。那黛玉忙背轉身來，不教他看。寶玉不好意思的，便要找些話來打岔，因看到窗簾高高挑起，窗沿兒上曬著些乾茶葉，茉莉花瓣，便問：「這是用過的茶葉，曬它做什麼？」

紫鵑恰好拿著件青織金飛魚過肩夾紗羅袍進來，聞言代答道：「那是替太太收的，絮在棉紗套子裏做枕頭，治頭疼最有效的。自從上次太太嚷嚷睡不著，姑娘聽見了，就留心做起來，已經存了有兩三個月了。」寶玉道：「早知道，該告訴我也收起來，兩個人一起攢，豈不又多又快。多出來的，好幫老爺也做一個。」

黛玉嗔著紫鵑道：「一個枕頭還沒做好，就嚷得滿世界知道。讓人聽見，還以爲我們是專做枕頭的呢。」紫鵑一笑，並不辯解，寶玉反不過意，笑道：「妹妹何必多心？四妹妹每年都自己做幾盒子茉莉香送人，誰難道笑話他開香料鋪子的不成？我往年替這些姐妹祝壽，也是把蘭花、梔子曬乾了兌在石蠟裏，這些年下來，也不知做了幾十盒蠟燭送人。」

黛玉沉下臉道：「我拿什麼比你們，我原不是你家的人。你們公子、小姐偶爾興致來了，做一盒半盒香燭，原是雅趣；我做茶枕，就成了針線上的粗人了。」寶玉歎道：「這也要惱。我知道你的意思是說我從來不曾送過你，只是這些本是小時候的頑意兒，送旁人使得，若給你也是跟他們一樣的禮，倒是慢怠妹妹了，所以年年總不肯這樣敷衍，你又想到哪裏去了。」

黛玉無話可對，轉身向紫鵑道：「這會子膩歪歪的，怎麼又找出這件夾袍子來？怪笨重的。」寶玉忙勸道：「如今春寒料峭，穿脫衣裳正該加些小心，最是馬虎不得，若嫌笨重，我替你提著後擺倒使得。」黛玉啐了一聲，扭身出門，寶玉忙跟出來。

兩人方走至滴翠亭，遠遠的隔岸看見趙姨娘打稻香村出來，林黛玉忙將寶玉袖子輕輕一拉。寶玉會意，便與黛玉走至亭畔梨花樹下暫避，看了一回鷗鷺爭渡，群魚呷花，又說了一回詩詞文章，古今名畫，因問：「前些日子大夫新換的藥方，妹妹吃了覺的怎樣？」

黛玉道：「不過是那樣，又問他做什麼？」

寶玉道：「我恍惚聽見誰說配藥房這些日子不只替府裏配藥，竟也配了丸藥往外賣呢，也不知是真是假，若他們只是存心搗騰幾兩銀子貼補也還不算什麼，就只怕他們給妹妹配藥不經心。」說著，歎道：「昔日裴航於藍橋驛遇雲英，遍索玉杵臼以獻之，春藥百日，遂得靈丹，服之成仙。我若能得此玉杵，便爲妹妹搗藥千日又何辭。」黛玉頰飛紅雲，啐了一口，估量趙姨娘去的遠了，道：「已經這早晚了，我們去罷。」兩人復往稻香村來。

李紈正與李嬸娘收拾包裹，堂屋大炕上堆了許多字畫簪環，見了他二人，忙請入裏間坐下，又叫李綺陪著，笑道：「多謝你兩個想著，我這裏正幫紋兒檢點幾件首飾，你們且說會兒話，我這就過來。」又嗔著小丫頭不好好在門外守著，就只顧頑，又命素雲倒茶。寶玉道：「我們又不是客，特地來看看綺妹妹，大嫂子只管忙自己的罷，且不必理會我們。」

亂了一回，李紈仍與李嬸娘出外收拾。李綺久不入園來，見著寶、黛兩個，份外親熱，因讓茶獻酥，拉著黛玉上炕說話兒。寶玉因見案上青瓷瓶裏供著一枝桃花，乍開半吐，打著許多花苞，遂問李綺：「我記的這裏從前是一隻成化鬥彩蝴蝶纏枝紋的細頸瓶子，好不精緻細潤，如今怎麼換了這個土頭土腦的東西？」李綺臉上一紅，頓了頓道：

「誰知道呢？總是憑各人喜歡罷了。」寶玉也並不在意，便又說起黛玉生日眾人起社事，可惜李綺不曾在場，又說下月初三乃是探春生日，留李綺好歹住到生日完了再走，諸多閒話，不必贅述。正是：

孀娥未雨先張傘，素女臨風不勝衣。

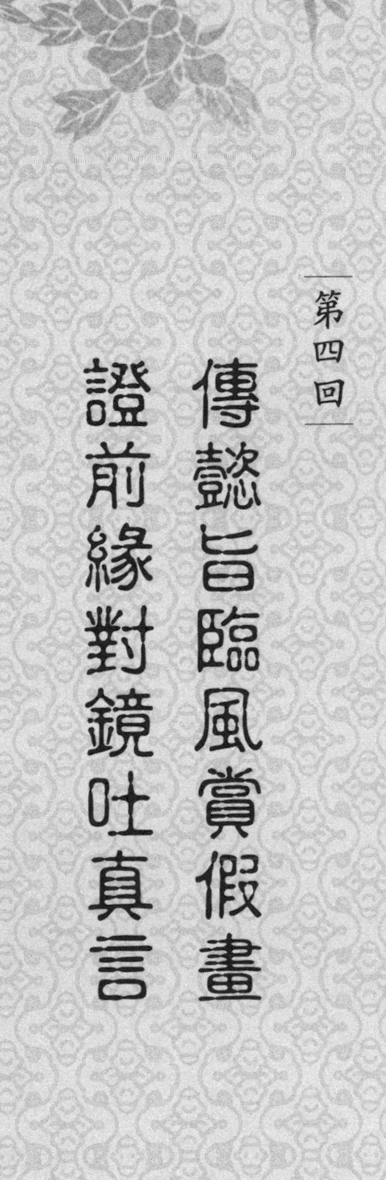

第四回

傳懿旨臨風賞假畫
證前緣對鏡吐真言

且說惜春因天寒筆滯爲由，歇了足有一多，次年偏又遇著抄檢大觀園、迎春出嫁一連串事，消消停停，倏然又是一年，難得賈母也不提起，因此直到如今春暖花開，才又重新用起功來。如今畫已得了九成，亭台樓榭俱已全備，人物裙帶逐日分明，只待再一潤色便要脫稿的。因此眾人每日裏得閒便往暖香塢來看畫，笑著說這一處最妙，那個人像誰，這裏須添上一筆花鳥，那裏該遮著些柳蔭，有說芍藥欄的花最豔的，有說沁芳泉的水太綠的，各執己見，議論不休。惜春因道：「難得今天人來的全，正有一件笑話兒要同大家說。那日林姐姐生日，大姐姐特別厚愛，單賞了我一幅山水。我昨日才得空兒掛起來，細細把頑，卻是幅贗品。」

眾人大奇，都道：「這不能夠。宮裏寶物眾多，何況又是娘娘特地賞賜，怎麼會是贗品？」因都聚到畫前細看，只見筆墨停勻，線條飄逸，且以精絹折邊，上等的四連紙覆背，金襻銀帶，牙軸玉簽，觸目生輝，十分光潔可愛。都說：「這的確是沈周真跡，如何說是贗品？且別說這畫本身了，便這綾裱牙軸的裝潢功夫都是一流的。」惜春冷笑道：「筆墨固然是沈周的。只可惜不是完璧，是一幅揭過的。」

一語提醒了寶玉，笑道：「我從前倒也聽說過『揭畫』的行當，說是用比繡花針還細的針尖兒挑開絲薄的一層，重新用同色的絹紙托墨覆背，便可再造一幅一模一樣的畫出來，只沒真正見過——只怕見了也不認識。不知四妹妹從那裏看出來？」惜春遂指點說道：「正是功夫都用在裝潢上了。你們細看這紙的毛邊兒，這印章，都輕薄虛浮，底氣不足，所以才要費盡了力氣去矯飾，裝點的金碧輝煌的，炫人眼目，不過這覆背裱紙倒是原先的，因此我知道他是揭了表皮，再重新薰過出色的。」寶釵笑道：「這就是人們常說的『虛有其表』了。」

惜春道：「娘娘特特的指定這幅畫給我，卻又賞一幅揭過的畫，倒像是『畫裏有話』，有些意思呢。只是宮裏怎麼會有贗品呢？」寶玉笑道：「四妹妹這句『畫裏有話』才真是有些意思呢，只是太多心了。怎見的宮中就沒有贗品？那些想當官想瘋了的，什麼東西淘了來都當寶貝似的往宮裏獻，他心裏巴望著是件好東西，便當真以為是好東西，怎麼分辨的出來？不見的宮中個個是行家，一半次看走了眼也是有的。不然也沒有那句古董行裏的老話兒，『放了一輩子鷹，卻被鷹打了眼。』可見這種事原本尋常。」惜春道：「雖是如此說，可娘娘怎麼單單挑了這幅揭畫給我，又為什麼單單是給我呢？倒好像存心要我知道是幅假畫似的。」李紈笑道：「那又有什麼好奇怪的，自然是因為娘娘知道你雅善丹青，才會投其所好罷了。我們都不懂畫，不給你，難道給我嗎？可是寶兄弟說的，你也太多心了。」

探春卻上了心，慢慢的說道：「四妹妹的話有些道理，娘娘有心要投其所好，送了四妹妹一幅畫，按理說不該送幅假畫來；雖說宮裏也免不了有假，然而娘娘特地挑出來的畫，總會用點心，怎麼剛好那麼巧挑一張揭過的，又特地指明送給四妹妹，倒好像存心要我們看穿似的。大家倒不妨想想『假畫』的含義。」寶釵聽的背上一涼，笑道：「才說四妹妹多心，你倒越說越玄了。平時豪氣的很，原來也這般『杯弓蛇影』。」探春瞅他一眼，若有所悟，笑笑不再說話。李紈看在眼裏，也就暗暗上心，卻並不理會，只笑道：「從前林妹妹說這園子圖，慢慢兒的畫足要兩年功夫，我們還只當笑話兒。如今算來，可真應了這話，足足的兩年。」

說著，忽的一陣風來，吹得畫軸簌簌亂抖，惜春抱肩道：「好冷。」因責怪丫頭，「怎的不把簾子放下來？」彩屏道：「起先姑娘說屋裏悶氣，所以挑了起來。這就放下。」小霞忙過來幫著放了下來。又換上茶來。因寶釵、岫煙兩個這一向不大往園中來，因此眾人都先讓他兩個。岫煙便道：「可是的，幾日沒見林姑娘，他身子好些了沒有？」寶玉道：「我本想約他一起過來看畫兒的，他說剛吃過藥，身上有些不快，要歪一下。這時候不來，大概是還不好。你要不要去看他，我們一道。」岫煙道：「也好。」寶釵便笑著回頭道：「代我問好，說我明兒閑了去看他。」寶玉道：「既這樣，我們這就走吧。」說著便站起身來。惜春也不留，只坐著慢慢的喝茶，仍看著那幅畫兒發呆。

眾人遂一起出來，在稻香村前分了手，岫煙便與寶玉往瀟湘館來。因抄近路從翠堤上走過，岫煙穿著高底鞋行不快，寶玉故意假裝看風景，一會說「柳條越發綠了」，一會說「桃花就快開了」，又指著水裏說：「這些鴨子倒性急，才二月裏，已經下河了。」腳下延捱，一路慢行，反要岫煙等他。岫煙也知其意，不免心中感激。

寶玉因問道：「自二姐姐去後，連你也搬回家去，如今紫菱洲冷落異常，我前幾日從那裏經過，順便彎到紫菱洲去張了一張，草長的比花還盛，僕婦們也都懶的打掃，幾成廢墟了。你原只說回家略住些日子，怎麼也學寶姐姐，一去不回了呢？」

邢岫煙低頭半晌方道：「紫菱洲本是二姐姐的屋子，如今主人去了，我做客人的怎好沒眼色，只管住著，豈不反客爲主，應了那句成語：『鵲巢鳩佔』了麼？」寶玉道：「二姐姐不在，你就是紫菱洲的正經主子，怎麼算的上是客占主位？你不說我也猜著了，必是那些婆子的嘴臉難看，說了什麼不中聽的話。你是個聰明人，何必同他們一般見識，只做聽不見就是了。若實在生氣，板起臉來罵一頓，或者告訴鳳姐姐，攆出去也使的。」

岫煙歎道：「二姐姐在時，那起人已是挑三說四，連二姐姐也沒奈何；如今我又不是正經主子，他們自然更有的說了。璉二嫂子每日忙的很，又怎好爲這些小事去聒噪他？何況畢竟又不是個什麼事兒。」寶玉看他垂首蹙眉，嬌聲軟語，若有黛玉之態，頭上梳著墮馬髻，斜插著一隻蝶戀花鏤空金鑲玉步搖釵，花做西番蓮形狀，兩邊蝶翅分飛，下以銀絲編成墜飾，形似弱柳扶風，行則花枝低搖，身上穿著丁香色暗花夾紗襖，蔥綠妝花鑲邊壓金線比甲，疊幅細褶月華裙，垂著豆綠鑲金線的繡花條子，不覺素淡，但覺清雅，更兼態度溫柔，楚楚可憐，早已情不自禁，大聲道：「再不然，我替你教訓他們去。」岫煙忙阻道：「那更沒有這個理了。何苦惹人閒話，反說我輕狂。論理我本不該同你說這些，你也千萬別同第三個人說起。」因見寶玉一直盯著那支釵看，遂道，「你可是覺的這簪子眼熟？原是二姐姐出門子前送給我做念心兒的。」

寶玉笑道：「這就難怪了。」正要再說，忽聽半空裏叫道：「寶二爺來了，紫鵑倒茶。」唬的猛一抬頭，卻是瀟湘館已在眼前，那鸚鵡的籠子不知爲何懸在門首，卻還在連聲呼喚紫鵑打簾子呢。不禁笑道：「這鳥兒竟然識人。」岫煙也笑道：「自然是因爲你來的頻，所以連鸚哥也認得了。」

紫鵑正在院裏扳著指頭數那剛破土的新筍，幾個婆子丫頭幫著給竹葉兒淋水，聽見聲音回頭，都笑起來：「只當鳥兒扯謊，原來真是二爺來了。」寶玉聽見這話，忽又發了呆病，心想紫鵑既這樣說，想必是那鸚哥一天幾次常呼「二爺來了」，倒不知他每次喚起時，林妹妹心中作何想頭，待發覺鳥兒扯謊，心中想必失望，自己若一日不來，鸚哥卻幾次喚起，妹妹豈不憑添愁煩？自己從此倒應來的更勤些才是，不然豈不叫鸚哥枉呼，妹妹錯等。又想到母親近日忙著命人掛帳搬箱的佈置房子，只怕出月就要自己搬出去的，那時再像如今這樣一日幾次的往瀟湘館來只怕不能了，況且進園子要叫門，走晚了要等門，來的頻了則又惟恐惹人閒話，卻如何是好。因此站在門前，聽著紫鵑同岫煙說話，卻既不知應聲，亦不知進門，竟望著鸚鵡籠發起呆來。

不提寶玉這些胡思亂想，只說寶釵和探春兩個離了暖香塢，在稻香村前同眾人分了手，便一前一後，腳跟腳走到花籬下，看看左右無人，探春方悄悄兒的笑道：「剛才寶姐姐提醒的極是，我太多嘴了。」寶釵道：「剛才滿滿一屋子人，聽見了白擔心，有什麼好處？況且還有些丫頭在跟前，或是一半個多嘴多舌的當件了不得的大事，添油加醋傳了出去，更是麻煩。」探春點頭道：「姐姐說的是。只是姐姐想我這話有道理沒？」寶釵道：「大有道理。我正要同妹妹說，這番話，倒是在老爺那裏提點著才是。妹妹方才說『假畫』，倒讓我想起一個人來。」探春道：「我只想著『假畫』或許是『假話』的意思，因此想著娘娘畫裏有話。難道又關著什麼人麼？」寶釵道：「那個從前很肯往府裏走動、來了又次次要找寶玉說話的賈雨村，大名不就是賈化麼？最是個多事之人。」

探春恍然大悟，府裏往來男賓，向不報與女眷知道，因此他一時想不起，寶釵竟知道的如此清楚，自然是因為那賈化次次要見寶玉的緣故，不禁將他看了一眼。寶釵臉上一紅道：「我也是白替你們操心。你忘了，從前我哥哥為香菱在應天府打官司，還是他理的案呢，因此也算有舊；再者前次平兒往我們那裏借棒傷藥去，說是為了幾把扇子差點傷了一個叫做什麼石呆子的人的性命，那經手的官兒，也是他。我因此記住了。」一語提醒了探春，「哎喲」一聲叫道：「這可是大禍了。他的官兒，還是舅舅一力保舉的，這些年來一路高升，已經做到大司馬，那可是個通天的官兒，協理軍機朝政的。他若有事，必是大事，只怕連舅舅也有掛礙。依我說，該先同太太說了，再與老爺商量去。還得老爺同那邊府裏的爺們兒商量著拿個妥當主意才是。」

寶釵道：「慌什麼？這些事本不該我們女孩兒家過問，所以依我的主意，該先找了鳳丫頭來，告訴他知道。況且那扇子的事，璉二哥身受其害，他最知道原委，且與那府裏管事的商議，也得要他出面才是。」於是兩人一同往秋爽齋來，又命個小丫環去請鳳姐。

一時鳳姐來到，探春請他坐了，便將這「假畫」的事慢慢說明。熙鳳聽了，臉上紅一陣白一陣，低頭尋思半晌，且道：「這事且不要聲張，我且想個方兒，怎麼能讓老太太進宮一趟，看看見面時娘娘是個什麼情形，再做道理。如今倒寧可假裝無事，免的驚動四方，生出許多閒話來反不好。」寶釵、探春都道：「這說的極是。我們也是這個主意，所以才要請你來。」

正說著，忽然薛姨媽的丫頭同喜慌慌張張的來找寶釵，拍手道：「原來姑娘在這裏，叫我好找。奶奶請姑娘快回去，菱姑娘不好呢。」寶釵、探春聽了，都唬一大跳。寶釵起身便走，探春道：「我同你一起去，也送一送他。」待書也要跟著。恰好平兒安置了魚缸進來找鳳姐，聽見這話，不禁流下淚來，便也欲去一見。鳳姐歎息道：「既這樣，你就去吧，也代我盡一盡心。我這裏抽不開身，就不去送他了。」

一時眾人相跟著出了園子，那香菱已經易簀停床，薛姨媽和薛蟠且在旁邊守著哭。香菱昏瞶一回，忽然睜開眼來，似要粥要水，薛蟠忙湊前問：「你要什麼？」香菱定定將他看了兩眼，問：「你是誰？」卻是口齒清晰，倒像比前清醒些似的。薛姨媽心中犯疑，明知他是迴光返照，卻也難受，因哭道：「好孩子，是我沒能爲你做主，誤了你了。你如今有什麼話，只管說罷。」又指著薛蟠的額恨道，「孽障，既不知珍惜，當初何苦弄了來，白白誤人性命。」薛蟠到這時也悔將上來，只是哭，不說話，任由薛姨媽責罵。

香菱在枕上搖頭道：「太太也別替我難過，這都是我前生的罪業，不得不如此。我如今債已滿了，總算要回去了。只可憐我娘想我，哭的好不傷心。太太念在我多年小心伏侍的分上，他日或是做生意經過，或是打發個人去一趟，往大如州我外祖父家裏找著我母親，同他老人家說一聲，女兒不孝，不能見了，請他老人家別再惦記我吧。」又說外祖父的姓名住處。

薛姨媽聽了，又是不懂，又是心痛，只道他發昏的人說胡話，因哭道：「好孩子，你歇一歇，養養神吧。這些話，等好了再說吧。」香菱笑道：「那裏還有好的日子呢？我活在世上十八年，開心的日子統共沒有幾天，想起來竟是作夢一樣。太太平日只要問我家鄉何處，父母何人，我竟答不出，如今想來，一個人連根基兒都忘了，可不成了傻子？偏偏的如今好容易都想起來了，又要去了。」又向薛蟠道：「你已經趕了我出來的，我死後，牌位上不許寫『薛門某氏』字樣，只寫『甄氏女英蓮之位』。就是體諒我了。也不必破土下葬的費事，只將我化了，骨灰送回南邊，若能找到我娘，就交與我娘；若是找不見，或者荒郊，或者河裏，便隨處撒了也是一樣的。」薛蟠聽了，更加痛哭。

說話間，寶釵、探春一行人已經來了，聽見薛蟠在裏頭，不好就進來。於是寶釵獨自進來，請出他哥哥去，探春等才進來了。只聽香菱猶自剖心瀝膽，自述身世道：「妾雖薄命，以此漂萍之身，復遭秋扇之捐，卻並非涉淇桑濮之輩。我原姓甄名英蓮，家住蘇州閶門十里街仁清巷葫蘆廟隔壁，父親諱費，字士隱；母親封氏，雖非大富大貴，亦是當地望族。只爲我四歲那年元宵節被拐子拐走，多次轉賣，流離失所，致忘記父母家鄉，參商永隔，如今業滿歸身，卻又幽明殊途，永無相見之日了。」

寶釵等聽他敍述這些蘭因絮果，分說得十分明白，不禁都相顧失色——若說是胡話，瞧情形又不像；若說實情，又斷無這等道理。寶釵因丟下探春、平兒幾個，出來找著薛蟠，問他：「早起我出門時還好好的，怎的忽然就這樣了？」薛蟠道：「我竟也不知。今天在鋪裏跟張德輝的小兒子對了賬出來，路上有個跛足道士攔著我，說有面鏡子要我拿來給香菱瞧一下，保證就好了。我問他是誰，何以會知道我家小妾的名字。他說原與香菱的父親有舊，故來相見，說完把個鏡子往我手裏一塞就走了。我因好奇——從不曾聽見香菱的父母是誰，且也久不見他——所以便來家跟他看了一看。不想他看了鏡子，忽然大哭起來，便發昏過去，再醒來時，就滿口裏胡話起來。」

寶釵聽了犯疑道：「那是個什麼樣的鏡子？卻在那裏？」薛蟠道：「爲他剛才發昏，我拿了鏡子要出去找那道士理論。饒是道士沒找著，倒把個鏡子不知丟到那裏去了。只記的背面鐫了幾個字，好像是什麼『風月寶鑑』，另有些小字，也沒看真。」寶釵越發起疑，也無暇細問。

一時園裏大半人都已得信兒，紛紛趕來道別，一撥去了一撥又來，寶釵只得打起精神招呼，又命薛蟠出去打點棺槨素幡香蠟諸物，免的到時著忙。忽見寶蟾走來，說奶奶請大爺過去說話，寶釵因說出去了，自己仍回身進來。隔不多時，便聽夏金桂隔著牆在那邊摔捧打打，指桑罵槐，先罵薛蟠不顧家，跟前頭人勾勾搭搭不清不楚，又罵寶蟾不濟事，連個話也傳不明白，找個人都找不回。寶蟾便哭，說：「他們姑娘說不在，我難道進屋子搜不成？」主僕兩個一遞一聲，一唱一和，做出許多文章來，話裏話外，只說有人給香菱撐腰子，挑唆著薛蟠不能回屋，拆散人家夫妻。罵到後來，索性連寶釵也咒在裏頭，說是「好有根基的大戶人家，好有體統的千金小姐，不等出門子就學會調三窩四派兵遣將弄虛火兒了，難不成拆散了我們夫妻，自己是有好日子過的？橫不能養在娘家一輩子，終久也要做人家媳婦兒的，到那時才知道我這守活寡的苦呢。」

薛姨媽又羞又氣，知道眾人都已聽在耳中，無可推諉，只哭道：「家門不幸。都是我那孽障兒子不知惜福，所以才有此報。」眾人只得勸慰。寶釵也氣的哭了，又不好回話對罵的，只得扶了薛姨媽回房歇息，命同喜、同貴來捶腿撫背，委委屈屈的勸道：「香菱已經這樣了，這幾日裏只怕有的忙呢。媽媽倘若再病了，可不是大饑荒？」

卻說寶玉和岫煙正在瀟湘館裏陪黛玉說話，問他為何將鸚鵡掛在院外。黛玉笑道：「人在地上，尚想著漂洋過海，遍歷山川大河；那鳥兒本來會飛，眼界原比人心更廣，如今反被鎖在籠中，想必更是不平。所以把他掛在院外，縱不能放飛，看的遠一點也好。」

不等寶、岫兩個說話，紫鵑早在一旁接口笑道：「姑娘本來還想著要替他放生呢，說他生為鳥兒，不能遠走高飛，倒被捉來鎖在籠子裏，教說人言，給人逗了這麼多年悶子，也該放他好好自由飛一回了。後來還是我勸著姑娘，想那鳥兒自小剪了翅膀關在籠裏，渴了有清泉水，餓了有香稻粒，早已習慣了這籠中生活，若放了他，只怕反而不會獨自過活了呢。外邊的風風雨雨，冷熱寒暑，那裏是他受的了的？姑娘想想才罷了。」說的寶玉岫煙都笑了。

寶玉道：「這話說的有理。『子非魚，安知魚之樂』，子非鸚哥，安知鸚哥在籠中不樂呢？何況他能得你爲主人，也就是鳥中至尊了。只怕你要他去，他也是不肯去的。」黛玉道：「可又來。你又不是他，又怎麼知道他願意守著我不去？」話說出口，方覺不妥，臉上頓時飛起紅雲，忙用絹子掩著口咳了幾聲，遮掩過去。

紫鵑一邊遞上茶水，一邊道：「說起鸚哥，比人都強，不僅能說會道，這些日子還長了一門大本領呢——承姑娘教他，已經認得十幾個字了。」寶玉、岫煙都訝道：「果然麼？這可不成了精了？」便請紫鵑取下鸚哥籠來，演示給他們看。

原來寶玉爲著方才岫煙的話耿耿於懷，卻因黛玉在旁，生恐引動他同病相憐之歎，不便再談，只說些閒話替他二人解悶，因見岫煙對鸚鵡好奇，便要湊他之興，極力慫恿紫鵑取鸚鵡來演示。紫鵑笑著出去，果然放出鸚鵡，用包錦纏花架子提進來，又取了些字牌放在桌上，逗那鸚鵡銜取。鸚鵡初出籠來，不急認字，卻在桌上蹦蹦跳跳了好一陣，才從牌堆裏叼出一張「日」字來，大聲念道：「藍田日暖玉生煙。」寶玉意出望外，不禁笑道：「這鸚哥倒巧，不僅識字，還會串詩。」紫鵑道：「不僅會念詩，還會認人呢。你看他念的這句詩，三位的名字都在裏面。」寶玉、岫煙兩個一想，果然是的，更覺驚奇。寶玉道：「我不信竟有這樣神奇，叫他再認一張，看是什麼？」

那鳥兒不肯銜牌，仍蹦跳著念道：「望帝春心托杜鵑。」岫煙笑道：「這回說的是紫鵑姐姐的名字。」寶玉道：「不僅因字成詩，還會因人而異，這鳥兒豈非通了神？」黛玉笑道：「你越說越玄了，花也成神，鳥也成神的。不過是我前兒才教了他這首《無題》，所以翻來覆去，就只會念這麼幾句，可巧各人的名字都在裏面罷了。」寶玉、岫煙兩個回念一想，果然是的，不禁都笑了。

正欲抽牌再試，雪雁打起簾子道：「雲姑娘來了。」果然湘雲進來，卻是來約黛玉一同送香菱去，看見寶玉和岫煙，歎道：「原來你兩個也在這裏，剛才我們翠縷回來說，香菱已是死了大半了，雲裏霧裏只管胡說，也沒人聽的懂。這會子過去，不知道還趕不趕的上見最後一面？」

黛玉眼圈兒便紅起來，忙命紫鵑取斗篷來。寶玉怕他傷感太過，忙阻道：「你前兒已經去瞧過他，有多少話也都說完了。如今他那裏人又多，氣味又雜，你身上又不好，就別去了。我代你去看他，也是一樣的。」湘雲也道：「這話說的不錯。我本不該約你。」又問岫煙去不去。岫煙低頭爲難。寶玉知他是怕遇見薛蝌不便，替他說道：「不如你在這裏陪陪林妹妹，我們兩個去替你們說一聲就是了。」岫煙點頭。寶玉便同湘雲匆匆去了。

還未走近，已聽見一個女人聲音大呼小叫的隔牆罵著：「一個丫頭死了，也值的這麼著鬼哭狼嚎小題大做的。還說是鐘鳴鼎食，知書達禮的大家子呢，我當有什麼了不起的規矩，原來是這麼冠履顛倒，沒上沒下的。」

寶玉蹙眉道：「這是誰這樣潑悍無理。」湘雲道：「還有那個？自然是那位大名鼎鼎的薛大奶奶了。我聽翠縷說，已經罵了半日了，虧他也不嫌累的慌。」話音未落，忽聽頂頭一個焦雷，轟隆隆滾過，倒把寶湘兩個唬了一跳。抬頭看時，只見烏雲四攢，靉靆沉凝，那天眨眼便黑了，一陣怪風平地卷起，打著旋兒如條烏龍一般直接到天上去。兩人俱心中栗栗，只覺山高的牆便如要塌下來也似，知道就要下雨，不敢耽擱，趕緊進了院子。

先見過薛姨媽。老年人經不起傷感激動，又受了氣，只覺胸口發悶，正歪在榻上打盹，看見他兩個來了，點頭歎道：「多謝你們惦記。都在那屋裏呢，過去坐坐就出來吧，久病的人，看別薰壞了你。看見你姐姐，叫他也出來吧，忙了好半日了，茶也未喝一口。」

寶玉應了，遂往香菱屋裏來，卻見寶釵並不在這裏，又不知料理何事去了。倒是襲人和麝月兩個都在，正同鴛鴦、素雲、待書、鶯兒等一干人圍著哭呢，看他進來，都訝道：「你怎麼也來了？」寶玉點點頭，湊身上前，看那香菱雙目微闔，面頰緋紅，宛如熟睡，並不像是將死之人。因輕輕喚道：「香菱姐姐，是我，我們看你來了。」連喚幾聲，香菱紋絲不動。正要伸手去推，只聽頭上又是一陣焦雷，直震的屋樑窗櫺咯唧唧亂響，眼看著四周黑下來，連對面人面目輪廓也都不見，便如滿滿一桶漆密不透風的灌下來，滿屋裏暗如地窖，伸手不見五指。

衆丫環都驚惶吵嚷，襲人張著兩手到處摸寶玉，急的哭了，寶玉大聲道：「我在這兒。」又安撫衆人：「不要怕，只是雷陣雨，大概有雲遮了日頭，就過去的。不要亂動，小心撞傷了。」湘雲也幫著大聲震壓。正亂著，忽見一個人擎著盞青花寶蓮燈走來，溫聲道：「別慌，只是打雷。」正是寶釵。

衆人見了燈光，方鎮定下來。接著雲霧散去，屋裏復又光明起來。寶玉又喚香菱，襲人便將手在鼻端試了一試，觸手冰冷，一無氣息，這才驚覺已經去了。不禁放聲大哭起來。寶玉頓足道：「我竟未能同姑娘再說一句話。」便也哭起來。襲人怕他傷心傷身，且也怕下雨，硬拉他出來。寶玉雖不捨，無奈襲人苦勸，且寶釵也勸衆人散開，好使薛蟠、薛蝌帶人進來裝殮，只得去了。臨行數度回頭，那香菱躺在席上，面目姣好，比生前更覺豐潤有顏色，眉間一顆胭脂痣，灩紅欲滴。寶玉看了，益發心慟神馳。

方出來院子，那雨已下來了，牛筋般粗細，篩豆般急密。幸好秋紋、翠縷兩人打了傘來接，才不致淋濕。湘雲歎道：「這那裏是下雨，只怕是天漏了。」寶玉並不答言，只顧低頭疾行，一路哭回怡紅院來，躺在床上，竟不知身爲何物，又在何處，忽忽如有所失。

襲人又是傷心，又是擔心，只得百般勸慰，又將他去之前香菱自述身世的那些話說了。寶玉大爲驚訝，歎道：「我就說他天資穎慧，不是池中之物，果然不錯。雖比不過我們這樣的世宦之家，卻也是名紳望族，書香門第，並不比那什麼『桂花夏家』貧薄。只爲嫁了薛呆子作妾，竟落得這般收場。難得他一點聰明，竟能於大去之前通天徹地，了悟因果，倒也去的安心，走的乾淨。」這方慢慢轉的過來。襲人遂放下心來。

且說鳳姐自聽了寶釵與探春一番話，又回房與賈璉計議一回，都覺事出有因，非同小可，卻只是拆解不來。想來想去，惟有設法進宮與元妃一晤，方可決議。賈璉道：「去年就聽說雨村降了，到處鑽營打洞的找門路，如今尚未審清。我常勸老爺說這個人志大意堅，既貪且狠，寧可遠著些，偏都不聽，只當是歹話。說來奇怪，兩府裏老爺稟性不同，倒都肯投他的緣，和他好。大老爺說他有情趣，識時務；二老爺又說他學問好，懂經濟。便跟吃了他的迷藥一般。」又叮囑鳳姐，「同老太太說時，緩著些兒口氣，別驚著了老太太。」

鳳姐笑道：「那裏能赤口白牙明著說呢。況且老太太並不知『賈化』是誰。我自然另有辦法。」遂又將昨日賈母說的北靜王府相中黛玉的事說了一遍，因說，「可笑太太還只當作一件好事呢。老太太的心思明擺著，是怕嫁了黛玉，傷了寶玉。你白想想，那年紫鵑丫頭一句頑笑話，說林妹妹要回南去，寶玉就鬧的三魂不見了兩魄的。這要是果然把林姑娘許配別家，他還不得把大天翻過來？」

賈璉手攀著碧玉缸的沿兒，只管看那兩條鯉魚擺尾，又撮些酥皮點心的渣兒引那魚來接喋，笑道：「打這缸子魚進門，我就說這禮送的蹊蹺，果然大有文章。依你說，寶兄弟的親事，老太太和太太倒是各有肚腸的。我只當早定了林姑娘無疑，難道太太另有人選？」鳳姐道：「一個金，一個玉，你怎麼就忘了？」賈璉想了一回，歎道：「果然如此，我倒不好說了。當年林姑老爺的後事是我一手料理的，還在半路上，就接到珍大哥的信說要蓋省親園子，缺著一大筆銀子，立逼著我沒日沒夜的趕回來騰挪。所以都添在裏頭了。加上這些年拆東牆補西牆的，究竟也沒落下多少，太太倒三天兩頭指著個由頭來借當。如今林妹妹再要嫁出去，這筆賬越發說不清了。」

鳳姐冷笑道：「有什麼不清的？老太太心裏什麼不明白。就是省親做排場，也爲的是大家的臉面，並不是我們有什麼好處。林妹妹這些年在府裏，短吃的了還是短穿的了？只有比別的姑娘好，從沒有落在人後的。況且寶玉最多再過兩年就要成親，偌大家業，還不是他們兩口兒的？就先挪用了些，也不算什麼。」賈璉道：「果然他們兩個一娶一嫁，倒也乾淨爽利。只怕太太有什麼別的想頭，卻不是坑死人？」

鳳姐將金鏤空嵌翡翠連環如意紋護指扣著缸沿，冷笑道：「你良心倒好。只可惜上頭不領情。大太太是只知一味死要錢，三天兩頭撂風涼話兒，說什麼我們在這屋裏幾年，終究要過那邊去的，意思嫌我在這邊多用了心，若沒好處，豈肯這樣。二太太倒是古今第一個聖人，不過飯來張口，有的吃便吃，一邊吃了一邊還要說要省從我省起，不可虧待了姑娘們，前日倒又嫌我不會撐場面。真是兩頭的話都說盡了，比那一位更難侍候。再有那一起吃飽飯沒事幹，專門挑三窩四的人在旁邊候著，那裏不挑出些事兒來。爲著昨日送來的百來套帳幔、簾子，今兒一早多少人來我跟前吹風兒，一會兒說是三四年沒換過家俱了，一會兒又說大節下連燈都照不亮，好像我有多少東西扣著不肯給似的。還是昨兒老太太說的，教不必家家的帳子都換一遍，只揀委實舊了有需要的幾處換過就是。我不過是經個手兒，倒白落了許多抱怨。正是那年爲著老太太一時高興，親口說給瀟湘館換霞影紗糊窗子，還有多少人眼紅呢，如今是我分派，更不知要嚼出多少好的來了。」因又說起寶釵，「論起來，他是太太的外甥女兒，我是侄女兒，更近著一層。不過倘是親上做親，他做了兒媳婦，自然就比我更親近了。從前我只說他不理事，性子隨和，誰知前些時因我病了，太太托他幫著大嫂子照管家務，我還詫異，怎麼倒叫親戚幫起忙來了，且是姑娘家。不想他倒管的有模有樣，且心裏頗有計較，園中一草一木都是熟悉的，我若再晚起來幾日，只怕他不等過門兒就先當了家了。剛才他和三姑娘找我去，提醒我的那些話，真叫我倒要從此刮目相看起來。寶玉幾時出門，去過些什麼地方，見過什麼人，說過什麼話，他樣樣都知道。只怕太太都沒他清楚。」

說著，平兒已回來了，聽見說寶釵，便道：「這有何難。寶姑娘的丫頭鶯兒，早已認了跟寶玉的小廝茗煙的媽做乾娘。但凡寶玉出門，都是茗煙跟著，什麼不知道？況且他又和襲人好。」鳳姐便看著賈璉笑道：「我說如何？四面八方都埋伏下了。」又問平兒薛家的事。平兒便將那邊香菱如何咽氣、夏金桂如何撒潑、薛姨媽如何生氣的話一一說了，連賈璉也覺歎息。

鳳姐歎道：「這下子又該有的忙了。寶姑娘再能幹，也是個姑娘家，只怕不懂料理白事。少不得還要提著太太，隨便他使誰過去幫忙，不然將來有些什麼不到處，不說自己想不到，倒怪我不把姑媽當親戚了。」遂先往王夫人處來，說了香菱的事，使了周瑞家的往薛姨媽處去慰問，又侍候著王夫人換過衣裳，兩個一同來賈母處。侍候過晚飯，又承奉顏色，陪著說了一回閒話。

一時眾人散去，鳳姐給鴛鴦遞個眼色。鴛鴦會意，將琥珀等一一支開，自己也下了簾子出去，拈個小板凳且坐在外間做活。鳳姐便向賈母悄悄的說道：「昨兒早上老祖宗說的事，我因沒經過多少事，猛然間竟不能全聽明白，足足想了一整晚才理出個頭緒來。果然是件難事。想北靜王爺一人之下，萬人之上，他若當真來提親，咱們斷不好駁回的。老太太若有了準主意，不如得空兒往宮裏去一趟，怎麼想個法兒請了娘娘的示下。若是娘娘發了話，賜了旨，到時候老太太再推北靜王府的媒，就不算違逆了。不然，憑是什麼託辭，只怕無用，正如老太太說的，那怕就說林妹妹已經有了婆家，北靜王果然認準了，也會下個令叫那家子退婚，反生枝節，弄的大家沒臉。惟有娘娘賜婚在前，才是萬全之策。」

賈母聽了，又想一回，雖覺未必妥當，卻也別無他法，又因次日二月十六，正是御准入宮探訪之日，遂道：「既這樣，你明兒就打點一下，我這就同你太太進宮去。」次日一早，果然著賈璉穿戴了往宮中去，只說賈母思念孫女，請旨候見。

小太監一層層傳報進去，半晌出來一個人，只說不見。賈璉又請六宮都太監夏守忠出來說話。足等了一盞茶時，夏守忠方來了，見面作難道：「這來的不巧，宮裏正避痘呢，不放一個外人進去。」賈璉笑道：「請出公公來，卻不單爲了家祖母的事情。卻爲公公的千秋將至，我前些時因人引見，新認得一位金銀匠，打的好金飾，我因此按著公公的生肖請他打了一座小像，送給公公做玩意兒。原該到日子親自送到太府裏去，又怕冒昧。」

夏太監笑道：「多謝你費心想著，也不必送來。我還得侍候宮裏，那有閒空兒擺酒席？竟是明兒打發個小太監去府上取來便是。」又問賈璉，「急著見娘娘，可是有什麼事體？」賈璉便取出一封拜帖來，道：「本來不該勞煩娘娘費神。但只我這兄弟乃是娘娘一母同胞，自幼承娘娘教誨，手把手兒地教他認字讀書，因此他的親事，必得請娘娘示下才敢決定。這是女方的生辰八字，請娘娘過目。」夏太監笑道：「既這樣，我拿進去就是了。」賈璉再三謝了，夏太監只說「舉手之勞，何足掛齒」，袖了拜帖笑嘻嘻去了。

賈璉打馬回府，先往上房裏來。賈母與王夫人俱已換了大裝，端坐在廳中等候，聽了賈璉之語，好不失望。原來今上雖御旨批准每月逢二六許後宮眷屬椒房晉見，只因手續繁瑣，外有太監盤剝，內有宮女環侍，既便相見亦不能盡敘人倫之情，故而一年到頭終究也不曾入宮幾回。難得一遭兒，偏又遇著避痘。賈母歎道：「既是這樣，也只好等著罷了。」悻悻然卸去冠戴簪環，回房歇息。正是：

鸚鵡吟詩何足聽，還須問取龜兒卦。

第五回

瀟湘子焚詩祭香菱
菩提心贈畫彈妙玉

卻說接連幾日，薛姨媽處誦經，開弔，燒倒頭紙，懸引魂幡，宴請親朋，訂班唱戲，一連忙了半月有餘。寶玉並不前往，亦不見特別傷心。襲人反覺詫異，問他：「你前時那般傷心哭泣，如今便去送靈弔喪也嫌煩瑣，一支香也不拈，一個揖也不作，難道從前那些眼淚都是假的？」

寶玉笑道：「眼淚那有假的？你不知道，我原先傷心，是爲人世間又少了這樣一個好女孩兒，所以難過；然而你前日同我說了他臨去前的那些話，原來他靈性已通，便不去，也不會再在塵世間了。況且他本來就不該是咱家的人。因此我只當他那裏來那裏去了，並不爲他傷心。」襲人聽了，倒擔心起來，只怕他又存了什麼古怪想頭，入了魔障，欲去告訴王夫人，又不知從何說起，只得小心侍候，察言觀色，獨自悶悶的不能解釋。

又過了些日子，薛家遣去蘇州的夥計回來，果然說往閶門十里街打聽著，從前確有這麼一戶人家，確有這麼一個女孩兒，打三四歲上被拐子拐跑，至今下落不明。於是人人納罕，都說這香菱根基不淺，可惜了兒的。又笑薛蟠不識貨，麥苗當成韭菜割，拿著和氏璧，倒說是磚頭。薛蟠益發後悔不來，言語間難免向夏金桂露出些微不滿來。那金桂這些日裏見榮寧兩府上自王熙鳳、李紈以及眾位姑娘，下至平、襲、鴛、紫乃至小丫頭子，早早晚晚，人來人往，都來祭弔香菱，薛蟠跑前跑後，忙的不亦樂乎，同他相好的賈珍、賈璉、賈蓉、賈薔等人，更是手中撒漫，聲勢隆重，那裏是對待下堂妾，竟像是發送原配妻子。因此早已醋妒交加，有時故意打發寶蟾過來聽些壁角閒話，聽見人說以香菱才貌人物，其實堪爲正室，若論家底出身，原強過邢岫煙，再論人物舉止，則更勝夏金桂。

那寶蟾也不知是何用心，聽了這些話，非但不隱瞞，反添油加醋說給金桂知道。那夏金桂原本氣量褊狹，性情急躁，聞言頓時火冒三丈，只沒處發洩。如今再聽薛蟠抱怨，不啻點燃炮仗，潑翻醋缸，遂撕髮拍腿，大哭大罵道：「我知道你是吃了鍋裏望著盆裏，摔碎瓦片當玉瓶兒，夠不著的花最香，丟了的錢最大。混沌魍魎的漢子，當初是你看上了寶蟾，喜新厭舊把秋菱攆了去，如今他一個想不開死了，你又拿著當起寶貝來，每日點眼抹淚的嚎喪，只差沒打一頂孝帽子來戴上，披麻捧盆扶靈駕喪去。汗邪了心的，閻王奶奶害喜病——懷的什麼鬼胎？既如此，我不如把寶蟾也殺了，然後再一根繩兒吊死，你少不得還念我們兩個的好兒。」

薛姨媽聽他罵的不堪，且話裏竟有詛咒自己之意，直氣的渾身發顫，欲要過去理論，明知罵不過，反要火上澆油，更不知說出些什麼好的來；若不理，又如何忍耐的下？寶釵也深恐母親氣急傷身，只得忍淚苦勸。

反是夏老夫人聽不過意，勸撫女兒道：「俗話兒說的：死者爲大。那香菱比你入門在先，就有千日的不好，也有一日的好，他如今少年夭折，也是命苦，薛家就破費幾兩銀子發送也是應該的，也是大戶人家的體面，你卻不可和死人計較。就是你男人，與他一夜夫妻百日恩，肯這樣看重他，也是重情意的本份，你倒同他鬧，成何體統？看教人笑話。況且我現在人家裏住著，你就算替我妝門面也須下些聲兒，不然教我如何住的下去？」

那夏金桂自幼惟我獨尊的，眼裏那有天地君親，在家時已經不把母親放在眼裏，如今出了門子，自謂是奶奶，說話行事家下人沒一個敢駁他的回，更加恃寵生驕，任性佯狂，老娘教訓他的雖是好話，卻聽不入耳，由著他娘苦口婆心說的唇乾舌燥，卻只如對牛彈琴一般，那裏聽的出個什麼「宮商角徵羽」。說一次不聽，說兩次頂嘴，說到三番四次，說的他煩了，非但不聽勸，反瞪了眼叉了腰發作道：「你是我親娘，不說向著我，倒幫陪別人歪派我，怪道人家不放我在眼裏，打幫結夥兒要踹過我的頭去呢。你老人家既會說，當初就不該作生作死要結這門親，把我葬送進這火坑裏來，要我守這沒名堂的活寡。如今眼看人家母子兄妹合夥打氣，把你女兒當成路邊野草般踐踏，你不說疼我幫我，倒落井下石拋閑磚兒，同寃家一個鼻孔兒出氣，敢是糊塗油蒙了心，還是眼睛上長了針，說出這顛三倒四的話來？」

夏老夫人氣的身軟體顫，淚流滿面道：「我把你這眼裏沒娘的畜牲，這難道是我生出來的好女兒？打小兒把你捧在手心含在嘴裏的養大，如今翅膀硬了，自己當家做奶奶了，連你娘也不放在眼裏，倒說我顛三倒四。你男人現好好的在家裏，你就左一句活寡右一句活寡的，也不怕傷了陰騭。『癡漢懼婦，賢女敬夫』，這樣折墮漢子的可有好人？我好意勸你這些話，那句不是爲你好來？越勸，倒越扶越醉的使性子，只管強頭別項的，把我也喪謗起來。我且洗眼兒看著，你把親娘這樣唾罵，能落個什麼好兒。」又哭他死去的老頭子，道是「怎的不帶了我去，留著這老命給狗吃，留著這老臉教姑娘唾罵，活到一百歲待殺肉吃哩！」又連聲兒命丫頭收拾行裹，雇車子，便要家去。

金桂聽了，非但不勸，反一跳八丈高，一根指頭險不的戳到老娘臉上去，罵道：「你是我親娘，就這樣咒著我，說什麼傷陰騭，什麼折墮漢子不是好人，又什麼洗眼兒看我下場，你想我落個什麼好兒才趁你的心？這可是沒有家賊，招不出外邊的盜夥兒來呢。」由著老夫人擦眼抹淚，出門上車，氣昂昂的去了。那金桂沒了母親在眼前，越發沒了顧忌，從前是隔三岔五的攪事，如今更是家常便飯，竟把隔牆罵街只當作一日三餐下酒菜了。

又因香菱死前留言一不許供奉牌位，二不許裝殮入土，只教燒化了將骨殖撒到江南曠野大河裏去。因他這般清爽決絕，那薛蟠卻又不捨起來，百般只念香菱的好，一閉上眼睛，便是香菱嬌滴滴怯生生的模樣兒，且將從前恩愛光景兒盡皆想起，心裏想著夫妻一場，不願就這般了斷了恩情，又不好違他遺言，便傳了畫士來爲香菱傳神留影，也是給自己留個念想的意思。府裏相公有個叫作程日興的，最擅畫美人兒，又素與薛蟠相好，日常走動時也見過香菱一二面，虧他記的清楚，連夜打了稿子來，雖非十分逼真，也有九分相似。薛蟠喜的朝著程日興連做了幾個大揖，又指點著說這裏須改動一點，那裏要刪減幾分，程日興依言添抹了，便如香菱再世一般，只比活人差一口氣兒。薛蟠看著，由不的滴下淚來，遂命人裱褙妥當，供在靈前，日常望著出神。那金桂益發妒恨難耐，少不得更罵出百樣言語來。

薛蟠雖不理會，薛姨媽卻聽不的這些惡語閑言，不免積惱成疾，每日裏只嚷說肝氣疼。寶釵勸之無辭，只得指著黛玉捏個謊兒，說：「妹妹這兩天咳嗽的緊，幾次打發人來請媽媽過去住幾天。老太太也說要煩媽媽幫忙照看，只因家中有事，才不便提起。如今香菱的事也料理完了，媽媽不如就進園裏住幾日，一則自己寬心，二則也幫忙照看妹妹，丫頭們雖小心，畢竟不經事。」

恰好黛玉也打發了紫鵑來看薛姨媽，又將方才寶釵之話說了一遍，且說：「自姨太太搬出來後，姑娘天天想念，說打母親去世，只有姨太太陪著的幾日，才覺著又得了些疼愛。偏又搬走了。這幾日姑娘有些咳嗽，夜裏睡不踏實，天天念叨姨太太。」說的薛姨媽心軟，又想想香菱論身世雖然可憐可敬，論身分卻畢竟是個薛家的下堂妾，況且這邊外有薛蝌陪著薛蟠打理照料，內有周瑞家的幫著寶釵操持招呼，自己在此反而不便，且增加了許多禮數上的避諱處，便點頭允了。寶釵遂看著人打點了些雜物，親自送母親進園來。

且說黛玉因近日犯了舊疾，每日請醫問藥，懶怠說話。眾人知他性僻好靜，也都不來煩他，只隔上三五日，偶爾走來略坐一回，說幾句閒話罷了。惟有寶玉自知出園日近，愈加珍惜相聚時日，每天一早一晚，總要往瀟湘館走個七八次來回，遇上黛玉喜歡，就多說兩句，撿些新聞趣事告訴，或是陪他教鳥兒說話認字；若是黛玉悶悶不樂，便千方百計，出些奇巧主意來逗他喜歡。

這日睡過中覺，讀一回書，只覺坐立不寧，百事無心，遂又往瀟湘館來。方進有鳳來儀，忽聞的馨香渺渺，且有青煙自屋中逸出。忙進屋來，只見地下籠著火盆，內中猶有未燃盡的紙片，卻不是燒的紙錢，暗花回紋有似剡溪玉葉紙，案上硯墨俱全，筆猶未乾，又設鼎焚香，供著嫩柳鮮花，新果香茗。黛玉膝上蓋著張毯子，正坐在火盆邊親自用個銅箸子撥火。紫鵑站在一旁垂淚，看見寶玉進來，忙招呼著：「寶二爺來了，且請坐下，我這就倒茶來。」又招呼雪雁倒水來給姑娘洗手。

寶玉滿心不解，又不敢問，因笑著坐下，向黛玉道：「清明未到，這燒的是什麼紙？」黛玉慢慢抬起眼來，向他一瞟，卻不說話，仍舊慢慢的用火箸子撥火，火光映在臉上，明明暗暗，猶自淚痕未乾。紫鵑站在身後，指著火盆偷偷打手勢。寶玉用心看去，才見那盆裏燒著的紙片上猶有字跡，火光照的分明，清楚看見寫著行「一片砧敲千里白」，再欲看時，已然燒盡。恍惚只覺的那裏見過，搜心索腸，卻一時想不起典出何處，心想若是黛玉做了詩不滿意，所以燒了，又似乎不該這般鄭重，左右想不明白，只得仍用閒話遮掩，道：「如今天氣轉暖，你又不耐炭氣，只管籠個火盆子做什麼?不如收了。」

黛玉洗了手起身，歎道：「從前不覺的，如今才知道『精華欲掩料應難』，『詩言志』，果然不錯。」一言提醒，寶玉這方猛然記起，不禁拍手道：「正是，我竟忘了。」

原來當日香菱立志學詩，晝夜苦思，竟於夢中得了一首七言律〈詠月〉。原詩作：

精華欲掩料應難，影自娟娟魄自寒。

一片砧敲千里白，半輪雞唱五更殘。
綠蓑江上秋聞笛，紅袖樓頭夜倚欄。
博得嫦娥應自問，緣何不使永團圓。

寶玉默計時日，方知今日是香菱「頭七」，黛玉原來是在自己房中私祭，行那「小丟紙」之禮，點頭歎道：「早知這樣，襲人那裏還有他從前換下的一條石榴裙，該一起拿來燒了。」

黛玉道：「那又何必定要拘泥形式？不過是一片心意。我承他拜我爲師，又受了他的頭，畢竟不曾教過他什麼。因此將他從前寫的三首詠月詩，那回蘆雪廣聯的句，並前兒我生日時他做的桃花詩，都抄錄一遍，焚化給他——幸好都還記的——能做的，也不過如此。」

寶玉贊道：「妹妹真是過目不忘。『精華欲掩料應難，影自娟娟魄自寒』，清秀飄逸，嫵媚溫柔，分明自道身世；結句『博得嫦娥應自問，緣何不使永團圓』，更是問的好。如今重新想來，細細品去，倒教人心酸。」黛玉道：「那題目本來是我給他的，叫用十三元的韻寫首七律出來。不想他大去之時，偏生又逢著月圓之夜，我便也用這題目再做一首，權當祭他。以完師徒之情。」說罷口占一律，吟道：

每逢月半月偏圓，星影霜痕浸曉天。
流水流雲驚客夢，飛花飛葉照愁眠。
那堪情重腰常細，誰與才高運可憐。
一曲菱歌聽兩夜，和箏彈盡十三弦。

寶玉聽了「那堪情重腰常細，誰與才高運可憐。一曲菱歌聽兩夜，和箏彈盡十三弦」幾句，細想其意，幾欲大哭，又怕惹的黛玉更傷心，忍悲勸道：「香菱從前說過，雖然命苦，但能得你爲師，就死也無怨了。今見妹妹待香菱的一番情意，果然比別人不同。他能得你這一首詩爲祭，便在九泉之下，也可心安。」遂在案上尋了一張薛濤箋，濡毫蘸筆，代爲抄成。又想了一想，自己也續成一首，另題在一張岩苔箋上，道是：

星沉銀漢月沉天，心字香燒憶嬋娟。
夢醒分釵合鳳鈿，人歸拋槳採蓮船。
落花有意留春住，細雨無聲入夜寒，
莫道藕深不見鷺，姑蘇城外夢非煙。

抄畢，一併付火中焚了。火舌吞吐，瞬間化爲灰燼。寶玉撥灰來掩住，起身也洗了手。雪雁又奉上茶來。接了，遂坐在黛玉身邊，猶恐他餘悲未解，正欲設辭安慰，卻聽黛玉歎道：「我也是才聽說他本來自南邊，姑蘇閶門人氏，原來與我尙有同鄉之誼。如今他的神靈先我而去，想來蘇州河畔，滄浪亭前，『闔閭城碧鋪秋草』，『半夜鐘聲到客船』，其所見所思，未必不與我當年一樣。只怕將來我也要同他一樣，只有死的時候才能回南邊看一眼了。」說著，又流下淚來。

寶玉只得用言語百般開解，心中卻一則以憂，一則以喜。憂的是以黛玉之仙姿絕色，冰雪聰明，將來亦有紫玉成煙，白蓮化蝶之日，寧不可傷；喜的是自香菱去後，園中人往來祭弔不絕，獨寶玉因深信斯人靈性聰明，不同凡俗，若以尋常祭禮相待，反有負他爲人，因此只一味迴避，卻偏被眾人誤會，反當他是無情無意之人，連襲人也於私下裏同麝月議論，道滿園子人半數都曾往薛家慰問，只有他與黛玉兩個不曾前往，且連一句話兒也沒有，可謂不通情理之至。他雖不解釋，卻也難免心生孤寂之感，惟今日見了黛玉這焚稿祭詩魂之舉，大合心意，更知世人萬千，惟黛玉一人知己，所謂無獨有偶，因此反而喜歡。如今聽到黛玉自感身世，不禁情動於衷，脫口勸道：「妹妹何必自比香菱。他原爲遇人不淑，方至薄命於斯。我再不上進，也不會似薛大傻子那般。」

黛玉聽了，登時臉上變色，斥道：「你這說的什麼話？我自說與香菱同鄉，又關你什麼事？」寶玉自知造次，不由脹紅了臉。欲要解釋，卻從何解釋；待要賠情，又無法自辯。只急的作揖打躬的央告不已。黛玉只不肯理睬，扭著身命他快去。寶玉涎著臉陪笑道：「妹妹要打要罵容易，要我去，斷斷不能。」又千「好妹妹」萬「好妹妹」的央告。

正鬧著，雪雁報說：「薛姨太太同寶姑娘來了。」黛玉忙拭了淚迎出去，寶釵已經扶著薛姨媽進了院子，鶯兒同文杏拿著包裹走在後面。黛玉忙命紫鵑接了東西，親自過來扶住薛姨媽道：「昨夜紫鵑說媽媽答應今晚過來，已經收拾下屋子，想著吃過了飯去接的，不想已經來了。」薛姨媽笑指寶釵道：「原來是打算吃過飯來的，只是他說你身子不好，大老遠的走來走去的做什麼。所以特地提醒早點過來，免的要你跑一趟。」寶玉也過來見了禮，笑道：「還是寶姐姐細心。行一步棋，總要算到三步以後。」薛姨媽歎道：「他這些日子也忙碌的很，家裏家外都指著他一個，那還有時間下棋呢。」玉釵等三人都聽的笑了。

於是一同進屋坐定，紫鵑便與文杏兩個收拾衾枕，因只見薛姨媽之物，卻不見寶釵的，特地走來告訴了黛玉。黛玉便問：「姐姐不一同住過來嗎？或者還是回蘅蕪苑去？」寶釵笑道：「你這裏那有這些空屋子？且家中還有事情要理，也離不開人。」黛玉道：「便沒空屋，你同我住又如何？湘雲從前也和我一床上擠過的，咱們抵足夜談，豈不快哉？」寶釵笑道：「若一半次還使的，只管長住著，豈不擾你清夢？況且你身子不好，打緊的還不肯睡，再與我聯床夜話，更要勞神了。」

寶玉也幫著勸道：「姨媽都搬來了，姐姐豈可獨自住在外邊？如何使的。」寶釵道：「丫頭婆子一大堆，又不是我獨門獨戶住著，有什麼要緊。就是媽媽來，也不過略住幾日，陪陪妹妹，並不是不回去，早晚還要來回走動的。況且太太又使了周嫂子每日在那邊幫忙料理，一早過來，至晚才去，我們做主人家的倒搬空了，豈非坐大？」

說著，鳳姐已經得訊兒來了，帶著王夫人的話，也是勸寶釵在園裏住下，又道：「前些時我才叫人打掃蘅蕪苑，說是天棘都翻出牆外頭來了。總是人氣不旺，所以草木才得了勢，一味瘋長。到底還是該搬回來，太太也放心，我也不落埋怨，園裏的姐妹也多些團聚。終究在一起的日子又能多長呢？」寶釵執意不從，只說：「我便搬過來，也住不安生，倒折騰費事。寧可每天進來，走動的勤些也就是了。」黛玉道：「姐姐也太固執了。這些人尚且勸不回你的意來。鳳姐姐說蘅蕪苑的天棘翻出牆頭來了，焉知不是爲了望姐姐回去呢？只怕那些薜荔藤羅、紫芸青芷，爲了想念姐姐，也都要黯然失色，就是人參果，『爲伊消得人憔悴』，也要瘦成相思豆了。姐姐只是不肯顧惜。難道園子外面藏著什麼金珠寶貝，生怕被人盜了去，所以非要日日夜夜守著、半步離不開的不成？還是嫌我這裏淺陋湫隘，委屈了姐姐？」說的眾人都笑起來。

薛姨媽喜的摩挲著黛玉笑道：「都說鳳丫頭嘴巧，會逗老太太開心；依我看，你這妹妹說起笑話兒來，比你還犀利呢。這幾天我心裏發悶，只覺的胸口喘不過氣來，如今聽你妹妹只兩句話，倒把我的悶氣散了一大半去了。」鳳姐笑道：「我那裏比的過兩位妹妹。他們開口就是文章，再平常的事也都可入進詩裏，就罵了人都還要說是講學問。我平日裏罵人，便是人家面子上不敢回嘴，心裏頭也在回罵，且罵的比我才狠呢；他們罵人，那聽的人一頭霧水，喜滋滋的只說好聽，饒是捱了罵，還要誇他們好文采哩。」薛姨媽益發笑了。鳳姐且又指著寶玉道：「姑媽不信我這話，只問寶兄弟。他那一日捱了這些姐妹的話，不比接了聖旨還喜歡？若是沒人罵他，才要悶氣呢。」說的寶釵、黛玉也都笑了。寶玉不好意思道：「鳳姐姐才說不會罵人，就把我給墊進去了。」

黛玉早又轉頭向紫鵑命道：「你跟著鶯兒回去，幫著收拾了姐姐缺不得的金寶神枕、金縷玉衣，只管抬了來放在這裏，他捨不的那些寶貝，少不得便要住下。」說的眾人越發大笑。紫鵑便催著鶯兒要走。鶯兒偷覷寶釵眼色，見他並不勸阻，薛姨媽又說：「這可冤枉你姐姐了。他最不愛這些玩具擺設，只嫌繁瑣，屋裏統共那幾件石頭盆景兒，墨煙鼎，都還是那年老太太遊園時賞的，就都挪進來，也終沒什麼可搬。」便笑著同紫鵑兩個去了。

寶玉聽說他兩個同住，不知何如，倒像撿了什麼寶貝似的，喜的抓耳撓腮，笑道：「都說寶姐姐固執，其實冤枉，林妹妹只幾句勸，姐姐少不得也要從善如流的。」忽然想起一事，向鳳姐道，「我一直覺的心裏頭有件大事沒做，這幾日亂忙一通，就忘了，今天看見姐姐，才想起來。」鳳姐見他說的鄭重，忙問：「何事？」寶玉正欲說時，想起薛姨媽、寶釵在側，未免不便，忙又咽住道：「剛要說，偏又忘了。」

鳳姐笑著，才要打趣，忽見豐兒走來，說是宮裏來了人，賈母要他過去議事。鳳姐心中狐疑，臉上卻一絲不露，只笑道：「正是椅子還沒坐熱呢，又有事情。既這樣，姑媽好歹多住幾天，有什麼事，讓丫頭吩咐我辦來就是。千萬別跟我客氣，就是真疼我，當我自己子侄了。」薛姨媽笑道：「既這樣，便不要什麼，也得找兩件磨牙的事來煩你。」鳳姐笑著去了。

原來自那日賈璉送帖子進去，賈母便在日夜等候，好容易等的宮中來信，卻並不為賜婚，倒是傳娘娘口諭，說蒙皇上恩寵，擇日便要伴駕遠行，赴潢海鐵網山春圍，行前諸事繁冗，恐無暇相見，便連一兩個月內，也都難得見面，寶玉婚事，惟有射鹿回來再議；又命將薛寶釵的八字也一併封了送入宮去。

賈母、賈政、王夫人等跪聽了旨，都吃一驚，各有心思。慮及奔波迢遞，風露辛苦，娘兒們不得見面，賈母不禁又垂下淚來，賈政催促道：「娘娘得伴聖駕，原是不世之隆恩，何談辛苦？況且這些家常話，究竟留待閑了慢慢再說吧。如今外頭還等著回話，倒是趕緊把薛大姑娘的八字問明，好打發公公回去。」王夫人便道：「既這樣，該把他姨媽找來，說給他知道。」賈母道：「忙什麼？等我們娘兒商議定了再說。」王熙鳳也道：「姑媽在瀟湘館呢，我剛打那邊來，巴巴兒的又請，倒像一件大事似的，太驚動了些。」王夫人道：「宮裏的事，自然是大事。娘娘既這樣說了，還有什麼可商議的？雖然寶姑娘的生日我們也都是知道的，畢竟是個姑娘家，總得找了他母親來，當面說清了，不然我們不言不語就把個姑娘的八字寫個封兒遞進宮去，倒不大方。」

賈母再沒想到一番請旨，本來想為黛玉求個護身符的，看元春之意，竟似屬意於寶釵，雖不願意，為著娘娘旨意只是索要八字，並無可推託之辭，且素喜寶釵大方得體，性情溫柔，又見王夫人一團高興，只得點頭道：「既這樣，便請姨太太過來說話兒。」王熙鳳也深知其意，不便說話。賈政自然更無意見，辭了出去且陪內相到書房小坐等候，又命人找了賈璉來相陪。

一時薛姨媽來了，王夫人笑道：「我們大姑娘近日要陪皇上往鐵網山射獵，因想念這些兄弟姐妹，叫把生辰八字都寫個封兒送進去，大約是怕記錯了生日，漏了賞賜。」薛姨媽便也約略猜到些，想他姐妹幾個的八字宮中早已盡知的，不然從前寶玉、探春等生日之時，宮裏又何以按時賞賜，並無遺漏，如今卻又巴巴兒的打著生日的幌子要八字，自是單單為了寶釵之故。卻不便說破，只得含糊笑道：「他是正月二十一，子時生的，小時候有個癩頭和尚給他算過，說是五行缺金，竟不是大富大貴的命，所以才叫打了這個金鎖兒，又給鏨了幾個字在上面，天天帶著，積些福蔭。」

賈母、王夫人等聽了這話，都想起他從前說過的寶釵這金必得找個有玉的來配才是大好姻緣的話來，不禁對看一眼，都笑道：「姨太太說那裏話，看寶丫頭的行止，模樣兒，安靜溫厚，將來必是個有福的。」又道，「這件事竟不必說與寶丫頭知道，橫豎他今年生日已經過了，到了明年，娘娘必有賞賜的。」薛姨媽笑道：「平白無故的提他做什麼。娘娘伴駕遠行，跋山涉水不說，每日裏自然百務勞心，那裏還有餘閒為這些小事廢神，反教我們不安。」

於是府裏另備錦封，寫了寶釵八字交給太監帶回。賈母、王夫人、薛姨媽、鳳姐等均知賜婚日近，只在釵、黛兩個中間，因未放準，都緘口不提，故而寶、黛、釵三個以及園中姊妹，一個字也不知道。

卻說寶玉自從那日與岫煙談過，就想著要請鳳姐做主，怎麼想個法兒仍叫岫煙搬進園子才好。卻因爲香菱之死，傷心了幾日，就將這件事混忘了。直至今日見到黛玉祭香菱，心胸爲之一開，方又想起來。只爲薛姨媽在旁，不便說起，遂著人打聽著鳳姐於賈母處定昏已畢，方親自上門，將岫煙之事說了一遍。鳳姐聽了笑道：「你倒細心，我竟忘了。從你二姐姐去後，我總沒去過紫菱洲一次，那裏知道他們的事呢？正是我還沒趕的及找太太說你房裏的事呢，你倒替別人操起心來。」寶玉忙問：「我房裏什麼事？」鳳姐笑道：「你且別問，橫豎兩三天就知道的。倒是你說的這件事，確要好好治治那起惡奴刁僕們，不然不說顧不上，還以爲怕了他們，更要造起反來，亂自爲王了。」

寶玉便催道：「既這樣，便著人接邢姑娘進來吧。」鳳姐道：「自然要接他來，只是他並沒有明說要搬出去，不過是告假回家暫住，如今我們敲鑼打鼓的特地去接，倒叫他不好意思。這件事我自有道理。等下你只別作聲，看我如何做法。」因叫人傳命下去，立刻將紫菱洲侍候的人傳兩個來問話。

豐兒去了半晌，方帶了王柱兒媳婦來。鳳姐命寶玉站在六扇雕漆嵌雲母的金碧山水折疊軟屏後面，說是「請你看一場好戲」，俟他藏好了，方叫進那媳婦來，且並不問話，只向豐兒發難道：「原來你還知道回來。只當你長在那院裏，等著移盆漚肥呢，還是折了腳，使兩隻爪子爬回來的？」豐兒嘟嘴道：「何嘗不想快去快回？我去時，院子裏空空的一個人也不見，草長的比人還高，等了半晌，喊的嗓子都啞了，才見他慢騰騰進來了，想是家去歇了一日，直等快關院門兒才回來應卯呢。」那媳婦便喊冤道：「姑娘可別冤枉好人，你那隻眼睛看見我家去了？不過往門房找人說兩句要緊的話，走開眨眼工夫，姑娘不知道，可別混說。」

鳳姐厲喝一聲「打」，彩明便走上前，不問青紅皂白，左右開工打了十幾個嘴巴。平兒忙過來攔住了，指著那媳婦斥道：「你這媳婦子太不懂事，問到你，才輪著你說話；奶奶並未問你，誰許你向奶奶大呼小叫的。也不看看這是什麼地方兒？容的你像在你們姑娘面前那般沒上沒下渾撒野的？」

原來這媳婦仗著婆婆是迎春的乳母，平日在紫菱洲裏，人人都尊他婆婆為大，迎春又素來好性兒，所以縱的他無法無天；後來雖則他婆婆因賭事發，被攆出園子去了，迎春卻也隨即嫁人，又帶走了繡桔等素日與他不睦的幾個大丫頭，因此院中總無人肯駁他面子，竟自山中無老虎，稱起霸王來了。雖然向懼鳳姐威名，畢竟從未親身領教過，只當說幾句話總沒有錯，孰料只是喊句冤，先就捱了一頓殺威棒。

也是鳳姐今日存心要殺他個下馬威，才好做下面的文章。如今看那媳婦面頰腫起，嘴角沁血，滿臉滿眼都是懼色，心中有數，這才慢慢兒的說道：「你是管看院子的，如何院裏沒人，就敢敞了門各自走開？若是遭了賊，難道是你自家賠出來？料你折了命也賠不起。除非你自己就是個賊，正要開門給同黨行方便，自己卻故意走開，若成功了，就回頭分贓；若不成功，或遇人看見問起來，就推說一時走開了不知道。左右賴不到你頭上，可是打的這樣主意？」那媳婦並不知有陷阱，聽鳳姐說他是賊，唬的忙忙磕頭辯道：「天老爺在頭上看著，奴才豈敢瞞騙主子？若是奴才敢起這個心，就憑奶奶打死也不怨的。實在是剛剛走開一下，並沒遠離，只到門房說幾句話，隔的又不遠，眼睛一直盯著門的，原是看見豐兒姑娘進去，才隨後來了。以後再不敢了。」

鳳姐見他一步步入了道兒，故意道：「既便沒有賊心，拋了屋子遠走高臥的也不對。倘若姑娘們一時有事使喚，叫起人來，卻又如何？」那媳婦更不提防，只聽鳳姐不再誣他偷竊，便覺安心，聞言忙老實回道：「邢姑娘這些時並不住在綴錦樓，所以才走開，並不曾誤了主子的事。」鳳姐詫異道：「原來邢姑娘並不住在園中麼？怎麼沒人同我說。既這樣，不如把院門兒關了，倒還省一處的開銷。」那媳婦聽這話是要罷自己的差，唬的魂也飛了，忙又回口道：「並不是不住了，邢姑娘只是回家暫歇幾日，過幾日還要來的。」鳳姐便問：「回去多久了？」那媳婦怎敢實說，只含糊道：「也就月把天，正是也該回來了。我今兒頭晌還打掃屋子，預備邢姑娘回來呢。」

鳳姐故意道：「只怕邢姑娘不肯回來。總不成沒有主子，倒把偌大房子空著，由著你們尋歡作樂去，還要一年四季朝饔晚餐地供養你們，浪費柴米事小，倘若再設個局，當成賭窟賊窩兒來，被老太太知道，連我也沒臉。還是把院門關了的好。」說來說去，只是要關院子，又叫彩明拿本子來查紫菱洲共是幾個人伏侍，月錢若干，又叫傳當值的來說話。

那媳婦悔的只要咬自家舌頭，滿頭是汗，直磕頭道：「果真邢姑娘說過就回來的。算算日子，就在這一兩天了。我們原說還要親去迎接呢。」鳳姐這才罷了，說道：「既然這樣，就還把你們留著伏侍邢姑娘。你也知道，他早晚是薛家的人，若有個不周到不妥當，我也難見姨太太和太太的。」那媳婦磕了頭，千恩萬謝的去了。

寶玉躲在屏後聽的明白，見那媳婦去了，方從屏風後面出來，拍手笑道：「鳳姐姐真正運籌幃幄之中，決策千里之外，聲東擊西，以退為進，並不治他們頑忽職守之責，也不怪他們慢怠主子之罪，竟索性連邢姑娘一個字不提，倒叫他自己說出來。想來他們去請邢姑娘，必然是千磕頭萬哀懇的，從此以往，豈敢再不盡心？」

鳳姐笑道：「你今天才知道我的手段？你只看到眼面前兒你姐姐妹妹的事，比這些更厲害的且多著呢。若不是看你面上，我也不必這樣費事，直接打一頓攆出去，另叫人進來伏侍也就是了。正為的是要你白看齣好戲，學著些懲奸罰惡，恩威並施，將來這一攤子家業，早晚都是你的，降眾服人，也要有些算計；便是為官作宰，交結權貴，也得察言觀色。能齊家方能治國，其實是一樣的道理。」

寶玉那裏聽的進這些，只笑著向鳳姐拱一拱手，道謝去了。自覺辦了一件好事，心中著實得意，回去說與襲人，襲人也歎道：「這倒也是一件積陰騭的事。」

那媳婦後來果然找齊紫菱洲伏侍的一干人，細述鳳姐之言，又百般商量著如何接回邢岫煙來。果然邢岫煙只說住在自己家中即可，既然已經搬出來了，倒不便再回去打擾的。急的那柱兒媳婦跪在地上打旋磨兒的磕頭央告，說是「姑娘最知書識禮仁慈體下的，就耽待我們這些吃生蔥就燒酒不知好歹的花子吧，姑娘若不回去，二奶奶要生扒我們的皮呢。再則沒了營生，一家子幾口人擎等著就要紮脖子的，剛剛脫了棉的換夾的，眼瞅著又要脫了夾的換單的。若在裏邊侍候，主子少不得一年四季還要賞些衣裳穿戴，若辭出園去，顧了吃顧不了喝，顧了喝顧不了穿，夏天就得光著，冬天就得裹著，那裏也不要去了。姑娘忍心看著我們餓死凍死？人說『救人一命，勝造七級的佛塔』，姑娘這樣良善的人，若肯點點頭兒抬抬腳兒，就是超度我們，好比放生了。」

眾媳婦婆子也都不住苦求。說的邢岫煙心軟。那邢大舅也巴不的他仍住進園子去，又可省一份吃喝，又白得一份月錢，便努力攛掇著教搬回來了。從此柱兒媳婦等將岫煙只當成親娘老子般孝敬，比從前伏侍迎春更加小心十分，生怕他一個不願意又搬出去，鳳姐就此關了紫菱洲一處，丟了他們的差使。不提。

且說諸姐妹知道寶釵重新住進園子來，都來問候，一則給薛姨媽請安，二則探黛玉之病，三則也方便相聚。因此瀟湘館忽然熱鬧起來，一日裏常有三五人往來，園門常開不閉，紫鵑、雪雁、鶯兒等一日七八次的沏茶換茶。黛玉起初倒也喜歡，人來了也都陪著有說有笑，沒幾日便覺厭煩，但凡來人，只淡淡招呼幾句就推說要吃藥迴避了去，反教寶釵代他招呼。寶釵不過意，每有人來，必加倍小心，殷勤致意，惟恐薄了姐妹的面子。眾人都知黛玉素來怯弱小性，便是他冷淡些，也都並不計較，卻愈念寶釵的寬厚識大體，謙讓有禮。

獨寶玉雖來往瀟湘館的遭數較往日更頻，與黛玉單獨說話兒的機會卻反而少了，有時是與寶釵一處調琴對奕，有時又與薛姨媽閒話扯古，有時碰上別的姐妹行來，便賞花撫竹，鬥牌調鸚，明明與黛玉隔座相望，心裏頭有萬語千言，卻偏不能說出，倒像隔著幾萬里雲山霧海似的。有時情不自禁說錯一兩句過頭話，不是得罪了黛玉，就是惹惱了寶釵，且寶釵為人不比黛玉憂喜無常，原本端嚴矜肅，不苟言笑，遠之固而不恭，近之又恐不遜，容易得罪了，求恕不是，賠情也不是，反覺生疏起來，因此頻添了許多閒愁野恨。

撚指仲春，桃花已經開的遍了，疊瓣攢蕊，噴霞吐玉，錦重重的把枝子都壓的彎了，滿園子凝脂凍雪，翠葉離披。賈母因傳命春夏之交最易生病，功課寧可鬆動些，叫寶玉只上半日學，傍下晌就回來。寶玉得了這護身符，上學更是隨心所欲，三天打魚兩天曬網的，願意去就去上半天，不願去便索性推病脫滑，先生也不肯深管他。

這日又是半天學，寶玉換過衣裳便往瀟湘館來，走在翠煙橋上，隔水看見桃柳夾堤，幾個女孩兒在林子中嬉笑追打，那一帶桃花又開的密，遠遠望去，如綺如霞，被女孩們碰的紅飛香亂，連水上也落了許多花瓣，隨波浮蕩，洋洋灑灑，從橋洞下穿流而去，不禁想起蘇東坡有「鴨頭春水綠如染，水面桃花弄春臉」之句，不覺心癢，便要過去一同頑耍，忽見鴛鴦也在其中，倒站住了，心道他自拒大老爺納妾之議後，每見我必躲開，今兒難得高興，同姐妹們一處頑樂，我若去了，倒叫他不安。因站住看了一回，也得了兩句詩：

輕粉傅桃垂絳袖，淡煙著柳綠羅裙。

又想這「垂絳袖」與「綠羅裙」對的不工，或改前句為「紅襇袖」，或改後句為「逗羅裙」，才可工整，卻又不捨這句的出語天然。一時推敲不來，想著不如等下請林妹妹指教。遂加快腳步走來。未到門首，已聽的一股細細琴音，穿樑繞戶，纏綿清越，不禁放輕了腳步，在院門口一張，只見釵、黛二人都在竹籬下，一個彈琴，一個焚香，一個穿著素綾彈墨山水的長褂子，一個穿著丁香色杭綢團花掐金線的立領小夾襖，映著一帶青碧竹林，潺潺溪水，籬畔翠色參差，風動竹影陰晴，那景致竟如畫中一般，不禁看的呆住。直等一支曲子彈罷，才從竹後頭走出來，歎道：「此曲只應天上有，人間能得幾回聞？我算領教了。」

黛玉吃了一驚，扭頭嗔道：「你什麼時候來的？竟然偷聽人家彈琴，好不要臉。」寶玉笑道：「我若冒然出來，驚擾了二位的雅興，才是真正沒眼色呢。韓愈尚有『窺窗映竹見珍瓏』之興，如何他看棋便是雅事，我聽琴便是沒臉？」又道，「我剛才看見你們二人一個站著，一個坐著，一個彈琴，一個焚香，再配上這竹子，這泉水，這古鼎新茗，直可入畫。想古時瀟妃、湘妃本是兩個人，如今只被林妹妹一人專美，其實缺典，倒是今兒妹妹這一曲〈蒼梧謠〉，韻高古調，匹美虞韶，才是真真正正的『瀟湘妃子』了。」黛玉聽了，臉上勃然變色，大生疑竇，欲要發作，又礙著寶釵在旁；欲不理會，然而寶玉言中之意，分明將他二人比作娥皇、女英，豈不唐突？因此臉上紅白者幾次，卻一句話也說不出。寶釵亦同黛玉一般心理，大沒意思，因淡淡的道：「寶兄弟再不能親近的，說不到三句話就說到歪裏去，只管混拿古人來比我們。林妹妹『瀟湘妃子』的美號原是因館得名，極相宜的，瀟湘館又不是九嶷山，何須別人來畫蛇添足，附庸風雅？」

寶玉這才省過來，瀟、湘二妃共事舜帝，又想到〈湘浦曲〉裏「虞帝南巡去不還，二妃幽怨水雲間」之句，亦有此意，自己這個典故引的真是大大的不妥。不禁紅了臉陪笑道：「我只因聞的瀟湘子撫琴，蘅蕪君焚香，只當走進仙境裏去了，若不是傳說裏的神仙，豈能這樣飄逸超脫？所以枉擬古人，寶姐姐千萬莫怪。」黛玉聽他只是求寶姐姐莫怪，卻不提自己，倒覺喜歡，面色微霽，卻仍低著頭撥弄弦柱，並不睬他。寶釵早託辭口渴，抽身走了。

寶玉訕訕的，便走到黛玉身後去看他理弦，只聞一陣幽細清香，似有還無，沁人肺腑，正如梁江淹〈靈邱竹賦〉所詠：「非英非藥，非香非馥。」竟不知是竹子的香，鼎煤的香，還是人身上的香氣。欲要請教，又怕說錯話更觸怒黛玉，因此閉目用力呼吸，暗自細細品度。忽聽人笑道：「二哥哥可是參禪？竟然站著就入定了。」抬頭看時，卻是惜春同著彩屏來了，正看見寶玉閉眼努鼻子的怪相，因此打趣。寶玉不好意思，揉著鼻子道：「我因聞到一股異香，極細，極清，卻把整爐的沉香都壓下去了，因此用力體會，只沒辨聞清楚。」惜春笑道：「這可是聽琴入禪，通了三昧了，因此得聞曼陀羅香。」

寶釵隔窗聽見惜春來了，遂同鶯兒用青瓷蓮花盤子托著全套的青花纏枝蓮紋壺盞出來，沏出雀舌牙茶來，敬與惜春道：「四妹妹開口就是佛家語，到底不同我們俗人。」寶玉道：「四妹妹這樣喜禪樂道，何不常去攏翠庵裏向妙玉師父請教？佛理原要時常討論切磋，才有進益的。若是一味閉門苦讀，真成了面壁了。」

惜春冷笑道：「住在攏翠庵，道理就一定通麼？依我所見，妙玉爲人也就罷了。真正苦修之人原應衣無絮帛，食無鹽酪，他卻連一茶一器也那般執著講究，那年劉姥姥來，喝他一口茶，他就連杯子都不要了。我佛有云：眾生平等；又道是：茶禪一味。他卻是耽於茶而遠於禪的，連最根基的道理也做不到，又談何修行？又如何看破？因此我說他自視太高，只怕倒不容易悟的。」

黛玉聽了，默然不語。寶玉也因與妙玉素相投契，不便說話。惟寶釵心無掛礙，原與眾人都無分彼此，遂笑道：「那年劉姥姥一句話，讓你足畫了兩年的園子圖；如今終於畫得了，難道果然捨的送人麼？」惜春道：「有甚捨不得？若捨不得給，又何必畫？既可畫，便可給。姐姐何必疑我？你看我是那小氣慳吝，只聚不散的人麼？」寶玉笑道：「你說妙玉不通，可是我看這性情，倒和他是一模一樣兒的。都一般的傲氣。」惜春冷笑道：「傲氣就一定是同類麼？二哥豈不知傲也有許多種的，有不甘同流、遺世獨清之傲，亦有安貧樂業、虛心勁節之傲，有富貴不能淫、威武不能屈、貧賤不能移之傲，亦有渴死不飲盜泉水、餓死不吃嗟來食之傲，人有傲氣，亦有傲骨，且有傲慢之態度，傲世之風格，二哥以為我之傲，與妙玉之傲，何如？」寶玉被噎的瞠目結舌，一時之間，竟無話可答。寶釵點頭道：「說你冒撞，到底遇著四妹妹，才知道厲害了，看還敢亂說話不。」

黛玉笑道：「妙玉身在尼庵，骨子裏卻是閨秀；藕榭雖在侯門，心卻已經皈依；兩個人非但絕不相類，其實大相徑庭，一個是出家的小姐，一個是在家的姑子。」惜春笑道：「林姐姐這話說的有些意思了。」黛玉道：「這樣說就錯了。你該說：女施主言之有理。」眾人都笑起來。

寶玉深感黛玉解圍之助，笑道：「與林妹妹談禪，再說不過他的。我從前自以為一隻腳已經跨進佛門了，被他幾句話就打了回頭；你若同他講論，只怕不是對手。」惜春笑道：「論口才我自然辯不過林姐姐，倒是手談的為是。」寶釵失笑道：「都是寶兄弟一句『窺窗映竹見珍瓏』鬧的，果然就擺上棋局了。」

於是紫鵑過來，安下藤几竹凳，鋪了坐墊，布了棋枰，黛玉便與惜春兩個分賓主坐了，各執黑白子鬥起來。寶玉、寶釵兩個站在一旁觀戰。看不到幾個回合，寶玉便情急叫道：「妹妹錯了，該走這一步的，不然，這個畸角豈不沒了？」黛玉並不理會，仍向居中處落下一子。惜春果然連落幾子將個畸角吃掉，再回頭時，卻見自己中部大塊失陷，不禁叫道：「了不的，只顧做困獸之爭，竟被他逐鹿中原。」黛玉笑道：「我本來只擬圍魏救趙，行一個緩兵之計，那知道你也同寶玉一樣，求全反毀，因小失大。這樣求勝心切，執著得失，還說看的破呢。」

惜春拈起一子正欲落下，聽了這句，卻忽然呆住，愣愣的出神。寶玉方才看出黛玉用心，拭汗道：「幸虧不曾聽我的，不然，那有這一番山回路轉。」寶釵笑道：「你讀了那些詩書，難道連個『觀棋不語』的禮數也不懂麼？不如教他二人且下著，我們裏頭說話。」寶玉也說「正要看看姨媽」，遂同寶釵一起進去。

說不了兩句話，碧痕拿了張帖子來找寶玉，說有位馮大爺派下了車子來請吃酒。寶玉本不欲去，寶釵勸道：「人家好意請你，又下帖子又派車，可見誠摯，如何不去？成日家只管在我們隊裏混算什麼？也要結交朋友，時常應酬，將來場面上也有個照應。」寶玉聽不入耳，卻也不好駁回，只得同碧痕回房去換衣裳。正是：

從來夢醒方知悔，不到棋終未為輸。

第六回

畫中有意木石盟約
線裏藏針錦繡文章

話說薛姨媽自此在瀟湘館暫且住下，寶釵每日早晚探望，有時便在館中留宿，有時又自回家去料理幾天，黛玉也不強留。是日薛姨媽同寶釵兩個又回家去，黛玉無聊，估摸著寶玉放了學，便走來怡紅院尋他說話，偏值寶玉去見賈母王夫人未歸，襲人又因嫂子生育，接了家去。只碧痕一人在院中灑掃，見了黛玉，笑道：「林姑娘來了，二爺剛才去上房請安，去了好一會子了，就回來的。姑娘略坐坐。我給姑娘倒茶。」黛玉道：「我不坐了，說不定前頭留飯，不定什麼時候回來呢。」抽身要走，碧痕卻已沏了茶來，托在手上說：「姑娘好歹略坐一坐，二爺這便回來的；便要走，也吃杯茶，歇口氣再走。不然二爺回來，要罵我們不會待客的。」

黛玉便笑著坐下，接了茶來喝。未入手，便聞一陣撲鼻香氣，因問：「是什麼茶？」碧痕道：「去年薛大爺送給二爺的，說就是平時喝的茶，摻上些桂花，封在罐子裏，隔一年再拿出來喝，香的醉人，茶味倒也不怎樣的。」黛玉聽了，便知是夏金桂家的秘方。放在一邊，且看桌上玻璃插屏下琉璃獅子鎮著的一幅畫，墨蹟方乾，旁邊放著湖山筆架、北宋汝窯三足洗、田黃凍的印石等物，卻無落款，知是寶玉手跡，因問：「這是什麼時候畫下的？」碧痕笑道：「姑娘快別問這畫兒了。我們二爺昨兒晚上高興，畫到半夜才睡。早起上學回來，又補了幾筆，說還要寫兩句詩在上頭，叫咱們巴巴的磨好了墨等他，他獨自背著手垂著頭，便如打趟子拳一樣趟了幾個來回，也沒做出來。俺們問他：都說你別的學問罷了，這做詩上是極通的，今日怎麼這樣為難？他說了許多道理，我也記不住，學不來，只記的說什麼『不恭』。惹的我們又要笑了，說做詩又不是拜神，有什麼恭不恭的，倒是給老太太請安遲了才是『不恭』呢。二爺便說也是的，不如先請了安回來，消消停停的再做，就急惶惶的走了。」

黛玉聽了，便想替他做幾句題在上頭。因細看那畫，是一幅歲寒三友的老題目，然而角上卻偏題著「賞茗圖」三個字，倒覺不解。心說寶玉雖然愛畫，多半不是美人便是花卉，專以濃麗香豔爲意，何以這畫如此冷峭清素，那竹纖弱秀拔，扶風欲醉，雖有傲霜姿，並無鬥雪志；那松端莊雅正，謙謙如君子，亦並無蒼勁之意；斜刺裏又穿出好茂密的一株梅花，用朱砂點染的焚丹煮霞一般，嫣然若凝脂。大不似尋常所見鬥寒圖之硬朗雄偉，倒是飄逸嬌羞有女兒態。亦且如今春暖花開，又非冬時霜節，畫這松、竹、梅好似不合時令；且這佈局情形，倒像在那裏見過的一樣，因此低了頭久久回思。忽又瞥見那竹旁欹著一塊頑石，嶙峋支離，玲瓏剔透，宛如隨時可吐人言一般，猛然醒悟：難怪叫作「賞茗圖」，這卻不是那年劉姥姥來打秋風，老太太一時高興，帶了眾人遊園，在攏翠庵裏吃茶的情形？那日承妙玉青目，招了他與寶釵兩人入內吃體己茶，寶玉偷偷跟了去，四人或坐或立，或奉茶或戲笑，可不正如畫中的情形？想必是前日聽惜春說禪，提及舊事，心有所感而畫。寶玉不直繪人物而畫草木，竟用了歲寒三友的典故來記述那日之會，自然是尊重之意，不肯唐突閨閣。設若他直形描繪他們三人容貌，卻成何體統，又如何描摹的出，虧他好心致，倒曉的用這歲寒三友代替，梅花自是妙玉，翠竹必是自己，那松樹想是寶釵了，他倒自謙頑石。再看那頑石斜斜欹於竹下，巍巍然如點頭歎息之狀，忽然想起自己家鄉虎丘白蓮池畔原有「石點頭」之名勝，所謂「精誠所至，金石爲開」，便源出於此了。想著，不禁紅燒雙頰，竟比畫上梅花猶豔。

原來自那天寶玉比了瀟、湘二妃的典故出來，黛玉心中大不自在，每每想以言語試探，終覺難以出口，今日見了這畫，疑竇盡去，反覺羞慚，想他一片真情待我，豈有別意？我卻每每猜忌於他，其實虧負。只是你我二人雖然有意，奈何我上無父母依恃，下無兄弟扶持，一番心事，誰爲做主？倘若天意捉弄，陰差陽錯，卻又如何是好？想至此，淚盈於睫，一顆心突突亂跳，遂提起筆來，飽蘸了墨，便向紙上鳳舞龍形的寫去：

細炊梅蕊煎茶湯，
懶掃松針待晚霜。
風過瀟湘聽楚樂，
何需弦管按宮商？

寫畢，因向碧痕道：「謝謝你沏的好茶，我不等他回來了，怕我們紫鵑找我呢。」說罷起身便走。碧痕在身後再留不住，只得呆呆看著他去了，大爲疑心。

一時寶玉回來，麝月、秋紋隨後跟著，丫環婆子一大堆，至門首散了，各歸各屋。碧痕端上茶來，說：「剛才林姑娘來過，有沒有遇見？」寶玉道：「林妹妹來了嗎？怎麼不留住？」又說：「他自然是回瀟湘館去，我恰從園子外面來，南轅北轍，那裏遇的見。」又忙忙問：「卻說什麼了沒有？妹妹今日身子可好？」麝月笑道：「你也緩著些兒問，他一張嘴，你八九個問題，他可那裏答的過來呢？」寶玉便也笑了，仍問：「怎麼不留住？」碧痕道：「我何嘗不苦留來著？這不是剛沏的茶？一杯都沒喝完呢，你不信摸摸杯沿，想還沒涼透呢。林姑娘略坐了一會子，看見二爺的畫，問是什麼時候畫的，然後便出神，又拿起筆寫了幾句詩在上頭，便放下杯說要走了，我再留不住。」

寶玉聽見，又看了黛玉留的詩，便知黛玉已然識透畫中意思，心中大為激蕩，恨不的這便趕了黛玉去，將多少未完之話盡訴與他；又想黛玉既去，自是不想面對之意，這時候忙忙的趕了去，他必不好意思，又必以假辭遮掩，倘若自己一個不妨說錯話，少不得又要慪起氣來，倒是錯過今日，等這心思涼一涼再去，見了面也不必提起，只當不知道為好。然而若說要等到明日才見，又如何忍的住。因此一時間起起坐坐，反反覆覆，心中竟顛倒了十幾個念頭不止。因聽碧痕說那茶杯是黛玉才飲過的，杯沿猶溫，不由的握在手中，癡癡的盯著，究竟不知是何主意。

碧痕笑道：「好端端的爺怎麼又癡了？莫非前頭捱了訓不成？」秋紋道：「那有捱訓？老太太聽說二爺才下學，高興的什麼似的，說二爺如今用功，老爺知道一定喜歡，省了多少閒氣；又叮囑天氣忽寒忽熱，容易生病，雖然用功，也不可太過，保養身子要緊，那裏還捨的訓話。」

正說著，麝月拿著替換衣裳走來道：「我說一件事，包管他就高興了。」因比比劃劃的說道，「可還記的那日林姑娘生日，雪雁要同我們比針線的事？只因香菱忽然沒了，大家心裏不好過，就給耽誤住了。幸好寶姑娘近來三不五時的進來園子，鶯兒便也跟著重新進來了，他原本好針線，那日又與雪雁兩個比上了，雪雁好勝，說是既要比，不如大家都拿出活計來公平的比一比，還說要請寶姑娘、林姑娘幫著審評呢。剛才在老太太屋裏，我見鴛鴦不在，就估摸著是爲這件事，一問，果然是去瀟湘館了，二爺不湊熱鬧去？」

寶玉聽了，果然大喜笑道：「這種雅會，豈可不去？」又問麝月，「方才怎不見你說起？倘若去的遲了，盛會竟散了，豈不遺憾？」麝月笑道：「我也是才在老太太房裏聽說的，就知道二爺聽了準是一時三刻等不了，即便要去的，所以才不敢說給你知道；不然二爺進了門，必定茶也不喝，氣也不喘，衣裳也不換，就得奔了瀟湘館去，倘被老太太知道了，責罵我們不會伏侍還是小事，再要被太太聽見，說二爺爲著看我們賽針線竟連禮也不顧了，還不得把我們全攆出去？況且林姑娘剛才既在咱們這裏，想必那比賽也就沒開始多大一會兒。」

寶玉聽見「攆出去」三字便覺刺心，當下更不答話，急急要茶來喝了，又換過衣裳，便催著麝月往瀟湘館來。一進院子，果然鶯聲燕語，紅圍翠繞，院當中竹林子底下放了雞翅木雕花大條案，上面擺滿各人的針線活計，荷包、香袋、手帕、汗巾、扇套、瓔珞，應有盡有，鴛鴦、紫鵑、雪雁、鶯兒、待書、春纖等二三十個人，都擁著黛玉央他評點，見了寶玉，都笑道：「正在說寶姑娘怎的還不過來，倒來了一位寶二爺。」綺霞、春燕也擠在人群中，看見他兩個，獨迎出來道：「原來二爺已經下學了。」麝月笑道：「好啊，你們兩個不在院裏侍候，倒會躲在這裏圖輕快，可不是要作反？」綺霞笑道：「並不敢圖輕快，真格做完了活才來的，想著二爺下學回來，聽姐姐說了這個會，少不得要往這裏來。所以先等在這裏侍候著。」

麝月啐道：「你倒會說話。」不理他兩個，且看活計。只見眾繡件已經初選比過，多數中乘，仍平鋪在案上給人賞頑，卻將選出的上佳者圍在正中，計有繡帕一條，肚兜一件，香袋兩個，瓔珞繡屏一件，雙面繡的團扇一柄，還有虎符纏臂一條，不禁將那纏臂拿在手中笑道：「這是誰的？怎麼會有這玩意兒。」眾人都笑道：「且不說誰是誰的活計，只說那件好，才見的公平。」

寶玉便請黛玉講評，黛玉笑道：「我看了這半晌，已經心中有數，說出來，必會先入為主，影響了你的判斷。你如今剛進來，不如憑直覺論來，倒還公正直接。」寶玉早已等不的，聞言笑道：「既這樣，我便抛磚引玉了。」便指著繡件，說這一件配色相宜，那一件針腳細密，這一個花鳥靈活，那一個心思巧妙，舌燦蓮花，不吝讚美之詞，巧言令色，使盡鼓吹之能，直說的眾人眉開眼笑，都道：「二爺真會說話。依二爺說，竟樣樣都是好的，卻到底那一件為上呢？」寶玉笑道：「這卻說不好了，依我說，凡參賽者都是好的，都該有賞。」眾人更加笑道：「既這樣，二爺卻賞什麼？」黛玉早截口說道：「一人一瓶桂花油。」說的都笑了。

黛玉遂從容評道：「若單以繡工而論，這條鴛鴦戲水的絲帕和這條虎符纏臂的繡件都算好的，但意思卻俗，新針線配著舊故事，再好也是有限；這瓔珞繡屏擺在案上最好，條子編結的好不奇巧精緻，配色也鮮豔，刺繡工夫卻是平常，可謂喧賓奪主，就有大好處，也終不能滿意；倒是這兩隻香袋雖小巧，卻是各有好處，這一隻針線細密，配色豐富且有層次，只輸在繡的燕子上，想那燕兒原是寄人籬下之雀，縱能飛也不遠；這一隻不但針線好，意思更好，在香袋上繡大雁已經難得，還要圍著這雁繡出雲彩來，更是舒展磅礴有傲氣，所以，倒要屬這一隻爲冠。」

正說著，湘雲同著翠縷走來，恰聽著末兩句，不禁笑道：「依你所評，這兩隻香袋倒有一比。」黛玉寶玉都忙問：「何比？」史湘雲笑道：「燕雀焉知鴻鵠之志？」寶玉道：「這說的過了。」因問，「這卻是誰的佳作？」眾人都笑道：「你倒猜猜看。」寶玉道：「這如何猜的來？我又不曾見過你們個個的刺繡。」湘雲卻已猜到：「我知道了，既然叫猜，想來必是人物相關，這一只是春燕的，這一只是雪雁的，可是這樣？」紫鵑笑道：「到底是雲姑娘。」

湘雲便轉頭看了一周，問道：「怎麼寶姐姐不在這裏？」黛玉道：「叫丫頭去請了幾次，再請不來，想是陪我住了幾日，實在被我煩的受不了，所以怕了。」鶯兒忙陪笑道：

「姑娘說那裏話？原是爲前兒梅家送信來，說話就要迎娶琴姑娘的，因此我們太太回家去打點些妝奩箱籠，我們姑娘也要幫著準備，所以騰不開身，過幾日閑了還要再來叨擾的。我們姑娘叫我在這裏給林姑娘和雲姑娘賠罪呢。」湘雲笑道：「你也太小心了，林姐姐說笑話兒呢，那裏就急的這樣兒。」寶玉卻大驚失色，問道：「這是幾時的事？」

鶯兒道：「就是前天，梅翰林的公子因進京受銜，所以要趕著完婚——正主兒還沒來，只是派家人送信兒，等琴姑娘嫁了人，就該我們二爺娶邢姑娘了。」寶玉聽見「嫁人」兩字便覺刺心，不禁連連「唉」了幾聲。黛玉也覺傷感，暗自出神。湘雲卻拉著鶯兒問：「你們琴姑娘出嫁，你自然也要忙些日子了。早聽說你的手巧，這裏頭那件是你的大作？」鶯兒不好意思，撿出那只瓔珞繡件說：「是這一件。自然比不上雪雁妹妹的好。」

湘雲道：「我來的遲，沒聽全，只聽見說繡小燕子不如大雁子，所以略遜一籌。我卻不以爲然，這不是評繡，倒是評畫了。既是賽針線，總要針指工夫一流爲佳。依我看來，這瓔珞與虎符都是好的，還有這扇子，難爲他兩面一模一樣，竟看不出針腳從何而起，至何而終，纏綿流暢，毫無二致，若依我評來，這扇子才是刺繡中的極品。」黛玉笑道：「《疏》云：『畫者爲繪，刺者爲繡』。刺繡與繪畫原本根並同生，理出一宗，我以畫理評繡品，有何不妥？先秦之時，皇族大臣的衣冠悉用顏色繪繡出各種圖案以定職階，草石並用，煉五色以染絲，名爲『畫繢』，單以顏料區分謂之『畫』，若以刺繡區分則謂之『繢』，可見畫與繡非但理出一宗，連功用也是一樣的。」

寶玉聽到「草石」二字，不禁心中一動，問道：「妹妹剛才說『草石並用以煉五色』，不知是什麼意思？」黛玉道：「古代畫繢技法，先用草木提取汁液染底色，再用彩石粉製成顏料繪案，最後用白色顏料勾勒襯托，《周禮．考工記》有載：『青與赤謂之文，赤與白謂之章，白與黑謂之黼，黑與青謂之黻，五采備謂之繡。』又道是『雜四時五色之位以章之，謂之巧。』《博物志》也說：『天地初不足，女媧氏煉五色石以備其闕，斷鰲足以立四極』，這就是最早的染色法了。所以百花、漿果、草根、礦石、乃至寶玉都可爲顏料，用以入畫。』」

眾人聽見說「寶玉」也可爲顏料，都笑起來。惟寶玉聽了這一句，卻呆呆的發愣，忽忽有所失。鶯兒笑道：「姑娘們說的怪好聽的，我也不懂。若純以刺繡論，雪雁妹妹的針線也是極好的。這雙面繡的團扇，便是他的，他們的蘇繡功夫甲天下，我們再比不上；那虎符是平兒姐姐的，他沒來，只叫人送了這件纏臂來。」麝月笑道：「原來這虎符是平兒繡給巧姐兒的，怪道呢，我說誰這會子還戴這個。」

湘雲原本聽說黛玉以爲雪雁所繡香袋爲眾繡品之冠，惟恐薄了鶯兒，故意另指一件爲上，不料卻仍是雪雁之物，倒覺佩服，又聽了黛玉長篇大論的一套刺繡談，心下嘆服，因看著雪雁笑道：「難得難得，這才是有其主必有其僕。主子比出《論語》、《周禮》這些大道理來，雖然說的天花亂墜，終究不過『紙上談兵』；丫頭倒是一針一線，『針針正正』的『錦繡文章』，堪比魏時針神薛靈芸了。有什麼絕竅？也教教我們。」雪雁羞紅了臉道：「姑娘過獎了。那有什麼竅門？不過是綳要平，架要穩，剪要小，針要細，再就是針法要變通，比方繡這雁，該用鋪針法繡背，套針法繡翅，面色宜深，裏色宜淺，翅肩處將套針上再加施針，長短兼用，虛實相副，像這雲煙本是爲著烘托大雁的，就要散針和整針一塊用，濃處用套針細線，淡處用接針，再淡處用稀針，就鮮活了，不過是這些。」話未說完，眾丫頭都笑起來，都道：「若說這些針法也都知道，只是誰理會的該如何套用，又在什麼時候什麼地場兒用呢？改日閑了，倒要你慢慢兒的一件一件細說來聽聽。」

雪雁因見湘雲只是拿著那紈扇不放，笑道：「姑娘若喜歡這扇，就送給姑娘頑吧。只怕姑娘嫌牡丹花樣俗。」黛玉笑道：「另繡一幅芍藥花的來就不俗了，最好再繡個石凳兒。」湘雲道：「你專會打趣人。但有一點錯兒被你捏著，再不放過的。我如今隨你怎麼說，這扇子是要定的了。可惜離入夏還遠，我竟有些等不及呢。」寶玉笑道：「詞裏說：『團扇，團扇，美人病來遮面』。倒不一定非要夏天才用。」湘雲道：「那有紅口白牙咒人家病的。你敢情是怕我要了扇子，你林妹妹沒的用來遮面？」黛玉冷笑道：「我就該是一年到頭要病的麼？我倒要問問，你何嘗見我每日拿著扇子遮面的？還是愛拿扇子的人必得生病？」湘雲笑著正要再說，忽然想起來，時常拿把扇子在手中搖著的人倒是寶釵，便不肯往下說去，只拿起那鴛鴦戲水的繡帕問：「這可是鴛鴦姐姐繡的？」

鴛鴦笑道：「怎麼見的我叫鴛鴦，就必得繡鴛鴦？那是待書的，小蹄子春心動了，所以日夜惦記著鴛鴦戲水，連手帕上也繡著春意兒。」待書聽了，急的罵道：「少胡唚，什麼春心動了，又什麼是春意兒，統共就那幾張繡樣子，我不過照著繡罷了，這裏的姐姐妹妹，那個沒繡過鴛鴦、蝴蝶、牡丹、荷花這些，雪雁繡這牡丹團扇，雲姑娘還評作第一呢，偏我繡對鴛鴦，你就有這些話來編派。」鴛鴦笑道：「雖然不錯，只是平時並不見得你針線特別好，惟有繡這鴛鴦時，竟加倍用心，不是心裏有想頭，卻是爲著什麼？可見一針一線都是有情意的。想來要不了多久，就要渡水成鴛鴦兒了。」待書恨道：「越說越壞，今兒我非撕你的嘴不可。」說著追著鴛鴦要打。寶玉忙一手拉住一個，笑道：「好姐姐別惱，還沒請教，那件是鴛鴦姐姐的手筆。」待書倒沒怎樣，鴛鴦卻用力將手甩開，正色道：「我們閒話瞎扯，並不與二爺相關，二爺別這麼拉拉扯扯的。」

寶玉頓時紅了臉，大沒意思，黛玉瞅著一笑，並不說話，湘雲也只笑著，紫鵑忙打圓場道：「鴛鴦姐姐說這些日子忙，只繡了這幅百壽圖的繡屏，雖然好，卻未完工，所以不算在上品裏。」湘雲展開看時，原來是一匹御賜的明黃宮緞，上用大紅絲線繡著許多壽字，形體各自不同，總有幾十個，自是孝敬賈母之物，便都連聲贊好。又一一翻看其餘並未入選的繡件，雖非上乘，也各有佳處，因一一讚歎，把頑不已。

翠縷便拿著那只肚兜問：「這件也是好的，爲何不見評審？」黛玉微微一笑，只道：「自然是好的。」寶玉忙一把搶過，紅著臉道：「是誰把他拿了來？」綺霰忙道：「是我，因聽說這裏要賽女紅，我在櫃子裏翻了翻，屬這條肚兜繡的最好，又簇簇新沒穿過的，所以拿他來參賽。果然大家把他選上了。」

湘雲早已認出那肚兜正是那年自己與黛玉經過寶玉窗前，見著他在睡午覺，寶釵卻坐在一旁刺繡，手中做的正是這件活計。聽說寶玉從未穿過，不禁看著他一笑，問道：「不忍乎？不敢乎？不願意乎？」寶玉早已團起掖在袖裏，胡亂道：「胡鬧，這種東西怎好見人。」又故意問這件繡品是誰的，那樣東西卻做何用。眾人並不解他三個打的是何啞謎，也不理論，便一一告訴。

正亂著，只見琥珀提著一隻塡金掐絲雕花過梁的五彩食盒來，黛玉忙笑問：「是什麼？」琥珀道：「是桃花南瓜羹，老太太讓送來給林姑娘、寶姑娘吃的。」湘雲笑道：「可見老祖宗偏心，怎麼我們就不配吃桃花羹的？」紫鵑忙上前接了，揭開蓋來，見是滿滿一盅，足夠三四人分，笑道：「寶二爺、雲姑娘都在這裏吃過飯才去吧，盡夠了。何況寶姑娘這早晚不來，今晚多半不過來了。」寶玉道：「使的。」便命春燕回去告訴一聲，說在瀟湘館用飯。湘雲笑道：「忙什麼？倒像幾百年沒吃過粥似的，就饞的這樣兒。」眾人也都笑了。

鴛鴦知道前頭已經放飯，便告辭要去。琥珀笑道：「老太太說了，你也難得進園子，就回來晚些也使的，只是別只顧自己頑樂，有什麼好看好頑的，撿幾樣精緻的也讓我養養眼。」

黛玉笑道：「難得老太太高興。」忙命雪雁用只蝴蝶穿花五彩塡漆托盤，將眾人評選出來的幾件上佳繡品擺在上面，捧著陪鴛鴦、琥珀一同去，又叮囑：「若老太太看上什麼，別小氣，就孝敬了老太太吧。」雪雁笑道：「方才雲姑娘看上那團扇，我也說給就給了，那裏就小氣了？這也要姑娘囑咐，也太把人看的太沒眼色了。」眾丫頭也都向鴛鴦道：「倘若我們的針線竟能入老太太的法眼，姐姐便留下吧，就是我們天大的面子了。」鴛鴦笑著，遂同琥珀、雪雁一同去了。

一時來至賈母房中，邢、王兩位夫人連同尤氏、李紈都正圍著大桌子吃飯，小丫頭們捧著漱盂、手巾等站在一旁侍候，看見繡案，都連連讚歎。鴛鴦忙洗了手上前侍候，雪雁因賈母未曾細看，不便就去，只得也站在一邊等候。賈母道：「可憐見兒的，跟你鴛鴦姐一起吃吧。」又叫人拿只繡凳給他坐。雪雁只是不敢。琥珀知他爲難，便拉了他且到自己屋中等候，陪他說話兒，又拿起繃子向他請教針線之道。雪雁見是一幅用拉梭子針繡的包頭帕子，便道：「繞針之法，重在選針。針線的大小粗細選對了，再撚的密些，壓的實些，再無不好的。」遂親自從錦盒裏挑選針線，演示了幾針，穿插繞撚，從細講解。

一時賈母吃畢，又漱口洗手，琥珀這才帶了雪雁屋裏來。眾人這才重新細看，又湊賈母的趣兒，請老祖宗點評優劣。賈母笑道：「我年輕的時候，也天天拈針動線，很會繡的，什麼齊針、搶針、單套、雙套、乃至正、反、扎、鋪、刺、旋、刻，都來的。如今雖繡不動了，卻仍喜歡看，所以才收藏了兩件『慧紋』刻不離身。依我看他們姐妹也都算好的，只是都不大喜歡繡，只愛做詩，若論繡功，丫頭反比主子強。」邢、王兩夫人都笑道：「老太太的手自然是巧的，誰還跟老太太比呢？便這些人綁在一起也比不上老太太一星兒。依老太太看，這些丫頭的針線，那個還可以看的入眼？」

賈母又翻檢一回，便指了那只紈扇與那件瓔珞爲上。雪雁忙道：「這扇子是我繡的，已經給了雲姑娘了。老太太若喜歡，只管說個樣子，好在夏天還早，趕天熱前一定繡了來。」賈母用心看了雪雁兩眼，笑道：「我就說林丫頭不錯，嘴裏手上都來的，調教出來的丫頭也比別的巧。既這樣，你就替我繡兩把扇兒來，圓的方的各一款，圖樣麼，問你鴛鴦姐姐就是了，他最知道我的心思。」鴛鴦答應了，又道：「這件瓔珞八寶繡屏是跟寶姑娘的鶯兒做的，老太太若喜歡，就留下。大家早說過了，誰的玩意兒若能被老太太看上，那是天大的面子，只管留下，就是賞臉了。」

賈母聽了更加高興，笑道：「既這樣，我再多看幾樣兒。」又將那扇子與那瓔珞反覆比著，看的出了神，半晌方道，「若是將這瓔珞配著雙面繡的畫屏，擺在那張胭脂凍的條石案上，倒是又新巧又展樣兒的。」雪雁道：「既這樣，我就同鶯兒姐姐商量著依樣兒做起來，我繡畫屏，請鶯兒姐姐打絡子，如何？只請老太太給個尺寸。」賈母喜的道：「這孩子心眼活，會說話，又不搶功，倒知道揚長補短，真是個伶俐孩子。」又叫鴛鴦拿錢打賞。雪雁忙磕了頭。邢夫人趁機說道：「這些丫頭們果然有眼色，識大體。依我說府裏的丫頭原是老太太眼皮底下長大，手把手兒調教出來的，自然個個都是好的，怎麼前兒倒一下子攆了那麼多。」

王夫人只做沒聽見，一聲不吭。李紈也不便說話。尤氏卻撿起那件未完工的百壽圖道：「依我看這個最好，怎麼倒不入老祖宗的眼？」鴛鴦笑道：「謝大奶奶誇獎。這個是我繡的，原本就是爲著給老太太上壽的，還沒到正日子，所以沒完。今兒露了眼，到日子就不稀罕了。」

正說著，鳳姐兒也來了，琥珀倒了茶來，賈母便叫鳳姐也挑挑，鳳姐道：「我沒才幹，論筆才沒筆才，論手才沒手才，文不能詩，武不能繡，那裏看的出個好壞來？自然是老祖宗的眼光最好。」又挑出那只纏臂道，「這是我們巧姐兒的東西，怎麼平兒那蹄子也拿了來獻寶？若是入了老祖宗的眼，就沒了，巧姐趕明兒可戴什麼呢？這可得趕緊藏了去。」說著果然收了起來。

尤氏笑道：「可見你小氣，一件纏臂罷了，除了巧姐兒，誰要他做什麼？老祖宗還沒看上眼呢。」鳳姐忙問道：「果真麼？早知道我就該裝大方，先就說把這個孝敬了老祖宗，老祖宗自然是不要的，少不得還要誇我孝順。這麼著，我賢名兒也賺了，東西又可留下，豈不兩便？」笑的賈母捶他道：「你這猴兒，又來耍寶。若論孝順，你也就很孝順，偏說這些話來慪我，既這樣，就該把你屋子裏所有的寶貝盡數攞了來，憑我挑，你看我要不要？」鳳姐笑道：「我屋裏碎瓷爛瓦多著呢，老祖宗若要，只管搬來，只怕沒地方擱，還得把珍珠瓶子翡翠缸挪出來騰地兒，到時候便宜的還是我們。」又問賈母覺的那件好，因聽李紈說百壽圖竟未入選，拍手笑道：「所以說你愚，這有什麼解不來的？自然是因爲老祖宗知道這原本是鴛鴦姐姐繡給他老人家的，好不好，總之都跑不了，所以才不肯白誇獎，占了份子，倒不如留下空兒來誇獎別的兩件，豈不白落下兩件東西？」說的眾人都笑了。王夫人也道：「說你小氣，真就小氣的臊都沒了，只當老太太和你一般心思。」賈母笑道：「他倒沒冤我，果真我就是這樣想的，偏又被說破了。」眾人更是哄堂大笑。

賈母又向雪雁道：「四丫頭的園子圖已經畫得了，真個是大方秀麗，我倒有些捨不的送給劉姥姥了。有心想讓四丫頭再畫一幅，怕他又要兩年的工夫。如今我倒要問問你，能照著那樣兒繡一幅極寬敞的畫屏不能？也不用雙面繡，只要單面平整就好。」尤氏、李紈都道：「這主意倒好。只是四丫頭畫都要畫足兩年，若是繡，豈不更加麻煩？」雪雁道：「那倒不是。畫的慢，是因爲要佈局設色，先在肚子裏打了好久的稿子，才敢落筆，聽說四姑娘中間又改過幾次，廢過幾稿，所以畫的慢。如今我照樣兒繡去，並不須重新佈局定稿，只要一筆不錯的照描就是，倒並不難。只是怎麼也要一年的工夫。」

賈母笑道：「你雖說的容易，我卻知道並沒那麼簡單，畫畫與繡花雖然道理是一樣，手法畢竟不同，山水、樓閣、人物、樹木、花鳥，畫裏一筆帶過，繡品卻要千針萬線，濃淡、動靜、起伏、詳略，都要考慮周到，最是費神。也罷，等我親自跟林丫頭說，從此不叫他使喚你，你只管一心一意的繡去。」又向鳳姐道，「你有空去看看你林妹妹，倘或他的丫頭不夠使，再挑一個給他也使的。」

鳳姐忙答應了，又道：「依我說，就叫外邊畫工依著四姑娘那畫兒拓一張出來，雪雁丫頭只管按著拓樣兒下針就好，豈不省些斟酌工夫？我再挑個小丫頭專門幫著他劈線穿針，或者又可提前十天半月的，老太太也早一點喜歡。」賈母笑道：「既這樣，就更好了。」

又說一會兒話，鳳姐因見尤氏暗中向他使眼色，便藉故辭出。尤氏故意又坐著說了幾句話，才辭了賈母，徑往鳳姐處來。方轉過琉璃嵌翠雙龍戲珠影壁，便見院裏南牆邊兩抱粗的一棵百年老槐樹下，一隻半人來高的碧玉荷葉缸半埋在土裏，水裏種著些荇草萍花，養著一對閃爍輝煌的金鯉魚，來回穿游，足有四五尺長。鳳姐正坐在樹下涼凳上剔牙，見他來，笑道：「你就是屁股沉，我一回來就先催著丫頭備茶，這會兒茶都涼了，你才進來。牙長的一截子路，倒走了大半年。」

秋桐正在廂房裏同丫頭挑鞋樣子，聽見尤氏進來，忙丟了樣子出來扭扭捏捏的問了個好。尤氏正眼兒也不瞧他，徑走到樹下碧玉缸邊探頭兒看看，又將手敲敲缸沿，錚然有聲，不禁笑道：「什麼魚這麼金貴，特特的替他埋一隻缸在這裏？那池子裏游的不是魚？」

鳳姐道：「你不知道這裏的緣故，這就是前兒林妹妹生日，北靜王府特特遣人送來的那對金鯉，說是主門戶平安，吉慶有餘的。連這只碧玉琉璃缸也是一併送來，專爲供養這兩隻風水魚的，說是冬暖夏涼，不易得病。」尤氏念佛道：「阿彌陀佛，這倒是件勞心的事，魚是活物兒，又不耐冷又不耐熱，又怕飽又怕餓，倘若一個不提防給養死了，那時怎麼好，豈不是弄巧成拙？」鳳姐道：「誰說不是？我正爲這個操心呢。撥了專人侍候這兩條魚，竟比侍候兩個大活人還煩心。」

尤氏又撒目一周，笑道：「人說『天棚魚缸石榴樹，老爺肥狗胖丫頭』，如今你這裏有了這魚缸，也就差不離齊全了，只差一棵石榴樹，怨不的不結籽（子）兒。」鳳姐笑罵道：「好乖巧嘴兒，敢打趣起你娘來了。老娘不結子（籽），誰養的我兒這樣大了。」

兩個嘲戲一回，同進屋來。平兒端上茶來，尤氏接了，方向鳳姐兒慢慢的說道：「你前回說的娘娘賜畫的事，你哥哥也就著人四處打聽著，說賈雨村犯的是貪污案，查出虧空約有千萬之數，因此調京候審，還未定罪。若肯退回全部贓款，量不至重罰。又因前日皇上出宮圍獵，四王共同監國，這件事便淹蹇住了，倒給了那賈雨村騰挪機會，這些日子裏，只在各相府侯門間躥個不了，四處求人告貸，幫忙疏通。你哥哥也幫著留心打點，不爲別的，怕他一時急了，亂咬亂說，牽連無辜也是有的。倒也不必太擔心，他不過是我們常來常往的一個客，並無深交，將來他的事出來，無論發放貶職，都不與我們相干，不過從此小心些，遠著來往，也就是了。」

鳳姐道：「正是這話呢，就只怕兩位老爺這一向同他走的近，一時半會脫離不開。」又命平兒將前日北靜王府送的紗取兩匹出來，遞與尤氏道，「這也是北靜王妃送林妹妹的，都是進上的好料子，他不要，收著也是白收著，你拿了家去給蓉哥媳婦做兩件衣裳穿吧。」尤氏將手一撚，只覺輕薄軟透，溫存細膩，不禁笑道：「這是什麼紗？看著黑漆漆的不起眼，摸上去竟像是小孩兒手一樣，又纖巧又柔軟，像是帶著體溫的，從前沒見過誰穿這個。」鳳姐笑道：「連我竟也不認得，還是老太太說，這叫香雲紗，做了衣裳夏天穿著，出汗不沾身，越穿越涼快，又不起皺，說是一兩紗比一兩黃金都貴呢。就是顏色不好，非得找個頂巧的繡娘，大紅大綠三鑲三滾的繡了來，才可以壓的住。」

尤氏謝了收起，又向前湊了一湊問道：「這北府裏給林姑娘送禮，又是魚又是紗的，好不金貴，到底是個什麼意思？我聽你珍大哥說，那在各府裏常走動的馮紫英，有一次忽然同他打聽林姑娘的來歷，說是寶玉在扇子上寫了許多詩句傳出去，不知怎麼被北靜王爺看見了，大為歎賞，聽說是這府裏的小姐寫的詩，所以問人。」

鳳姐一拍腿歎道：「我說這件事來的蹊蹺，原來是寶兄弟鬧的！」因向尤氏細細的說明，「我也是瞎猜，若不是你，也不說了——老祖宗前些日子找我去，說北靜太妃從前親口說過，北王要為自己親選一位側妃，不但要模樣好，還得文采了得，必得謝道韞、班婕妤一流人物。既依你所說，想來必是先取中了才，復取中了貌。那日北靜少妃來府裏為老太太祝壽，只怕就是親自相看來了。我起先還納悶兒呢，說少妃親自為王爺選妃，怎麼就單單看上了林妹妹？若以相貌，薛家兩位姑娘並不輸給他；若論待人處事的大方親切，三丫頭和史大姑娘更覺活絡；且少妃自己已經是個病秧子，再為王爺選一個藥罐子，安的什麼心？莫不是怕將來側妃與他爭寵，所以故意找個體弱多病的，好使他不能同自己鬥法不成？」

尤氏笑道：「你自己是個醋缸，只當人人都同你一樣心眼兒多。」又道，「若是這樣說，這件事倒有七八分。九成是北王見了林姑娘的詩，便留了心，所以請少妃幫忙相看模樣兒，聽說竟是個才貌雙全的，就相準了，卻因並不是咱府裏的姑娘，且年齡又小，不便造次，所以請馮紫英幫忙打聽身分來歷。再聽說是個翰林之女，焉有不喜的？若不是為老太妃守制，只怕前年就要下聘的，好容易等的孝滿，又知道林姑娘今年及笄，就先下了重禮試探動靜，也是投石問路的意思。只怕這缸子魚便是訊號兒。」

鳳姐皺眉道：「這馮紫英是誰？這樣多事。他又如何知道林妹妹身世？莫非是珍大哥同他說的？」尤氏道：「你怎麼忘了？這馮紫英就是神威將軍的公子，與諸王府侯門均極熟絡，同你大哥也極相投。從前你侄兒媳婦病重時，就是他薦了一位張太醫來，把的好脈息，比鐵口神算還準呢。你大哥說見馮紫英問的奇怪，便含糊答應他，說林姑娘本是這府裏的親戚，老太太的外孫女兒，素日也不容易見到，並不曾說什麼。依我猜，仍是寶玉同他說的，他與北府原走動的頻，和馮紫英這些王孫公子也都常相往來的。」鳳姐歎道：「必是這樣。寶玉有口無心，亂說話也是有的。別人再贊他兩句，什麼不說？這事情果然鬧出來，才是饑荒呢。」

尤氏笑道：「你也是閑操心。這又有什麼好煩惱的？果然我們家裏再出一位王妃，難道不是喜事？論人品才情，我聽說那北王也是好個人物兒，且是一人之下萬人之上的，除了皇上也就是他家最大，林姑娘果然嫁過去，難道還委屈了不成？不是我說句過頭的話，只怕比咱們大姑娘還得體面呢，雖然名頭上皇妃娘娘和王妃娘娘差著一層，可到底是北王親自相中的人，便又不同了。」鳳姐也不便深談，只道：「看著罷了。」又說一回閒話，便散了。

且說寶玉在瀟湘館同著黛玉、湘雲一道吃了飯，又下了一回棋，才回至怡紅院來。襲人已從家回來了，正站在廊廡下遙等，見他回來，忙上前接著，堆下笑道：「巴巴兒的趕回來侍候你吃飯，你倒好，說不回來就不回來了。你就是貓兒食，走到那裏吃到那裏，別處的飯菜一定比家裏香不成？春燕來說的時候，廚房已把你那份送來了，更沒有端回去的理，所以叫小丫頭端去吃了，倒是老太太特特的打發人送了一盅桃花南瓜羹來，我還給你留在那裏。若要吃，便熱了來。」寶玉笑道：「老太太也給了林妹妹，我已經吃過了。」又道辛苦，問，「花大哥得了什麼？怎麼不多住幾天？」

襲人歎道：「哥哥嫂子本來也要留我過了『洗三』才回來的，我想著這麼大個屋子，這麼些事，那裏走的開這些天？所以趕著回來了，只好到日子再出去就是了。生了個女孩兒，也罷了，都說頭胎開花，二胎結子。」寶玉道：「女孩兒才好，該好好備分禮，賀一賀花大哥的。」襲人道：「太太和二奶奶已經賞過了。」又把賞的金銀錁子、一對手鐲、四條湖縐手巾拿與寶玉看。

寶玉道：「太太是太太的，論理我這份卻不該省，也罷，就照寶姐姐那鎖的樣兒打只金鎖吧。」襲人笑道：「我才說要求百家錢替侄女兒打只銀鎖，你又要打金的了。他們得了金的，那裏還看得上我的銀鎖。」寶玉笑道：「我的金鎖只是拿錢買去，卻不比你求百家錢來的真心，送禮貴在誠意，卻不可以金銀衡之。」襲人道：「既這樣，你也與我一文錢吧。」寶玉解開荷包，散碎銀子不少，卻再找不出一文錢來，恨道：「平時散錢亂扔，偏到用的時候，再想不起那裏找去。」仰著臉兒苦想。恰好麝月進來，聽說找錢，笑道：「這才是古話兒說的，一文錢難倒英雄漢。」寶玉、襲人都笑了。

襲人又與麝月討了一文錢打百家鎖，麝月又另與了三錢一隻的金耳挖子做「添盆」之儀，又問他都向園裏誰討錢來，別房的姐妹隨了些什麼禮，屆時「洗三」又要回些何禮，一長一短的說些閒話。寶玉聽著，起先只覺有趣，忽又想起寶琴即將成婚，只怕隔不兩年便也如襲人所說「開花結子」，不禁悲傷感歎。因拿了一本書呆呆的看。襲人那裏知道他的心思，見他看書，只當要用功，便向頭上拔下一根紫玉釵來，將燈剔得亮些，又沏了盞果仁泡茶，叮囑小丫頭好好侍候著，自己便不肯在跟前擾他分神，因出來找秋紋等說話。卻見眾丫環都擁在一處，正談論日間賽針線的事。

原來怡紅院諸人俱有繡品送去，便如襲人等不肯參與的，也自有小丫頭代拿了他的針線去比。卻惟有春燕兒的香袋一枝獨秀，雖未得冠，卻也出盡風頭，因此眾人都以為奇，因平時並不見他長於此道，遂又翻起前些時他說夢見晴雯替他繡花的事來，都道：「原來是晴雯暗中相助。可惜只幫了幾針，倘若整個是晴雯的針線，必要奪冠的。」春燕也道：

「晴雯姐姐真正多情，人雖去了，魂夢卻只守著怡紅院，再不肯就此捨了我們的。」說著，見襲人進來，便都掩口不說了。

襲人笑道：「你們只管頑吧，瘋了一日還不夠，都這會子了還只管嘰咕，吵了二爺看書，是要罵的。」春燕笑道：「二爺再不爲這個罵人。今兒他在瀟湘館裏，頑的比誰都高興呢。姐姐沒看見，真個是熱鬧，林姑娘、史姑娘做評判，難得他們兩個高興，不但沒有小瞧我們的針線，還比出大文章來，詩啦詞啦說了許多，我都聽不懂。說的真是好呢。」

碧痕笑道：「既說聽不懂，怎麼知道是好？不過是誇了你兩句，就輕狂起來，打著林姑娘、史姑娘的旗號，只管自賣自誇起來。我可聽見說林姑娘評出來的狀元並不是你，是人家自個兒的丫頭雪雁，可見藏私，不過拿你過橋兒，給雪雁墊底兒罷了。」春燕兒扭頭道：「我不信，若說他要過橋兒，怎麼不拿別的針線搭橋，就算是墊底兒，也自然是因爲我這個不錯。」

麝月笑道：「這我倒可以做證的，林姑娘再不藏私。倒是雲姑娘一心想幫鶯兒，又另選了一把牡丹花的扇子說好，不料也是雪雁做的。說是什麼蘇州雙面繡，我正經第一次看見，難得他兩面有花，竟是一模一樣，連個線頭都找不見，人家說『天衣無縫』，大概就是這個意思了。且雪雁講的那些針法也都極通的，咱們都說要拜他爲師跟著學呢。後來雪雁又回來說，連老太太見了都誇呢。」襲人也道：「林姑娘才不至於那般小氣。自然是他識的雪雁的雙面繡，所以才不肯說扇子好；倒是香袋兒、汗巾兒這些物件隨處可見，林姑娘也未必知道那個是那個人的，所以從公評來，卻偏選了雪雁的爲首，不過是誤打誤撞，你別誣賴好人。」碧痕笑道：「我不過一句頑話，倒惹出你們三個人一車子話來。」又道，「剛才我替二爺換衣裳，看他袖子裏籠著一條肚兜，是從前姐姐替他做的，問人才知道，原來綺霰拿去比賽來著，怎麼竟也沒評上狀元？」襲人一愣，只道：「我的針線功夫原本平常，沒評上又有什麼好奇怪的。」就此掩過不談。

碧痕因又說起寶琴許嫁的事來，歎道：「他們家倒真是熱鬧，剛辦完了白事，又辦紅事，這才是人常說的：只聞新人笑，不聞舊人哭呢。」麝月笑道：「所以說你不通，這句話比方的是男人喜新厭舊，娶了新人，就不理那前頭的人了，並不是說一家子辦紅白事。香菱死，同琴姑娘嫁人，是不相干的兩件事，只管混比。」襲人也說：「好好兒的說婚嫁，怎麼又說到白事上去？看叫人聽了不吉利。」

忽見王夫人房裏的小丫頭走來，說找花大姐姐，太太有話說。襲人詫異，這麼晚了，太太卻有什麼話，只得起身叮囑道：「我去去就來，你們也早些睡吧，別只顧著頑，也靈醒著些，小心二爺叫人。」碧痕笑道：「姐姐去吧，看太太屋裏有月錢放呢。姐姐若不放心，我進裏邊去陪著二爺可好？就只怕姐姐越發不放心了。」襲人啐了一口道：「回來再同你算賬。」，便同小丫頭去了。正是：

萬般心事胭脂陣，千古難堪紅粉關。

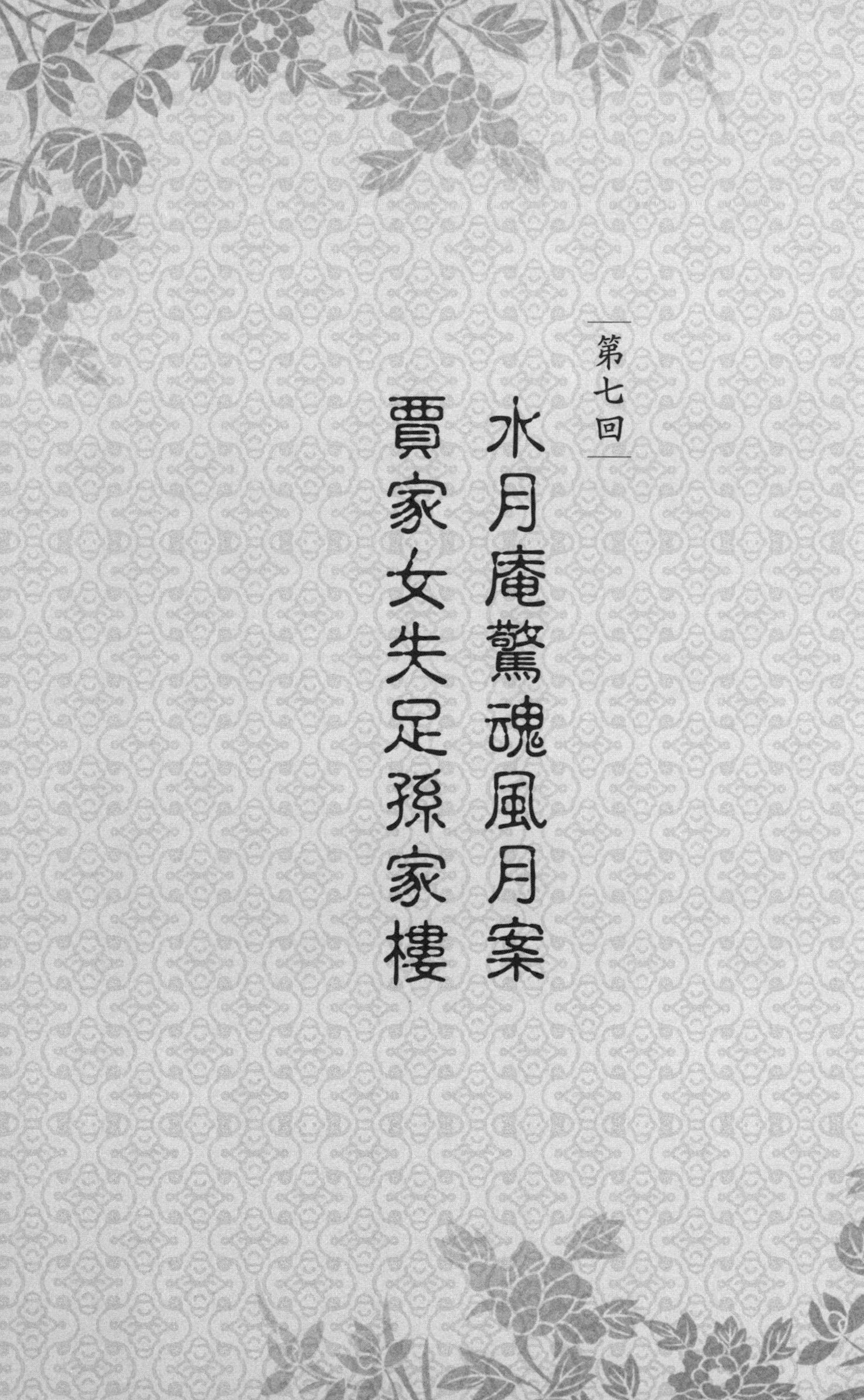

第七回

水月庵驚魂風月案
賈家女失足孫家樓

卻說襲人被王夫人找去問話，足有一頓飯功夫才回來。見寶玉已經睡下，便不驚動，悄沒聲兒的卸了釵環，向外床上輕輕躺下，一宿無話。

次日二月二十七乃是北靜王爺生日，寶玉一早穿戴了往北府裏去，隨眾行過禮，便帶去偏廳喝茶等待開席。府裏張燈結綵，喧歌處處，便是戲臺子也與別處不同，除正院八角戲樓分三層建築，上可騰雲駕霧、下可翻江倒海之外，各樓宇間尙有彩練橫空，有偶戲人立在練上曼舞，滿院裏又有踩著高蹺的偶戲人扮成僕傭模樣，在席間穿梭斟酒，這是院中散席，供無職的公子哥兒們戲耍；有品的王公命婦則分坐於左右翼樓，各廣九間，另請了兩班小戲，清吹彈唱，隨席獻藝，若有願意看正院大戲臺歌舞的，便站在天井旁閣樓上，隔著簾幕向下觀頑。席案戲臺皆使花工用七寶珠翠，奇巧裝結，花朵冠梳，紮著時鮮花樣。所有碗碟，俱是官窯瓷器，描金嵌玉，飛龍勒鳳。

原來這一天招呼的全是皇親近族，藩王使節，次日才是公侯大臣，惟寶玉因與北王交情不同尋常，故於頭一日即來祝拜，其實並無資格入席。雖北王特別交待，令他與那些外族番邦的郡王世子同座，然寶玉並不以攀交權貴爲意，又見舉目無非皇戚，言必失敬久仰，說不盡的屏雕金龍，褥設彩鳳，觥籌交錯，諛辭如潮，又兼華燈炫目，鑼鼓成行，實在熱鬧富麗的不堪，因此只略用了些酒水，看了半齣〈繡襦記〉便瞅空兒出來。府裏原是時常走動的，並不用人帶路，逕自穿過花廳向門房尋著自己的小廝茗煙道：「我一直要去看看芳官，總未得空。今兒難得出來，不如就往水月庵走一趟。」

茗煙正與王府裏的小廝吃茶吹牛，聞言忙擲了杯出來，主僕兩個籠鞍上馬，風馳電掣，不一時出城，來到庵前打環叫門。水月庵的姑子聽說是榮國府裏二爺來了，都大驚失色，連忙迎到禪房坐著，命人上茶。寶玉那裏肯吃，只問：「有個芳官，是不是投身在你們這裏？」那姑子卻不認得什麼「方官」「圓官」，聞言發了半天愣。茗煙一旁提醒道：「他原是榮府裏的丫環。」

一語提醒了那姑子，拍手道：「原來是他，二爺問他做什麼？」茗煙罵道：「你管我們爺問來做什麼？你只管叫他去就是了。」那姑子連連自說「該死」，忙忙的去了，不一時回來，木著臉道：「二爺快別問了，圓覺——就是二爺說的什麼方官，如今改了名字叫圓覺了——誰知是個不知禮的，憑人怎麼說，只是死不肯出來。」寶玉歎道：「到了這個地步，還是這個性子。」因問姑子，「他在那裏，你帶了我去。」

姑子遂帶路，來到庵中一角柴房，指著道：「他就在裏面。」茗煙早又罵道：「好啊，好好的人叫你們拐了來，是當騾馬一樣關在柴房裏的麼？」那姑子委屈道：「是他自己與淨虛師父強嘴，師父罵了幾句，說要關他在柴房裏餓上半日，他惱了，索性住進去不肯出來，並不是我們關他。二爺不信，看那門上可有鎖麼？」茗煙不信，揮拳踢腿的要打。寶玉忙攔住，勸道：「聽起來確是芳官的脾氣，他必不致撒謊。」遂來至柴房前，輕輕的扣門叫道：「芳官，是我，我看你來了，你開開門，我同你說話。」門裏只是寂然無聲。

寶玉又叩求多下，方聽見裏面人帶淚說道：「二爺請回吧，從此只當我是死了。」寶玉那裏肯去，只道：「我好不容易出來，你總得讓我見一面。」裏面又復寂然，半晌方冷笑道：「二爺果真要見？可別後悔。」寶玉且不懂，只說：「當然要見。」話音未落，柴門「嘩」一下拉開，一人蓬頭垢面破衣爛衫站在門前，問：「二爺果然要見我？」

寶玉定睛看時，唬的仰面後退，驚道：「你是誰？何故嚇我？」那人早又將門關了，冷笑道：「我說你並不會願意見我。」寶玉身上顫抖，指著那門問姑子：「這人是誰？」那姑子苦著臉道：「他不就是爺說的什麼方官兒了？進庵來，改了名字叫圓覺，可是再不乖覺的，沒早沒晚只管與師父鬥嘴。一時惱了，自己將杯子砸個粉碎，抓起瓷片就往臉上一陣亂劃，就變成這樣兒了。」

茗煙方才叫的門開，見那芳官形容雖似，然而傷痕累累，皮膚外翻，直如鬼怪一般，只唬的一陣連滾帶爬，這時重又迎上前來，抓住姑子問道：「胡說，好端端的他爲何要劃傷自己？從前他那樣愛俏，那樣抓尖兒，如何肯無緣無故劃傷了臉？你們把好端端的人拐了來，方的改成圓的，作踐得不人不鬼，還說不是害他？我這便抓了你去回太太，必要打死你。」姑子唬的跪地磕頭，叫著：「阿彌陀佛，屈死我了，誰敢無故傷人？真真兒的是他自己劃傷的。二爺不知道，這圓覺性子最是古怪，誰也拗不過他的，滿世裏再沒第二個。原聽說他從前學過戲，平常我們央他唱兩句，死不肯開口；不要他唱時，又獨個兒哭一回唱一回，擾的人睡不成，連淨虛師父都拿他沒法子。他爲著和師父治氣，自己鎖了柴門不肯出來，眼錯不見的，又把臉也劃花了。爺若不信，只管問他。再不然，問淨虛師太和芹大爺。」

寶玉聽了，淚如雨下，又問茗煙：「芹大爺是誰？」茗煙想了一想道：「是了，就是後街上周大奶奶的兒子，三房裏的芹四爺，專管尼姑道士的。」

只聽芳官在內說道：「你們不必拷問他。確是我自傷面目，與他無干。二爺快去吧，看這裏氣味不好，薰壞了你。以後也不必再來。」寶玉聽他語中猶有關切之意，更是心痛如絞，五內摧傷，欲要去，那裏捨的；若不去，又無話可說。茗煙只覺的這庵裏充滿詭異之氣，只巴不的就去才好，因苦勸道：「二爺走罷。就是捨不得他，也總要先回了家，再找個大夫來想法子治好了臉上的傷，還恢復從前模樣兒才是。」

寶玉聽他說的有理，且也無別法，只得上馬去了。方出門來，卻忽聽一聲清唱斷雲裂帛，越牆而來，唱的正是從前芳官爲寶玉獻壽那夜唱過的〈賞花時〉：「翠鳳翎毛紮帚叉，閑踏庭前掃落花……」細細一縷刺入心中，寶玉頓覺錘心刻骨，痛不可抑，「呀」一聲大哭起來，便要摟馬回去，茗煙生怕回府晚了累他受罰，死勸著去了。

回來府中，寶玉心中忽忽如有所失，及至逡巡睡下，夢裏猶隱隱聽的芳官唱曲聲，翻來覆去，卻只是一句：「洞賓哦，您得了人可早些兒回話，若遲呵，錯叫人留恨碧桃花。」仍是〈賞花時〉的腔調，直唱的悱惻纏綿，餘韻不絕，有裂石穿雲之響。寶玉在夢中歎息連連，尋聲行去，不知不覺來到一個所在，卻既非北靜府的丹楹朱戶，又不是水月庵的青燈古佛，雖則也有石碣山門，彩燈盈道，終究不辨所之。

正自疑惑，忽見那大石後擁出許多紅粉骷髏來，一時花容月貌，一時兇神惡煞，不住向他做鬼臉兒，因恍惚問道：「姐姐們是誰？與我素昧平生，無冤無仇，爲何要戲弄於我？」那些女鬼便都冷笑道：「無冤無仇？我們本來都是好端端的女孩兒，只爲認得了你，也並未做過什麼不齒的事，就白白丟了性命名節。你倒只管養尊處優，如寶似玉的裝好人，是何道理？」

寶玉聽說，只得再用心認去，卻見那些女子不是別人，正是金釧、晴雯、芳官、香菱、司棋、可人等一干人，其中又有尤二、尤三姐妹兩個，忙施禮道：「寶玉自知有得罪處，卻並非有意冒犯。香菱姐姐爲何也怪起我來？兩位尤姑娘更是只有數面之緣，何以這般見責？」香菱笑道：「我來此原不爲尋你，乃因絳珠仙子銷號之時將屆，故而特來探看於他，訂立相會之期，也好早做準備。恰遇見司棋妹子魂靈兒，便站下來敘一回話，並不想遇見了你。」寶玉聽的似懂非懂，又道：「既不是來尋我的不是，如何又做出許多鬼臉來嚇我？」

尤三姐冷笑道：「你自己心裏有鬼，倒只管怨人。我且問你，既說我們無冤無仇，你何以壞我名節，毀我姻緣，斷我性命。如今既然狹路相逢，少不得有仇報仇，欠命還命。」說罷，自身後掣出寒嗖嗖明晃晃一柄寶劍，便欲刺出。寶玉連忙躲避不迭。忽見一女子騰雲駕霧的趕來，叫道：「休要傷他。」寶玉回頭看時，卻是黛玉，忙擋在前頭叫道：「妹妹留心，且莫管我。」那些女子笑道：「見了他林妹妹，倒還有些良心。」又都上前見禮，口稱「絳珠仙子」，意甚恭謹。黛玉並不答話，只用力將寶玉一推，如墜五里雲中。

寶玉大叫一聲，醒來，一身的汗。襲人忙披衣趨近，問他：「怎的了？做什麼夢了？」寶玉撫著胸口叫道：「林妹妹可回來了？」襲人失笑道：「好好的睡在這裏，那來的林妹妹？」寶玉方知是夢，終不放心，遂對襲人說：「你叫起一個小丫頭，要他去瀟湘館探一探，看看妹妹可好？」襲人笑道：「這大半夜的，無緣無故去敲門，林姑娘豈不惱呢？若再驚起別人來，就更不好了。」

寶玉情知有理，只是放心不下，遂向襲人說起夢中所見，歎道：「那個地方，說起來原有些熟悉，倒好像什麼時候去過似的。便是這些人，也都像是舊相識，只不知爲何這樣怨恨於我。」說著又垂淚。襲人笑勸道：「這可是還沒醒呢。他們從前與你同一個園子住著，晴雯、芳官更是見天一個桌子吃飯，自然是舊相識，有什麼好納悶的？」寶玉道：「不是那麼個舊相識，我在夢裏看見他們，只覺這個夢從前好似做過的一樣，這些人還有這個地方兒，也是從前那個夢裏就有的。」

襲人忽然想起，那年寶玉在東府小蓉大奶奶屋裏睡午覺，醒來也說起這麼一個夢，說是什麼「太虛幻境」，裏面有許多人物故事，還同自己偷試了一回。想起舊事，不禁滿臉緋紅，勸道：「一個夢罷了，那有那些道理？人家常說的：日有所思，夜有所夢。自然是你日夜思念他們，所以才會夢見這些。快睡吧，已經敲四更了。」

寶玉只得重新睡下，心裏總是放心黛玉不下，輾轉反覆，好容易等的天亮，忙起來親自叫醒秋紋，命他：「不拘找個什麼由頭，去瀟湘館裏看看林妹妹，回來告訴我。」秋紋不解其意，也只得應著去了。一時回來，說：「並沒什麼事，剛起來，正梳洗呢。」寶玉這才放下心來，要水洗了臉，自往賈母房裏來請安。只想請過安後再去看黛玉。不料老爺偏傳話進來說，仍要叫往北靜王府裏看戲去，好同著那些王親大臣多多親熱，學習些規矩禮法。

原來今兒才是榮寧兩府的爺們爲北王上壽的正日子，寶玉滿心不願意，聽說賈政也去，豈敢違逆，且連脫滑的空兒也沒了，只得穿戴起來，帶上李貴、茗煙等，騎了馬，隨著賈政的馬車徑往王府裏去。後面家丁浩浩蕩蕩抬著壽禮走在後面，計有壽桃一百個，壽麵一百掛，上等的人參十二支，貂皮一張，南海佛珠一掛，金玉獅子各一對，並從蘇州精心訂造的上等絲緞十二疋，官緞二十四疋，由江寧所織之上用緞十二疋，官緞三十六疋，都有大紅案子抬著，大紅披巾蓋著，招搖過市，兩邊且有從府衙借的官兵開路。引的那些百姓都站住了在路兩邊觀看，又細數那過往的馬車箱案，猜測所獻之物，嘖嘖連聲，搖頭歎贊不已。

賈政坐在車內，隔簾看見寶玉滿面悒怏，見於顏色，騫起帷子教訓道：「昨兒因要籌備送北王的禮，竟沒時間找你算賬。我聽李貴說，席還沒散，你人倒跑了，連奴才也不告訴，害的他們找遍了整個北府，鬧了多少笑話。我還沒問你，昨天一整日野到那裏去了？你倒又擺出這沮喪樣子來堵我的眼，灰頭土臉，唉聲歎氣，那裏像個讀書上進的王孫公子？倘若去了北府也是這樣，丟人現眼，失禮打臉，晚上回來定要揭你的皮。」寶玉聽了，唬的忙道：「並不敢亂跑，昨天因席上實在嘈吵，鬧的頭疼，所以先走了，就忘記知會貴大哥一聲。其實只比他早回家一半刻。」

賈政還欲教訓，想著北靜王爺向對寶玉另眼相看，若只管一味訓斥的他沒情沒緒，等下見到北王倒不好。遂忍耐住了，只道：「若論別的本事，量你也沒有。這會子左右無事，倒不如細想兩首詩來，等下預備席上祝壽。做的不好，晚上再一併罰你。」寶玉雖擅詩，向來不喜歌功頌德之作，此時卻也只得勉強答應。騎在馬上，搜腸刮肚，百般苦惱。不提。

且說黛玉一早起來，正在洗漱，忽見秋紋忙忙的走來，又沒什麼事，只是請了安便又匆匆離去，倒覺的詫異。又不好說什麼，獨自出了半日的神，無可排遣，因想起再過兩天，三月初一是王夫人生日，少不得又要叫寶玉等抄經散經，這等事原是寶玉最不喜做的，倒不如得閒便幫他準備些。遂命紫鵑將書案擱在窗邊透亮處，洗筆磨墨，展開紙來，恭楷抄寫。

抄了一回，因見「一念愚即般若絕，一念智即般若生」之句，不禁想到「三諦圓融，一念三千」之說，又《僧祇》有云：十二念爲一瞬，二十瞬爲一彈指。因擱了筆，負手支頤，發起呆來，暗想世人以時光飛逝爲「彈指」，《莊子》又有「人生天地之間，如白駒之過隙，忽然而已」，可見「時間」之理，既有限，又無限，竟是世間最不可捉摸、難以形容之事，當下思潮起伏，心有所感，遂草書一絕云：

韶華易逝不宜留，一念三千再念休。
轉瞬還翻十二念，百回彈指幾春秋。

題過，想到紅顏易老，相思難酬，若論自己所受的委屈煎磨，那真是一日三秋，每一瞬每一念滿滿的都是煩惱，時間竟過的比什麼都慢；若論桃紅柳綠，花謝水流，卻又覺歲月如風，轉眼即逝，又過的比什麼都快。初進府時，自己同寶玉從小一桌吃，一房睡，何等親昵無私，而今卻難得在一起說句體己話兒；就算好不容易兩個人面對面坐著，也有諸多顧忌，一時廝抬廝敬，一時鬥口慪氣，卻終究不能明明白白說句心裏話；況且，即便知道了寶玉的心意又如何，這些年中，他說死說活的瘋話還少嗎？然而老太太、太太不開口，舅舅、舅母不爲自己做主，又能奈何？只怕時光如水，天意弄人，終究逃不過「卿何薄命」四個字。想到此，不禁淚流滿面，用絹子堵著嘴嗚咽不了。

紫鵑出去餵了鳥進來，看黛玉好好寫著字，卻又哭泣起來，心中歎息，只得委婉勸道：「姑娘才好了兩天，怎麼又無故傷心？已經是先天寒弱，再不自己珍惜將養著些，可教人怎麼樣呢？就是大夫一天來三次，開的方兒能治病，也要姑娘自己平神靜氣，一心想好才行。」黛玉歎道：「你那裏知道我的心思？」紫鵑道：「雖不知道，跟著姑娘這幾年，也多少猜著些。其實姑娘又有什麼不如意的？雖然親生父母不在，可也並不至失依沒傍的，且不說老太太固然疼愛異常——現有例子擺著，三位姑娘倒是嫡親的孫女兒，也不過這樣——寶玉跟咱們更是一條心，凡姑娘說的話，無不小心奉承，凡姑娘喜歡什麼，也都是要一奉十的，如何還只管慪氣？姑娘若肯惜福，就該仔細將養才是。」

正勸著，卻見探春、惜春帶著待書、彩屏走來，進了門便哭。紫鵑訝道：「這一個還沒勸好，又來了兩個。只道我們姑娘愛哭，怎麼三姑娘、四姑娘如今也都弄起這個光景來？」不住的拿眼睛向待書、彩屏兩個打量。待書嗚咽道：「孫家剛才來人報信，說咱們二姑娘昨天無端失足，跌下樓來，至今還昏迷不醒呢，兩位太太如今已經吩咐璉二爺探看去了，只怕這會兒已經咽氣了。」探春聽了，益發大哭，惜春也默默拭淚。

黛玉吃了一驚，倒反收了淚，問道：「我們可能還見一面兒麼？」惜春歎道：「那有那麼容易。二姐姐既嫁了人，就生是孫家人，死是孫家鬼，咱們閨閣千金，豈有爲這個到人家門上拋頭露面的？所以我說，一個人生爲女子，想要清清白白的過一世，除非出家做姑子，不然再難乾淨的。」

探春頓足恨道：「咱們賈家的女孩兒就被人這樣白欺負了不成？依我的性子，就該到孫家大鬧一場，再問他個虐死妻子之罪。就因爲生爲女兒，便這樣任人擺佈，一旦嫁了人，那怕他是豬是狗，也要忍氣吞聲。現在人要死了，忍到頭兒了，難道朝廷會頒座貞節牌坊、容他上《列女傳》不成？咱們家枉有這許多人，竟沒一個有剛性的，你們看著吧，他們到了孫家，看到那個什麼孫紹祖，非但不會問罪，說不定還要裝出親熱樣子來攀交情呢，再不會爲二姐姐說半句求公道的話。」說著又哭起來。

黛玉便也哭了，又咳起來，紫鵑忙過來拍著，探春不欲使他更加難過，站起來告辭欲去，黛玉忙問：「老太太同寶玉知道麼？」探春道：「二哥哥一早隨老爺去北靜王府祝壽去了，這會子自然還未得知；老太太那邊，大家且瞞著，等璉二哥回來探準了是什麼情形再說；這會子園裏只有兩位太太、大嫂子和璉二嫂子知道。我這會兒且去紫菱洲看看邢姑娘，權當替二姐姐再看一眼他住的地方兒吧。」說到末一句，復哽咽起來。

黛玉便命紫鵑拿衣裳來，也要同去。紫鵑欲勸又不好勸的，口裏雖答應著，眼睛只看著探春。探春情知其意，便勸道：「今兒有些起風，你身子又不好，別到處走了。免的傷心，又咳起來。」黛玉道：「誠如你們說的，我雖不能再見二姐姐一面，往紫菱洲走一走，看看他從前住的地方，也就好比又在一處了。」說著又流下淚來。惜春催促道：「既這樣，我們便一起走吧。」紫鵑知不能勸，只得拿了通袖過肩的纏枝花卉紗袍來替黛玉披上。遂一齊出來。

方過橋時，卻見寶琴倚著湖山石掐花兒，望著水面一徑發呆，身前一叢牡丹花，半開半吐，枝葉掩映。探春便上前拍了一下肩道：「傻子，做什麼獨自在這裏出神？」寶琴唬了一跳，忙問：「姐姐們那裏去？」探春將緣故說與他，又說正要去紫菱洲看邢岫煙去。寶琴聽了也覺唏噓，遂道：「既這樣，我同你們一道去。」

一行人連袂來至紫菱洲，遠遠的看見池塘清冷，軒窗黯淡，連池邊仙鶴也無精打采的，將頭藏在翅膀下打盹。這院裏原比別處少花草，蓼花荷葉均以夏爲盛，如今卻沒什麼風景，池中蓮荷都未長成，惟點點青萍，不覺濃淡，絲絲蘆葦，益見清寒，便連鴛鴦也不肯逐對戲水，卻各自扒在池沿上打盹，池邊放著張涼椅，上面棲著幾隻麻雀，落著點點鳥糞，幾片羽毛，眾人見了，愈增感傷，早又滴下淚來。

待進了屋，卻見李紈、史湘雲也都來了，正與邢岫煙坐著喝茶，見了他幾個，歎道：「正說要丫頭分頭去請你們過來說說話兒，倒是想到一處了。」邢岫煙手裏捏著方翡翠綠的撮穗撒花熟羅帕子，哭的兩眼腫起，見人來，忙站起招呼，淚猶未乾，哽咽難言。探春情知他與迎春同處一室，將近兩年，情份自與別人不同，隨在他身旁坐下，按著手勸道：「二姐姐一生謹慎，性子柔順，心地又善，待人又和氣，平日裏溫聲細語，一句重話也沒說過，貓兒狗兒也不曾傷過，我並不信老天這樣狠心，年輕輕便要收他回去。不過是跌了一跤，如今璉二哥已經帶同太醫趕著去了，必可以治的好的。」李紈等也都說：「必是這樣，我們能可不必杞人憂天。」

湘雲憤憤道：「二姐姐弄成如今這樣，都是嫁錯人家才落到這一步，大伯和嬸嬸就不問一句麼？這回若天可憐躲過一災，不如讓璉二哥把二姐姐接回，從此常住不要去的才好。」李紈道：「原來結親的時候，咱們老爺和太太就不大贊成的，說那孫家雖有幾個錢，並不是閥閱之家，書香門第。無奈大太太一意孤行，只是要結這門親。如今把個二姑娘斷送進虎口裏去了，到這時候便要說什麼，還能逆轉乾坤不成？自然還是和爲貴。比方薛姨太太娶了那樣的媳婦，就後悔娶錯人，也不好隨意打發了去；何況咱們是女家，就明知嫁錯，還能把姑娘收回來不成？」

寶琴聽著，只是坐不住，一則他婚期在即，聽到眾人談婚論嫁不好意思的，且李紈又說到他家的事上頭，更加不便開口，遂站起走到一邊書案旁假裝翻書，看見案上棋枰猶在，翎羽蒙塵，不禁黯然，握起一捧黑白子，從指間零散灑落，聽那棋子敲擊之聲。想到從今往後，奕秋亭榭，珍瓏虛設；王謝樓臺，燕跡永絕，不禁悵然若有所思。

李紈已知覺了，自悔不迭，忙岔開道：「二妹妹從前最喜下棋，原來那組玉石的棋子帶了去做嫁妝，這一副新的，玉色反比那副看著還舊黯些。」惟有湘雲不察，仍舊追問道：「上次二姐姐回來說，那姓孫的但與他吵，就說什麼大老爺欠了他家五千兩銀子，把女兒賣斷了去抵債的，所以任意作踐的連丫環也不如。我再不信這話，大伯怎會連五千兩銀子也拿不出來？只恨爲什麼不當面同他理論，倒由著他說嘴！現在又說什麼二姐姐失腳墜樓，焉知不是他家裏人親手推下去，又或是二姐姐受不住折磨自己跳下去的呢？依我說就該報官。」這番話，眾人心中原也各有猜疑，惟有湘雲不妨頭說出來，便都大驚阻止不迭。李紈推他道：「雲丫頭真個大膽，人命關天的事，怎好混說？便是報官，也沒憑沒據的，倒說咱們訛他，有理也是無理，原告倒成被告了。」湘雲也知說的露骨，遂低了頭。

眾人感懷心事，不免也都想起各自終身，湘雲、寶琴兩個摽梅將詠，嫁杏有期，眼看便要出門的，心中每每揣度，並不知對方臉長臉短，性情好壞，倘若遇著個孫紹祖這般前世冤孽，卻又如何是好；探春、惜春因近日府裏官媒往來的頻，心中早已栗栗不安，前些日子宮裏更又派出畫匠來爲他二人造像，說若是被選中，便要遠嫁海外，到時爹娘兄弟再無相見之日，何等淒涼？黛玉更不消說，風吹草動就要哭一回子的；李紈也自感歎少年守寡，老來無依，雖有賈蘭一人可靠，誰知他將來成龍成虎？因此都低頭拭淚，默然無語。丫頭們見主子悲傷，更加不敢說話。綴錦樓不大地方，雖是香擁翠繞坐了一屋子人，卻連半點聲息也無。

且說怡紅院諸人也都聽說了迎春的事，難免歎息傷感，正在議論，卻見琥珀腫著眼睛走來找襲人，因說去前頭回王夫人的話，知道就回的，且坐下來等著，遂向眾人說：「你們可聽說司棋死了？」眾人聽了都大驚問道：「才聽說二姑娘的事，怎麼又說起司棋來？可是你聽錯了，把主子當成丫頭混說。這是幾時的事？」琥珀道：「那裏聽錯了。二姑娘的事是一早孫家的人來說的，司棋的事是剛才他姥娘告假時親口說的，誰承想他們主僕兩個的命竟是一般的苦。原來司棋出園後，他娘說他已經失了腳，不合再留在家裏，逼著要他嫁人，說的人家，不是續弦就是小妾。他再四不肯，三番五次的尋死覓活，總被攔住了不成功。前兒他姥娘又把他說給一個六旬老翁做妾，怕夜長夢多，竟將一條繩兒捆著，將他塞在花轎裏逼著成了親。剛拜過堂，前頭賓客還沒散呢，後面屋裏他就用捆他來的那條繩兒吊死了，就是昨天晚上的事。」

原來司棋的姥娘就是那年被探春打了一巴掌的王善保家的，調唆著邢、王二夫人找丫頭們的碴，不想卻葬送了自己親外孫女兒。秋紋、碧痕等人聽了，便都想起那年抄檢大觀園的舊事來，都拿著絹子拭淚，又驚又歎道：「竟這樣禍不單行，焉知司棋不是先替主子引路去的呢？若是他們主僕兩個能在陰司做伴兒，也還不至太過淒涼。」又念起晴雯來，都道：「他們都是一同出園子的，又都這樣薄命，真真死的冤枉，難怪魂靈兒不安，只怕司棋的魂兒也要回來的。」又說起同時出園的入畫、芳官、四兒等人來，歎道，「也不知如今是死是活，從前姐妹們何等親熱，只說要同生同死的，一旦分開，竟連個信兒也沒有，臨了兒也沒能見上一面。」

琥珀歎道：「當年琴、棋、書、畫四個原是一起進來的。抱琴跟娘娘入了宮，司棋死了，入畫走了，如今就只剩下待書一個，若教他知道，還不定哭成什麼樣兒呢。我竟不敢自己走去告訴他，所以來找襲人一塊去，也好幫著勸慰。」碧痕冷笑道：「原來你是要他幫著勸人，只怕他聽說這些姐妹都死的絕了，心虧舌頭短，說不出話來；即便他肯說，那些死的冤魂兒也未必肯聽，倒反更不安寧。看他這會子不在，又不知背後在那裏咬唇戳舌兒。我倒勸你們，聰明的趕緊上香拜佛求神保佑，不然等下回來，還不知道誰遭殃。」

秋紋聽這話說的不善，惟恐生事，連忙拿話打岔，卻遮掩不及，便見襲人從外面進來，帶笑不笑的道：「琥珀妹妹來了，怎麼不往我屋裏去？這裏熱，不如跟我來。」

原來寶玉房中原有襲人、可人、晴雯、麝月、秋紋、茜雪、綺霞、檀雲等八個大丫頭，又有碧痕、春燕、芳官、四兒等八個二等丫頭，另有許多粗使小丫頭。然而碧痕雖居二等，仗著自己跟寶玉的情份不同，並不把眾人放在眼裏，自以爲若論樣貌針指，雖不及晴、襲，卻強似麝、秋；若論口才，便連晴雯也不是他對手，那日給黛玉吃閉門羹，就是因爲晴雯同他拌嘴輸了有氣，倒害寶玉賠盡不是。如今晴雯既去，碧痕以爲如要再提拔一個丫頭，鐵定是自己跑不掉的，偏偏一日日延捱下來，只不見信兒，好容易昨日放定，竟提拔了春燕，因此氣急敗壞。想著前夜王夫人原找了襲人去問話，便疑心是襲人不作美。因此心中正百般不自在，聽見司棋的兇信兒，再按捺不住，忿不擇言，便發洩了出來。不想恰恰的襲人走來，情知方才的話已被他聽見，既難遮羞，反豁出去，冷笑道：「正是呢，我們的屋子自然又髒又熱，那裏是姑娘待的地兒？還不趕緊攀了高枝兒去呢。前頭大房正室，才是姑娘去的地兒，快去吧，小心晚了被別人占了窩可就遲了。」

襲人欲不理，奈何這話說的實在重，且難聽，因此再忍不下，紅了臉轉身問道：「姑娘這是說我嗎？」碧痕仰著臉打鼻子裏「哧」的一聲笑道：「不敢，我說那說的著的人。這屋裏並沒有人可以做的正室夫人，撐破天也不過是個姨奶奶的命。卻叫我說誰去？姐姐倒不必來撿這空歡喜的名兒。」襲人氣白了臉，走過來指著碧痕道：「你別這麼夾槍帶棒的。既要說，就把話說明白了。什麼是心虧舌頭短，又怎麼是冤魂兒不安？我在這屋裏幾年，自問並沒做過什麼虧禮欺心的事兒，姑娘今兒這話，倒要說說明白。」秋紋忙勸道：「姐姐是怎麼了，姐姐一向最寬宏大度的，同他一個糊塗人計較什麼。」

無奈碧痕正在氣頭上，再聽不的這話，不管不顧的嚷道：「怎麼是我糊塗？你們各個都是聰明人，所以才最能自保，長命百歲活著；我們都是糊塗人，所以才會得了不是攆出去，不是出家做尼姑，就是乾脆一伸腿死了，倒也乾淨，省的待在這院子裏，被人家當賊防著，只許他鬼鬼祟祟，別人就多說一句話也有罪。」

襲人聽他句句都捎著晴雯、芳官等人，明知他素日與晴雯並不見的親厚，今日如此，必是爲了自己沒有幫忙提拔之故，因道：「我知道你是爲小燕兒補了晴雯的缺，卻沒有提你，所以惱我。只是這件事是太太和二奶奶親定的，並不與我相干，姑娘何以只是怪我？」

碧痕被他說出心病，大沒意思，更加發狠道：「呸，我才看不上你那二兩銀子呢。打量誰都跟你似的，自以爲坐穩了姨娘位，生怕別人同你搶，不論誰同二爺多說了幾句話，或是侍候了眼面前的事兒，總要想方設法支使了人去，不使他與二爺說話，安的什麼心？咱們『斑鳩吃小豆，心裏有數』。天天調唆著攆這個，趕那個，咱們自然都是『戲臺上跑龍套——走個過場兒』，難道姐姐就必定在這屋裏長長遠遠住一輩子的不成？一邊攆晴雯出去，一邊還要防著五兒進來，芳官也不過白在二爺面前提了兩句話，太太怎麼就知道了？何苦來，又白害死一條人命。」

琥珀聽他越說越狠，再料不到自己來訪竟惹出這般官司，忙著勸碧痕收聲，又拉襲人離去，只說：「你的爲人，我們盡知道的，何必同他爭吵。我們且到你房中說話。」

偏襲人今日竟然性情大異，只站著不肯去，身子抖的風中葉子一般，啞著聲音向碧痕道：「你不要在這裏吵，我知道你會說話，黑的也可說成白的。你既然會說，我們便到太太跟前說去，讓太太評評這個理，看我有沒有不叫你們伏侍二爺，倒情願自己獨自拚死累活，還要落你一番是非的理。」

碧痕聽這話，便知襲人有攆自己出去之意，今日便不發作，改日也必會設個法子攛掇了太太或是寶玉攆自己出去，寶玉是不怕的，禁不住自己幾句軟話；若是他同太太說了什麼，只怕就難了。不如拚著今日撕破臉鬧一場，他要保賢良的名兒，或許倒不敢明著變法兒，便要自己去，少不得也要捱上一年半載才好有所動作，倒還方便轉寰。想的定了，遂再無顧忌，叫嚷出來道：「打量誰是傻子？那日抄園子，連林姑娘房裏的紫鵑因收著寶玉的荷包扇套，差點還有不是呢，襲人、秋紋這些人竟是乾乾淨淨的，說給誰，誰信？別的不論，我親眼看見二爺當日把一條大紅汗巾子繫在他腰上，他後來解了收在箱子裏，那是外來的東西，怎麼抄檢時倒沒人問起？連太太二次親來，挑揀了那許多眼生的物件扔出去，也還沒這個。還不是早得了風聲，藏起來了？怡紅院裏，個個都有錯兒，長的好是錯兒，說句頑笑話也有罪，獨他每天和寶玉兩個偷偷摸摸的反倒沒罪，可不是奇事？太太耳根子軟，眼神兒不到，難道這園子裏的人也都各個聾了瞎了不成？爲的是大家存體面。『千朵桃花一樹生』，風吹了你，雨落了他，誰是常開不敗的？『妝的個觀音貌，藏不住羅煞心』。自以爲是要做姨奶奶的命，不等喝交杯酒就先圓房兒也罷了，沒定名份就要裝腔作勢起來，我就不服！」

一地下的丫頭婆子聽著，都大驚失色，有生怕株連走開避禍的，有心中稱願暗暗叫好的，也有趁勢洩憤火上澆油的，上前假意勸道：「姑娘糊塗，他是老太太房裏派下來的人，太太也要高看他三分，我們怎麼能和他比呢？姑娘可不是『搬起碌碡打天——不知天高地厚』？他和二爺的事，太太都不論，我們管人家鹹淡！」碧痕冷笑道：「我當然管不著，我替晴雯屈的慌。花大姐姐，我倒想白問問你，家常做夢，難道沒見著晴雯姐姐找你來嗎？你欠他一條命，就這麼平白無故算了不成？人家日常說的，『鬼神不在半空中，鬼神只在渾身走』，晴雯的魂兒去不遠，就守在這園子裏頭呢，姐姐每日出出進進，就沒撞見過？何苦呢，撐破了天，也不過是個姨娘，離寶二奶奶差著好幾層兒呢，犯的著這樣殺人放火的，就瞞的過人，也瞞不過天，還有臉說不欺心虧禮，『咬人的狗兒不露齒』，也不用在這裏扮相聲兒，你有膽子，自己到院裏海棠花前邊表白去，看看啞巴花兒信不信！」

襲人進門時原蒼白著一張臉，同碧痕吵了幾句，脹的通紅，此時聽了這話，忽而轉紫，指著碧痕，只渾身發顫說不出話，忽然「哇」的一聲，吐出一口血來，往後便倒。小丫環們都唬的亂跑亂叫道：「了不得了，碧痕一句話把花大姐姐氣死了。」

碧痕倒又害怕起來，心道他竟然這樣不濟，果然害了他命，那些人豈肯饒我？不如趕緊走了爲是。趁人亂著，拔腳便跑，遇著人，只說寶玉打發他往廚房裏說一句要緊的話，一溜煙出了園子。待到二門上，只見許多人圍在那裏不知做什麼，便不敢湊前去，徑向後門來，幾個小廝在那裏踢球，等著裏面隨時招呼，門前只有一個穿紅插綠、打扮的夭夭調調的媳婦兒正倚著門磕瓜子兒，與看門的一個半老家人搭嘴打牙兒。碧痕且在山子石後頭站了一站，認得那媳婦便是從前晴雯的嫂子，遂掠了掠頭髮，定一定神，故意的上前笑道：「嫂子在這裏正好，我正要出去找我媽說句話，煩嫂子將我媽找來。」

那嫂子「哎喲」一聲，歪著嘴道：「姑娘好會支使人。可看著我就是那鹽花花漬的鹹人兒一個——有那閒工夫替姑娘傳人去？」碧痕故意堵氣道：「嫂子不肯幫忙，直說便是，何苦又拿這些話來寒磣人？既這樣，我就自己找去。」門房攔住道：「這卻不好。姑娘隨便使什麼人出去找找吧，別又亂往外跑。」那嫂子搡他道：「你就教他自己找去，還怕他不認得他媽不成？」門房只不肯放，口口聲聲說：「我放他出去不打緊，回頭上面知道了，要怪罪的。」

恰時忽聽有搖驚閨的過來，那嫂子大驚小怪的道：「不知是賣脂粉還是花翠，我正想著要尋一對茉莉顫兒插頭。」又推那門房道，「你就與我買些脂粉來如何？橫豎打扮了也是你高興。」待那貨郎走近來，卻並沒有胭脂水粉，只是磨鏡子的，卻也廝纏一回，問東問西。那門房笑道：「你只管問他做什麼？莫非嫂子有鏡子要磨？我不就是你現成兒的一面活鏡子？還要那死的做甚？」

他兩個嘲戲，碧痕早趁人不見溜出去，順著後巷只管覓那人稀的地方一路飛跑，直跑了一盞茶功夫，方站住了呼呼直喘，心道：這回可怎麼好？府裏是斷然回不去的，被拿住了，一定打死，且連累老子娘；便不死，也少不得一頓打，拉出去或賣或配人，終久還是個死；若要走，卻又走到那裏去，只怕不出兩天，倒餓死了，再不就被拐子抓去，比先時更慘了。

忽然聽到一陣木魚鐘磬之聲，抬頭看時，只見一堵高高的院牆，略露出些樹冠，隱著一個塔尖，恍然大悟，原來是座庵堂，心中倒得了一個主意：從前芳官、藕官出來，不是去了什麼庵什麼廟做姑子嗎？那邊大老爺要強娶鴛鴦做妾，他急了，也鉸了頭髮說要做姑子去。看來這做姑子，倒是一條避禍藏身的好路數，不如便求求住持，只說自己家鄉發瘟疫，娘老子都死了，自己單身一個來京投親，偏那親戚也不在了，橫豎先躲幾年，有口飯吃，其餘的，慢慢再做道理。這碧痕心高氣大主意正，打定心思，竟站起來撣一撣衣裳，又故意拉亂頭髮，便上前敲門。正是：

只為蠅頭爭小利，那知門外即天涯。

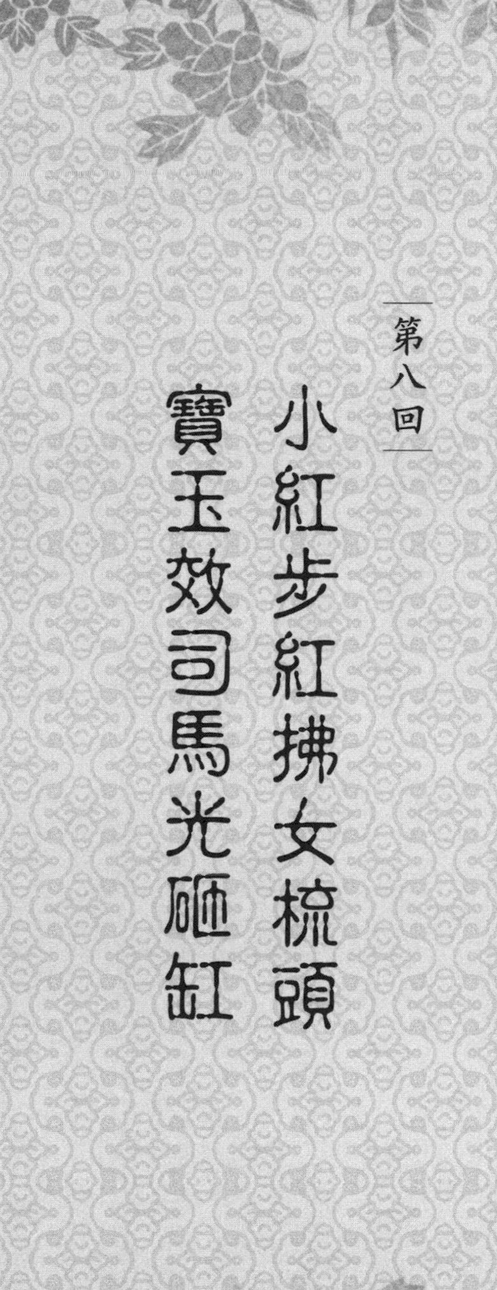

第八回

小紅步紅拂女梳頭
寶玉效司馬光砸缸

且說寶玉自北靜王府拜壽回來，先到賈母處告訴了，又出示了北王賞的鑲嵌綠松子石銅鍍金鐫花撒袋一副，這是單給自己的；另有佩刀、方齊頭漆鞍、雕花轡頭等騎獵行頭各三份，乃是分別賜給玉、環、蘭的，皆飾金嵌玉，雕花鏤螭，十分華麗貴氣。賈母看了十分高興，又問了賈政，知道寶玉席上獻詩，頗得公侯王爺們的賞識，更加得意，因向眾人道：「說他不讀書，性格兒乖謬，真要待人接物時，倒也不丟大人的臉。」眾人自然都湊趣奉承，說些眼面前兒的話來恭維，將寶玉誇的天上有地下無的，古今第一個文武雙全、才德兼備的賢子孝孫，這也不消細說。

一時寶玉去了，賈政仍侍立一旁，王夫人度其情形，知有事故，因約著邢夫人同去看視巧姐，餘者也都各指個緣故散了。賈政這才緩緩向賈母說明，北靜王今日略露消息，願結秦晉之好，只因兩府世交，惟恐擅請官媒造府反為不恭，所以先探準了府裏的意思，再邀媒下聘。

賈母聽了，半晌無話。賈政便又稟道：「我因王爺並未指明是府裏的那位姑娘，且未問過老太太，所以並不敢擅自答應，只含糊應對了，回來聽母親吩咐。」賈母道：「其實這件事，我和你太太並璉兒媳婦早已有過商議，也都心中有數。只怕北王看中的便是你外甥女兒。你只看二月裏她生日，北王送的那些禮就知道了。不過寶玉的年紀也不小了，我的意思只要親上做親，不知道你怎麼想？」

賈政猜忖著賈母的意思，知道意下也是要納黛玉為孫媳，恭敬議道：「母親看中的必是好的，只是若拿這話去回王爺，好像不妥，早不說晚不說，偏待北王有意同咱們結親時才又說府裏要留下自娶，倒好像存心與北王爭搶似的。想寶玉從前爲個戲子，已經與忠順王府不睦，這些年朝上官中惹了多少閒氣；今日這親事，更與從前爭搶戲子不同，乃是與北王爭奪心愛之人，倘若不從，勢必與王爺交惡，把幾輩子的小心交結都毀於一旦了。俗話說：孤掌難鳴。往日裏同咱們相與的幾家這些年裏竟都落了勢，就只北府裏還肯看顧些。若再把他得罪了，來日若有些大意失腳須倚傍處，再去求誰照應？誰又敢與北王爭鋒？」

這話卻說中賈母心病，因前些日子甄家被抄，史家外放，王子騰亦因賈雨村案牽連掛礙，尚在審理之中，因此每每煩惱，今聞賈政之言，亦知在理，歎道：「你說的這些，我又怎會不知，怎會不想？自然都是酌量過的，所以才自己掂掇著不肯說給你知道，免得你操心。前些時我已經叫璉兒進宮求了娘娘的旨，偏值娘娘又隨駕春圍去了，只好等娘娘回來賜了婚，那時再拿懿旨去回覆北王，便可無慮了。總不成爲了討王爺的好，倒去逆娘娘的意。如今你卻不管揑個什麼謊兒拖延幾日，好歹等娘娘回來，就見分曉的。」

賈政想了想道：「也只得這樣。怕只怕兒子無能，若是北王心切，立時三刻便要請媒下聘，到時候即便娘娘有旨，只怕也難轉寰的。這些日子因皇上不在京中，委託了四位王爺共同監國，其中尤推北王爲首，說句話，只比聖旨略差著一點兒。我今日在他那裏坐席，看到不僅朝中的這些權臣貴戚都與他交好，便連海外諸國藩郡也都有壽禮送賀。說句大逆不道的話，只怕今上也要敬他三分，何況我家。」

這話卻逗起賈母另一番心思來，因問：「前些時宮中來了許多太監、畫師，給三丫頭、四丫頭畫了像，說要送入宮中備選，到底是怎樣的？」

賈政凝眉道：「這話，今天我在席上也聽那些王公大臣們提起，正是爲著這些海外島國的王儲而起。原來今上德被四海，惠及宇內，遂使四海來降，遠近都要奉迎接交，願與我朝結百年之好……」話未說完，早被賈母打斷，不樂道：「我只問你這件事跟咱們家有關係沒有？誰叫你長篇大論的頌起聖來，聽也聽不懂，可不悶人？況且既說是四海來降，如何又見天兒議論什麼邊疆叛亂，什麼流寇造反，皇上倒有閒情丟下朝政不理，自個兒打獵散心去，這個道理我就不懂。」賈政道：「古人云：垂拱而治。又道是：運籌帷幄之中，決策千里之外。焉知皇上春狩之舉，不含有大用意、大謀略？我輩凡人百姓如何能知上意。」

賈母冷笑道：「我雖不懂什麼治國帶兵的大道理，跟著你父親這些年，聽說的總比你見過的多——這且不去說他，你只告訴我，他們畫了兩個丫頭的像，到底要做什麼用場？」賈政因陪著笑，從簡稟道：「皇上想用聯姻的法兒籠絡各國王儲，所以才請官媒將各公侯府裏未出閣的適齡女子造冊畫像，咱們家三姑娘、四姑娘都在備選之列。倘若皇上點中，或是被海國王儲看上，就要賜婚遠嫁的。」

賈母吃了一驚道：「這不就是和番？若果真把兩個丫頭送到海外去，這輩子豈不連面兒也見不著了？」說著淚流滿面。賈政忙勸道：「那裏就會那麼巧，偏偏選中了咱家的姑娘呢？聽王爺們說，凡有封誥的門第都在備選之列，正是百裏挑一，未必就到咱們的。」賈母這才慢慢的平緩了，終究不放心，又命賈政派人進宮打聽著點，歎道：「倘若娘娘在京，還可進宮裏與他商量，幫著留點兒神，偏又隔著這麼山高水遠的。」

賈政也深為歎息，並不敢再說別的，只是陪笑勸慰而已。一時回到房中，趙姨娘來伏侍著換了衣裳，賈政便在王夫人屋裏歇了，於枕邊又將兩國聯姻之議說了一遍。王夫人也覺憂心，歎道：「雖說三丫頭不是我生的，從小只看作親生的一樣，果然要去了，我倒失了臂膀。」又問，「與他娘說了沒有？」賈政道：「同他說什麼？又沒放定，若教他知道，鬧的闔府皆知，倒不好。」復又想起一事，問道：「我今兒回來，恍惚聽見說寶玉房裏走了一個丫頭，卻為何事？」王夫人生怕賈政見責，忙遮掩道：「不是什麼大事。寶玉不在房裏，那些丫頭閑極生非，為些小事口角起來，我已經罵了一頓，沒事了。」遂擱下不提。

且說寶玉回至房中，聽說襲人因和碧痕慪氣，居然氣的吐血發昏，忙問大夫來看過沒有，待聽說已經報給二奶奶，大夫來過瞧了，便又問症狀藥方，一邊走進屋裏來。襲人猶躺在帳內，雙目緊閉，臉色青白，聽到寶玉進來，只是流淚，不肯說話，也不睜開眼來。寶玉見他這樣，又急又痛，握了手勸道：「我並不知情形是怎樣，但你素日大方體下，況且一個屋裏住著，原免不了有些磕磕碰碰的去處，你看那玻璃茶盤托著茶杯，每日拿起來還要稀裏咣噹亂響呢，鬥嘴慪氣是常事，何必這樣在意？我聽說碧痕自知闖禍，已經跑了，這會子且不知是死是活，少不得還要叫茗煙到處打聽著，若找著了，必帶他到你跟前來賠罪。」

襲人閉著眼只是哭的哽咽難言，一時掙扎坐起，又吐了幾口血出來。寶玉更加心痛，歎道：「如何一天不見，便這樣重起來？必是大夫的脈不準，還得另請才是。」說著便要打發人去再請一位大夫來。襲人聽見，這才睜了眼，拉住寶玉衣襟不叫去，哭道：「饒是他們有那些閒話，你還替我揚鈴打鼓的滿院掛幌子去。你出去一日剛回來，還不好生歇著，倒爲我忙前忙後，上頭知道了豈不惱呢？明日且勿聲張，只悄悄叫小廝請大夫來瞧了就是。千萬別叫老太太和太太知道，反教人說我輕狂。」

寶玉應了，那裏睡得著，一晚上起來數次，時時來襲人床前問候。襲人生怕他不安，只假裝睡熟，任他喚問，只不應聲。寶玉只當他真睡了，這才重新躺下，不一聲喘聲微起。襲人倒在外床流了一夜的淚。

次日一早起來，寶玉便命人傳大夫進來，自己且出園去請賈母安。卻有賈璉帶去孫府的人回來報信，說迎春已於昨夜子時去了。兇信傳出，合府皆哭泣憐惜，都歎迎春命薄，嫁出府不到一年，竟然短命至斯。邢、王二夫人哭著，安排奠儀，香燭素馬，打發人去孫家弔唁赴祭。賈府子侄不免都要前往致意。寶玉大哭著，便也回房換過素服，襲人還要掙扎起來相送，被麝月按住了，說是「我們又沒折了手，難道不會替他準備的？」便罷了。

寶玉一行到了孫紹祖府上，隨眾焚香祭禱，又尋個空兒找了繡桔說話，細問迎春猝死前後事。那繡桔早被孫紹祖收用過的，且打怕了，豈敢說實話？況且孫紹祖如今新擢升了御前侍衛，正在飛黃得意之時，連賈赦尚不敢得罪，寶玉又能如何？因此繡桔只一味啼哭，悲切切含糊應道：「姑娘近來身上原有些不好，精神每每恍惚，問東答西，提筆忘字，手裏拿著鑰匙，倒四處去尋。那日在樓上走著，不知怎麼好端端就摔了下來。姑爺也找大夫來瞧過，說是跌傷內臟，救治不及。入夜便死了。」

寶玉聽了不信，明知必有蹊蹺，卻也無法，只得回至迎春靈前慟哭再三。是晚回來，先至襲人床前問候。襲人只答「好多了」，並無別語。接連幾日，都是這樣。

賈赦、邢夫人只去了頭兩日，見了孫紹祖，並不敢責備詢問，且見紮的金銀山與捧櫛侍女都堆金瀝粉，彝爐商瓶、燭臺香盒倒也齊備，便覺滿意，只說些節哀保重的現成話兒，假意哭幾聲便回來。倒是王夫人打發璉、玉、環等人每早出門，按期祭弔。園內諸姐妹也有親至靈前拜祭的，也有在園中另設奠儀的，也都哭了幾次。別人猶可，惟惜春人小心思重，格外存感，心道香菱不過是薛家的一個下堂妾，死後還有那般排場，兩府裏往來拜祭不息；二姐姐乃是榮府裏正兒八經的公侯小姐，雖然自小沒娘，父親兄嫂俱在，眼睜睜看著他被人作踐至死，非但一句話也沒有，便連往來奠祭也嫌囉嗦。可見人情冷暖，涼薄至斯。從此對兩府裏人情益發冷淡，自謂看破。這也不須提他。

如今只說王夫人為與迎春「接三兒」，連自己生日也無心操辦，只闔家草草吃了頓飯，玉、探、環、蘭等人來跟前磕了頭就罷了。誰知娘娘雖則出宮遠行，卻一早備下賀禮，著太監按時送來。賈璉打了賞，延入雅室休息。一時太監去後，賈璉便走來，向賈母耳邊悄悄傳了娘娘口諭。原來元春臨行前已經請宮中監天正代為合過八字，以為寶釵溫良賢娣，宜室宜家，堪為寶玉良配，遂擇定寶釵為弟媳，且親題了「金玉良姻，天作之合」八個字，命內監轉交，說定回京後再商議細節，下旨賜婚。

賈母聽了，益發悶悶不樂，也只得命人找了王夫人和鳳姐來告訴。王夫人大喜過望，立時便要找薛姨媽進來商議，賈母阻道：「娘娘尚未回京，這只是內監傳信兒，要我們心中有數提前準備的意思，說明是回京後再議，少不得要等娘娘回來，再入宮商議妥當，眼下還急不到那裏。」王夫人道：「還商議什麼？連日子都定了，還有假？既說了細節，不過是些下帖納吉的禮數罷了。我一向都說寶丫頭好，果然娘娘也看中了，如此親上做親，我也可放下心頭一件大事，有寶丫頭替我看著那個混世魔王，從此少操多少心。」喜滋滋地合不攏嘴。

賈母歎道：「你說的固然是，只是我想著寶玉一直同他林妹妹親近，那年紫鵑丫頭一句頑話，只說林丫頭要走，你們白看看他是什麼光景兒？到底這些事娘娘並不知道，所以才會逕自定了寶姑娘。只怕寶玉不肯。到時若鬧出病來，反為不美。」王夫人道：「那都是從前年紀小鬧的笑話兒，如今大了，念了書，知了禮，再不至那般胡鬧。況且老爺說北靜王爺看中了林姑娘，意思就要來府裏提親的，果然這樣，咱們倒不好違拒的。」賈母道：「所以我才在這裏煩惱，找你二人商議，總要想一個兩全其美的法兒來，保全了一對玉人兒才好。」王夫人道：「要就是寶姑娘，要就是林姑娘，那裏有兩全的法兒呢？老太太的意思，可是要勸轉娘娘，定要選林姑娘爲孫媳？我只是捨不的寶丫頭。」

鳳姐站著聽了一回，早猜著賈母心思，因忖度著笑道：「雖然不能兩全，或者倒可以三全其美的。」賈母故意道：「你又來胡打岔了，從沒聽說個『三全其美』的話，可見你沒學問。」鳳姐越發上前笑道：「我雖沒學問，也知道娥皇、女英的典故。那邊是『金玉姻緣』，這邊是『一對玉人兒』，正是半斤八兩，兩個都一樣好，兩個都一樣喜歡，竟難取捨。依我說，何不就兩好做一好，豈不三全？」王夫人遲疑道：「這成麼？」

鳳姐道：「怎的不成？橫豎都是要請娘娘的旨意。不如就同娘娘實話實說，雖然娘娘屬意薛大妹妹，爲著寶玉，未必便不肯。到時候懿旨一下，咱們奉旨成婚，同北靜王府那邊只說娘娘賜婚定了林姑娘，這邊卻是雙喜臨門，一擔兩挑，豈不三全其美？北府裏也好交代，寶兄弟的心事也可成全，便是寶姑娘，平日向來大方寬厚，且與林姑娘又極要好的，也未必不願意。」

賈母聽了，眉開眼笑道：「還是你這個猴兒最會替我打算，想出這個鬼主意來。果然能這樣，倒是件皆大歡喜的幸事。我白撿了兩個又俊俏又孝順的孫媳婦兒，從今往後可就不疼你了。」鳳姐笑道：「不妨事。只是兩位妹妹搶在我前頭，還不怕什麼。我還慶幸呢，虧的寶玉和娘娘只是兩樣心思，老太太和太太也只提了這兩位姑娘，倘若咱們一人一個想法，難道十個人選，寶玉也娶進十個來不成？那時才真正輪不到我呢。」說的賈母、王夫人都笑了。

正議著，忽見鳳姐院中的媳婦忙忙的走來，見了賈母，也不知迴避，跪下說：「請二奶奶快回去看看吧，巧姐兒不好呢。」賈母、王夫人聽了，都大吃一驚。鳳姐也不及罵那媳婦不懂規矩，也無心細問緣故，忙忙的站起向賈母告了罪便抽身出來，王夫人也道：「我同你一起去看看。」遂一同往鳳姐院中來。

原來這幾日寶玉爲著迎春之事不用上學，一早去瀟湘館探望，因天氣晴陰不定，乍暖還寒，黛玉夜裏常難安枕，日間精神不振，胃氣又薄，早起吃的燕窩也吐了，寶玉深爲憂慮，陪著說了會話，因黛玉神倦思睡，只得且出來，自回房臨窗讀了回書，不禁又想起黛玉生日時，諸姐妹那般歡聚吟詩，何等熱鬧歡喜。不過半個來月，竟然接二連三死了香菱，亡了迎春，病了襲人，跑了碧痕，且聽說寶琴、湘雲、岫煙、李紋俱各將聘，轉眼這世上又少了四個冰清玉潔的好女兒，大觀園盛會，竟是一去不再，怎不讓人傷心悲泣？

正自傷感，忽見賈環走來請安，期期艾艾的提起碧玉荷葉缸之事，意思是要寶玉帶他去鳳姐院裏觀魚。寶玉奇道：「這有何難，只管去就是了。誰還會攔著你不成？」賈環扁嘴睃眼的笑著，只不挪地兒。寶玉知他不敢，左右無事，笑道：「也罷，就同你走一遭。」遂抛了書同賈環一起往鳳姐院裏來。天氣漸熱，各房俱在午睡。兩人沿著院牆根下走來，一路上鴉雀沒聲，連個人影兒不見，院前琉璃照壁映著太陽光，刺的人睜不開眼睛。直進了院子，方見一個大丫頭站在老槐樹下梳頭，一頭烏髮密匝匝的披下來，長可委地；一旁巧姐兒也披著濕頭髮，正踩在小板凳上，扒著缸沿兒看魚。寶玉看見那丫頭一把青絲水光凜凜，黑的發藍，不禁心中羨慕，因問：「鳳姐姐在家麼？」

那丫頭剛替巧姐兒洗過頭，就便兒自己也洗了，再想不到這時候會有爺們兒進來，只羞的滿面通紅，一手抓著濕頭髮在腕上挽了兩挽，一手扭著頷下的盤花扣子，回道：「宮裏頭來了人，二奶奶被老太太、太太請去說話兒，還不知幾時回來。二爺或是有什麼事，或是有什麼話要吩咐，或是要拿什麼東西，不如過會子再來。」寶玉這才看清他容長臉龐，細巧身材，穿著銀紅潞綢春衫，油綠細花松綾裙子，打扮的與眾不同，很是眼熟，只是一時想不起，笑道：「不妨事，我們不過是來看魚的，待一會就走。」那丫頭只得說：「既這樣，二位爺略坐坐，我這就倒茶出來。」說罷轉身進屋，自去理髮倒茶。

寶玉身不由己，便跟著那丫頭走進屋來，因看他沏茶，倒忽然觸起前情，想起一件事來，問道：「你原來不是我屋裏的麼？」那丫頭冷笑道：「二爺好記性。我在怡紅院裏兩年，二爺都沒認得，現在倒想起來了。」

寶玉陪笑道：「剛才便覺的姐姐面善，只是一時不敢往那邊想。我還記的那天你替我倒茶，說了幾句話。後來便沒再看見。第二天早起，我還四處找你呢。卻是什麼時候來了這裏？」那丫頭一愣，呆呆的看著寶玉道：「二爺原來找過我麼？——就是那次倒茶後沒兩天，二奶奶就把我挑了來，將有大半年了。花大姐姐難道沒同你說？」

寶玉仰面想了一回，拍手道：「我想起來了，總有半年前吧，鳳姐姐同我說要從我屋裏挑一個叫小紅的丫頭走，我原不知姐姐的芳名，便隨口應了；後來回房時，襲人說已經打發你去了，那裏知道就是姐姐。」小紅想了一想，歎道：「也難怪。院裏那麼多人，我正經連名姓兒也不曾報過你知道，你又那裏記的我是誰呢？二奶奶要我來，我本想找你磕個頭辭行，也是主僕一場。襲人說，還不知道你什麼時候回來呢，等你回來，他替我說一聲兒就是了。難道我能賴著不走不成？」說著眼圈兒慢慢的紅了。

原來這小紅原名林紅玉，乃是大管家林之孝的女兒，今年十七歲，因素性聰明，三分人才，七分口才，便一心要出人頭地。那林之孝也知道女兒這番心思，卻自恃能幹，並不巴望女兒拔尖爭勝，寧可他平平安安在園裏伏侍幾年，到日子打發出來，仗著榮府的氣派與自家財勢，不愁找不到個好人家，遂只撥在怡紅院裏粗使。

不料紅玉只是不忿，每欲聳角乍翅兒，只恨怡紅院裏處處機關，層層設防，文有襲人之溫柔周密，武有晴雯之伶俐跋扈，中間又有麝月、秋紋、碧痕一干人眼觀六路，耳聽八方，芳官、四兒、春燕諸丫頭機靈古怪，花樣百出，那裏還容別人插的下腳去？因此他尋覓了兩年，總未有機會。後來因遇巧合被鳳姐取中，雖不情願，也沒奈何；及聽說抄撿大觀園，死晴雯，攆芳官等事，倒也慶幸，心想倘我還在那邊，未必不在被逐之列，從此益發斷了念頭。不料今日又遇到這番奇緣，才知寶玉心中未必不有情於他，便要施些手段，再試他一試。因此倒了茶，卻不端起，亦不敬讓，只拿根紅木雕花梳子慢慢的梳通了頭，且對著水銀鏡子挽髻編辮兒，露出青絨絨鬢角，白生生耳垂，一邊塞粒米白珠子，一邊吊只青玉墜子，襯著銀紅春衫，翠綾裙子，越顯的清山秀水，便如一朵半開的茉莉花兒一般。

寶玉呆呆看著，心道：古人說「綠鬢如雲」，我先只覺「綠」字用的奇巧，卻未必貼切，今日才知道，竟是大有意趣。當下又是羨慕又是不足，心想他若還在我屋裏，或者還可有些想頭；如今既到了鳳姐姐這裏，再沒重新討回去的理。真真無緣，竟然就此錯過了。因此悔恨不來。

兩人正自各懷鬼胎，胡思亂想，忽聽外邊「潑剌」一聲，都唬了一跳，方想起賈環還在外頭，忙出來，卻見院裏空空，那有賈環，便連巧姐兒也不見了。寶玉說聲不好，急忙撲向魚缸時，果見姐兒頭下腳上，早喝了兩口水，正扎在缸裏撲騰呢，忙抓住兩隻腳用力倒提，無奈濕手重滑，巧姐兒又扎掙的厲害，竟提他不起，復被掙脫開來。寶玉情急，展眼看見紅玉方才洗頭的蓬牙三彎腿包銅盆架子擺在一旁，遂扔開盆子，拎了盆架相準玉缸壁薄處砸去，第一下用力不足，只磕掉了荷葉兒上立著的一隻玉蜻蜓，第二下方聽「撲」的一聲，只見玉碎珠濺，缸裏的水連同兩隻魚嘩一下湧流出來，寶玉這方重新探頭到缸裏，雙手勒住巧姐腋下，用力抱出。

奶子早被驚動了起來，合著紅玉兩個將巧姐兒接過，用力按撫胸口，拍背掐人中的折騰了好一會兒，巧姐方「哇」的一口水吐出，又接連吐了幾口水，喘息一回，方大哭出來。幸喜鼻腔喉嚨不曾進水。紅玉膽顫心寒，聽到這一聲哭出，才知自己已隨巧姐兒在鬼門關走了一回，渾身一軟，癱倒下來，便也哭了。奶媽也驚的魂飛魄散，自知難免受責，一邊揉撫巧姐兒，一邊先發制人，哭道：「小紅，你給姐兒洗頭，怎麼洗進缸裏去了？奶奶回來，憑你說去，看你有幾個腦袋？」

此時各屋裏以及後院睡午覺的躲懶乘涼的也都聚了來，見闖了大禍，都栗栗墜墜，七手八腳滿院子裏抓那兩隻魚，用盆子舀了水且盛著，情知這一番又不知誰家要倒楣受掛連，惟恐殃及，各自在心中揣度，絞盡腦汁要想一個萬全之計開脫，那想出來了的便又貼著牆根兒悄悄溜了去，想不出的且只自乾站著抹汗。

一時王夫人、鳳姐等已經帶著人急匆匆走來，原本聽了那媳婦不清不楚的一句「姐兒不好」，只當巧姐得了病或是摔了磕了，待看見院裏滿滿的都是人，寶玉、巧姐兒、小紅並奶子俱一身濕透，姐兒扎撒著兩手，銀盆樣小臉憋得趣紫，站在當地嚎哭的通不像人聲，都大驚問道：「是怎麼了？」

紅玉不敢隱瞞，只得跪在地上，將緣故說了一遍，因說二位爺來看魚，自己進房倒茶，出來時便見姐兒掉進魚缸裏了，二爺為了救巧姐，因把魚缸砸了。寶玉生怕鳳姐責罵小紅，也忙幫著解釋，說為自己喝茶才叫小紅倒茶，並不知巧姐兒為何會落水云云。

鳳姐那有心思聽這些話，只連聲命快請大夫來，叫人拿衣裳給巧姐換，又叫拿繩子將紅玉和奶子綁了送去柴房，閑了再審。平兒問：「不是說三爺一起來的麼？怎麼倒不見三爺？」一語提醒了王夫人和鳳姐，都道：「就是，快去把環小子找來。」鳳姐咬牙罵道：「禿頭上的蝨子——明擺著。再沒別人，必是這壞腸子的母子為了算計我，竟合起夥來害我們巧姐兒。」

說著，趙姨娘已經帶著賈環來了，蠍蠍螫螫的拍手叫著：「環兒剛回去，怎麼又來叫？聽說巧姐兒驚了水，這是怎麼鬧的？我因不放心，特意來看看姐兒。」因見王夫人在這裏，陪笑道，「原來太太也來了。敢是不放心姐兒？也是，侄孫女兒，心頭肉兒，怎麼不心疼？真真的把我也驚得心慌神亂的，這會兒還砰砰亂跳呢。」王夫人也不理他，只命寶玉先回去換衣裳，這裏且問賈環：「你剛才不是同你二哥哥一起來的麼？既說是看魚，怎麼巧姐兒掉進缸裏，你也不救他，倒自己走了？」賈環大驚小怪的道：「大姑娘掉進缸裏了嗎？我竟不知道。我走的時候，他還是好好的。當時只有二哥哥和小紅在院裏，難道是誰同他頑，不小心推他下去的不成？」

王夫人氣的渾身發顫，問道：「你這話，是說寶玉把巧姐兒推進缸裏的？」賈環道：「孩兒不敢。孩兒沒看見，不便亂猜。若不是太太找我來，說巧姐兒掉缸裏了，我還不知道呢。幸許是姐兒想撈魚，自己失足掉下去的也未可知。」王夫人更怒，卻無法可施，冷笑道：「原來你大了，學會說話了，倒知道先拿話來堵我。你娘剛才說不放心巧姐兒，所以來看他，你這會子倒又推說不知道了？你既沒看見，又怎麼知道是姐兒自己失足掉進去的？」

賈環被問住了無可回答，仍抵死不認賬，反推在寶玉身上，只說：「我原是來看魚的。因小紅說倒茶，二哥哥也跟了進去，我苦等他兩個不來，就跟過去瞧瞧，卻看見他兩個躲在屋裏摟摟抱抱做出多少不堪的舉止來，我因看不過，所以先走了。並不知道後來的事。」

鳳姐聽賈環句句陷害寶玉，生怕再問下去，更不知要胡說些什麼，反令王夫人難堪，急忙阻道：「太太不必再問，橫豎我心裏明白。姐兒這會子因受了驚嚇，所以只會哭，不肯說話；等大夫開了藥，睡一覺醒來，再細問過，少不得就要水落石出的。」因回頭向趙姨娘道，「我這裏很不用你費心，巧姐兒一時半會兒死不了，要等好消息，自己回房裏消消停停等著吧。」趙姨娘又羞又氣，欲要說話，又不敢，只得恨恨的帶著賈環去了。一路猶自喃喃不絕，只說寶玉同丫頭不軌，弄出事來，倒冤枉好人。

這裏王夫人氣的哭起來，向鳳姐歎道：「越是那起小人巴不的大桶髒水潑他，這傻孩子越是要自己往溝裏跳。」又叫人帶紅玉進來。紅玉兩手被倒縛在背後，濕衣裳猶未換下，披頭散髮，滿面羞慚。王夫人端詳一回，發狠道：「果然是個沒臊的，花麗狐哨，夭夭喬喬，成何樣子。主子在院裏，你怎麼倒自己躲進屋裏去了？幸虧發覺的早，要是巧姐兒有個三長兩短，問你有幾條命賠？」紅玉跪在地上，連連磕頭，哭著分辯說進屋原為倒茶，轉身便出來，並沒耽擱。何況院子裏分明有人，再沒想到姐兒會出事，只求太太開恩。

無奈王夫人深恨他壞了寶玉名聲，這本是他心頭第一件大事，明知兒子有這個癡病，日防夜防，只怕有人拿著這個做文章，偏偏的就又有把柄落在人手上。因罵道：「叫你看著姐兒，你倒一味妝狐媚子，勾引爺們兒，只這一條就該打死；何況又疏於職守，差點傷了巧姐兒性命。」因此兩件，立逼著鳳姐攆他出去。

鳳姐明知個中另有冤屈，然見王夫人盛怒，且為巧姐兒焦心，也深恨紅玉疏忽，遂不勸阻，當下傳命：「叫林之孝家的進來，帶他女兒出去。」王夫人反愣了一愣，道：「原來是他的閨女。」因將林之孝家的找來，說了姐兒落水的事，並不提寶玉與賈環，只說：「做奴才的未能侍候好主子，反差點傷了主子性命，就該打死。若不看你面上，定要重打四十板。他既是你女兒，便著你領回去便了。」林之孝家的又驚又怒，也不敢辯，只得磕了頭，領了女孩兒出去。這裏鳳姐又將侍魚的兩個婆子找來，命給門上各打二十板，罰俸三個月，遣去掃院子。那兩人並不敢求情，都含愧磕頭領了。

這裏王夫人喘定了氣，看著殘缸剩水，便連兩隻魚也都有氣無力，眼瞅著便要翻肚，深為煩惱，不敢隱瞞，走到上房來回賈母知道。賈母聽了，大驚哭道：「這是天意如此，叫我怎麼樣呢？正為著北靜王求婚的事百般設法來推辭，這孽障倒又闖禍。若能保全這缸魚，還可托詞八字不合，或說林姑爺遺命在先，或求娘娘賜婚，設法轉寰。如今缸也砸了，魚也死了，再不允婚，不是成心要與王爺作對麼？直與謀反無異了。寶玉闖下這等彌天大禍，可知是他親手斷送了他妹妹，再怨不的別人的。」又召進賈政來，一行哭，一行說，將事情說與他知道。

賈政亦是滿面淚痕，歎道：「逆子，逆子，我賈家竟斷送在他手上了。」又怕更增母親傷悲，只得收淚勸道，「事已至此，恨也無益。寶玉闖下這等禍端，此時便將他打死，也難洗清。爲今之計，不如我明日就往北府裏走一趟，作速允了北王婚姻之請，結成通家之好，方見得我們並非有意忤逆，不然，只怕不日便要滅門了。」賈母聽了，雖知有理，只不捨得，仍一心要等元妃回來，指望或有回天之術。賈政料也難勸，只得且回房，擔心的一夜未眠。

寶玉尚且一字不知，只爲紅玉一事懸心，悔道：「從前他在怡紅院伏侍，並不知道珍惜，如今去了鳳姐姐處，何苦又招惹他，弄到如今，卻有何意思。」

一時林之孝家的帶著眾人來查夜，尋著寶玉，又悄悄兒的埋怨道：「小紅原是爲你惹的禍，哥兒好歹也有句話，怎麼想法子勸太太回心轉意，還要他進來才是。那怕仍然降作粗使丫頭也使的，好過這樣子出去，落人褒貶。外頭若知道這是從府裏攆出去的，只當做了什麼天大的壞事，可叫他以後怎麼見人呢？」說著便哭。寶玉原本有愧，聞言益發垂了頭，嘟嘟噥噥的道：「我也不知會出這樣的事。如今太太正在氣頭上，連我也有不是，三兩天就叫搬出園子去呢，我還敢勸去？」

林之孝家的便出主意道：「哥兒自己不肯去，卻可求那太太聽的進話的人去勸勸，或許還可以轉的過來。」寶玉便又苦想找那個說情，因道：「寶姐姐的話，太太必是聽的進的，只是他如今也不大進來，自己家裏的事又多，且是最不喜管閒事的，我去求他，未必便肯；不如求求三妹妹也罷，他必肯幫我，只是太太聽不聽，便不知道了。」林之孝家的便極力攛掇道：「哥兒既這樣說，何不這就找三姑娘去？姑娘是嬌客，太太又素來倚重，或者會給幾分情面也未可知；若不成，還得求求寶姑娘，他到底是太太的親外甥女兒，如今身分更比從前不同，他要是肯說句話，只怕倒有七八分成功。」

寶玉聽了，並不疑有他，果然便走來秋爽齋叩門。探春已經歇了，聽見他來，少不得重新起來，披衣理鬟，延入堂屋說話。寶玉遂將自己如何帶賈環往鳳姐院中看魚，因隨紅玉進屋倒茶，不想巧姐兒竟失足落缸，自己情急之下砸缸救人等事，從頭至尾，說了一遍，又說太太盛怒之下，遷責於紅玉，說他勾引自己，疏忽職守，當時便攆出府去，所以來求三妹妹在太太面前美言幾句，怎麼想個法子仍叫紅玉進來才是，不然，豈不因我之故，令丫頭受責？

探春一聽便知必是賈環與趙姨娘從中做梗，歎了口氣道：「只怕難勸。當年金釧兒原是太太的心腹，不過和你說了兩句頑話，便被太太一巴掌攆出園去；如今小紅照看巧姐兒，反令他落水受驚，論罪更比金釧大十倍，攆出去已是輕罰，若不看他是家生子兒，林管家的閨女，只怕當時便不打死，也要發賣；且我聽說，彩霞的妹子小霞進來沒幾天，不知怎麼被璉二嫂子和林大娘給安排去跟了四妹妹，太太正爲這個不自在呢，這次藉故攆了他的丫頭去，焉知不是爲此？」

寶玉不通道：「太太怎會這樣小氣？一個小丫頭的去留，原本就是鳳姐姐同管家嫂子們的事，何勞太太操心。若說爲這個慪氣，再不能的。」探春道：「你知道什麼？上次鳳丫頭爲了一點子事要攆太太陪房周瑞的兒子，還是賴嬤嬤幾句話給攔住了；還有那次太太不在家，爲著玫瑰露的事，直說要把太太屋裏的丫頭都拿來在大太陽底下跪磁片子，若不是平兒勸著，還不知鬧出些什麼故事來。太太雖不理會，擋不住那起奴才的嘴，無風還要起三尺浪的，拿著這些芝麻穀子的事情只當作大新聞到處講，偶爾吹一兩句到太太耳朵裏，總是不自在。」寶玉道：「這更是沒有的事了。鳳姐姐原就是太太請來幫忙管家的，就算待下嚴苛些，也是行的太太之威，太太怎麼會反而同他生氣呢？」

探春知道難勸，歎道：「你也算讀了幾年書，原來竟不知道『功高蓋主』四個字。」便不肯再往下說，只道：「你既要我去勸太太，我便去，左不過幾句閒話罷了。可十九是不成的，你若於心不安，倒是拿些銀子賞他，再著人問準他心意，除了這府裏，還想些什麼，能幫便幫才真。」寶玉點點頭辭過，並無他法可想，只得拱手別過。回到房中，足足的想了一宿，次日一早，便出園來至薛姨媽院中，欲求寶釵設法。

誰知自從元妃打發太監要了寶釵八字，薛姨媽已知賜婚在即，雖未在寶釵面前說起，卻早悄悄的告訴薛蟠、薛蝌兩個，叫替寶琴準備嫁妝之際，也就順勢替寶釵準備起來。寶釵見爲寶琴備嫁所購之物往往雙份，便也有些猜著，問起來，薛蟠又言詞恍惚，笑容曖昧，更又知了幾分，心裏頗覺躊躇。他入京這些年，眼中所見這些男子，總沒一個比的上寶玉的人物風流，性情溫順，雖說有時嫌他忒也婆婆媽媽，又胸無大志，不思上進，行事荒唐，喜怒無常，諸多乖僻執拗處，然而這許多年裏在賈府住著，長輩疼愛，姊妹和睦，早已熟慣。果然能與寶玉一娶一嫁，總不出這府裏，又與母親長相廝守，如何不願意？便寶玉不愛讀書，留戀脂粉，憑自己柔情軟語，也必可勸的他轉。

只是明知道那寶玉心裏，早已有了林黛玉，他二人形容親昵、言語無拘不是一年兩年，眾人都看在眼裏，只不理會。果然自己與寶玉成親，卻置黛玉於何地？因此大沒意思，這些日子總不肯往園裏來。不想越躲越躲不開，寶玉偏偏兒的找了來，求以紅玉之事。寶釵豈肯管這閒事，況且明知自己與寶玉將有婚姻之約，如何倒去找著王夫人說話，因此佯笑道：「寶兄弟，不是我不肯幫你，只是那紅兒是二嫂子屋裏的丫頭，太太攆了他去，我做親戚的怎好攔著？可不是沒眼色？」

寶玉還要再說，隔壁薛蟠房裏丫頭小舍兒走來回稟，說大奶奶要找太太說話。薛姨媽道：「這裏有客呢，有什麼話，閑了再說吧。」寶玉忙道：「大嫂子既然有話要說，自是急事，我來這半晌，也該回園子了。」薛姨媽還欲留，寶釵卻將母親袖子一拉，不令挽留。寶玉遂去了。

這裏夏金桂進來，穿著織金滿繡的重絹衣裳，梳著流雲髻，中間寶花挑心，兩邊珠翠掩鬢，後用滿冠倒插，密麻麻排著茉莉針兒、金步搖、鳳釵、翠鈿，六瓣蓮疊絲如意嵌寶石的寶金簪兒，足有三四兩重，明晃晃沉甸甸墜的髻子也偏向一邊，並兩邊耳朵也是吊著老大的金燈籠墜子三連環，頸下戴著珠寶瓔珞，黃烘烘往人前一站，便是足金打製的一個絹人兒，手裏且拿著湖藍、水綠熟羅銷金包袱各一，薰的香噴噴的，帶著幾個丫頭婆子來辭薛姨媽，說要回家為母親拜壽。

薛姨媽見他妝扮的這樣招搖，滿心不喜，卻不好說的，只得道：「上次親家母來京，因家裏事多，也不及好好款待。走的時候，也沒有送一送，好不失禮。如今既是親家母大壽，你又是難得回娘家一次，自該叫蟠兒陪你去，再多備些壽禮衣緞。」

夏金桂笑道：「我們兩家原是至親，並不要講究這些虛禮。何況他前面店鋪裏忙的那樣，平日連家也難回，那裏抽的開身陪我回娘家？不如我自己清清爽爽的去了，略住幾日便回來的。」寶蟾只在金桂身後使眼色，指指自己又指指金桂。薛姨媽看的煙迷霧遮的，只得含糊應道：「既這樣，多叫幾個可靠人跟著，早去早回。待到正日子，再叫蟠兒過去給親家母磕頭，順道接媳婦兒回來。」夏金桂似笑非笑的應了，遂告辭出門，外面早已備下馬車，婆子扶上車來，就此別去。

薛姨媽遂找了寶蟾來當面細問，剛才拚命擠眼是什麼意思。

寶蟾歎道：「太太心善，那裏知道我們奶奶的伎倆？屋裏金銀櫃子的銷匙向來是我帶著，前兒奶奶忽然要了去，說從此只是他親自管賬吧。昨日又指使我出來，也不讓爺進屋，今兒爺一早前腳去店裏，他後腳打扮了便說要回娘家。太太白想想，可是有緣故？所以我剛才使眼色，想讓太太查查他身上，還有隨身的包袱，免的日後少了什麼，疑到我身上來。」薛姨媽愣了半晌，只得道：「那是他的屋子，他要這樣，也沒法兒。」回到裏邊說與寶釵知道，寶釵也道：「哥哥既已娶了嫂子，自然便是嫂子當家，他就把房子燒了賣了，我們也只好看著。只有千日做賊的，沒有千日防賊的，他果然存了這個心，我們防也是無用。難得自香菱去後，哥哥這些日子竟似轉了性子，也知道留心生意，也不肯再與那些人廝混吃酒，省了媽媽多少心。就算嫂子搬騰了些什麼，畢竟財物小事，就損失也有限。正經趕緊把蝌兄弟的新房收拾出來，等琴妹妹的婚事辦妥了，早些娶邢姑娘過門，媽媽也多個臂膀。」

薛姨媽道：「我的兒，還是你想的周到。既這樣，我明日便去與大太太商量定了婚期，做一個雙喜臨門，也把這些日子的晦氣沖一沖。」

原來薛家在京中自有房產，爲著賈母王夫人苦留，才闔家大小留在賈府久住不去，便連薛蟠娶親，也一併借的是賈府的房子。那薛蝌卻不願寄人籬下，一早說明要往城南老宅裏成親，薛姨媽原不願意，寶釵卻極認同，勸母親說「房子在京中，橫豎又不遠，容易往來的；況且兩房同住，易生是非，倒惹母親生氣；不如另門別院，妯娌間不常見面，也還容易相處，便是母親在這裏住的膩煩時，也可過那邊住幾日散心，強似一家子都住在親戚家。」

薛姨媽聽了有理，遂著人過去打掃房屋，油洗窗門，鋪地糊牆，佈置的極是齊整。只等吉日到了，好娶邢岫煙過門。正是：

春蠶作繭自縛後，又為他人裁嫁衣。

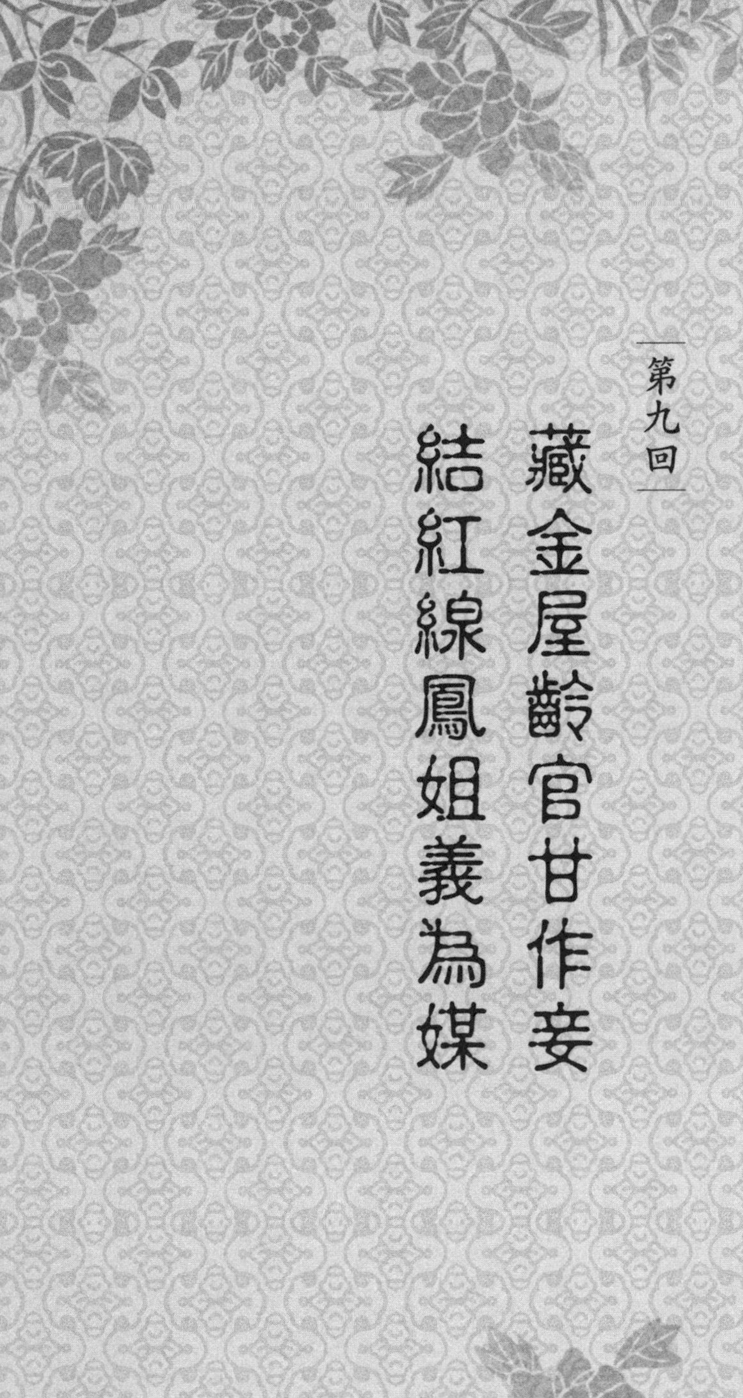

第九回

藏金屋齡官甘作妾
結紅線鳳姐義為媒

且說寶玉自薛姨媽處回來，仍往秋爽齋來，立逼著探春去與王夫人說話，自己只在秋爽齋苦等。誰知這日正是探春生日，出園來，先與賈母請安，又往賈政、王夫人跟前磕了頭，免不的與趙姨娘周旋一回，聽了幾句不鹹不淡的歪話，又惹下許多閒氣，足有一頓飯時候才回來，翠墨隨後捧著一盤子壽禮。

寶玉早已在簷下等候，遠遠的便迎上來催問道：「如何？」探春不禁笑歎道：「你也夠癡心。那小紅得你這樣，可謂雖敗猶榮。」寶玉無心頑笑，仍是沒口子逼問結果。探春道：「我說去也白去，這不，臊一鼻子灰回來了。」寶玉知道不成功，長吁短歎，垂頭不語。探春看了不忍，勸道：「你我在府裏，就有十分的心，也難盡一分的力。依我說不如找個擅活動多見識的兄弟子侄，命他們在外頭幫忙打點著，或者還値多些。」一言提醒了寶玉，拍手道：「我怎麼竟忘了他了。除卻此人，別人再沒這本事。」遂向探春拱一拱手，匆匆辭去。

探春望著背影笑道：「我這二哥，再不爲別的忙，正經事不見他這般用心，爲一個丫頭，倒忙的見首不見尾的。」想至此，又歎息起來，愁道，「冷眼望去，兩府裏子孫，只有二哥是個好的，偏又是這樣不務正業，將來偌大家業，卻指望誰呢？」因此倚著欄杆，倒愁鬱起來。

忽見湘雲和寶琴同著幾個小丫頭，抬著一架風箏遠遠走來，笑道：「你在呆看什麼？剛才過去的可是二哥哥？一大早爲著什麼事這樣慌張？」探春不欲提起賈環之事，故意假裝看風箏，含糊應道：「他會有什麼正事？左不過是那些閒事罷了。」又問，「你們怎麼也這樣早？」湘雲道：「還是琴丫頭提醒的，說今兒原是詩社的正日子，又是你生日，雖是爲了二姐姐的事不便操辦，倒不如起一社，一則姐妹們聚一聚，二則寫幾首詩祭祭二姐姐，也可遣發愁緒，好過各自傷悲。如何？」

探春想一想道：「也可。」就便打發小丫頭分頭去請黛玉、寶釵等來商議，又歎道，「如今每起一社便少幾個人，誰知道今日聚後，又到何日再聚，聚時又得那些人呢？」湘雲道：「聚一日且樂一日，何必多想。」寶琴只蹲在地上同小丫頭插柱裝線。

一時李紈、李綺先來了，帶著一盒酥，眾人見了李綺，都起身問好，又問候李紋待嫁之事。李綺見了風箏，便要放起來，湘雲道：「且別急，這響哨兒上是帶燈的，要等到夜裏放起來才好看。」

接著惜春、黛玉也到了，都有賀儀表贈，惜春是自製的茉莉心香一盒，黛玉是湖筆、端硯各一；只寶釵說要幫母親理賬，稍後過來，命丫環帶回一筒南海貢茶；打發去怡紅院的丫頭卻說寶玉一早出去，至今未回。李紈便道：「昨兒依稀聽說寶玉兄弟把什麼打破了，究竟是怎麼個緣故，我因事多，就沒細問。」探春不得已，也知早晚瞞不過，都會知道，便簡略說了砸缸之事。眾人都唬了一跳，歎道：「寶玉太魯莽些，不過爲著救人，事出倉促，也是不得已而爲之。」又說，「該去看看巧姐的，也問候一下鳳丫頭。」惟獨黛玉聽了此訊，猛可裏一驚，突發奇想：莫不是爲我砸的不成？當下心中突突亂跳，心思電轉，臉上紅白不定。

眾人並未理會，且又議起詩題來。探春道：「這一社既由我而起，便由我來命題。我想萬物之源終缺不得一個水字，我們這裏一半人倒是涉水而來，保不定那日又要渡水而去。因此這一社，竟是詠水吧。也學上次瀟湘妃子的法兒，將天下的水寫了鬮兒，誰拈了什麼就是什麼。」李紈道：「這卻不可，拈鬮之事，一次為巧，次次都如法炮製反失於僵硬，不如指定幾個水的題目，誰喜歡那個便挑那個，如此方可有好詩。」

湘雲、寶琴也都說妙。湘雲便搶先說道：「我先說幾個，就是江、河、湖、海。」黛玉少不得振作起來，道：「那我也說幾個，就是雨、露、霜、雪。」探春道：「雨水、露水盡夠了，加上霜、雪二水，反覺牽強；枕霞的四水也容易相犯，不如去掉河水，另換個靈動些的。」岫煙道：「那便是溪水吧。溪、河本一類，又與江、湖、海迥乎不同。」

李紈道：「我便說個潭水吧。豈不聞『桃花潭水深千尺，不及汪倫送我情』，可知上一社既詠桃花，這一社正該詠潭水的。」寶琴道：「你既有潭水，我便再添一個瀑布。雖說前人『飛流直下三千尺，疑是銀河落九天』已經寫的盡了，今兒倒要看看是否後繼有人。」李綺道：「那我就再加個泉水，『問泉那得清如許，為有源頭活水來』。」

說著，寶釵也來了，聽了眾人所議，遂道：「泉、溪亦有點相犯，不如只留一個。」岫煙忙道：「那就是泉水吧，與瀑布、潭水又可相接，又不至像溪水般過於細巧。」遂都一一寫定了，仍不見寶玉過來。

眾人道：「且不等他，先分派了題目，留下那個沒人選，就把那個給他便是。誰叫他缺空兒呢。」於是黛玉選了露水，湘雲選了江水，探春是海，寶釵是湖，李紈是潭水，李綺是雨水，岫煙是河水，寶琴是瀑布，剩了一個泉水便給寶玉留著。湘雲數了一數，共是九水，便向惜春笑道：「偏偏又是九個，不如你再補上一個，湊足十首剛好。」李紈笑道：「自古以來，不如意事十常八九，那裏那麼多十全十美的事。況且九已經是至尊之數，若再不足，非要以十爲美，反太穿鑿強求了些。依我說，這九首就剛剛好，竟不必再做。」

寶釵也道：「若說爲了補數再做詩，便不是做詩的本意了。強做了去，別說一首，便十首又有何難？只是刻意求工，反爲不美。豈不聞九九重陽，亢龍有悔？況且方才琴兒說的：疑是銀河落九天。我們今天寫的是水，又恰是九首，倒暗合了詩裏的意思。《禹貢》有云：『九河既道』。可見九已爲極，何必又十？不如就把這泉水的題目給藕榭，寶玉就來了，也不讓他做。」寶琴拍手道：「姐姐說的最妙。這九首詩不如就叫作『銀河九首』，我們幾個，豈不都是從天上來的了？」說的眾人都笑起來，都說：「這說的有理，又雅致。到底是蘅蕪君。」

說話間，探春、惜春已將詩題謄錄一遍，果然總題爲「銀河九首」，用蝴蝶針綰在壁上。眾人各綴其名，又請探春限韻，探春道：「韻不必限，形式倒要改一改，不如填詞罷。只是我向來不擅長調，只是小令就好。便是〈憶江南〉如何？」湘雲笑道：「說了半天做詩，題目出來，卻是『詩餘』。小令最好，最合我意。」探春又道：「〈憶江南〉破題三個字，要說明各人詠的是什麼水，接著要說明在那裏見過這水。中間一聯自行發揮。最後一句則要說明詩客的身分。改日咱們寫出來，不說明那首是誰做的，看二哥哥可能猜得出來？」眾人都道：「這新奇有趣，只是太纏磨人了。」遂各自思索。

恰時廚房裏送了銀絲壽麵來，眾姐妹遂放下題目，且拿麵來吃，麵雖只一樣，澆頭與伴碟卻是五顏六色，都用蓮花白鑲金線的瓷碟子盛著，花花綠綠足有二三十之數，滿滿擺了一桌子，倒也好看。湘雲便先挾了一筷子香椿芽拌麻油，既香且脆，又清口，笑道：「這個炒雞蛋卻好。」探春道：「不值什麼，你愛吃，說給廚房裏，叫做來就是了。」便即命人去廚房傳話。

寶釵又道：「昔秦昭王三月三日置酒河曲，有金人自東而出，奉水心劍曰：『令君制有西夏。』及秦霸諸侯，乃因其處立爲曲水祠，二漢相沿，皆爲盛集。遂有三月三日，士人並出江渚池沼間，爲流杯曲水之飲。而今雖無金人奉水心劍，焉得無曲水流杯乎？」眾人都道：「這說的好。」果然傳酒來，齊敬探春，探春辭道：「治國齊天下，乃是君子士大夫的事。我不過生錯了日子，寶姐姐就扯上這些野史軼聞來取笑兒，這杯酒其實喝不得。」

黛玉笑道：「正是你這日子生的好呢，將來少不得也要有一番大作爲的。寶姐姐說今兒席上並無水心劍，豈不知從前吳王闔閭使干將鑄劍，采五山之精，合五金之英，而金銀不銷，鐵汁不下。干將曰：『先師歐冶曾云，若煉劍不成，須以女身祭爐神。』其妻莫邪聞之，即投身入爐，鐵汁出，化爲兩劍，各鐫有字，雄曰『干將』，雌曰『莫邪』，其餘所出之鋼亦鑄得三千利劍。可見劍之一事，原爲女子化身。今日既有『銀河九首』，你又生於三月三日，可知本身便是劍神，更何須金人獻贈水心劍乎？」

眾人聽了，更加齊聲喝采。李紈道：「蘅蕪君和瀟湘妃子這兩個故事都講的好，合在一起想想更有滋味。今兒便衝了這兩個典故，蕉葉這杯酒也是不能不喝的。」不由分說，湘雲、寶琴左右按住，李紈便用鑄銀高腳葵花鐘盡力灌了探春兩鐘。眾人復又歸座吃麵，雖不便放量豪飲，卻也彼此讓了一回，又幾次三番派人去怡紅院打聽寶玉回來不曾。

原來那寶玉聽探春說該找一個得力子侄幫忙，猛然省起一人，便急匆匆出了園子。你道他想的是誰？原來便是那年送白海棠來的賈芸。當下急吼吼命人找了他來，不及閑敘，便道：「你可認識從前在我屋裏，後來跟了鳳姐姐的丫頭小紅？」賈芸聽了，先吃一驚，只道私情洩露，看寶玉神情卻又不像，心下猶疑不定，含糊說道：「依稀有些印象兒，寶叔只管問他做什麼？」寶玉歎道：「前日爲他一個不小心，太太發怒，將他趕出府去了。」遂又將砸缸救巧姐的話說了一遍，向賈芸謀道，「我的意思，是你找個便當時機問問本人，或是同他老子娘商量著，看有什麼法子可以幫他，就當代我賠罪了。不然我心裏總是覺的虧歉的慌。」

賈芸這才放下心來，早打起一個主意。原來他自見了紅玉，便暗暗有意，自紅玉去了鳳姐處，他又在鳳姐跟前奉承，見面的機會更多起來，眉來眼去，兩心相許，已不是一天兩天。原本只想等紅玉到年齡打發出府，就要登門提親，就只怕林之孝兩口兒雖是奴才，卻比自己體面有權勢，未免眼高於頂，瞧不上。如今聽的紅玉竟被逐出，雖然驚訝，倒也喜歡，因笑道：「寶叔有命，侄兒焉敢不從。一定辦的妥妥當當，不教寶叔操心。說不定，這件事最終還要寶叔說句話呢。」寶玉忙問：「什麼話？」賈芸笑道：「這且不忙說他，八字還沒一撇呢，反正一兩天裏就知道的。倒是寶叔上次吩咐我辦的事，至今還沒能辦的周全，正難見寶叔呢。」

寶玉左右看看，故意找個由頭將眼前人盡皆支出，這方悄聲問道：「你是說芳官兒的事麼？他如今怎樣了？」賈芸歎道：「兩府裏監管尼僧的是三房裏的芹老四，這人生性慳吝，只要見了錢，任是什麼人情禮數都不講，後來搭上水月庵的老尼姑淨虛，偏也是個敢在虎嘴裏拔牙當街賣的，錐子上抹油——又奸又滑，兩隻眼睛瞪起來，只是看見錢。我和他們平素裏井水不犯河水，若是擅自向他問話，他知道漏了底細，只怕狗急跳牆，更要做出多少不堪的事來。那時我又無權轄治他。因此依我說，這件事還須上頭親自問詢，不然，縱揭出來，也是不抵事的。」寶玉聽他的話頭，便猜到賈芹背後另外有人，況且近日裏偶有風聞，也些許猜到必是寧府裏眾爺們兒，倒不好答話，只問：「既然如此，何不報與璉二哥與鳳姐姐知道？」賈芸道：「他管僧尼事，便是璉二叔同二奶奶派的差使。我去告訴，反於嬸子面上不好看，倒像是我多事好妒，有心搬弄是非了。」

寶玉知他避嫌，心想若是自己去告訴老爺、太太，必然會問這些事你又從那裏知道，反落不是；若告訴老太太，又深知賈母向來最厭此等事，雖必嚴懲，若是一時氣病了倒不好。他原本不擅理這些人情世故，事臨頭來，竟是毫無主張，只頓足歎道：「連佛門尚且如此，這世上還有片乾淨地方麼？」賈芸也知他無爲，獻計道：「依我說，寶叔倒也不必理他們閒事，袍襟蓋膿瘡兒——橫豎瞞不久。事情發出來，總要懲治的。若是擔心芳官，不如叫個貼身小廝直接去說與庵裏，就說這芳官原是叔叔心愛之人，叫他們但凡衣食用具都要從豐配給，活計也不要多使他做，不過是借他們的地方休養幾日，橫豎將來還要接回園子來的，就是了。」

寶玉想了想，也無他法，只得親自出園來，向茗煙耳語幾句。那茗煙原本是個多事的，大包大攬道：「二爺放心，我這便備些素齋葛袍，套輛車子直送到水月庵去，指名說二爺賞與芳官的，叫淨虛那老禿頭出來答話。他看了這陣勢，必定心服，再不敢揉搓芳官姑娘的。」寶玉道：「便是這樣。」又與了茗煙些錢，教他從速辦來。

那茗煙是平地上也要起三尺浪的，既得了寶玉親口囑咐，又有了錢，且拿了滿理在手，豈肯便宜行事？便想了一想，向後院裏尋著鋤藥、掃紅、墨雨、挑雲、引泉、伴鶴諸小廝，張張勢勢的道：「這是咱們爲二爺效力的時候，大家須得如此這般，不可藏奸。」那些人又豈肯省事，都沒口子一片聲的說好，果然套了一輛車，買些油米香燭等，又會同平日裏一處淘氣的幾個小么兒，浩浩蕩蕩，只說往庵裏來佈施，打的山門雷響。

淨虛聽說榮府裏送佈施來了，喜的親自迎出來，看見他幾個，卻不認得。茗煙將腳踩在車轅上，佯笑道：「二爺打發我們來送香油，你不趕緊跪接謝賞，只管覷著你那老眼昏花看什麼？莫不成認不的你家茗大爺？還是看你茗大爺長的俊，想招作女婿？」

茗煙的名頭淨虛倒是識得，因常在府裏走動，略有些臉面的奴才都早已備記在心，知他是寶二爺跟前第一個得意親近小廝，因趕緊滿臉上堆下笑來，奉承道：「原來是茗大爺，老尼眼拙，一時竟未認出來。」又趕著叫小尼姑倒上好的香茶來。茗煙遂在條凳上坐了，一邊看著姑子們收香米，一邊便問淨虛道：「二爺房裏的芳官姑娘，是不是被你們拐在這庵裏？二爺著實想念，要我們來看看他，過幾天，二爺還要親自來接他回去呢。」

寶玉前些時候來看芳官的事，淨虛早從姑子口中得知，聽茗煙語氣不善，忙諂笑道：「這可是不巧的很，不知道茗大爺到此，昨兒打發芳官往鐵檻寺有差使。不知寶二爺那日裏來，告訴老尼，好作準備。」

茗煙更不答話，一腳踢飛條凳，便發作道：「早不差使晚不差使，偏你茗大爺來此，就說打發他有差使。你也不用騙我，那芳官上次我們原已見過，一張臉被你搗的爛茄子一般，大白天你差他出去，不怕嚇壞人？必是你藏起他來。打量我們不知道你做的那些事！你茗大爺七個頭，八隻眼，兩耳順風，七竅玲瓏，什麼事不知道？既說芳官不在，有膽就讓我們搜一搜，可別叫我們搜出來！」當下振臂一揮，眾小廝遂擁上前來，只以找人爲由，亂踹亂砸，隨抛隨丟，眾姑子攔了這個，攔不住那個，口裏只叫「阿彌陀佛」、「罪過罪過」。

一時掃紅在房裏搜出些脂粉酒水等，大喊大叫著讓眾人來看，茗煙見了，更加得理，指著問道：「好你個酒肉尼姑，這難道也是敬佛祖的東西？是你家羅漢酒量好，還是你家觀音愛打扮？」遂將酒罈打的粉碎，脂粉花冠盡皆抛在地上。淨虛原本只當他是爲芳官出頭，既見被查出弊病來，才知另有機關，只疑作府裏有密令使茗煙如此行事，因此一聲兒也不敢吱，惟有低頭念佛而已。

且說賈芸與賈芹雖無過犯，只因都在鳳姐、賈璉麾下辦事，便免不的有些山高水低，雞爭鵝鬥。自從賈芹管了鐵檻寺，每月往府裏領來錢糧供給，足有百兩，又搭上水月庵的淨虛，每每逼那些女尼、道姑妝扮了出來侍酒，所得纏頭，也都孝敬了他，每日裏不是坐轎，就是騎驢，吃風月酒，用脂粉錢，兩府裏進進出出，十分招搖得意。族中子弟時常論富比貴，多謂賈芸不及。賈芸既盡知底細，難免心中不平，只礙在珍、璉面上不好聲張，直到今日方出此一口惡氣。當下打聽了茗煙在水月庵中所爲，自謂得計，興頭頭走去街上混堂內洗了個淨浴，換了一身體面衣裳，又買了許多時鮮果品，糟魚臘肉，提著往林家門上來。

方走至斜街，忽聽的一陣嘻笑聲甚是熟悉，抬頭看時，卻是一隊人亂哄哄擁著賈薔自那邊過來，都鮮衣小帽，吃的醉醺醺的。見了賈芸，笑著站住了，問他：「老二，你去那裏來？」賈芸忙拱手笑道：「為明兒要陪母親見個客，特來買些果品預備。」賈薔笑道：「什麼了不起的勾當。相請不如偶遇，不如一起到我那裏坐坐，介紹你認識幾個好朋友。」

賈芸早已看到賈薔身後一干人皆是華服麗冠的少年公子，且知賈薔素得賈珍寵愛，又與賈蓉交好，遠比自己體面得勢，每有結交之心，苦無攀援之機，今蒙邀請，如何不從。當下拱手道：「卻之不恭，就叨擾你了。」

遂挽著手一同行來，迤邐至一座院落前，卻又並不是府外頭賈珍購贈之大屋，竟是深街裏極僻靜雅潔的一處四合院，小而深幽，沿牆種著幾棵垂柳，一叢薔薇，樹下放著鏤花紫藤躺椅、茶几、唾盒等物，幾上茶壺杯碟俱全，另有一紅填漆菊花捧盒裏盛著些花樣細點，最妙的是倚著茶几猶有一架琵琶，收拾的十分雅潔不俗。賈芸正自猜疑，早有一個極伶俐的丫環迎上來說：「姑娘今早起來，又吐了幾口血，已請大夫來瞧過了，這會子剛吃過藥睡了。爺兒們不如先往別處去坐坐，待會兒再來吧。」

賈薔果然便立住了腳道：「既這樣，我等下再來。」遂掩門出來，向眾人道，「如此，還是往我那邊房裏去吧。」那些人都笑道：「走來走去，腿都走軟了，況且已經鬧了這半日，也該散了。那邊不過是空房大屋，有何趣味？原是想來這裏求著齡官姑娘唱一曲，既然姑娘欠安，不如改日再聚。」說著一哄散去。賈芸便也另約相會之期，道別而去。一壁走，一壁心下暗思：從前大觀園遣散十二小戲子時，聽說大多都分在各府各房裏伏侍，惟有小生寶官、正旦玉官、小旦齡官三個辭府而去。當時眾人還取笑兒，說是「巧的很，惟有『寶、玉』和『齡（林）姑娘』走了。」那齡官又長的和林姑娘一個模子，連脾氣性格兒乃至體弱的毛病兒都像，所以記的清楚。原來這齡官竟被賈薔收在這裏金屋藏嬌，倒不知賈珍等是否知道。既然別房另居，自爲掩人耳目；看他呼朋喚友來此，又似乎並不避人，究竟不知是何意思。

一路揣摩，已經來到林之孝門上。林之孝在府裏議事未回，只有紅玉同他娘兩個守著雞足燈穿珠花兒。見賈芸來，紅玉心中便猜到八九，忙向屋內迴避了。林大娘那裏知道他們的首尾，只當賈芸要尋林之孝走路子謀差使，因命小丫頭子沏了茉莉花茶來，笑道：「芸哥兒現在二奶奶面前當差，誰不誇本事能幹？想來不日就要飛黃騰達的，何必再找我們。」賈芸笑道：「嬸子說那裏話。我不過是在府裏學著做些三瓜兩棗的零碎活計，那裏就論的到飛黃騰達上頭去。況且向來多承兩位照應，早該登門道謝才是。」因盛讚林之孝兩口子手眼通天，精明能幹，又贊紅玉才貌雙全，聰明伶俐，最後方緩緩提出求親的意思來，只道：「箱奩戒指，織金衣裳，嬸子只管說，即日辦了來，三茶六禮，不敢怠慢，總要教嬸子滿意。」

林大娘聽了，雖然意外，倒也歡喜。他求寶玉說情，心裏也知道多半是不成功的，又想賈芸雖然貧薄，也是賈府旁系子孫，且在鳳姐面前得勢，若將紅兒與他，倒不負他素日的心高志大。又見他言語和氣，態度殷勤，趕著自己一口一個嬸子，說的天花亂墜，心裏便軟活了。雖未十分答應，卻也態度熱絡，只說要等當家的回來商議，溫言暖語送賈芸出去了。等到林之孝回來，林大娘烙了椒鹽千層餅端上來，又備了四樣菜，糟鰣魚、過油豆腐蒸茄子、豆瓣蝦醬炒黃瓜、熟爛脫皮的紅燒醬肘子，又一大碗熱湯湯油汪汪的臘肉筍絲湯，又斟了一杯官釀的高粱酒給他吃了，故意問道：「今兒這菜的滋味如何？」

林之孝道：「正要問你，那裏來的糟鰣魚？如今市面上是什麼價錢，也是咱們尋常吃得的？只管這樣大手大腳。」林大娘笑道：「誰有那些冤枉錢買他去。跟你說，這些魚一個子兒不花，是自個游上岸跳進鹽缸裏醃夠日子長腳走來咱們家的。」林之孝便知有緣故，笑道：「這魚倒知道孝敬。」林大娘道：「可不是有人孝敬怎的，你倒是一猜就準，你要猜的到是誰，我就服你。」

林之孝亂猜了一回，皆不是的。紅玉娘這方將賈芸今兒來的緣故講明，款款的說道：「女兒既然已經出來了，只怕再難回去。況且咱家也不指望他那一吊錢度日，從前也沒打算他成個什麼，爲的是家生子兒，才不得不送進府裏使喚，窩在怡紅院裏做了那些年粗使丫頭，原指望平聲靜氣過幾年橫豎放出來，誰知竟又跟了二奶奶，雖是有體面的事，可那天不是懸著心，吊著膽，老虎嘴裏尋唾沫——便得著些也艱難。府裏有我們兩個侍候已是足夠，那銀子是好掙的？沒的再把個獨生女兒墊在裏頭。況且如今又被攆出來，傳出去是甚麼好名聲？若只管擱在家裏，等著府裏發賣配人，知道是個什麼了局？那芸哥兒雖不是什麼嫡系正宗，大小也是個爺，且不是那些虛花浮浪的子弟，很知道巴結上進，做事也勤謹，又是出了名的孝子，雖然年紀不大，倒也還老成有眼色，近來在二奶奶跟前也極有體面的，又不把女孩兒做丫頭看待，說明了娶過去做平頭夫妻，三絡梳頭，兩截穿衣，只比府裏奶奶少些金銀穿戴，身分卻是一樣的。你若捨不得他吃苦，大不了多賠些嫁妝，就是破些銀子，買兩個小丫頭子賠送也沒什麼。」林之孝也道：「說的極是。」又道，「既這樣，紅玉終是二奶奶使過的人，要嫁人，也該同二奶奶說一聲。不然倒像慪氣似的。況且也要她肯放人才是。」

林大娘答應了。次日一早，先與女兒說了，紅玉如何不願意，雖然口裏只說「憑爹娘做主」，然而紅生雙頰，低頭弄帶的情形，分明千肯萬肯。林之孝家的看了，也就心中有數，倒暗暗歎了口氣。且進府來，諸多瑣事，忙碌了一頭晌，直到午飯後方尋個空兒來至鳳姐院中。

鳳姐才因旺兒家的來報彩霞死了，求賞發葬銀子。鳳姐兒允了，打發旺兒家的去了。因向平兒歎道：「難得我想做件好事，竟沒做成。可見老天不容我積善。」平兒拭淚道：「彩霞在府裏幾年，同我原是極好的姐妹。我想跟奶奶請半日的假，親去送一送。」鳳姐點頭道：「你去罷，我別的善積不得，你去送一送他，也就當是我去過了。好好替我跟他賠個不是，說我害了他了。」平兒勸道：「這是什麼話。奶奶也是好意，這是他的命，卻與別人無干。」鳳姐道：「這也難說。只是我有心再做一件好事，卻不知道做的成做不成。」

平兒忙問何事，鳳姐道：「小紅白跟了我一場，平時也小心伏侍，偏偏一個不小心被太太攆了去，我爲他誤了巧姐，也沒心思留他。如今姐兒並沒怎樣，想來這件事其實不與他相關，倒別白冤枉了他。你替我找個閑兒去看看他，有什麼可幫可做的，就替他完了心事；再不然，就把她身價銀子免了，白放了她，也不枉他伏侍我一場。」平兒喜道：「果然如此，就是奶奶的天大恩德了。世人常說西方無量佛如何如何神通廣大，法力無邊，卻多半都是拜觀音，口裏念著『大慈大悲救苦救難的觀世音菩薩』，可見這『大慈大悲』是比『神通廣大』更得人心的。」鳳姐聽了，不氣反笑道：「你這蹄子越來越壞了，連我也打趣起來。」

方說著，林之孝家的已進來了，先請了安，又問過巧姐兒的病，這才緩緩回道：「自小紅前兒出去，我們老兩口幾差沒白了頭，只恨他不開眼，丟了差使事小，折了奶奶的面子事大。所以意思要趕緊替他尋一門親事打發了，沒的留在房裏打臉。恰好有媒人來說，從前奶奶提拔過的那位芸二爺竟不嫌棄他，願意娶了去，只是小紅在奶奶跟前這些年，奶奶疼他，便像疼自家孩兒一樣，他的終身大事，我們不敢擅自做主，所以來請奶奶的示下。」

鳳姐見他來，只當他要替女兒求情，便不肯主動說要放小紅贖身之事，及見林之孝家的毫無怨望之意，仍是一味奉承，反有些不好意思的，笑道：「芸兒那小子倒有眼光，就不知他是何時存了這個心，我竟一點不知。」林之孝家的忙道：「自是他日常往來回應奶奶，見著女孩兒一兩面，近日聽說出府去，才有這番心思。若說從前就有的，斷斷不能，便是他有，我們也不許女兒做下這沒臉的事。」鳳姐猶自沉吟。平兒忙故意將方才鳳姐的話說了一遍，林大娘聽了，沒口子道謝。

誰料那邊賈芸早又求準了寶玉前來，也說為賈芸提親，鳳姐笑道：「難得你這般念舊，肯替他二人出頭，我若阻攔，倒是棒打鴛鴦了。」遂一口應允，願作保人，又命寶玉做媒證。林大娘自覺面上有光，十分喜歡，回家與林之孝並紅玉說了，也都喜悅非常。賈芸與紅玉的親事遂這般定下來，只等擇吉迎娶。紅玉自覺終身有靠，一番禍事變喜事，倒也得意，再不提回府的話，只安心在家中待嫁。不提。

且說寶玉作成賈芸、紅玉婚事，十分暢快悅意，因向鳳姐笑道：「到底是鳳姐姐會調教人，小紅在我屋裏那些年都不能顯山露水，才到姐姐屋裏幾天，就出脫的美人兒一樣，連芸兒那樣機靈的人，也取中了。」鳳姐笑道：「我聽你哥哥說，你從前認過芸兒做乾兒子，可是有這話？」寶玉不好意思笑道：「都是小時候的營生了，提他幹什麼？」鳳姐笑道：「你可知道小紅的娘是我乾女兒？你做成了他們這宗親事，從此須得叫我做嬸子了。」說的旁邊侍候的人都笑起來，寶玉更加不好意思。

鳳姐又道：「論起這小紅，還與你林妹妹有個巧處。」寶玉忙問何巧之有，鳳姐便笑著說了小紅原名林紅玉，只爲重了寶玉、黛玉二人的諱，故而改了紅玉，因道：「這回出了園子，又眼瞅著要嫁人，自然便要回復從前的正名兒，一個叫林黛玉，一個叫林紅玉，何不是巧？」

寶玉笑道：「果然巧的很，聽去卻像是一對親姐妹的名字，黛爲青，一青一紅，又相襯，又相應，再巧沒有。我那裏叫作怡紅院，又叫絳芸軒，絳也是紅，倒伏了芸兒和小紅兩人的名字。可見天緣巧合，早有預兆的。」說著心中卻又起一念，想著賈芸同自己一樣，也是排行第二，如今卻與小紅成此佳偶；既然廊下二爺與林紅玉終成眷屬，焉知不是預示著自己這個寶二爺與林黛玉的婚事在即呢？因此搖頭晃腦，喜不自禁。鳳姐見他喜動於色，也就約略有些猜著，因道：「我沒你們讀書做詩的人想的多，一個名字也有這些說道。只是白提醒你一句，這裏說說就算了，等下見了你林妹妹，可別混說混比，他聽你把他同丫頭的名兒提在一起，又該置氣了。」

正說著，玉釧走來相請，說太太找二奶奶說話。寶玉就便辭了出來，先去外書房找著賈芸，將事情告訴了，笑道：「林大娘已經得了信，千恩萬謝的去了，如今這件事大功告成，你卻拿什麼謝我？」賈芸笑道：「金山銀山搬來，寶叔未必希罕。倒是踏踏實實的替寶叔辦幾件事，盡點孝心，再者尋著稀有花草送幾盆來，或者寶叔看著還高興些。」

忽然茗煙急匆匆跑來告訴，說方才看見賈雨村的轎子進門，只怕等下還要指名兒求見二爺呢。寶玉蹙眉道：「我生平最厭這些人，偏偏走到那裏都見到他，前兒在北靜王府祝壽，也看到他同一班官員在那裏坐席。」又向茗煙道，「若老爺找我，只說北靜王府請我吃酒去了。」茗煙苦著臉道：「罷喲，這要被老爺知道，是要打死的。況且二爺不在府裏，我怎麼倒閑（鹹）在這裏醃肉乾兒呢？可不是打嘴？」賈芸笑道：「猴兒崽子這會子又裝沒耽待了，前兒在水月庵裏何等威風來？」茗煙便笑起來，一時豪氣干雲，拍胸脯道：「為二爺的事，茗煙火裏火裏來，水裏水裏去，拚著被老爺亂棒打死，只說沒看見二爺便是。」

寶玉笑著，別過賈芸重新進園來。因怕丫環來找，且不回房，只往花溆一帶行走，賞頑那春光爛熳，杏紅柳綠。忽見柳遮杏鬧處忽的飛起一人，倒唬了一跳，定睛再看，卻又不見了，正詫異間，忽然又飛蕩過來，又聽到樹後有女子語笑聲，才知道是有人在打秋千，細聽那聲音，似探春又似湘雲，及欲看那人，只見他大紅裙子揚起在風中，直如飛仙一般，悠來蕩去，卻辨不清臉面。

因一路分花拂柳走近來，只見探春和待書在一旁拿著衣裳、環佩等物，翠縷正推送一人蕩秋千，方知是湘雲，笑道：「你們倒頑的高興，怎不叫我來推？」又說，「雲妹妹抓緊了，小心掉下來。」

一時湘雲停了秋千下來，鴉鬢微斜，粉臉生津，拭著汗笑道：「昨兒我們那些人等著你開社，且是蕉下客的芳誕，到處找你不見，這會子又做什麼來了？」寶玉道：「我教丫頭送去的一字一畫，三妹妹收到了麼？」又問要不要打秋千，自己來送。探春便也脫了織錦夾紗花枝俏的通袖袍子，露出粉白對襟琵琶小襖，下邊繫著杏紅百襉繡花緞的唐裙，又束一束腰帶，便蹬在畫板之上，兩手握了彩繩，道：「行了。」寶玉便推送起來，起初不敢用力，只微微蕩起，湘雲笑道：「打秋千一定要到高處才有好風景，只管這樣悠著，倒不如坐下來了。」寶玉這才微微用力，探春還叫再高些。

又打一會兒，探春已領悟得其中訣竅，也不必寶玉推送，只自己腰間暗暗用力，雙腿繃的直直的微微一蹬一踏，畫板已起在半天雲裏，杏紅裙子舞的一面旗似，露出底下松花綠的綁腿膝褲，大紅高幫滿繡緞子鞋，直欲飛到九重霄去。寶玉見用不著自己，遂退在一旁觀看，點頭歎道：「金履飛登楊柳翠，湘裙漫捲杏花紅。斯情斯景，便是曹衣、吳帶，也不能形容的。」

翠縷伏侍著湘雲穿上大衣裳，又將金麒麟、荷包等物一一繫回。寶玉見了，忽想起一事來，向湘雲道：「我從前送你的那隻金麒麟哪裏去了？」湘雲臉上一紅，反詰道：「沉甸甸的問他作甚？」寶玉道：「前幾日馮紫英邀我去他家坐席，說是邊境緊張，隨時便要奉命開拔的，所以在家裏設了靶場、跤場，每每招些子弟前來較藝，其實不過是找個由頭時常聚聚。那日射圃，恰遇著威武將軍的公子衛若蘭，腰間也繫著這麼一隻麒麟，光彩閃爍，很像我送你的那隻，所以問起。」湘雲低了頭不答，翠縷卻掩口而笑。

寶玉驀然省起，喜道：「早聽說妹妹有了人家，一直不曾問起是誰家有這樣福份，原來竟是他！真真好個人物，不枉了妹妹平素為人。那衛若蘭人物風流，武功了得，與妹妹恰可稱作一對兒神仙眷侶。」知道史家拿自己送的金麒麟與衛家做文定，倒覺歡喜，笑瞇瞇瞅著湘雲不住點頭。湘雲更加羞澀難當，恰見探春秋千慢下來，似欲停住，忙上前假裝接應，就勢避開。寶玉便也過去幫著摟住彩繩。探春下來說道：「剛才遠遠看見玉釧兒過來，東張西望的，不知找誰？」

說著，玉釧已到跟前，看到寶玉，猛的一拍手道：「叫我好找，原來卻在這裏。太太要見你呢。」寶玉一時不解，只當仍是爲著賈雨村之故，笑道：「你說清楚些，是老爺找我還是太太找我。」玉釧兒嗔道：「老爺找你，卻與我們什麼相干？自然是太太要找你，才命我來傳。襲人說你一早出去不見回來，茗煙又撒謊吊猴兒說沒看見。我想著剛才明明見你在二奶奶屋裏說話，怎會眨眼就飛了不成？所以進園子來，若不是看見三姑娘蕩秋千，還找不到這裏來。」探春笑道：「我只道自己在秋千上可以看的高遠，原來他在地面上看我，卻也看的真切。」眾人都笑起來。

寶玉因隨玉釧兒來至王夫人房中，見王夫人正坐著翻黃曆本子，見他來了，且不理他，只望著鳳姐說道：「幾次說要讓寶玉搬出來，總因這忙那忙，誤到如今。難得這些日子天氣晴朗，正好把這件事著緊辦起來。所以我今天找你來，特地說給你知道，從明兒起寶玉就不住在園裏了，一概用度開銷當減則減，除了跟出來隨身伏侍的這幾個丫頭外，怡紅院只留兩個守夜嬤嬤負責打掃，其餘小丫頭隨你分給別的姐妹使吧。」

鳳姐兒只得答應了，因怕還有別的吩咐，便不敢去。寶玉聽了這話，卻恰如兜頭澆了一盆冷水也似，雖然早知道有今日，寧可捱一日是一日的，因此涎著臉求道：「太太何苦急在這幾天？自從二姐姐死了，寶姐姐又遷出園子，如今那裏好不冷清，我再要搬出來，越發沒人了。好歹讓我送了琴妹妹、雲妹妹出嫁，再搬出來吧。」

王夫人冷著臉道：「正是爲園中姊妹多半已經有了人家，你也眼瞅著要成家的人，若再像從前那般只管在園裏住著，姐妹堆裏廝混，一時有個不妨頭，亂說話，傳出些什麼不好聽的來，倒把大事耽誤了。所以不如儘早搬出來，省的我日夜懸心。」寶玉聽到「成家」一句，卻打了一個突，因問：「誰要成家？同誰成家？」王夫人笑道：「你還做夢呢。早在二月裏你大姐姐行前，就叫宮裏太監傳下話來，說寶姑娘德性溫良，舉止沉重，品貌學問都是第一等的，因此替你做主，連日子都定好了，只等回京就要替你們完婚。你們從小和睦，如今親上做親，你可喜歡？」

寶玉不驚反笑道：「太太哄我呢。便要賜婚，也該給我和林妹妹賜婚才是，怎麼倒是寶姐姐？可是太太弄錯了？或者大姐姐弄錯了也未可知。等大姐姐回來，我必要在他面前分爭明白的。」王夫人斥道：「真是糊塗話。婚姻大事，怎麼會弄錯？我親耳聽跟娘娘的抱琴說，那日娘娘省親，叫你們姊妹每人做一首詩出來。你一個人獨做四首，在那裏爲難。寶姑娘走來提醒了你一句什麼『怡紅快綠』，說是『娘娘不喜歡的你偏要寫，不如改了』；那林姑娘卻自恃聰明，替你做了一首『杏簾在望』教你打小抄兒，只當別人都是傻子。豈不知太監宮女站了一屋子，難道都是木偶擺設，聾子瞎子？他們在宮裏，什麼不知，什麼不解，生平最會的就是察言觀色，那容你們在娘娘眼皮子底下搗鬼？」寶玉辯道：「娘娘當時還誇了林妹妹做的好，說四首詩裏以此爲佳，怎麼倒責怪起來？我不信。」

王夫人冷笑道：「娘娘當時並不知道你們的把戲，所以誇獎；及後來回宮聽人說了，才知道竟被你們合謀蒙在鼓裏，焉得不怒？說句重話，這便是欺君之罪。你還指望他顧惜你林妹妹不成？所以我說他輕狂，不知輕重，真要幫你，就該像寶姑娘那樣，細心體上，揣摩著娘娘的心思眼色行事，這才是識大體、知輕重的千金閨秀，才是真心爲你好。這樣的賢德之妻，便打著燈籠，那裏再找第二個去？所以你姐姐那時便取中了他。要不後來端午節賞賜衆人，怎麼獨他的那份和你一樣呢？」

寶玉聽了這話，又似有理，不由的不信。卻終難平服，知道與母親強辯無益，只道：「我找老太太說去。」王夫人厲喝道：「打量老太太便會幫你，容你胡來麼？別說娘娘已經給你賜婚寶姑娘，就是沒有賜婚，林姑娘也已經是有人家了的，何容你再存什麼別的想頭？」寶玉聽了，三魂轟去，七魄不全，大驚道：「林妹妹有了人家？這是那裏的話？」王夫人冷笑道：「你還不信呢。就是今兒早上，北靜王府裏請了從前教過林姑娘的先生賈雨村問名說媒，不幾日就要定茶換盅，下催妝冠帔花粉的。你不信，只管問老太太去。」

王熙鳳聽到「賈雨村」三字，便想到娘娘所賜「假畫」，不由心中一動。不及深思，卻見寶玉聽了這話，臉也青了，眼也直了，一跳三丈高，顧不的禮數，大叫一聲「我找老太太去」，轉身便跑，不提防絆在門檻上，一跤跌倒，連頭皮也擦破了。彩雲、玉釧兒忙過來攙扶，連站在門外廊簷下侍候傳喚的繡鸞、繡鳳等也都唬了一跳，忙近前來，王夫人見寶玉額頭上一縷血痕直流下來，幾乎迷了眼睛，也驚慌起來，一迭聲的叫人拿藥水來搽。寶玉卻一聲不響，推開眾人，牽起衣裳仍然只管向外跑。任由王夫人、鳳姐在身後直著脖子叫喚，只不理會。

一徑跑至賈母房中。賈母正坐在椅上，滿面淚痕，看見寶玉頭破血流的進來，一把摟進懷裏，哭道：「你林妹妹要嫁人了，你知道麼？」寶玉只覺憑空打了個焦雷，砸的天昏地暗，站立不穩，從懷裏掙開問道：「怎麼老祖宗也來哄我？」賈母道：「那裏哄你？北靜王爺已經再三再四致意，今天又請了那什麼雨村過來，催著府裏送庚帖兒過去，說是一兩天內，就要抬聘禮來呢。」又回身叫人絞毛巾來給寶玉擦臉。鴛鴦早已拿了止血藥水來，卻交在琥珀手中。琥珀便上前替他搽著。

寶玉頭昏目眩，如在夢中一般，藥水搽在頭上也不知疼，恍恍惚惚擋開琥珀手道：「從前老祖宗親口說的『不是冤家不聚頭』的話，難道竟白說了？我的心老太太橫豎是知道的，可知從小到大，我心裏眼裏就只有林妹妹一個，老太太也說林妹妹好，怎麼竟捨的把他送給別家？那是要了孫兒的命了。老祖宗疼我，再不肯這樣對我的。」

賈母哭道：「我的兒，何嘗是我想把你林妹妹配人？實是北靜王府權高勢貴，他們三番四次托人來問，咱們只裝聾作啞不理會，實指望拖到你大姐姐回京，再想法子回應，這都為的是誰？偏是你這個惹禍的孽障，鬼使神差的，又拿鐵架子把那只碧玉缸打碎，連魚也死了，如今王爺已經知道，雖不肯問罪，焉知心裏不存疑？我們再扣著你妹妹不肯允他婚事，眼見就要大禍臨頭了。那時不但你林妹妹保不住，只怕這個家也要散了。」

寶玉聽了，心裏約略有些明白過來，才知自己方是始作俑者，更加大哭起來，說：「缸是我砸的，有罪我去領，這便去王府裏分說明白，憑殺憑剮，都隨他們，有我活著一天，決不叫妹妹去。」又說，「若領不下，寧可與妹妹一同死了，想妹妹也是願意的。」

說著，王夫人已經扶著丫環，同鳳姐兩個喘吁吁的過來，聽了寶玉這話，怒道：「又胡說了，好好的尋死覓活，婚嫁是喜事，如何只說到忌諱上頭？你妹妹去那府裏，是做王妃，並非尋常妾侍，北靜王爺愛才慕賢，你是知道的，如今他不肯托請尋常官媒，卻巴巴兒地找了林姑娘的業師賈雨村來下帖，可見至誠；況且從前北靜太妃也曾親口對老太太許可的，說進門就要封誥，花釵九樹，鳳冠霞帔，所有禮遇用度，都與正妃一樣。這是光耀門楣的大喜事，便是你林姑媽、姑夫在世，想必也是願意的。你正該替你妹妹高興才是，如何只說這些不吉利的話？叫你老子聽見，皮不剝了你的。」寶玉不管不顧，大哭道：「太太不知道我們的事。豈知我們是不怕死的，就只怕活著不能在一處好好的活。二姐姐已經死了，雲妹妹、琴妹妹也都有了人家，雖然三妹妹、四妹妹的事還沒定，想來不久也都是要散的，留下寶玉一個孤魂野鬼兒，活著還有什麼意思？寶玉這輩子並不求別的，只願跟林妹妹一起，要活，一同長命百歲；要死，一同化煙化灰。如今你們又要送林妹妹走，還把寶玉留下來做甚？寶玉寧可這會兒跟妹妹一同死了，倒還乾淨些。憑他是王爺還是皇上，妹妹又何曾是攀龍附鳳、貪慕權貴之人，都看作庸豬俗狗罷了。」

衆人聽他說的大膽，都忙上前勸慰，用話遮掩。寶玉那肯理會，只跪在賈母身前，插蔥也似磕下頭去，口口聲聲只叫「老祖宗救我」。賈母見他這樣，越發哭的涕淚橫流，拍胸叫道：「我那世裏造下孽來，有了這兩個玉兒，竟不是孫子孫女兒，竟是前世裏冤家，可可的要我的命來了。」

鳳姐見不是事，勸了賈母又拉寶玉，因道：「娘娘尙未回京，這件事或者還有迴旋餘地，咱們倒不必自亂陣腳。橫豎日子還早，慢慢的想法兒，三個臭皮匠還抵出一個諸葛亮來呢，大家不用慌，事到臨頭，我自有主張。如今還有一句話說：這件事還得先瞞著林妹妹才是，不然，他那病身子只怕抵不住。不知老太太、太太以爲如何？」王夫人怪道：「這是他的大喜事，聽見了自然高興，豈有不樂反病之理？」

鳳姐見王夫人一味愚鈍，只得忍氣吞聲，笑道：「太太說的自是大道理。只是林妹妹自小在府裏長大，忽然說要出嫁，怎麼不驚心傷感呢？他的心思又重，身子又單薄，況且我聽說他這些日子本來不好，倒是遲些日子等他安健了，再慢慢兒的說給他不遲。」賈母道：「這說的是。且吩咐下去，不可洩露一個字。」王夫人見賈母這樣，便不再說話了。

賈母又垂了一回淚，年老之人，禁不的傷感操勞，歪在榻上朦朧欲睡。鴛鴦忙上來侍候。王夫人遂與鳳姐一起辭出，且命寶玉跟著，又說了些明兒如何搬遷，如何分配房間，如何安置丫頭的閒話。那寶玉心如刀絞，六神無主，只恨不能速死，任由王夫人與鳳姐議論，竟像與己無關一般，呆呆的毫無反應。王夫人見他這樣，十分煩惱，欲說他幾句，又怕教訓重了慪出病來，只得忍氣命人好好的送他回去，又叫收拾東西，預備明兒遷出。正是：

人間若有回頭藥，好過嫦娥不老丹。

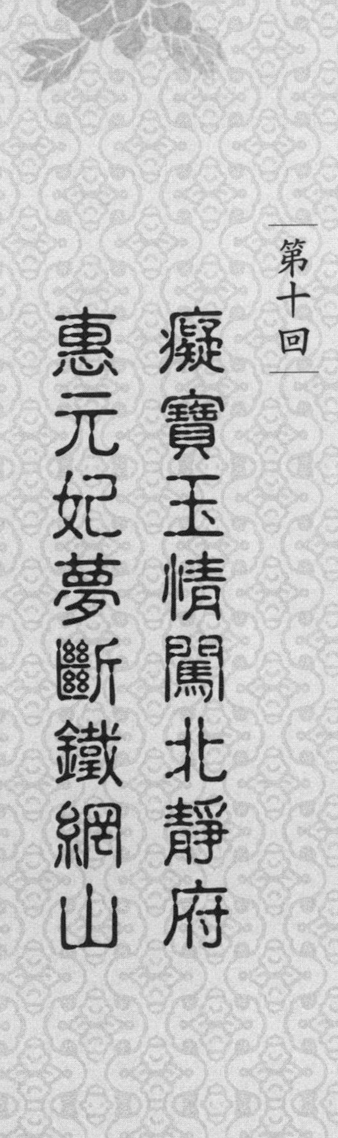

第十回

癡寶玉情闖北靜府
惠元妃夢斷鐵網山

且說襲人見寶玉一早忙忙的出去，半晌回來，卻是眼癡神散，滿臉哀傷不豫之色，大吃一驚，忙問緣故。跟的人少不得告訴了他，王夫人如何翻查皇曆說要替二爺和寶姑娘成親，賈母如何說林姑娘已經許了北靜王，太太又如何吩咐明日合院遷出，只許貼身丫環跟出，其餘的遣散別院使喚。

襲人聽了，暗叫一聲「苦也」，明知這幾件都是寶玉生平所恨之事，更何況還要發嫁黛玉，無異於剖肝切腹，摘了心尖子，這時候心裏正不知怎麼百般煎熬呢，只得打疊柔腸，軟語安慰：「林姑娘一生聰明，所以才被王爺看中，這原是天大的喜事，別人想也想不來、爭也爭不到的。我知道二爺的心事，爲的是跟林姑娘從小一處長大，一旦分開，自然是不捨得的。只是兄弟姐妹情份再好，也有個男婚女嫁，終不能守在一起過一輩子。況且娘娘已經替二爺指了寶姑娘，這是千真萬確的事，連日子都已擇定，再難更改的，連老太太、太太、老爺這些人也通不能說個不字，難道憑二爺一句不願意，就能攛掇得老爺、太太抗旨不成？

「要我們說，林姑娘雖好，終不如寶姑娘的爲人和氣，處事大方，不論上下尊卑，同誰都是和和氣氣的，卻又不是沒上沒下身分不尊重的，言語行事都拿著分寸，真真是大戶人家的千金小姐，畫裏描下來的美人兒，又和二爺知根知底，素日相處，總是廝抬廝敬，從沒紅過臉兒，將來過門來做了奶奶，自然更加和睦了。那像林姑娘，三日好兩日吵的，咱們跟著白耽了多少小心？況且寶姑娘又是太太的親外甥女兒，太太素來倚重他，有他主家持事，省了太太多少煩心，便是我們底下的人，從此有了倚靠管束，也都是願意的。這是雙喜臨門的好事，二爺如何倒不高興？」

寶玉道：「什麼好事？能容我和妹妹一道去死，好過如今這樣多少呢。」說著捶床大哭。襲人明知寶玉心性，強勸無用，因另使一計，委委屈屈抽抽咽咽的哭訴道：「方才二奶奶打發人來傳太太的話，說教明天就搬出去，又說不必都跟著，只留下那伶俐可靠的幾個隨身伏侍，其餘的或散或放或賣，都要打發出去呢。為我病了這些天，太太正嫌棄，打緊的心裏不自在，這回說搬，只怕不要我再跟著你，要攆我出去。我既得了這治不好的病，想來也活不幾天，便攆出去也無怨，就只怕我走了，沒有人侍候的你周全。好在你已訂了親，二奶奶眼看就要過門的，我便走也沒什麼放不下的，就只有一句話囑咐你：成了親，就是大人了，再不能像從前那般胡鬧。只要你記著我的這句話，就不枉我盡心伏侍一場了。」說著，不由的傷心起來，捂著臉哭的花枝亂顫。

寶玉見那花襲人一張素臉，半舊衣裳，烏雲亂挽，鴉釵斜垂，哭的帶雨梨花一般，不禁觸動往日之情，頓生憐惜，然想到黛玉受聘，伊人將歸韓吒利，心下頓轉淒傷，那裏還有餘情管到這些，只得勉強說道：「太太天天催著往出搬，這院兒裏眼看就要空了，那些海棠、芭蕉沒人疼惜看顧，想來不久也都要枯萎，便是明月、清風，來在這空蕩蕩沒情趣的院子裏，也是不願意停留的。不僅是你，想來過不得幾天，所有的人都要散去，便連我也不知身在那裏，又如何顧的到你們？」

襲人聽他這樣說話，大不似平常溫存親密，心裏一驚，連哭也忘了，反怔忡起來。他原知寶玉之性不可強勸，癡情之人惟須以柔情動之，所以故意說自己要走，將些傷心話兒來打動他，實指望他反過來安慰自己，或許就好了。倒不料反招出這番「都要散去」的理論，言語間竟毫無留戀之意，依此看來，那往日相待的情份豈不全是虛影兒？心下頓時灰了半截，反而不得主意。

卻說賈母打發寶玉去了，一時神倦思睡，午飯也未大吃，只就著鹽醋拌的野苣蕒菜，喝了半碗薄荷粳米粥便躺下歇了。一覺醒來，只覺胸悶胃脹，遂傳了大夫來診脈，一邊又打發人去看寶玉怎樣了。卻見襲人滿面病容，慌慌張張的跑來報說寶玉方才出門去北府了。

賈母吃了一驚，罵道：「這樣大事，如何不攔著？」襲人跪著哭道：「何嘗不攔著，無奈二爺瘋了一樣，拳打腳踢，只是要走，力氣竟大的怕人，因此攔不住。」賈母歎道：「這真是自作孽，不可活了。」

一時賈政、王夫人忙忙的走來，也都心驚肉跳，王夫人先就「哎喲」一聲哭道：「這孽障不知天高地厚，三番兩次，一時摔玉，一時妝瘋，我懸了多少年的心，如今索性鬧上王府裏去了。說出去，總是我教子不嚴，縱的他無法無天，竟把禮義廉恥、尊卑上下也都忘了，闖出這般醜禍來。」賈母聽了，愈覺煩惱，又聽賈政頓足罵「不知死活的孽障，悔當初不曾拿繩子勒死，偏生你們又攔著，到底做出禍事來了」等語，便指著斥道：「我知道你們多嫌著我平時嬌慣寶玉，縱的他無法無天，只恨不的我一時半刻便離了你的眼才好。只是寶玉這會子在龍潭虎穴裏，不打緊的想法子去救，只管說這些沒要緊的狠話，難道必定要看著他死了，你才稱心？」賈政、王夫人方不言語了。

鳳姐一邊安慰，一邊忙打發小子去探問，過一會回來說，在北府裏吃酒坐席呢，王爺款待的好不親熱。賈母等這才略略放心。又伸著脖子一直等到日暮時分，仍不見回來，便又打發賈璉帶了人去接。

直等到入夜時分，方見賈璉仍是獨自回來，說王爺因近日外邦諸王及藩郡世子多在府裏盤桓，見到賈府公子好個人材，都覺仰慕，力勸王爺留下寶玉多住幾日，彼此談講學問，演習弓箭云云，反要家裏收拾些替換衣裳送過去。賈母流淚道：「不知寶玉前去說了些什麼驚天動地的傻話，教他們使出這招玉石俱焚的計策來，料想我們若不送那個玉兒去，這個玉兒只怕換不回來了。」遂放聲大哭起來。賈政、王夫人、鳳姐等也都驚慌，又連夜打點寶玉所用之物托人送去。

一夜無眠。次日一早賈母又叫了王夫人、鳳姐來房中商議，又叫請賈政、賈璉來，又命鳳姐：「都這時候了，也別只管避諱，且顧不上那些。」鳳姐只得答應了，羞羞答答行了個禮站在賈母身後。反是賈政因熙鳳是王夫人內侄女兒，又是自己侄兒媳婦，故一直側身而立，向母親稟道：「我昨日聽雨村說，北靜王爺對外甥女兒竟是志在必得，幾次托憑紫英打聽出身來歷，又專程備車接了雨村去，許他做成這宗親事，必定厚謝。雨村前些時因官運不濟，被參了一本，正四處謀求門路，如今既得了這個契機，如何不盡力？他爲著從前與我有些交情，因此一句也不瞞我，將前因後果表明，論起來，還是寶玉造的孽，他與園中姐妹結社，竟將閨閣文字寫在扇面上四處招搖，所以流傳了出去，叫北王知道，遂有此心。我從前就說他是個惹事的禍胎，果然不錯，如今到底捅下天來了。」賈母不樂道：「這裏緊著在商議搭救他性命，你且只顧說這些堵人心的話。要管兒子，等他回來，有多少管不的？這會子只在我耳根前兒數落他，難道由得他陷在北府裏，一輩子不回來的倒好？」說著又哭起來，王夫人便也哭了。

賈政見母親動怒，不敢再說；王夫人只顧低頭痛哭，一言半語也無；賈璉見長輩在前，亦不敢說話；鳳姐料著自己不出面，勢必無人開口，只得走至賈母身前勸道：「我知道老祖宗捨不的林妹妹，只是第一件，外孫女兒雖親，親不過親孫子；何況那北靜王爺一人之下，萬人之上，並不辱沒妹妹門楣人品，他既然千方百計問明了妹妹的出身來歷，又特地請來妹妹的受業恩師作媒，自不肯視作尋常妾侍，又知道是五世列侯，書香門第，巡鹽御史的千金，怕不當菩薩供奉？林妹妹那般人品，那般才學，進了王府裏，少不了珠冠鳳襖，穿金戴銀，只怕比在老祖宗跟前還風光榮耀呢；三則娘娘本來就有意賜婚，雖沒下旨，已有口諭，十成已有了九成了，老太太便是等到娘娘回京，這件事也是難辦。倒不如速速遣人將林妹妹的八字送去那府裏，應了這門親事，再同王爺說，雖然寶玉能在府裏受教是難得之幸，無奈娘娘有旨，府裏正趕著替寶兄弟辦喜事，料想他們便不好再扣著寶兄弟不放的。豈不兩全？」

賈母到了這個地步，料無別法，只得應了。事已至此，再難隱瞞，遂由王夫人、鳳姐左右陪著，親自來瀟湘館裏說與黛玉知道。入得園來，只見落英繽紛，綠葉成蔭，幾隻雀兒在石子路上蹦跳著奪食，卻不見有什麼人往來，想到從前諸孫女兒圍繞膝前、花團錦簇之樂，如今迎春已死，湘雲將嫁，黛玉再出了門，這園裏益發無人了。不禁悲感交集，一行走，一行便垂下淚來。好在瀟湘館不遠，早有小丫頭趕去告訴，幾個丫頭、婆子正在竹下乘涼，聞言忙迎出來請安。

紫鵑剛伏侍著黛玉吃了藥，雪雁自在一旁做針線，忽聽小丫頭飛報說老太太來了，都趕緊迎上前打起簾子。黛玉也忙起來了，嬌嬌怯怯的請了安，親自扶著老太太在窗前雞翅木椅上坐下，又命紫鵑、雪雁搬椅子給王夫人、鳳姐。鳳姐不肯坐，且拿起雪雁的活計來打量。雪雁斟出茶來，黛玉將頭一盞親自奉與賈母，第二盞便與王夫人，紫鵑又捧一杯與鳳姐。賈母接過茶來聞了一聞，道：「這是雀舌，怎麼不沏前兒送來的明前龍井？」雪雁道：「因薛姨太太說好喝，姑娘便都送與姨太太了。」

賈母點點頭，又向鳳姐手裏張了一眼，問雪雁道：「上次那畫屏繡的怎樣了？且忙著做這些？」雪雁笑道：「自從老太太吩咐了，一日不敢停工。只是繡幅太大，須用大綳，所以紫鵑姐姐特地收拾了那邊的屋子，單讓我做繡活。手裏這個，是爲著琴姑娘的好事近了，所以先趕出來做賀禮的。」

鳳姐見賈母一味閒話，知其難以開口，王夫人自然更不肯說話，只得先笑道：「不但琴妹妹好事近了，林妹妹的好事卻也在眼前了呢。林妹妹大喜，我今兒正是給妹妹道喜來了。」林黛玉早見賈母面色不善，王夫人態度古怪，今又聽鳳姐出言蹊蹺，便知有緣故，一時間心裏早轉了十幾個念頭，笑道：「我有何喜？自然是老太太有喜事，咱們跟著同喜。」

賈母招手兒叫黛玉坐在膝下，摩挲著臉兒歎道：「好孩子，天可憐見，把你生的這般聰明可人意，所以才應了那句老話兒：一家有女百家求。如今連北靜王府也遣了從前教過你的賈雨村來求聘，要納你爲妃。過去那邊，吃穿用度都與正妃一般，一樣冊寶封誥，且另建別院居住。咱們家原有個皇妃，如今又出了個王妃，你爹娘的英靈兒在天上看見，想必也是願意的。」

黛玉只聽的一句「北靜王府求聘」，已經血往上湧，身子發沉，兩行淚直流下來，餘下的話便再沒聽見，愣愣的望著賈母，卻連一句話也無。紫鵑、雪雁也都驚的呆了，忙撫胸揉背，連聲呼喚，半晌黛玉方回過氣來，咬著牙，只問的一句：「老太太答應了麼？」

賈母見他這樣，不禁哭了，道：「我何嘗願意答應？只是昨兒寶玉一聽了這話，就發了呆病，大喊大鬧的要往王府理論，想是觸怒了王爺，如今尙被扣在那裏，也不知是死是活。好孩子，我也知道你心裏不願意，只是那北靜王的祖上原爲四王之首，他又少年得志，權傾朝野，勢頭之大，地位之尊，正是如日中天，說句話，只比聖旨略差一點兒，我們這等小戶人家，平頭百姓，又怎麼敢拿雞蛋碰石頭呢？若不答應了你這頭親事，只怕寶玉再難回來。我知道你們兄妹自小和氣，倘若他這會子有個好歹，你心裏也是不願意的，所以竟替你答應下來，你要怨，就怨我這個不中用的老背晦吧。」

黛玉聽此，反而收了淚，跪下說道：「老太太說那裏話？黛玉自幼得外祖母撫養成人，若沒有外祖母疼愛，何能活至今日。況且婚姻大事，原該由長輩做主。老太太最肯替我打算的，焉能有錯？」

賈母聽他這般說話，益發愧慚難當，抱著黛玉兒一聲肉一聲哭個不了，只說：「好孩子，你千萬體諒我的心，須知我不是存心如此，但有一點法兒可想，也斷不會容你出去。我何嘗不想你一輩子在我面前孝順，我活著一日，且留你們做一日的伴兒，等到死的那一天，若得你兩個在我面前磕頭送終，也可咽的下這口氣。」鳳姐聽這話說的哀切，忙勸道：「老祖宗說那裏話，如今寶兄弟與林妹妹各結良緣，一個是娘娘賜婚，一個是王爺求聘，正是雙喜臨門的好事，想來不上兩年，就都要開花結果，老祖宗兒孫滿堂，重孫子、重外孫子都來膝下承歡，正是享不盡的榮華富貴，如何便說到百年以後的事上頭去？」

黛玉聽了這句，才知道除了北靜王府提親之事外，尚有賜婚之說，原來寶玉亦有婚約，自然便是「金玉」無疑了。這原是他心頭第一件大事，一旦證實，倒忽然平靜下來。明知無可奈何，反而風清雲淡，遂起身斂衣，向賈母恭恭敬敬行了一禮道：「顰兒終身既定，外祖母也可從此了卻一件心事，日後兩府裏安榮尊富，福澤綿延，老太太福健安康，諸事遂心，便是孽兒的孝心所望了。」賈母見他如此識大體，倒覺喜歡，親手扶起道：「能看著你喜喜歡歡的出嫁，我也就不枉活了這幾十年。」鬧這半晌，也覺疲憊，便起身去了。

王夫人隨後跟著，笑道：「我就說林姑娘不至於跟寶玉一般胡鬧，他兩個不過打小一處長大，比別人略親厚些是有的。真論到婚姻大事上頭，自然是媒妁之言，父母之命。況且誰做了王妃會不喜歡呢？就是寶玉，能娶寶姑娘這樣溫良賢慧的大家閨秀，自然也是喜歡的。」賈母並不肯說什麼，只叫鳳姐趕緊著人將黛玉生辰寫個泥金庚帖兒，用錦袋封了，送與北府合字，再打發轎子接寶玉回來，不提。

且說林黛玉一生心事，思茲念茲，疑茲信茲，無非「寶玉」二字。如今忽聽的晴天霹靂，大勢已去，萬千念頭俱化飛灰，只覺萬事無可留戀，眼怔怔的送賈母去了，因回身向紫鵑笑道：「這可好了，再不用懸心了。」說罷向帳內躺下，將手絹蒙著臉，一語不發。眾婆子、丫頭都上前道喜，黛玉一動不動，也不理會。

紫鵑和雪雁兩個面面相覷，心內俱各驚疑不定，又不敢勸，且遣去眾人，坐在一旁發呆。半晌，看黛玉不見動靜，並不知他心內做何打算。紫鵑剛才聽了賈母與王夫人三言兩語，說黛玉婚事，又夾著寶玉的姻緣，且說什麼「寶玉回不來了」，聽的雲山霧罩，十分不明，便想著去怡紅院找襲人等打聽。遂向雪雁耳語了幾句，要他好生看著姑娘，自己抽身往怡紅院來。

雪雁拿起繃子繡幾針，又回頭看看黛玉，見一點聲息也無，只當睡了，卻見那用來蒙面的絹子泅濕，並那枕巾也濕了好大一截，才知姑娘又在流淚。他小孩兒家心實，見黛玉哭的這樣，便也哭了，走來推著黛玉道：「姑娘，你有什麼話，只管說出來，便要哭，也敞敞快快的哭，千萬別慪在心裏，再慪出病來，弄壞了身子，可怎麼好呢？」黛玉這方拉開絹子，幽幽歎了一口氣道：「這個身子，還要他做什麼？」一語未了，嗆咳起來，欠起半身欲吐。雪雁忙過來扶住，黛玉便一口一口，將早晨吃的藥盡皆吐出，還只管乾嘔不止。雪雁人小力薄，只覺抱持不住，一手攬住黛玉瘦肩，一手替他撩起散髮，滿口裏亂嚷「紫鵑姐姐快來」。

春纖與王嬤嬤在外面聽見，忙都進來了，見黛玉這樣，都吃驚叫道：「這是怎的了？剛才還好好的，轉眼不見，病成這樣？」雪雁哭著，那裏回答的出。那黛玉力竭聲嘶，嘔心瀝膽，直吐了有一盞茶工夫，方漸漸止住，已經氣微力盡，緊閉了眼，任雪雁哭泣呼叫，揩面抹臉，便連睜一下眼回應一聲的力氣也無。王嬤嬤看看不好，忙叫人去回鳳姐。

恰便有太醫來替賈母複診，剛把完脈出來與賈璉說話，賈璉順勢便請他往瀟湘館來。一時診過，因道「氣鬱傷肝，肝氣橫逆，勢必克脾犯胃，致氣血受阻，胃失和降而嘔吐。又因稟賦不足，後天失調，或饑飽失常，勞倦過度，以及久病正虛不復等，均爲引至脾胃虛弱之根源。如今胃痛只是表徵，理肝順脾才是根本」，遂開了藥方，又問日常飲食，紫鵑隔簾子答應了，便又囑道：「吃的倒也罷了，茶須少飲，蜂蜜倒是相宜的，隔水蒸熟了，每於食前空腹服下。不到一月，必定見效。」紫鵑用心記了。賈璉便送大夫出去。

一時配好了藥送來，紫鵑一邊流淚，一邊親自看著火煎好了，端來送與黛玉。黛玉看也不看，隨手打翻，仍將絹子蒙著臉，不語不動。紫鵑知勸慰無用，遂支出眾人去，索性清心直腸，從實說道：「剛才我去怡紅院裏打聽二爺回來不曾，襲人、麝月幾個且抱著頭哭呢。原來老太太也是不願意讓姑娘出閣的，無奈那府裏三番四次的來催，偏偏寶玉前兒又錯手砸了王爺送的那只碧玉缸，弄的盡人皆知，老爺更不好拿話去回王爺，所以只得允了；寶玉聽見老太太將姑娘許人，當即大哭大鬧，連頭也撞破了，又跑去那府裏找王爺理論，可見待姑娘心實，姑娘倒不可錯疑了他，只當他存心要娶寶姑娘，其實那裏能聽憑咱們呢？」說著也哭起來。

黛玉起初聽到賈母說將他許給北府，頓時急怒攻心，並未思慮的清楚，一心打定主意，只要求死；如今聽了紫鵑一番話，才有些明白過來，且將自憐自艾之心盡皆收起，反一心一計爲寶玉操慮起來，揭去絹子問道：「如今他回來了沒有？」

紫鵑道：「王府扣著寶玉，是爲姑娘不肯答應婚事，所以如此；如今老太太既然趕著叫人送了姑娘的庚帖去了，可知不出兩天，必回來的。」黛玉想到自己從此竟許與北靜王爲妃，與寶玉今生心事永難團圓，不禁長歎一聲，兩淚橫流，只道：「罷了，罷了，等他回來再見上一面，死也罷了。」

紫鵑聽著，心裏只如油煎刀絞一般，哭道：「姑娘說什麼生死？俗話說的：留得青山在，不怕沒柴燒。如今咱們先換了寶玉回來，再想法兒慢慢拖著，實在拖不過，還有一個三十六計走爲上。到時候姑娘只說讓二爺陪著回南祭祖，人不知鬼不覺，一走了之，不信北靜王府還能滿天下懸紅緝捕去。」黛玉聽了這話，素面泛紅，斥道：「休胡說，這也是女孩兒家混說得的？被人聽見，要命不要？」

誰知趙姨娘打聽的北靜王府求聘黛玉之事，便又生起一樣心思來，想著從前寶玉隔三岔五往王府裏走動，從不肯帶攜兄弟，果然將來黛玉嫁過去，兩府做了親，賈環再去拜訪便是天經地義之事，那時結交王侯，出將入相，便都如囊中取物一般。不如趁黛玉未嫁，早早巴結著些，以備將來探訪之由。想的停當，便擬好了一番說話往瀟湘館裏來。恰值雪雁等因紫鵑支他們出來，便自往後邊刺繡，春纖兒往鳳姐處去取蜂蜜未回，王嬤嬤勞動了一早上，這時睡了，院裏一時無人，便被他走至窗下，聽了個耳滿心滿，正欲再往下聽時，偏他的丫頭小鵲蹬在石頭上差點滑倒，咕咚一聲，將趙姨娘晃了個趔趄。趙姨娘唬了一跳，罵道：「下作蹄子，站著也會打瞌睡，險不曾把我摔著。」

紫鵑驚動了出來，訝道：「姨奶奶什麼時候兒來的？」趙姨娘沒好意思的，訕笑道：「剛進門，正要給姑娘賀喜。」說著自己撩起簾子進來，看到藥碗打翻在地，便大驚小怪的叫道：「這是怎麼的了？紫鵑，還不快拿笤帚來掃了，滿屋子藥味兒，薰壞了姑娘可不好。姑娘眼瞅著要做王妃的，千金貴體，非比從前，你們拿東拿西的從此可要小心了，再不能這樣笨手笨腳的，將來過了門，教人笑話咱們府裏沒規矩。」

黛玉聽到「王妃」二字，只覺刺耳剜心，不禁又是一陣嗆咳喘嗽，紫鵑忙上前拍著，又揚聲叫人。雪雁等忙從後邊來了，看見趙姨娘，俱是一愣，又見黛玉眼中淚光點點，臉上血色全無，便猜到不知趙姨娘說了什麼不入耳的話，心裏有氣，卻又不便得罪，都乾笑道：「原來姨奶奶來了。姨奶奶且坐坐，待我們掃了屋子再倒茶。」拿笤帚的拿笤帚，拾簸箕的拾簸箕，並無人招呼趙姨娘。紫鵑又故意罵道：「沒眼色的小蹄子，剛才都不知躲到那裏乘涼去了，這會子姑娘身子不爽，倒又全擠到屋裏來，密不透風的做什麼？還不把窗子打開，放些空氣進來？」趙姨娘聽了，將臉兒促著，幾不曾擰下水來，唧唧歪歪的道：「既然姑娘鳳體欠安，不好叫姑娘招呼我的，倒勞神，等姑娘好了，改日再來請安吧。」說著，只是不動身。

偏偏春纖兒適從鳳姐處取了蜜來，拿給黛玉瞧道：「這是二奶奶特地翻出來給姑娘的，說是不同於尋常蜂蜜，乃是蜜蜂兒們采來，專門供給蜂王蜂后吃的極品。這一小瓶，抵的過尋常蜂蜜十瓶的功效還好呢。」紫鵑接過，見是小小一隻羊脂白玉瓶，肚子圓兩頭細，刻絲勒花，十分精巧細緻，瓶上且貼著印花金箋，寫著「楓露菁秋」四個字，拔開塞子，只聞的一股幽香撲鼻，說是花香，又有草木清爽之氣，果然與尋常蜂蜜不同。忙取碗來倒了半碗，叫小丫頭按大夫所說之法隔水蒸來。趙姨娘待走不走的，便又湊上前來，涎著臉道：「前些日子環兒有些不好，大夫也說要他尋些蜜吃，說給二奶奶，回了三四次，才給了些陳年槐花老蜜來，顏色不紅不黃，氣味不腥不甜，那裏吃的？姑娘一時也吃不完這些，便吃完了，橫豎再有的，不如分與我些，帶與環兒吃。」

雪雁聽了，只覺匪夷所思，直拿眼睛瞪他。黛玉卻因聽見春纖說那蜜原是供給蜂王蜂后所食，不禁觸及「封王封后」之事，頓生厭惡，況且更無治病之心，那裏在意一瓶子蜜。見趙姨娘討要，索性道：「我原也吃不慣蜂蜜，姨娘要，就連瓶拿了去吧。」趙姨娘大喜過望，生怕紫鵑、雪雁小氣不與，忙親手從紫鵑手裏奪下來，翻覆看著說：「好精緻瓶兒，真是人要衣裝，馬要鞍裝，一瓶子蜜，單看盛的器物也知道身分不同。」這方心滿意足，笑嘻嘻扶著小鵲兒走了。

這裏紫鵑仍扶黛玉躺下，因出來擰手巾，雪雁悄悄兒的問道：「姓趙的不早不晚的，又來做什麼？眼賊手貪，次次來，總要順點兒什麼。」紫鵑道：「誰說不是，平白無故的走來，說了一車子不三不四沒名堂的話，姑娘還沒做王妃呢，他倒興頭的先成了太上皇了。」

不說他二人議論，且說襲人自寶玉出去，也是兩日夜水米未沾牙，一時想著不知寶玉在那府裏住的可好，一時又想起他走時那般死掙活脫，只管把自己踢打撕擄，一點情意也無，一時想著能娶寶姑娘做二奶奶固然大好，只是林姑娘自小與他情投意合，硬生生分開，這個呆爺若是十分不肯，只管這樣鬧下去，再犯起呆病來可如何是好？因此思來想去，輾轉難眠。每聽的簷上鐵馬叮咚，便當是寶玉回來了拍門，又或風鼓的芭蕉葉子亂響，也只疑作腳步聲，每每爬起來側耳細聽，卻又不是。如是者幾次，不能安臥。剛欲朦朧睡去，又忽聽窗欞上剝啄一聲，有個人兒悄聲笑道：「襲人姐姐，出來看，二爺回來了。」

襲人恍恍惚惚，翻身坐起，隨便披了件衣裳便往戶外來。開了門，一陣涼風兜頭襲來，穿牆而去，只見一彎明月，滿圃落花，卻是靜悄悄人影兒也不見一個，卻有些微微的落雨。襲人吃了一驚，這才真正醒過來，只覺背上一股涼氣，不禁心中驚悚，暗道：都說晴雯雖死，魂靈只守著怡紅院不去，他從前在的時候，常說死也不出這個門兒，難道竟是真的？況且好好的月亮，偏又晴天漏雨，只怕有些緣故。難道爲太太下令明日搬出園子，晴雯不願意寶玉出去，所以又來顯魂？如果一味倔強，只怕不祥。這樣一想，便將些外邪鬼祟招入膏肓中來，病勢愈重，而不自知。

到了後半夜，雨勢愈急，便如撒沙篩豆一般，那襲人輾轉反側，通是一夜不曾睡穩。次日一早，王夫人打發人進來傳話，吩咐園中諸人迴避，就有婆子帶人進來搬動的。襲人強撐著爬起，顧不得驟雨初收，花陰浸潤，自出園子來，風鬟霧鬢的跪在王夫人跟前稟道：「太太要二爺搬出來，是爲二爺好，然而二爺如今尚在那府裏未歸，雖然聽說老太太已經打發人接去了，料想就回的。但這兩日來在那邊吃住，想必不盡如心意，好容易回到家來，又見人去樓空，能不驚心傷神，二爺又是個最重情義的，少不得胡思亂想，堵氣事小，傷身事大。太太請細想，從前原是我勸著太太要把二爺搬出來的，豈有反願意他留在園中不去之理？只是近日家中事情接二連三，一波未平，一波又起，前日二爺為了二姑娘的事傷心難過才好些，又為了林姑娘的事尋死覓活，如今再挪個生地方兒，一時住不慣，反和太太慪氣，傷了母子情份倒不好。因此我想了兩日才敢拚著一死來與太太商議，求太太略緩些時日再提搬遷之事，太太若嫌我多嘴，便把我打死也無怨的。」

王夫人聽了，如夢初醒，親手扶起襲人道：「好孩子，你果然替他想的周到。若不虧你提醒，我顯些誤了大事。既這樣，就叫那些人回來，過兩天再搬罷。如今倒是備些定神丹，安心丸，好歹叫他先壓壓驚才好。」看著襲人去了，又點頭歎了兩聲，方梳洗了往賈母處來。

賈母一早已打發了人去北靜王府裏聽候動靜，賈璉不放心，隨後又帶了小廝親自騎馬去接。王夫人、李紈等都聚在前堂裏等候，賈政亦不出門，只候在書房裏聽消息。鳳姐不得閒，理一回家事，又過賈母這邊來張一眼，說兩句寬心話兒，復往園裏走一遭，看著發放了月錢，抽身出來，一徑走過穿堂，親往垂花門臺階上站定。二門上小廝們見了，都唬的垂手拱肩而立，不敢抬頭。

鳳姐略站了一站，並不說話，回身往角門抱廈裏來。眾婆子擁著，忙叫起司茶爐的，周瑞家的得了信兒，一陣風兒走來，迎著鳳姐沒口子說道：「奶奶今兒怎麼親自出來？也不叫個奴才通傳一聲，好叫咱們準備。看這一屋子的土，小心沾髒了奶奶的衣裳。」婆子笑道：「周嫂子說那裏話？這抱廈天天有專人打掃的，預備著主子坐息，從不放閒人進來。」周瑞家的只做沒聽見，親自用袖子把椅面擦了又擦，方扶著鳳姐坐下，又咋咋唬唬的道：「這茶那裏喝得？還不叫裏邊柳家的洗了壺來，重新燉過。」又親往裏邊去傳茶。鳳姐也不與人閒話，且向鬢邊拔下一支銀鎏金西番蓮鏤花嵌翠耳挖簪來掏耳朵，默默的出神。

一時，賈璉的小廝興兒先回來了，鳳姐忙傳進來，問他：「二爺怎樣？」興兒一愣，向上看著鳳姐只眨眼兒不言語。鳳姐燥起來：「問你話呢，聾了還是啞了？」興兒唬的忙磕了個頭，才敢說：「不知奶奶問的是那位二爺？」倒逗的鳳姐笑起來，方想起原是自己說的不明白，遂問：「寶二爺如今怎樣？」興兒回道：「已經接著了，就到家的。」鳳姐放下心來，復問：「璉二爺呢？」興兒道：「陪著寶二爺一道回來了。」鳳姐罵道：「既是兩位爺都回來了，有什麼不明白答不得的？就說二爺回來了，不就得了？夯口笨舌的蠢東西。」既得了準信兒，便不耽擱，趕緊往賈母處來報訊，使賈母放心。

又過了一盞茶工夫，賈璉方陪著寶玉回來了。寶玉便急著要回園裏去。門上早有七八個小廝迎上來，搶著報：「老太太、老爺、太太都在堂上等著呢，說二爺回來，立刻去見。」賈璉忙將寶玉一把抱住，勸道：「好兄弟，憑你有一千張嘴一萬件要緊的事，也先隨我見了老太太、太太再說。」拉著往賈母處來。

賈母、王夫人早已迎出門來，看見寶玉，一把摟在懷裏，兒一聲肉一聲的哭起來，數落道：「你個不爭氣的孽障，如何竟做出這不要命的事來？倘若你有個好歹，叫我和你娘活是不活？」王夫人哭的幾乎背過氣去，李紈緊緊攙扶著，也自垂淚。

一時賈政得了信走來，李紈忙迴避了去，寶玉忙過來跪著磕頭，給父親賠罪，道辛苦。賈政老淚縱橫，罵道：「逆子，那北靜王府是何等去處，龍潭虎穴一般，焉能容你這大逆不道的孽畜撒野？倘若惹怒王爺，這一家子都要被你毀了。到時，看你有幾條命來抵罪？」寶玉跪著回道：「並不敢撒野胡鬧，不過是登門拜訪，負荊請罪，王爺只說不知者不罪，並不曾發怒，反設席相邀，留我在府上住了幾日，每日聽戲觀花，十分禮遇。臨行還贈了這把扇子。」說罷向袖中取出，雙手奉與父親。

賈政接過來，見是一柄四十四骨櫻桃紅木、青綠兩面夾紗的高麗貢扇，正面是一幅山水真跡，背面題著水溶親筆抄錄的石榴皮題壁句：「白酒釀來因好客，黃金散盡為收書。」看罷，不禁歎了兩聲，連說：「孽障，孽障。」垂下淚來。賈母向賈政斥道：「他在那府裏拘了這幾日，好不容易得了命逃生回來，一口茶還沒喝，你就又來震唬了。他剛回來，魂兒還沒定，再被你唬病了，我是不依的。」賈政只得權且告退，自回書房中長吁短歎。賈母便又問些在北靜王府裏起居飲食諸節，聽說不曾為難，放下心來，歎道：「且往後走著瞧吧。」

接著邢夫人、薛姨媽並寧府裏也各打發人來問候。王夫人還欲說話，寶玉推說騎馬累了，只要回房去歇。賈母便道：「他從生下來也沒經過多少事情，這幾日夠他受的，叫他且回自己屋裏睡一覺兒，回過魂兒來再說吧。」王夫人見他神思恍惚，形容憔悴，雖有滿腹的話要說，也只得權且擱下，放他去了。

麝月、秋紋早在園門口接著，見寶玉走來，便如見了活菩薩一般，迎上來道：「你可回來了。滿院子人幾日裏通沒睡過一個囫圇覺，襲人只差沒有急死在這裏。」

寶玉隨手脫了大衣裳交在他們手中，三步並作兩步走在前頭。麝月見不是往怡紅院去的路，不禁愣了一愣，忙婉轉勸道：「二爺好不容易回來，總得先回房裏換件衣裳，喝杯茶，喘勻了氣兒再去看林姑娘。那有出門兩三天，不回家先串門子的理？況且襲人姐姐病的正重，只爲二爺擔心，兩三天裏飯也不曾吃過一口，才是我強按著方答應不出來迎候，這會兒正伸著脖子苦等呢，二爺好忍心教咱們空等？」寶玉道：「既這樣，你就先回去說一聲兒，說我一切都好，到瀟湘館裏略坐坐就來的。」說著話，腳下更不停留，早一溜煙腳不沾地的去了。

麝月同秋紋抱著衣裳，眼睜睜望著背影兒歎了兩聲，無奈何，只得回房來說與襲人。襲人愣了半晌，歎道：「我倒只擔心他累了餓了，只怕他心裏再不會爲自己算計，就只有他林妹妹。」原還躺在床上只望寶玉回來安慰兩句的，此時便也無心再睡，掙扎著起來，重新洗臉勻面，不肯教病容落在他眼裏。

這裏寶玉一徑來至瀟湘館。紫鵑一天幾次的往怡紅院裏打聽著，也已知道寶玉回來了，早已報與黛玉，打量著過午必來的，誰料他這會兒便來了，看身上的衣裳未換，便知是剛進園子，遂問：「從那裏來？」

寶玉道：「從老太太處來。」說著，便隨身坐在黛玉榻前，問他，「身上覺的怎麼樣？大夫來過沒有？可吃過藥不曾？晚上睡的好不好？」

黛玉眼中早滾下淚來，哽咽道：「你別只顧著問我，這兩日，在那府裏住的怎樣？你怎麼這樣大膽，竟然……」說著又咳起來。寶玉忙道：「妹妹放寬心，如今可大好了。我已向北靜王爺明明白白說了心裏的話，王爺已親口允了我，說原不知我有這個心，所以才求人下聘，如今既知道了，君子不奪人所愛，再不會教人來提親了。臨我去時，還贈了我許多禮物，且許我將來成親之日，還要親來向妹妹道賀呢。」

黛玉聽了，滿面通紅，急道：「你說你自家的事，別扯上我。」寶玉歎道：「妹妹惱我，我也要說的。平素都是因為寶玉一味小心，不敢明白說出心裏的話，才惹的妹妹疑心，眾人又金一句玉一句的混說混比，拉扯旁人，倒惹妹妹煩惱。這回我索性打破了這個悶葫蘆，把我的心思在老太太、太太跟前剖白個通透，便是死了，也不屈。」黛玉先還愣愣的聽著，及到最後一句，正碰在心坎兒上，不禁哭的哽咽難言，便要責他大膽妄言，也是無力。紫鵑也覺傷感，連勸也忘了，只在一旁拿著絹子垂淚。

寶玉不禁也哭了，益發說道：「好妹妹，我的腸子都碎了，你還只管哭。我早說過我這個心裏除了妹妹再無第二個人，妹妹只不信，到底弄出這些陰差陽錯來。前兒我已與老太太、太太說明，若要我捨妹妹而就別人，除非是死了，拿屍首去成婚；這回索性都鬧的明白，看誰還敢來囉嗦妹妹。」

黛玉自聽了賈母說將自己聘與北靜王爲妃的話，心裏萬念俱灰，已死了大半，只想著再見寶玉一面，其餘更無所求。如今聽寶玉說尚有轉寰之機，遂重新喚起求生之意，心思清爽，便又想起一事，哭道：「你又何苦來說這些沒意思的話？又替我打算什麼？不如讓我乾乾淨淨一口氣上不來死了，好讓你清清爽爽做成好姻緣去。」寶玉道：「你到今兒還不信我，還來慪我，除了妹妹，我又有什麼好姻緣？」黛玉道：「娘娘已經賜婚，合府裏都知道了，什麼『金玉良姻，天作之合』，你還只瞞著我。」

寶玉這幾日只爲北靜王求聘黛玉的事焦心，竟沒想到自己身上，及聽黛玉提醒，方想起還有這一宗公案，愣了半晌，方道：「我只不答應，難道他們牛不喝水強按頭麼？便是大姐姐也不能強人所難的。何況賜婚只是傳聞，並未真的有旨意下來。老太太早許了我，等娘娘回京，親自進宮去代你我求情。我連北靜王府都闖了，還怕別的麼？別說是大姐姐，就算皇上賜婚，我也敢鬧上金鑾殿去，看誰還挑著頭兒混說什麼金呀玉呀的不說了。」

黛玉聽了這話，反不好意思起來，啐道：「誰許你到處混說……」說到一半，卻又咽住，滿面脹紅，喘成一氣大嗽起來。寶玉情急，便欲上前攙扶，恰麝月、秋紋已收拾了衣裳來接他回房，寶玉雖不捨，然而見黛玉抖的風中桃花一般，卻還勉力抬頭望他，衝他擺手兒，那眼裏的意思分明只要他去，生怕自己待著不去更惹他著急，且紫鵑也在一旁勸道：「二爺的話，姑娘已盡明白了，如今且回房去歇著吧，來日方長呢。」只得去了。

這裏黛玉思前想後，起初也信了寶玉的話，只道暫且無事，轉念一想，那北靜王何許人也，焉肯出爾反爾，如此輕易放棄？元妃賜婚更是勢成定局，又豈是寶玉三言兩語可以逆轉的？想來二人竟是萬無遂心如願之理。又想寶玉爲了自己的事鬧上北靜王府，何等大膽莽撞？倘若他爲自己有個閃失，自己卻又情何以堪？況且女孩兒家私情原是閨閣中萬死不赦之過，自己雖與寶玉持之以禮，並無失檢點處，然而這回寶玉爲著自己如此妄爲，想必鬧得闔府皆知，更不知爲將來埋下多少禍根後患，口舌是非。思來想去，沒個了局，那眼淚只如斷線珠子一般，成串滴落，不能休止。

話說這些事體，黛玉既能想到，賈母自然更加慮到了，明知北靜王必定另有文章，只恨猜不透，欲找人商議，想著賈赦、邢夫人是事不干己不勞心的，賈政爲人梗直不會轉彎，王夫人又愚鈍沒主意，惟有賈璉、熙鳳夫妻尚可議事，因此命鴛鴦請了他二人來，又想了想，到底不好瞞過王夫人，便命也一同請來，遂將自己一番擔憂說了。

鳳姐先就回道：「老祖宗慮的極是。想那北靜王爺爲這事惦記了不止一二年，又叫少妃來親自探看，又叫馮紫英打聽出身來歷，又跟咱們老爺幾次遞話兒，又打聽了妹妹的生日送來厚禮，又特特的請了林妹妹的啓蒙先生賈雨村說媒，就是尋常王府裏結親也不過如此，那裏是王爺納妃，直與皇上選娘娘差不多。若從前年北靜太妃跟老祖宗商議納妃的話頭兒想起，這主意只怕早就拿定了，若不爲守制，還等不到這時候兒。他既品度了這二三年，好容易等的孝滿才提親，分明一招出手，志在必得，爲肯爲寶兄弟幾句話就打了退堂鼓？不過是想留個好名聲，不肯讓人說他強娶豪奪，所以才說了那些冠冕堂皇的場面話兒先穩住咱們，回頭必定還要想個什麼法兒，逼的咱們府上主動去攀交，倒反趕著他去結親。想來我們若不肯結這頭親，他保不定還有什麼新招兒埋伏在後頭。」

賈母歎道：「我何嘗不是擔憂這個？想來他藉口講談學問練武藝把寶玉扣留在府上，還只是第一計，後頭不定還有些什麼千奇百怪的厲害法寶呢。這次寶玉安然無恙的回來了，不過是個提醒，敲鑼聽音兒，下次未必便能這麼容易。」

賈璉見賈母既已明說了，便也稟道：「我聽裏頭的公公說，皇上不在京的這段日子，四位王爺共同監國，凡有奏章，都是四位王爺合議，忠順王與北靜王多半政見不同，正是水火不兩立；東平郡王和南安郡王又一味和稀泥，兩頭不肯得罪，所以許多大事都耽誤下來，裁議不決。比如海疆之亂，北靜王主戰，忠順王主和，一個說要發兵去打，直叫兵部擬定出征名單，凡是世襲武職的人家都要逢二抽一，充軍作戰；一個說該以和親懷柔，前時叫各府裏適齡女子都畫像造冊，便是爲了備選。」

賈母這些日子一直為了探春、惜春備選的事憂心，卻並不知還有徵丁一事，聞言不禁一愣，問道：「這樣說來，不論主戰主和，咱們竟都是跑不掉的？老爺不是說造冊備選是為了聯絡那些海外王儲麼？怎麼又變成議和了？」

賈璉歎道：「朝廷裏的事，那裏說的準呢。同海國聯姻是北靜王提的，為的是好教那些島國幫咱們發兵；跟藩邦議和卻是忠順王提的，總之都拿著這些造冊備選的女孩兒們做筏。孫子還聽說，東平、南安兩位郡王因年邁多病，如今都不大理事了，所以朝中大臣都推北靜與忠順兩府馬首是瞻，各立山頭，鬥的你死我活。想咱們府上向與忠順府不大投契，再把北靜王得罪了，將來若有一時急難欲投倚處，東、南兩位王爺未必得力。何況不論徵丁出戰還是郡主和藩，咱們兩府裏可都在冊，說不定抽著什麼簽，要生要死，都攥在兩位王爺的手心兒裏呢。因此以孫子淺見，北靜府萬萬不可得罪。」

王夫人也道：「便是沒有北靜王爺提親這件事，娘娘也是有意要賜婚的，那裏由的寶玉呢？倘若北靜王做主把寶玉充軍打仗，他那裏吃的了那種苦？並不是我不疼愛外甥女兒，逼他嫁人，奈何世上並沒有順心如意兩全其美的事，說不的，也只有捨卒保車了。」賈母自然知道王夫人話中所指那個是卒，那個是車，並不入耳，只得道：「娘娘的旨還沒下呢，那裏就說到後邊的事了。早知這樣，當年我就該早有個準主意——如今也說不的這些，只是北靜王爺既然已經說了不議親，一兩日間總不好意思又來為難的吧？」

鳳姐見賈母話裏有話，知道不樂意，忙道：「正是呢。上吊還要喘口氣，不信他一個王爺，說出來的話竟好意思收回去，總得做兩天表面文章，假裝寬慈。就有什麼招數，也會等些日子再施展。咱們如今不如就來個將計就計，騎驢看唱本兒——走著瞧。橫豎拖幾日等娘娘回來，還有的商議。」賈母這方點頭，說道：「也只得這樣。」

一時從賈母處出來，王夫人便埋怨鳳姐：「好容易已經說的老太太心動，答應把你林妹妹許給北府了，你女婿也說了一大篇話，勸老太太結這門親，偏你又來提什麼將計就計的話，只顧哄老太太高興，就不想想，那北靜王府是何等威勢，難道是我們這種人家可以得罪的？」

鳳姐辯道：「我何嘗不是和太太一樣的心思？只是老太太心裏不願意，與其一味逆著說，惹的老太太不高興，倒不如暫且將些寬心話兒穩住，一切只等娘娘回來再拿主意。反正北府裏三五天內總不會再有動靜，咱們樂的消停幾日不好？」王夫人無話可說，又隨便問了幾句家事，便打發他去了。

誰知趙姨娘早在隔壁聽見，情知王夫人不滿意鳳姐，便要趁機煽風點火，遂掀簾子湊近來說：「太太當真不能由著二奶奶的話。寶玉的婚事，可得著緊上心，越早定下來越好，我前兒聽說……」說著，故意左右看。

彩雲知機，故意道：「今天是太太吃齋的日子，我去廚房看看，備了素菜沒有。」說著去了。餘人見彩雲如此，便也不等王夫人說話，都藉故避了出去。王夫人見那趙姨娘蠍蠍螫螫的，本不待聽他弄舌，然而正所謂關心則亂，身不由己的問道：「有什麼話，只管說吧。」趙姨娘便壓低了聲音做張做勢的道：「我前日去林姑娘處瞧他病，正聽見他與丫頭長一句短一句，計議著要同寶玉兩個私奔呢。」王夫人唬了一跳，忙問：「你聽的可真？」

趙姨娘賭咒發誓的道：「決不敢欺瞞太太。難道我不知道這是要命的大事？所以一直壓在心裏不敢說。爲是寶玉的事，才不敢隱瞞，我想太太就這一根獨苗兒，平日裏看的心肝上的尖兒一般，老太太又著實疼愛，若有個閃失，那還了的。想了幾日，還是要冒死稟告太太，好有個防備。他們果真連法子都想在了那裏，說是林姑娘撿個日子跟老太太說要回南邊老家去祭父母，叫寶玉陪著，兩個人卷了細軟搭船走，人不知鬼不覺，把闔府蒙在鼓裏，連日子都定了呢，可惜我一驚，就沒記的清楚。」

王夫人聽了，雖不肯信，然想起寶玉前日在老太太跟前說的那些大膽狂言，口口聲聲只要死要活，竟似有殉情之意，不由心驚意動，便有幾分動搖，口裏且只道：「林姑娘是名門千金，怎麼會連廉恥禮義也不顧？必是你聽錯了。快別混說。」

一時飯至，王夫人便留趙姨娘同吃，趙姨娘原先聽他今日吃齋，便無腸胃，正想指個謊兒自去討些葷菜來吃，及見彩雲已經擺下桌子，玉釧、繡鳳等依次端上菜來，什麼蝦油豆腐、珍珠菜、素燒鵝、松菌、麵筋、雞腿蘑，主食是一盤子十色素菜細餡夾兒，薺菜餡千層兒炊餅，並一大碗三鮮筍絲麵湯，香噴噴清亮亮，都是素日未吃過的，不由食指大動，便站住了，笑道：「既如此，我也討一討太太的福蔭。」便每樣挾了幾筷到碗中，細細嚼了，又道：「都說水月庵的素齋做的好，連寧府裏珍大爺也稱讚的，倒不知比這個怎樣。」

王夫人因心裏有事，便沒聽出破綻，一時吃畢，打發趙姨娘去了。自己思前想後，半信半疑，以為總是有幾分影兒，趙姨娘才會說出那些話來，倘若寶黛兩個果真存了這個心，可不害苦我也？因此更厭黛玉，且暗暗佈置耳目，提防寶玉有所異動，一心只等元妃回京，好早早請準懿旨，了卻這番心頭大事。暫且不提。

只說是夜三更，王夫人輾轉反側，難以成眠，忽聽一陣風掀的門簾兒響，便聞的一股血腥之氣撲面襲來，王夫人欲起身時，卻見那賈元春竟做從前在家時打扮，懷裏抱著個孩兒，搖搖擺擺的走了進來，便在床前跪下，意欲磕頭。

王夫人吃了一驚，忙攔道：「我的兒，你如今貴為娘娘，君臣有別，怎麼反倒給我磕起頭來？」

那元春眼中含淚，口內作悲道：「娘啊，你只知孩兒一朝選在君王側，乃是尊貴光榮之事，豈知宮闈之內，風起雲湧，縱然百般小心，終究暗箭難防。女兒為了保住這賢德妃的封號，含辛忍辱，耽精竭慮，這許多年裏，何曾安穩度過一天半日？卻還是弄巧成拙，求全反毀，如今一死萬事休，縱然醒悟，也是遲了。只為懸心爹娘不下，才不顧這山長路遠，一夜萬里，趕來見爹娘最後一面，還有一句話要提醒爹娘。」

王夫人聽了不懂，只恍恍惚惚的道：「是什麼話？」又問，「你這抱的是誰家的孩兒？」元春道：「女兒離京前已經身懷有孕，自以爲眼前就要有大富貴，大榮華，一心要好，百般防範，瞞住消息跟隨皇上出京。不料心強命不強，如今反累了這個孩兒，可憐他沒見天日就要隨女兒命入黃泉了。女兒死的委實冤枉，個中因由，便說給爹娘知道也是有害無益，如今倒也不必再提。只望爹娘以女兒爲誡，休再一味攀高求全，從此倒要退步抽身，看開一些，還可保的數年安居。若不然，眼前就要大禍臨頭了。倘若兒身還在時，還可設法爲爹娘籌措轉寰，趨吉避凶，如今天倫永隔，幽冥異路，再不能略盡孝心了，爹娘自己保重吧。」

王夫人更加不懂，卻忽聽的賈政的聲音道：「娘娘垂訓的是。」清清楚楚，響在耳邊，不由一驚醒了，才知是夢，身上冷汗涔涔而下。

一旁賈政猶自囈語道：「娘娘且慢。」說罷，卻也醒了，怔怔的瞅著王夫人發愣。王夫人心下驚動，問道：「你做了什麼夢？只是說夢話。」

賈政歎道：「我剛才看見咱們大姑娘來了，懷裏抱著個襁褓孩兒，一進門就給我跪著磕頭，又說了許多話，什麼『伴君如伴虎』，什麼『提防暗算』，『求全反毀』，又是什麼『退步抽身』，我正想問清楚，他便走了，苦留不住。」王夫人更加驚駭道：「我剛剛也做了一夢，卻和你說的一模一樣。莫不是娘娘有什麼事？」賈政心下栗栗，卻不肯相信，只勸道：「這都是你我思念女兒太甚所致。娘娘如今與皇上在潢海圍獵，會有什麼不妥？即便是著了風寒，又或是遇些阻礙，隨行自有太醫、護衛，又何勞你我操心？」

王夫人卻只是掛懷不下，這一夜翻來覆去，何曾安睡片刻。次日一早，便又叫了賈璉來，讓去宮裏打聽消息。一時賈璉回來說，諸王爲著海疆戰事不穩，宇內又有亂黨起事，已經加派官兵前往鐵網山護駕，想來皇上不日便要回京的。王夫人聽了，這才略略寬心。正是：

剖開蓮子心猶苦，撥斷箏弦聲更哀。

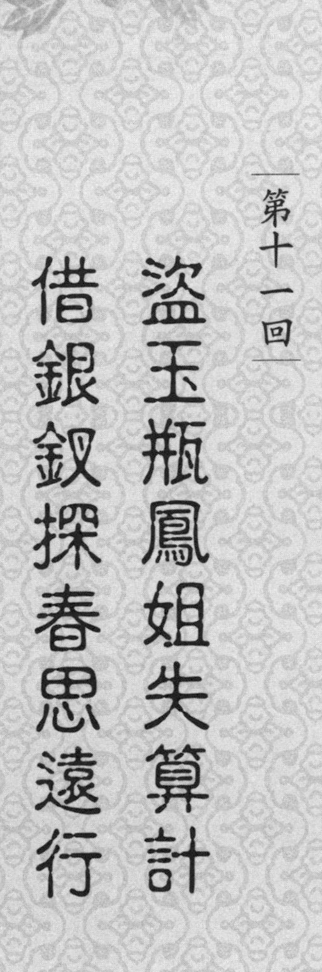

第十一回

盜玉瓶鳳姐失算計
借銀釵探春思遠行

且說自提親事後，黛玉之病一日重似一日，所進湯藥盡皆吐出，反徒增一番辛苦。闔府這時多半都聽說了北靜王求婚之事，無不罕異，有說寶玉有情有義，竟膽敢闖進王府抗婚，只怕惹下禍根的；有替他兩個惋惜，說「好好一對玉人兒，竟這樣被拆散了」的；也有趁心如願，借機散播流言，惹事生非的，這也不消說他。如今只說鳳姐因連日操勞，又犯了舊疾，身下淋漓不止；便連賈母身上也不大好，日間每每思睡，夜裏偏又多夢，一夜醒來幾次，太醫每日來往診治，只不見效；王夫人自從夢見元春後，亦是坐臥不寧，又不敢對別人講出，只在佛前告訴，說是若能保得元春平安回來，自願吃長齋，捐廟散經，點長明燈孝敬佛祖。

這日剛吃了飯，賈母覺的心裏發悶，正想著尋些什麼消遣，破悶行食，恰有水月庵的姑子淨虛帶著智通來府裏請安，覷看顏色，打探虛實。賈母正想尋人說話，見他二人來了，倒也喜歡，便歪在黑漆描金靠背椅上道：「你們來的正好，我們二太太才說要從此敬佛，吃長齋，你們既來的巧，且與我們講些因果來聽聽，也叫我們時常心中念著佛祖，積些緣法。」

淨虛便先說道：「老菩薩原是極通的，這些年來行善積德，禮經拜佛，那佛經掌故只怕比我們還熟透，且又見多識廣，解的通。叫咱們可說些什麼好呢？」賈母笑道：「那能呢？都說佛法無邊，我能知道多少？九牛一毛罷了。」淨虛道：「雖說如此，咱們修了一輩子佛，也終是俗人俗身，論緣法，卻未必通的過老菩薩。」賈母只道：「這說的過了，過了。你且隨意講幾個來聽聽。」

淨虛便命智通講來，說：「講的好，老菩薩喜歡了，師父賞你；講的不好，回去且要罰背經書呢。」智通道：「既然老菩薩如此虔誠，我就講個屍毗王割肉買鴿的故事吧。」賈母道：「這個卻是聽過了。」智通又道：「那便說個九色鹿王拯救溺人的故事。」賈母道：「這個也聽過。」智通想想又道：「那便說個摩訶薩太子捨身飼虎的故事。」賈母仍說聽過了。

智通又故意說了「五百強盜成佛」、「須者提太子割肉事親復國」、「善事太子入海求珠」等幾個淺顯熟慣的佛經故事，果然賈母都說聽過了，智通便歎道：「我就說老菩薩普天下再沒有不知道的故事，尋常往別的人家講經說法，誰家不是聽一個贊一個？就只在老菩薩這裏，竟沒什麼新鮮的，可難爲死我了，這那裏是講佛法，分明是考舉，我若能唬的過老菩薩，我也不用講經宣卷，竟去考試作官了。晚上這頓罰經，竟是逃不掉的呢。」嘲笑一回，這方又說了一個「佛圖澄聽鈴音辨吉凶」的故事。

王夫人、鳳姐、李紈等也都坐在旁邊聽他講法。便聽那姑子說道：「原來深山裏有一座九級佛塔，塔鈴垂簷，隨風作響，有位高僧佛圖澄，最擅長從鈴音中分辨禍福吉凶，人們便常求他聽鈴，以便趨吉避凶，預知生死。某年某日，有位趙太子石宣，想要謀害親弟秦公韜，弒父舉事，又怕計不得逞，便故意先去拜訪佛圖澄，想試試深淺。又不好說明來意，恰聽得塔上一鈴獨鳴，便問道：『大和尚素識鈴音，究竟主何預兆？』那佛圖澄慧眼佛心，早猜到他來意，卻故意不說破，只答道：『乃是翳子洛度四字。』石宣唬了一跳，連忙又問：『什麼叫作翳子洛度？』說著，恰便石宣之弟秦公韜徐步進來，佛圖澄便盯著韜的臉只管凝視。韜自然覺的詫異，問其緣故，佛圖澄答：『公身上有血腥味，恐近日有不吉之事』……」

說到這裏，寶玉、探春兩個走來請安，賈母拉著問了幾句話，又向姑子道：「這故事殺氣太重，倒還是說些平和通暢的來聽聽就好了。」王夫人早變了色，聞言也忙道：「正是，剛吃過飯，且別說這些血咕溜拉的不吉利。」

淨虛察言觀色，早猜到賈母心思，又見寶玉進來，知道他們這些公子哥兒多半喜聽香豔故事，便得了一個主意，忙阻住智通，笑道：「這倒是我來講一個孔雀王的故事吧。」因說，「從前有個孔雀王，有五百個妻子，他卻獨戀著一隻青雀，把五百個妻子都拋棄了，就只想得到這青雀的歡心。因這青雀喜歡喝甘露，吃蜜果，那孔雀王就每天早晨親自往深山裏采露水蜜果，回來奉養這青雀，好哄他高興。」

寶玉向來不好聽經說道，本意只想請了安略坐片刻就走的，聽了這幾句，卻是心裏一動，暗想：甘露，蜜果，倒好像在那裏聽過的一樣。便坐住了，脫口問道：「這孔雀王這般癡心，倒不知那青雀拿什麼來還他？」那老尼一愣，道：「這個佛經裏倒沒有說的，想來那孔雀王這般迷戀青雀，自然是因那青雀有其特別的好處，或者兩個有夙世因緣也說不定。」賈母道：「且別理這個，只往下說吧。」

淨虛遂道：「卻說這國的王后得了一病，百藥不醫，是夜卻做了一個夢，醒來便與國王說：有仙人告訴我，只要吃了孔雀王的肉，我的病就會好。於是國王懸賞求藥，說誰若抓到了孔雀王，不僅賞銀萬兩，還把公主許他為妻。有個常在山裏走動的獵人聽見了，他從前原得過孔雀王的搭救，知道他每早要替青雀採食蜜果，便想了一個主意，把自己渾身塗了蜜糖躺在地上誘那孔雀王走近。果然孔雀王中計，被這獵人捉住。孔雀王情知被獵人出賣，只得同他商量：你如果放了我，我告訴你一個地方，那裏有座金山。獵人不信，說我放了你，金山又沒有卻怎麼辦？國王的賞賜可是寫的分明。遂把孔雀王獻給了國王。」

寶玉聽到此，頓足道：「這獵人忘恩負義，著實可殺。」賈母與王夫人也各自出神。鳳姐催促道：「不知那孔雀王醫好了王后不曾？」老尼繼續道：「那孔雀王見了國王，便又謀之於王，說：你不要殺我，我只要對著一碗水念咒，就可以讓王后康復。國王聽了，果然命人拿來一碗水，孔雀王對著念了幾句咒，拿水給王后喝了，王后本來病的連身子也抬不起，喝了水，立刻就下地走動了，出脫的比病前更加光彩奪目。國王自然高興，要重賞孔雀，封他做宮中御醫。」賈母點頭道：「這國王倒有個正經主意。」老尼笑笑，繼續道：「孔雀王說：大王且不急賞賜，這算什麼，我如果對著湖水念咒，湖裏的水便有了仙氣藥性，可醫百病。國王更加高興，便把孔雀帶到了湖邊。孔雀跳到湖裏作了法，百姓飲了湖水，瞎的也看見光了，聾的也聽見聲了，啞的唱起歌來，瘸的跳起舞，就跟過節一樣。孔雀王見災難已滿，便飛到枝頭對國王說：您可知道這世上有三個蠢人？」說到這裏，故意打住。

賈母正聽的起勁，忙問：「那三個蠢人？」淨虛笑道：「老菩薩同國王問的竟是一樣。那孔雀王便答道：第一個是我自己。我有五百個妻子，卻只愛青雀一個，每天早早晚晚跑來跑去替他采果覓露，就像差役一樣，還差點丟了性命，自然是第一個蠢人。」

寶玉打斷道：「此言差矣，此乃癡情，弱水三千，只取一瓢飲，本是天地間最珍貴難得的，所謂擇善而固執，怎能稱之爲蠢？」探春忙道：「且別打岔，聽他說完。」老尼又道：「第二個蠢人是獵人，他背信棄義，以假當真，拒絕我許他的整座金山，卻貪圖萬兩黃金，還不是一個蠢貨嗎？」寶玉道：「以假當真，因小失大，也確可稱之爲蠢。倒不知這第三個蠢人是誰？」老尼笑道：「國王也是這樣說，竟跟哥兒想的一模一樣。只聽那孔雀王說：『第三個就是國王您了，我有這樣法力，你怎麼竟能輕易放了我呢？』說罷，孔雀王拍拍翅膀，轉眼就不見了。」

講畢，眾人都道好聽。賈母笑道：「這世上又貪心又固執的人原多著，依孔雀王說的，我們這屋子裏坐的，也都是幾個又不知足、又不識貨、丟了西瓜撿芝麻的蠢貨罷了。」說的人都笑起來，姑子自然又是滿口奉承不已。鳳姐笑道：「我雖不信這些報應因果，說不的，倒要替我們姐兒行行善，捐點香油，煩師父閑了也在觀音菩薩、彌勒佛、二郎神面前常替我們姐兒祝禱祝禱。」智通道：「奶奶若求平安，心中只默念大慈大悲救苦救難觀世音菩薩可也，我可幫奶奶在佛前求一串佛珠，念一句撥一粒珠子，每天念三遍經，緣法自然生。倒不必拜二郎神、彌勒佛的。」鳳姐笑道：「都說到那個山頭拜那座廟，我卻不知道將來我們姐兒都要經過那些山頭那些廟，那些廟裏面又是那些佛爺主事兒，依我說倒是早早送了禮，混個人情熟絡的好，橫豎禮多人不怪，有人情比沒人情好。免的真要求到的時候，『臨時抱佛腳』，只怕不應急兒。」說的眾人都笑了。

兩姑子又奉承不已，直說的天垂寶像，地湧金蓮。寶玉漸聽不入耳，遂告辭了出去，鳳姐兒妯娌姐妹幾個也都散了，惟有賈母和王夫人兩個仍坐在那裏聽姑子講經。

正說的熱鬧，忽然二門上小廝一疊聲報進來，說是內相夏公公來了，賈母吃了一驚，唬的抖衣亂顫，忙忙更衣出迎。賈赦、賈政、賈珍、賈璉等皆出儀門外等候。

只見那夏守忠坐著四人轎子，後邊羽林軍執纓槍列隊跟隨，一路喝道而來，賈赦等忙接上前請安，羽林軍在儀門外停住，夏太監仍不停轎，徑命抬進中堂來，方喊停下，扶了小太監的肩下來。

賈赦等只得跟從進來，見那夏太監一身素服，面色凝重，都不知發生何等大事，皆戰戰兢兢，且請入大廳，不及看茶，且跪下聽旨。夏太監卻又一手一個扶起赦、政二人，且道：「國丈爺請起，老奴非來傳旨，乃是報信來的：皇上鑾駕日內便要回京，娘娘的棺槨也隨後就至，所以特來報與尊府知道，以便準備迎靈之儀。」賈政聽了，幾欲昏厥，只疑聽錯，渾身震顫，不能說話。賈赦施禮問道：「公公請說的明白些，什麼棺槨、迎靈，下官愚鈍，一時不能明白。」

夏守忠歎道：「我也是聽探子八百里傳報，原來娘娘在京時已經懷有龍種，月前隨駕狩獵，不慎墮馬，竟然一病而歿。皇上傷心不已，無心圍獵，因而提前起駕回京。娘娘的棺槨隨後回來。特來告知府上早做準備，免的屆時籌措不及。」因細細告訴，說是元妃許是懷孕日子尚淺，行前竟未及診出，及到了鐵網山，連日馬上顛簸，飲食不便，雖覺嘔心胸悶，百般不適，卻只當車馬勞頓所致，只勉力支持，既不肯宣太醫問診，亦不肯教聖上勞心。那日隨駕出獵，皇上一箭射中兔子，御前侍衛倒提了來報喜，元妃想是聞到血腥氣作嘔，忽然身子一偏墮下馬來，偏偏靴子踏在蹬上未能脫出，那馬受了驚，竟載著他一陣狂奔，侍衛們忙圍堵追截，好容易攔住，救下元妃來，已是氣微神散，下體更是淋血不止，及宣太醫來，才知竟然小產了，雖百般施藥，那裏救的活。不到天明，便斷了氣。皇上因此無心狩獵，留下一隊人馬且與元妃裝殮，自率親軍返駕回都。大約一兩日就要升殿的。

賈政聽了，老淚縱橫，稽首痛哭，賈赦已經陪著夏太監走出好遠了，尚跪在地上不知起來。賈璉早飛報與內府，賈母聽了，大叫一聲「我家完了」，往後便倒，兩眼倒插上去，鳳姐、李紈忙一邊一個抱住了哭著叫喚，好容易叫的醒來，又聽彩雲哭道：「太太暈過去了。」鳳姐忙又來拍撫王夫人，命平兒拿鼻煙來嗅著，一時手忙腳亂，披頭散髮。幸得邢夫人、尤氏也都聞訊走來，幫著料理。

一時寧榮二府哭聲大作，縞素齊張，燈籠彩綢盡皆掩起，門楣樹木悉掛白幡，又因大觀園原爲娘娘省親所建，更是著緊佈置，銀砌素裹，妝點的雪窟雲洞一般，素宮燈自園中一直掛到街上去。大觀樓便安作靈堂，旁邊含芳閣爲坐息處，南邊三間小花廳仍收拾出來預備宮中，又從正門往大觀樓一帶皆以幃屏依著自然山勢遮擋使與園中分隔，另搭了五間大棚，請和尚道士念誦《解冤》、《楞嚴》諸經，開西角門專備和尚道士出入。又有清虛觀訂了幾日打醮，演水陸道場；鐵檻寺幾日念往生咒，搭台放戲；並水月庵、水仙庵等凡與賈府有瓜葛的寺廟庵宇都上門請送仙冕，來往絡繹不絕。不在話下。

且說皇上鑾仗方起駕時，便迎上北王派去護駕的衛兵，因此一同回來，走至半路，忠順府的親兵也到了，都一同返京。諸王早在郊外設帳候迎，跪接鑾駕，君臣互道辛苦，一同回宮，先議了國政，次日方詔賈府有職人等晉見，告以元妃事，犒銀若干。

賈政磕頭謝恩，忍痛奏稟：「荷蒙皇上天高地厚洪恩，日夜思欲竭其犬馬之力，圖報捐埃而未能。前日皇上回京之先，已命內相告知娘娘身歿事，殷殷垂顧，臣感激涕零，鏤心刻骨，口筆難述。今更蒙皇上親勞撫囑，奴才不勝惶悚頂沐之至。歸家之後，惟有設案焚香，叩首仰祝而已。」遂謝恩歸府，告知元妃靈櫬回京日，又派出家人分班往親眷處告訴，安排墳上助事，又叫進裁縫來量做衣裳，銀匠來打首飾，紙匠來紮彩冥器，石匠來刻印志銘抄本，又宮中雖有畫師傳影，府裏也須另請相公造像供奉，又於攏翠庵另起一壇誦經，又叫多多準備帳幔香燭，訂戲班禮生，一時忙的人仰馬翻。

王夫人又忙裏生事，只要趕在熱孝裏替寶玉完婚，賈政躊躇道：「服中娶親豈不違制？」王夫人道：「這是娘娘的遺旨，奉旨成親，怎算是違制？」

賈母雖不願意，也不好攔的，況且勢成定局，料難挽回，早早水落石出了也罷，只好由的他們張羅，淡淡道：「只怕他姨媽不樂意。」王夫人便教鳳姐請進薛姨媽來，將這重意思說了，因道：「南邊原有這樣的規矩，要麼守制三年，要麼就得趕在百日熱孝裏成親，只是不能吹打。我想著寶玉還可等的，寶丫頭今年已滿十八歲，再等三年，未免耽誤青春，所以意思斷了七就趕著把婚事辦了。日子原是宮裏天文官選定了的，也不必改他。只是一概笙簫鼓吹，宴樂全免，只先拜堂合巹，三年孝滿後再補行禮樂，雖是權宜之計，未免委屈了外甥女，不知妹妹意下如何？」

薛姨媽雖是爲難，也覺在理，只得道：「這也是他們的緣份如此，須爭不過，但憑老太太的意思就好。」又道，「不瞞你們說，當初和尚與了寶丫頭八個字叫鏨在金鎖上時，還送了一句話兒，說是要應在婚事上頭的。」王夫人、鳳姐等忙問何話。薛姨媽倒也記的清楚，便慢慢的念出來，道是：

雪藏金鎖猶尋玉，莫將假來認作真。

賈母、王夫人都笑道：「這真真兒是他從胎裏帶來的一塊寶貝，天生口含，那裏假的？珍珠兒也沒這麼真。這倒是和尚早已料在頭裏了。」一時眾人議定，八字是早已合過的，也不必問名相親，下茶換盅，便即交換了庚帖為定。自此寶釵禁步閨中，日夜操持針指，再不往前頭與賈母、王夫人晨昏定省，亦不往園中走動，便有事體，只教鶯兒、文杏等往來傳話，不提。

且說府中事繁人雜，便免不了許多竊盜瞞匿之事，或是走路子尋差使不得、挾私報復的，或是拉幫結夥彼此勾連做假賬的，甚或有假造對牌兌銀子挪作他用的，一起不了一起又生，正是按了葫蘆起來瓢，那鳳姐近來身上原本不好，更又攤上這件大事，未免心絀力怯，漸不能支，邢夫人又隔三岔五指件由頭打發人來要這要那，賈母、王夫人、黛玉處天天有大夫出出進進，無數細枝節末，大事小情，都要由鳳姐操心分派。這日剛打發了吳新登家的出去，賈菖、賈菱兩個又跟腳兒進來，說配藥的人參用完了，問是向府裏領取還是支錢去買，鳳姐歎道：「還人參呢，舊年學裏老太爺來要，連鬚末子都翻出來，統共才那一包，都拿去用了。如今櫃子裏只怕連草根子也再找不出一根來。」因與菖、菱兩個商量，且照大夫開的方兒，將就配了湯藥來煎就是了，丸藥不妨暫停配製，等眼前這些大事了了再行設法。

賈菖、賈菱兩個無法，只得搭拉著頭應了，怏怏地出去。平兒便向鳳姐道：「奶奶忙了這大半日，連茶也沒喝一口，不如趁這會子沒人，略歪歪吧。」鳳姐點點頭，拿了個拐枕放在身後，剛想歪著，賈璉挑簾子進來，卻是爲打發帳幔銀子，一時錢不湊手，故進來與鳳姐籌借。鳳姐道：「你做夢呢。年前的租子，難道不是你收著？況且給娘娘治喪，朝廷自有賞賜，如何又來問我要錢？」

賈璉道：「去年田莊因大旱欠收，匪眾又搶去大半，統共只剩那一點子錢，還不夠應付過年的，這些你又不是不知道，如今青黃不接，那來的租子錢？這會子突然鬧出這件事來，竟沒個湊錢處，朝廷那點子賞銀，搭棚都不夠，早兩日就用完了，你好歹那裏騰挪些，先讓我打發了素幔帷幕、蠟燭元寶這筆。」

鳳姐冷笑道：「這話說的蹊蹺，土菩薩過河，倒叫泥菩薩背著——你沒有，難道我有不成？這些年來出的多，進的少，每有事情派下去，不論子侄奴才，都是兩手一伸只管要錢，二十兩的營生，不要足一百兩都不肯動動窩兒，如今竟成了例了，那裏還有剩餘？依我說，娘娘的事原是皇家的事，宮裏原有份例銀子，守著多大碗，就吃多少飯也罷了，又要耍虛頭，圖排場，打腫臉充胖子，又是白綾衣裙，又是全素頭面，又是多少座紙亭子、紙車、紙房子，連欄杆、池子、花樹、草蟲兒也都要依模照樣兒用彩紙剪出來，足足的要再搭一座大觀園出來才罷了。十幾個巧匠忙了多少日子，也不過備著到時候一燒。那裏是燒紙，竟是燒錢！如今我還不知道向那裏弄錢來給眾人裁衣裳呢。好在剛忙過二姑娘的事，好歹省幾件衣裳簪環的錢。還有個新聞呢，大概寶姑娘怕他弟媳婦沒有素頭面，悄悄兒叫人送了一對佛手簪、一對樓閣童子紋銀耳環來給邢姑娘。不知怎麼又給老太太聽見了，說：倒是他想的周到。便又開了私房箱子，撿出許多銀釵素簪散與眾人插戴，連我也賞了這根簪兒。」

說罷從頭上拔下一支珍珠滿地麒麟送子鏤花簪來給賈璉看，又道，「可笑這個腳打後腦勺的節骨眼兒上，太太還要火上澆油，倒催著辦寶玉的婚事，說要奉遺旨成親，商量打多大床，多少只櫃子，又是什麼織金衣裳，三牲六禮，都還指著天上往下掉金子呢。」

賈璉笑道：「我進來原爲同你商借，倒聽你這一籮筐的牢騷，饒是不借，還有這許多廢話說。寶玉的婚事，老太太不是早有準備的，怎麼倒問你要？且不理那個，趕緊打發了手上這筆是真。不如還是找鴛鴦商量，或者還有些辦法。」鳳姐忙阻道：「快別去討那個釘子碰。爲他上次幫你弄了一箱子東西去當，不知怎麼給太太知道了，人前人後不知念叨了多少次，又扔些不酸不醋的話兒給鴛鴦聽。弄的他如今且遠著你，避嫌還避不過來呢。你看這些日子你同他說話，他何曾肯拿正眼兒睃過你，別說求他弄銀子，就是你拿著大捧白花花的銀子給他，只怕他都未必肯要。」賈璉焦燥起來，頓足道：「這也不行，那也不行，難道叫我空手去回人家，把幔子退回去不成？」

鳳姐想了一想道：「這也不是個事兒，縱然今兒你還了幔子這筆，明兒銀爵盞、銀燈檯那筆出來，還是不夠。」賈璉道：「誰說不是？只恨無法子可想。」鳳姐道：「法子倒有一個，只不知道你敢不敢？」

賈璉忙問何計，鳳姐因道：「前次甄家不是存了許多東西在這裏，鑰匙可是你收著？

如今何不拿他出來換些銀子。反正那甄家已經是漏船沉了底，未必再有機會翻身的，那些東西又不能吃又不能用，擱著也是白擱著，不如拿來且派些用場，救救急，滅了眼前火再說。」賈璉沉吟道：「這倒也不失為一個救急之法。只是那些多半是御制之物，尋常當鋪未必敢收。」

鳳姐道：「你還惦記著有當有贖呢，我勸你不如肉包子打狗——只望他去，別望他回了。我跟你說，太太陪房周瑞家的女婿，叫作冷子興的，說是京裏有名的古董掮客，認識各省各府許多大戶，依我的意思，不如叫他弄出京城去，找個山高水遠的地方賣給那些深宅大院，一則解了燃眉之急；二則又隱秘，豈不兩便？」

賈璉笑道：「連我尚不知道他有這麼個女婿，你倒打聽的清楚。」鳳姐道：「放屁。你不清楚，難道我是耐煩打聽東家長西家短的？原是那年他女婿為了一樁古董生意和人打官司，被告說來歷不明，要遞解還鄉，周瑞家的巴巴的來求我出面撕擄，我因此記下了。」賈璉道：「原來這樣。這事我怎麼一星兒也不知道？這也且不去說他。他既欠著你這個人情，少不得會應承下來。只是遠水解不了近渴，此時卻往那裏去騰挪這筆銀子呢？」

鳳姐道：「你若肯答應把甄家的東西賣的錢分我一半，我就先借你二百兩對付了眼前。」賈璉咬牙道：「我把你個沒足饜的，勸你也能著些兒吧，『一鍬撅出個金娃娃，還非要尋娃他娘』，難道都能帶進棺材裏去？」鳳姐罵道：「放屁，難道我是故意有錢不給你的？這就是老太太拿出來給寶玉辦喜事的錢，也只先給了這一筆，叫做衣裳。太太倒會做人情，又說什麼反正要做起來，琴姑娘、雲姑娘的婚期也眼看著就到的，不如把禮也一併提前備下。恨不的把一個錢掰成兩瓣花。這錢我明日就要付給綢緞莊的。如今給了你，明兒還不知去那裏挪湊呢？」

賈璉卻又踟躕道：「周瑞家的既是太太陪房，這件事只怕瞞不住太太。」鳳姐道：「太太是個膽小躲事的，又不肯承擔，這事被他知道，反而束手束腳，寧可瞞著他的好。你放心，周瑞家的不答應便罷，既摻和到這件事裏頭，自己也有不是，未必有膽子往外說去。」

正自商議，有人來報「馮紫英、陳也俊兩位公子來了」，賈璉忙出去迎接。這邊鳳姐便命人叫進周瑞家的來，與他細細說了。又命他說與女婿冷子興知道。周瑞家的起先不敢，後來聽鳳姐說自己並不出面，所有交接都是他同女婿打理，情知有許多好處，便利欲薰心，大包大攬下來。鳳姐又道：「太太膽小，且這些日子正為了紅白兩件大事著忙，這件事卻不可以讓太太知道。」

說著，王夫人又打發了彩雲來找鳳姐，周瑞家的唬了一跳，忙起身道：「既是奶奶吩咐了，我回家說給他老子，必教拿棒子打的他知道。」彩雲笑道：「周嫂子同誰生氣，舞刀弄棒的？」周瑞家的故意歎道：「還有誰，就是我那個不爭氣的兒子。上次奶奶教訓了他，好了兩天，沒幾日又惹出禍來。」彩雲一笑，並不再問。

三人遂一同出來，周瑞家的自回家去，鳳姐便隨彩雲進角門往王夫人處來。只見邢夫人、尤氏、李紈也都在此，卻是爲商量兩府迎靈事。鳳姐便先回道：「剛才二爺回去說，幔子、旌幡都已齊備，只是衣裳還差著老太太、太太們的幾件，因是訂製，要遲一兩天。」王夫人點點頭，歎道：「我何曾辦過這些事？再想不到，我吃齋念佛一輩子，竟沒積下德行，落的個白髮人送黑髮人，一兒一女都走在我前頭，珠兒是這樣，大姑娘也是這樣……」說著又哭起來。

李紈聽見提起賈珠，那裏禁的住，也拿絹子堵著嘴嗚咽起來。便連尤氏也覺傷心，勉強勸道：「娘娘是享盡了福才去的，原不同於我們平民凡人。這是他的壽數如此，不可強爭，嬸娘不要太傷心了才是。」王夫人哭道：「只可惜了那沒現世的孩兒，連是男是女也不知道，就跟他娘一同去了。宮裏太監說，娘娘原在京時已然有了身孕，竟未查出。想那宮裏太醫按月診脈，如何竟能疏忽了？莫非有人害他。」

鳳姐心裏一驚，忙勸道：「太太想到那裏去了？娘娘一向身子健壯，況且又是剛剛有孕，想是並未來的及召太醫診脈，又或是太醫錯診一半次也是有的；娘娘原是皇上心愛之人，那裏會有人敢加害呢？」邢夫人冷笑道：「這也說不準。那戲裏常有的，宮中嬪妃眾多，都是你害我，我害你，自己沒孩子，便巴不的人人都生不了孩兒，眼見娘娘有了龍種，還不想方兒害死他呢？都以爲宮裏嚴謹，豈不知越是大的地方兒越藏汙納垢呢，不然，那狸貓換太子的故事從那兒來的？」

鳳姐原本心中有鬼，聽不的這些話，又不好駁回，只得道：「便如兩位太太說的，或者娘娘正是因為有這些個擔心，才故意瞞住消息，不讓太醫知道。太太想，伴駕春圍，這是多大的恩寵，後宮佳麗三千，貴妃、昭儀一大堆，皇上誰都看不上，偏就點了咱們娘娘伴駕，這是別的妃子想爭還爭不到的榮耀呢，娘娘如果不去，想必就另有別的妃子頂缺兒，未免奪寵，說不定伴在皇上身邊的兩個月裏會吹些什麼閑風碎語。所以娘娘才不肯以實相告，想法瞞住了眾人，勉力遠行；又或者娘娘怕皇上離了宮，那些妃子更有機會加害自己，所以寧可以身犯險，隨駕躲出宮去。就是月信來遲，自然也只推在路途遙遠陰陽不調上，不肯教太醫診脈的，倒未必是有人故意加害。這原是娘娘的一片苦心，只可恨天不從人願，倒辜負了娘娘的一生聰明。」說著，也拿絹子拭淚掩飾。

邢、王二人聽了，都覺有理，點頭道：「你說的也是人之常情，大概總不出你說的這兩種緣故。宮廷裏的事，原本難猜。」遂不復提起。鳳姐反心神不寧，獨自思忖了半日。

是晚，賈璉親自找著冷子興，將一箱器物交與，再三叮囑不可在京中出手。冷子興正有一宗生意要往南邊去，便大包大攬答應下來，只說：「二爺放心，若不能辦理的明白，再不回來見二爺的。」

誰知他二人交頭接耳，早被周瑞的兒子祿兒看在眼裏，這祿兒平日不學無術，只以鬥雞摸狗、賭錢吃酒為意，因輸了錢，沒有銀子吃酒，又不敢跟老子娘說，便來姐姐、姐夫家借貸，正看見賈璉與冷子興說話，又見賈璉的小廝興兒、旺兒兩個搬挪箱子，不禁思忖：早聽說璉二奶奶瞞著上頭私放利銀，賺的黑心錢，又說二爺偷了老太太的東西去當。如今看他們鬼鬼祟祟的樣子，必定不是什麼見的光的好東西，我便偷了，料他們也不敢嚷出來。

想的定了，遂趁人不備，覷空兒踅進房中，撬開箱子，也不敢細挑選，只隨便拿了幾件趁手之物，人不知鬼不覺溜出。待出來燈下細看，見是一隻鑲金嵌玉的羊脂瓷瓶兒，一個鏤花雕紋三足鼎，一隻玲瓏剔透玉如意，都珠光寶氣，料想價值不菲，不禁心中大悅。又見那瓶兒紋理細膩，繪著五彩人物，衣袂分明，鬚髮畢現，十分精緻可人，便不捨得出手。次日天明，先藏起瓶兒，只將玉如意和銅鼎拿到當鋪去，順順當當押了五十兩銀子，心中得意非凡，那裏知道早已闖下彌天大禍來。這且不論。

如今只說趙姨娘聽見賈母分首飾，便又急起來，因踮著腳兒來探春處借簪子。探春正在窗前臨字，聞言詫道：「你並不少這些，如何倒問我借？」趙姨娘便抱怨道：「我雖有幾根鎏金的，無奈這種日子不合戴。若論銀的，統共那一隻雙股素簪兒，還是那年你舅舅死時現打的，偏前兒又斷了一股兒。我記的歷年府裏辦白事，你頭上分明不少戴的，如今老太太又賞了你，一個頭那裏插的下這許多。你平時又不愛戴這些簪呀釵的，不如借我戴兩天，過後還你就是。」

探春聽見「舅舅」兩字便打心裏怒起來，冷笑道：「姨娘別說還，就借了不還也使的，誰不知姨娘親戚多，我今兒借了你，明兒你又不知借了誰，只怕就算姨娘想給我，那借的人倒不肯還給姨娘呢。要不然，姨娘前年跟我的丫頭翠墨借的素裙子，還有環兒瞅我不在家借去的一幅字畫，兩盒子胭脂，怎麼一直不見還呢？別的且不論，那胭脂原是我去年生日時大姐姐宮裏賞的，尋常便拿銀子也沒處買去，環兒一聲不響拿了去，也不知給了什麼上不的臺面的爛貓臭狗，傳出去，不只我沒臉，便連宮裏的臉面也丟了。倒說的好聽：借！誰還指望著還呢。」

趙姨娘聽了，惱羞成怒，道：「不過走來同你借根銀簪，又不是什麼金的翠的，能值幾何，就被你兜頭兜臉翻出這許多舊帳來，只管拿話堵我。左一句『姨娘』長，右一句『姨娘』短的，生怕喊一句娘就折墮了你大小姐的身價兒。我倒不怕明白告訴你，那孝裙子借去，也是為了弔你舅舅的喪，你又不肯去磕頭盡孝，你的裙子替你盡了禮，你還該謝我才是，倒問著我。就是那字畫、胭脂，也是你親兄弟拿了去，你做姐姐的難道不該照應點親兄弟，倒把錢攢下來添活那些錢多的壓沉箱底的外人，都不記的誰才是跟你一個肚子裏掉下來的。姑娘也別太勢利了些。『得勝的貓兒歡勝虎』，我知道姑娘瞧不上我，那又如何？你能耐，難道能耐的重托生一次，生在太太肚子裏不成？」

探春那裏禁的住這些話，直哭的聲哽喉咽，恨道：「我自然知道自己是姨娘生的，不用姨娘這麼三天兩頭的提著，變著方兒作踐我，自己作踐了不算，生怕別人不跟著作踐，所以每每的要鬧些事故來好教我沒臉。姨娘自己被人瞧不起，就見不的我活的有點人樣子，拿著下三濫的奴才逼我認舅舅，又每每造謠生事，說我拿錢添活外人。別說沒有，就是有，也是我自己的份例，給那我添活的著的人，只要我願意，就算把錢撂在水裏，拋到街上，姨娘管的著麼？」待書、翠墨看見，忙上來解勸，又嗔著趙姨娘道：「姨奶奶是怎麼了，既然口口聲聲提著姑娘是姨奶奶生的，倒不知疼愛，次次來必惹的姑娘傷心。」探春罵道：「你們也胡說了，我憑什麼要他疼？難道老爺、太太疼我還不夠的？我倒肯知足，並不指望誰疼愛。只望他少來兩遭兒就是我的造化了。」

趙姨娘見探春哭了，也怕鬧大了自己吃虧，不敢再嚷，卻只嘟囔著不肯去，道：「這府裏難道還缺少疼他的人？我就把心剖出來給他，只怕他還嫌腥呢。只當自己是金枝玉葉，把生身母親嫌的腳底下泥也不如，我實告訴你罷，這些日子官媒沒少往府裏跑，倒也羡慕姑娘的美貌學識，巴不的娶回家去，只可惜，不是門第寒酸，就是身家貧薄，就難得有個把王孫公侯之家，又是討姑娘去塡房的。爲的是什麼？我倒也不必說明，姑娘既然天天念著正呀庶呀的，只管自己想去。」

一習話，更說的探春面紅耳赤，掩面而哭，枉然伶牙俐齒，又豈是悍婦對手。待書見姑娘哭的可憐，又知道趙姨娘得不著好處再不肯走的，只得從自己頭上拔下根白菜蟈蟈的銀押髮來遞與他說：「姨娘若不嫌棄，就把這押髮且拿去戴吧，好過在這裏惹姑娘生氣。」探春道：「你又充什麼潘通、石崇，有那些金銀散發？便有，倒不如施濟窮人去。」趙姨娘道：「正是呢，這府裏，我們不是窮人，誰還是窮人？丫環的插戴也比我們體面。」說著摔簾子去了。翠墨歎道：「真真是『賊不走空』，饒是得了東西，還要撂這許多閒話。」待書忙把他衣襟一拉，不叫說話。探春這裏氣的哭了半日，只說「什麼時候徹底離了這府裏才算好呢」，晚飯也沒吃便睡下了，不提。

且說瀟湘館諸人起先聽的元妃身歿，都道：「這回可沒有什麼金玉賜婚的了吧。自古以來都只說『金童玉女』，誰聽過『金女玉童』的呢？」後來又聞說王夫人決意奉旨成婚，要趕在熱孝裏辦了白事辦紅事，連日子都擇定下來，就在陪靈回來當月裏。不禁都瞠目結舌，歎道：「口諭成了遺旨，是更難收回了。」

黛玉早自賈母提親日起，已知萬無生理，如今聞說金玉佳期已定，更是萬念俱灰，一塵不起，惟有心頭一點留戀固執不破，雖是神色淡然，若無其事，臉上卻一天天瘦下去，水粒俱絕，身如燕輕，只日進梨汁一盞續命，雖精心烹調，何嘗有粥飯之思，縱濃薰繡被，終不能安枕片刻。大夫每日一次診脈開藥，賈母一日三次的遣人來看顧，有時親眼看著進湯進藥，無奈剛吃下去，略一轉眼便又吐了。賈母看了，又是憂心又是煩惱，無法可想，也惟有叮囑紫鵑等小心伏侍而已。

紫鵑到了此時，明知便說盡千言萬語亦不能略解黛玉之憂，每日裏夕卜燈花，晨占鵲語，當庭拜月，臨鼎焚香，無人處便暗暗垂淚祝禱，只盼還有回天之機。看著園裏人忙進忙出，商量著怎麼裝飾新房，怎麼打床造櫃，又是怎麼訂製衣裳頭面，只恨不能堵住雙耳，不聞不見。這日回過賈母話回來，又見黛玉依在床頭抱膝沉思，面上木無表情，腮邊淚痕不乾，眼裏卻是空空的，不禁歎道：「姑娘好端端的怎麼又哭了？」黛玉聞聲回頭，慘然笑道：「誰哭了？這兩天我只覺眼睛發澀，這淚大概是終於流到盡頭了。」紫鵑心裏難受，強笑勸道：「姑娘又說笑了，淚是人體之水，那有流盡的時候？」

黛玉聽的一個「水」字，又覺刺心，猛回頭「哇」的一聲，將早晨吃的燕窩盡皆吐出。紫鵑忙過來揉撫胸口，便忍不住哭起來。黛玉喘吁吁笑道：「傻丫頭，我不哭，你倒哭了。那裏就死了呢？」紫鵑更聽不的這話，越發掩著臉大哭起來。雪雁、春纖等聽見哭聲，只當發生了什麼大事，及進來，才知黛玉又吐了，都歎道：「姑娘不吃東西這個毛病，可怎麼樣才好呢？醫生便有回天妙手，仙丹靈藥，也得姑娘肯吃才行。」捶了一回，收拾了出去，也都坐在石磯上納悶。

恰寶玉從外面進來，看見他兩個，忙拉了雪雁的手走到竹下悄悄問道：「妹妹這兩日怎樣？我每每問他，只說好些，竟連我也生疏起來。我又不好駁他的。」說著眼圈兒紅起來。雪雁由不的哭道：「那裏『好些』？你只看他臉上瘦的那樣就知道了，剛剛還吐了呢。」寶玉聽見，忙掀簾子進去，果見紫鵑在與黛玉揉胸口，忙湊近問：「妹妹覺的怎樣？」黛玉微微歎道：「好多了。」一語未了，又喘起來。寶玉坐在椅上，見他玉容慘澹，形銷骨立，心裏只如萬千勾戟抓撓一般，疼的有口難言，半晌方道：「妹妹放心，憑別人說什麼，都別往心裏去，也別理會。待我迎了大姐姐的靈回來，自有決斷的。」

黛玉歎道：「你也不用多說，這些日子，我思前想後，也想清了許多事。我這病橫豎是好不了的了，你只和寶姐姐兩個好好的過吧。」寶玉大驚失色道：「妹妹說什麼話？我的心妹妹是知道的，如何又來慪我？」黛玉眼中流出淚來，搖搖頭不教寶玉說話，又喘了半晌方繼續道：「我已經想明白了，娘娘歿了，大禍眼看就要臨頭，這偌大一家子幾百口人，指望可都在你身上呢。你負了他們，天也不恕你。我是不能盡力的了，可你是這家裏的人，你不管，誰來管呢？」

寶玉心痛如絞，哭道：「妹妹這麼說是拿刀子剜我的心呢，我也不指望當官做宰，就算家敗了又怎麼樣，只要我們在一塊兒，有一口粥吃我就不怨什麼了。」黛玉收了淚，搖頭苦笑道：「只怕一口粥吃不上的日子也還有呢，那時可又怎麼樣呢？烏鴉尚知反哺，我來這府裏十年，並不能報恩，再叫你為我惹禍生非，是叫我死也不安生、不清淨了。我也背不起這罵名，你要真心體諒我，就聽我這一回，拿待我的心待寶姐姐，只要你好，我也就……」說到這裏，又咳起來，眼睛看著寶玉，無限憐惜，卻再沒有一滴淚。寶玉哭的肝腸寸斷，黛玉的話只是一句聽不進去，緊緊攥了他手哭道：「好妹妹，我決不負你！」

黛玉見他這樣，更覺不忍，暗想我同他自小相知，如今我撒手去了，叫他情何以堪？心中並無自己，只是一意為寶玉傷感，愣愣望了他半晌，方歎道：「我在這世上，並無一個親兄弟，親姐妹，所知己者，不過你和寶姐姐兩個。從前我在窗外頭看見你穿著貼身衣裳睡在床上，他坐在旁邊替你繡肚兜，一邊擺著蠅帚子，我心裏還不自在。這幾日不知怎的，閉上眼睛，便每每想起這個形狀兒來，想來今後你們兩個在一處，這情形自是家常見的，我想著，倒覺的安心。如今我要去了，不指望別的，能看見你兩個好好在一起，我的魂靈兒在天上看見，也是歡喜的。」說罷，手慢慢鬆開，竟轉身睡去，不復再言。

寶玉那裏聽的進這些話，只疼的肝膽俱裂，恨不的將心剜出來千刀萬剮，整個人靈魂出竅般，木呆呆的眼神也散了，臉色也青了，眼淚流下來，也不知道擦拭。紫鵑雪雁見了，都惟恐他犯了呆症，忙將他一陣亂搖亂叫，半晌，寶玉方「呀」一聲哭出來，因見黛玉力倦神微，只怕吵著他，因將手拳起堵著嘴，哭的喉梗聲嘶。紫鵑等見了，更覺傷心，忙將他拉出來，扶他在竹下籐椅上坐著，歎道：「二爺好歹保重身子，若是不肯自己珍重，豈不辜負了姑娘的一片心呢？」

正勸著，襲人與秋紋已經聞訊來了，紫鵑惦記著黛玉，抽身回屋。襲人見寶玉面無人色，忙攙了回房。寶玉卻不用人扶，一路飛跑回怡紅院，撲在榻上，這方放開聲音，盡興大哭起來，叫道：「這回活不得了。林妹妹天仙一般人物，老天何以叫他受這般荼毒？想是我家運道盡了，後頭更有許多醃臢不堪的事情不忍心叫他看見，所以早早的要收他回去。」

襲人聽了又好氣又好笑，推他說：「聽聽你這滿嘴裏說的什麼？那有紅口白牙自己咒自己家運道差的。老爺聽見，問你還有命在麼？」又道，「這些日子府裏爲著娘娘的事忙的不可開交的，太太還要在百忙裏抽出工夫來，亂著裁尺頭做衣裳訂床打櫃，爲的是誰？

你倒事不關己的，只做撒手大爺一般，還有這許多抱怨，太太聽見，豈不寒心？」寶玉哭道：「我才不要結那勞什子親事，我只要跟妹妹一起，要活一處活，要死一處死。什麼金玉良姻？又是什麼娘娘遺旨？活人的事，憑什麼倒要一個死人做主？」襲人聽他說的大膽，唬的忙上前捂住他嘴道：「我的小祖宗，這話也是混說得的？」看他這樣，深覺憂心。

且說到了靈柩進京這日，賈母親自率了邢、王二夫人及尤氏、鳳姐、李紈、探春、惜春等嫡親女眷，賈赦、賈政率領敕、效、敦、珍、璉、玉、環、琮、珩、珖、琛、璜、瓊、瓔、璘、蓉、薔、菖、菱、芸、芹、蓁、萍、藻、蘅、芬、芳、芝、藍、荇、芷、范、蘭等一干男丁，無論有職無職，俱披縞著素，苴棒菅履，或坐車，或乘轎，或騎馬，或疾行，都往東出城十里外高丘上站定，銘旌蔽日，帷幄如雲，恰如銀山匝地，雪浪翻伏，更有僧尼高宣佛號，各王府親宅也都設了路祭齋壇，也有送和尚道士念經超度的，也有送整台素轎車馬金銀山的，也有送吹打班子的，遠薄一點的也都依例送了許多豬羊香燭並紮了百花亭男女童來，直將東郊十里亭鋪成一片雪山銀海。接著，大明宮掌宮內監戴權也帶著一眾侍衛內相著素車打鑼張傘而來，與賈政等廝見了，連道「節哀、珍重」。

一時羽林軍護著梓宮隊伍來到，執事太監高宣一聲「停棺」，頓時鳴鑼檀板齊響，佛號哭聲大作，賈母、王夫人等扶著棺材幾次哭的昏死過去，賈赦、賈政一邊哭泣，一邊跪請老太太節哀，鳳姐命人抬了陳年鐵梨木扶手靠背椅子來請賈母坐下。抱琴裝裹的絹人兒一般，過來給賈母跪著磕頭，賈母見了抱琴，便如見了元春一般，一把抱在懷裏，復又放聲大哭起來。

執事太監高喊一聲「宣旨」，頓時四下裏偃旗停樂，賈府眾人忙都過來列隊跪倒，數百人群，只聞呼吸之音，不聞抽泣之聲，靜的月夜風輕一般。戴權遂高聲宣旨，備述元妃生前身後事，椒房失鸞之痛，今上哀悼之情，因瀆海往京城路途遙遠，又爲解木造棺諸事，已經耽擱近旬，頭七已過，二七將即，況且天氣炎熱，屍身不敢久停，宮中監天正又早擇定入殮日期，不得有誤，因此特命梓宮不必進城，徑往孝慈先陵歸葬可也。

賈母等聽了，俱是一愣，無奈只得山呼萬歲，磕頭謝恩，一時只見素浪翻滾，雪山起伏。戴權親自扶起賈母來，再三勸慰，又說先陵早已派人通報告訴，一應事宜都是預備妥當的。賈母只得再謝皇恩，臨時命人回家去打點行囊，又將賈赦、賈政、賈珍、賈璉等叫至跟前來叮囑一番，眼看著太陽下山，不便久留，方又撫棺痛哭一回，就此別過。

於是前頭執事太監執牌引路，先是九命喪儀牌一對，誄言五座，肅靜牌、迴避牌等兩列，接著吹手四名，清道旗一對，門旗一對，御棍、腰鑼、傘瓶、令箭、令旗等一隊隊過去，又有賈珍、賈璉、寶玉等孝主騎馬開道，引馬、對馬共計十六匹，後頭六十四個杠夫輪番抬著梓宮靈轎隨行，再後面是僧尼隊伍一路誦經響板，皇帝聖旨、誥命、王侯等座轎亭十數座，每座八人抬轎，明器和下帳香亭等五亭，每亭四人，再後面才是親眷所贈絹亭、金銀幡、引魂轎、寶蓋華傘、食案罍缶、香鼎提爐、角燈宮燈，前呼後擁，又有魂帛、執幕、執披、高照等數十人，扯白布穿白服男女執事者七十四人，吹手三班十二人，最後面才是孝婦諸眷，以及留靈路儀執白條紙花、散紙錢的數十人，一路鳴鑼開道，響號喧闐而行，徑往先陵破土下葬，守制哭靈，須七七四十九天方可回京。

賈母年邁不禁，且又是長輩，便不親往，鳳姐因病情沉重，巧姐兒又年幼，且府中事務也著實離不了他，探春、惜春又都因造冊待詔，黛玉、湘雲等是親戚，也都隨賈母留京不去。鳳姐扶著賈母，探春、惜春等跪著，眼睜睜看送殯隊伍浩浩蕩蕩逕自往東去了，足有一盞茶時候方過完。賈母猶自引頸遙望，直看的人影兒不見，方打起轎子回府。府中又另設祭儀，每日請僧尼道姑念經超度。不在話下。

且說薛姨媽因是親戚，不必隨靈守制，賈母因怕悶，便請他仍搬進來住在瀟湘館，薛姨媽因要打點薛蝌與寶琴兩樁婚事，推辭不肯，只答應每日過來一處說話；賈母無奈，便又請了李嬸娘來園中略住幾日，李嬸娘爲著李紈與賈蘭不在園中，避嫌不願前往，賈母命人再三請了來。寶琴和湘雲兩個，便仍陪賈母住，日夕承奉起坐，小心伏侍，每每賈母傷心垂淚，必想方設法，設辭安慰。鳳姐因諸事繁雜，精神恍惚，反不及他兩個周到。

寶釵又尋空約了湘雲來家，悄聲向他說道：「你的大好日子就在眼前。料想你叔叔嬸子未必肯替你準備周全，倘若嫁過去，也是這樣單衫零釵的，豈不落人褒貶？雖說我們詩禮人家不講究這些虛名，總也得面兒上過的去才好。因前些日子替琴兒準備嫁妝，我便私下做主也替你備了幾件。你若多心，我就不好拿出來了。」

湘雲聽了，眼圈泛紅，低頭愧道：「姐姐一心待我，感激還來不及，那有什麼多心？只是姐姐的日子也近了，難道不替自己留著些？」寶釵眼圈兒便也紅起來，連頸帶腮一併泛起桃花，半晌說道：「這宗親事其實不妥，只是娘娘有命，那裏容我說的一句半句？如今也不好進園去，許久不見顰丫頭，也不知他怎樣了？」湘雲歎道：「不是我說句咒他的話，只怕不好呢。太太還說過幾日辦了你同寶玉的事，就要再托人同北府裏說，還叫來下催妝禮呢，那裏是催妝，依我說分明是催命呢。」說著滾下淚來。寶釵亦低頭不語。

湘雲又坐一坐，告辭欲去，寶釵送出門來，這方拉著手兒叮囑道：「你好歹多替我去勸勸林妹妹，同他說，並不是我不念姐妹的情份，但有一點法兒可想，我寧可他做我，好過這樣吞心的。」湘雲勸道：「這是你多慮了，他雖多心，也斷不會這樣想。這原是各人的命，那裏怪的了你呢？」說著又灑了幾點淚，方進園來。

卻說黛玉送靈回來後，許是勞動著了，反肯略進些飲食，倒比前些時候覺的舒展些似的。紫鵑、雪雁等都大喜過望，只說：「阿彌陀佛，寧可好了吧。」這日晚間，黛玉吃過藥，又見紫鵑端上玫瑰花熬的粥來，倒也顏色鮮美，便嘗了幾勺，幸喜不曾嘔吐。因取茶來漱了口，問道：「寶玉走了多久了？」紫鵑答道：「剛走了三天。」黛玉點頭歎道：

「那是還有四十多天，只怕見不到了。」紫鵑聽了難過，忙勸道：「姑娘剛剛身上好些，怎麼又說這樣喪氣話？」黛玉點頭不語，憑窗出了一回神，自覺身上清爽些，便欲去給賈母請安，亦是寬解之意。紫鵑看他雙頰潮紅，似比前精神些，想著走動一下也好，免的老太太惦記，一天幾次的派人來問，遂扶出園來。

果然賈母見了他，臉上有些喜色，道：「你又起來做什麼？這早晚涼，小心風吹著，回頭又吐了。」鳳姐、湘雲等也都在賈母處定省，見了黛玉，都拉著手問長問短。黛玉道：「這兩日倒比前好些，昨日並不曾吐。」賈母更覺放心，說了幾句話，仍催紫鵑送他回去，叮囑：「剛好些，千萬別勞動著。」鳳姐笑道：「可看出個親疏遠近來了，妹妹病了，老祖宗一日三次的叫人探問，略走幾步路就怕妹妹累著。我現也病著，老祖宗非但不心疼，每日裏還嫌我懶，幹的活少，恨不的叫我扛了笤帚掃院子去。」說的賈母笑了。

這裏黛玉進了園子，方走到沁芳閘邊，忽然一陣風，吹的滿樹落英繽紛，便如識人性的一般，飛飛揚揚撲了黛玉一頭一身。黛玉不禁站住了長歎一聲，心道久病不起，竟將春光也辜負了，可憐這些花兒早已凋萎，只爲自己不來收葬，寧肯枯死枝頭亦不隨風飛落。因歎了一聲，回頭道：「紫鵑，你回去將我的花鋤錦囊取來。」紫鵑勸道：「姑娘剛好些，又操勞了，況且天色已晚，不如等明兒好了再來收拾吧。」黛玉喟然長歎道：「那裏還有好的日子呢？」揮揮手只命紫鵑快去。紫鵑無奈，只得回身去了。

黛玉遂慢慢行來花塚之旁，猛可裏想起那年三月中浣葬花時，與寶玉同讀《會真記》

的往事，一時許多句子撲上心頭，思及「玉宇無塵，銀河浣影，月色橫空，花陰滿庭，羅袂生寒，芳心自警」諸句，正應著眼前景物，一點不差，又想及「去住無因，後退無門」，「玉堂人物難親近」等句，不禁心慟神馳，柔腸百轉，顧不的風清月冷，樹蔭露寒，身上一軟，就便兒坐在花下石凳上。卻又忽然省的，此處便是自己瘞花埋香，哭作〈葬花吟〉，後與寶玉互剖心事之地，耳邊驀的清清楚楚響起一聲「妹妹，你放心」，聽著就像是寶玉在自己耳邊說話的一樣，更覺萬箭攢心，喉頭一甜，猛的一口血噴出，手扶著花樹，便軟綿綿倒下來。

紫鵑取了花鋤回來，卻不見黛玉，正欲尋時，迎面見著玉釧手裏托著一瓶子玫瑰露進來，因拉住問道：「可見著我們姑娘沒有？」玉釧道：「我正奉了老太太的命，去給你們姑娘送這個呢。老太太聽說林姑娘肯吃東西，喜的什麼似的，立逼著二奶奶找出這個來，叫給林姑娘換口味。」左右看看無人，便又拉著紫鵑的手道：「我因信你，才問你這話，有沒有，你只別往外嚷去。」紫鵑聽他說的蹊蹺，心中驚疑，忙問：「何話？」

玉釧道：「我聽人家說，林姑娘和寶玉商量著要私奔，只等寶玉守靈回來，就跟老太太告假，說林姑娘要回鄉掃墓，叫寶玉跟著，兩個瞞天過海，遠走高飛去，可有這話的沒有？」紫鵑叫一聲苦，頓足罵道：「這是那個爛了舌頭的嚼蛆，可不屈死我們姑娘？」玉釧道：「我也不信林姑娘會說這樣的話。可太太竟有些當真呢。從前我姐姐還不是一句頑話，就枉丟了性命？要說寶玉，真就是個害人精，遠的不說，那晴雯、芳官、四兒是伏侍過他的，自然容易招惹是非，小紅卻是已經跟二奶奶去了的，誰知就爲著同他說了兩句話，便惹了多大不是……」

話猶未了，卻聽石後頭有人笑道：「這不是林姑娘麼，怎麼睡在這裏？你身子又弱，倒和史大姑娘學。」卻是老太太房裏的丫頭傻大姐的聲音。紫鵑、玉釧俱吃了一驚，忙往石山後尋去，果然見黛玉倒在花樹之下，雙目緊閉，面如銀箔，臉上身上覆了半扇落花，靜無聲息。即伸手向鼻下輕探，只覺氣若遊絲，似有還無，不禁都唬的連聲呼喚。忙叫了人來將黛玉抬去瀟湘館，又命雪雁飛報與賈母知道。正是：

船到江心槳已斷，那堪風雨不饒人。

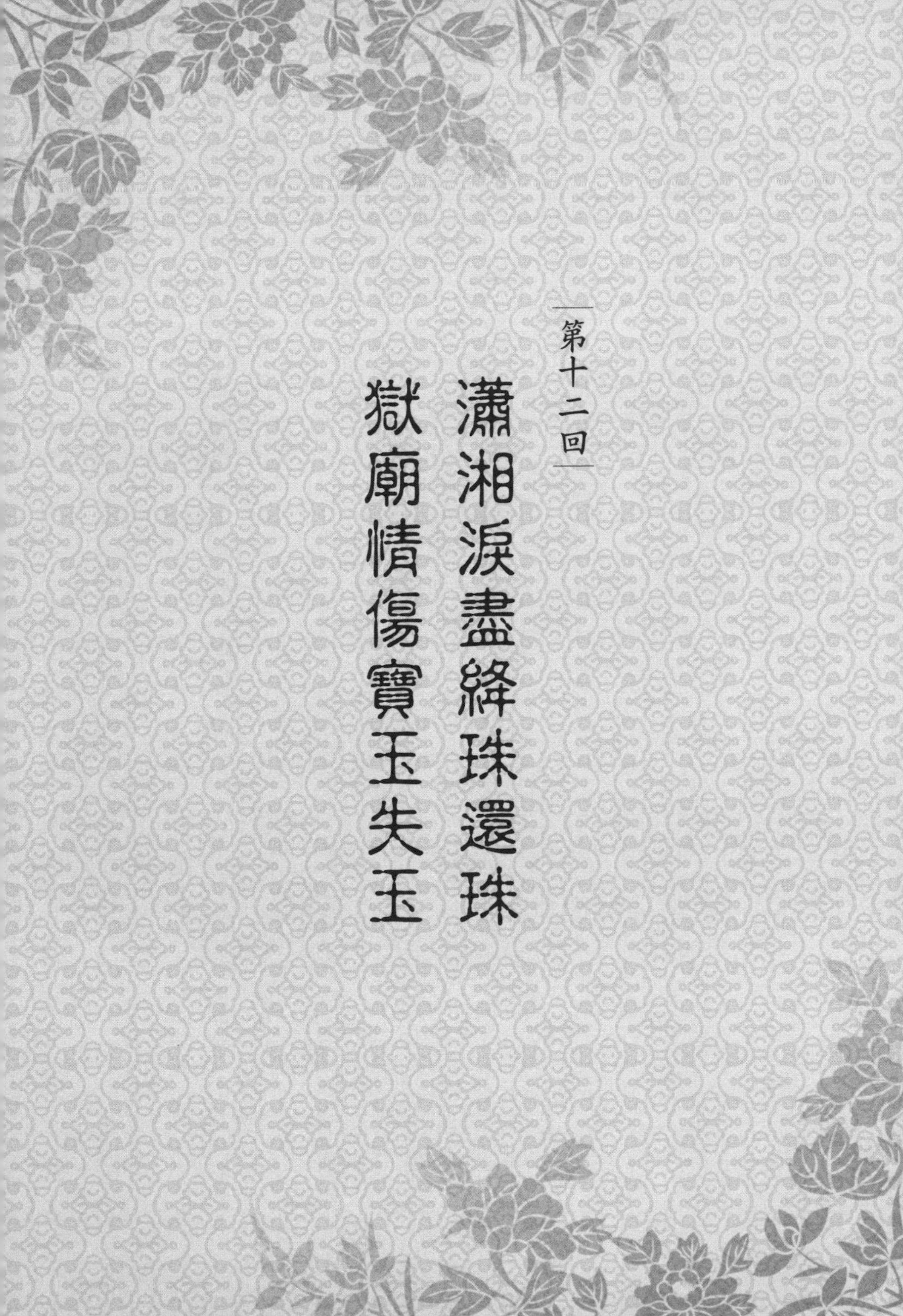

第十二回

瀟湘淚盡絳珠還珠

獄廟情傷寶玉失玉

且說賈母送走黛玉，又向鳳姐等歎道：「都說你林妹妹要做王妃，是喜事；我看著卻未必是福。你們大姐姐倒是貴為皇妃的，我前日看他出殯的陣仗，竟不如前頭蓉兒媳婦去時的氣派。我雖不是貪慕虛榮、一味愛排場的，可也不能失了大格兒，可憐他一生爭強好勝，到死竟不能得個身後哀榮，便連諸王侯、誥命也都較先前冷淡許多，想來娘娘一死，我們寧榮二府的氣數便要盡了。」

寶琴、湘雲雖能言善道，卻為這話說的嚴重，都覺辭窮，竟不知勸慰。只有鳳姐強撐著勸道：「老太太說的差了，蓉哥兒媳婦是咱們寧府裏出的殯，想要怎麼鋪排，只管隨心思弄了去，珍大哥哥又捨的花錢，好面子，愛排場，所以氣派；如今娘娘貴為皇妃，原是宮裏的體面，從奢從儉，原有一定之規，那裏由我們呢？何況本來並不知道要當下就歸葬先陵的，所以許多執事都不及準備，就是諸王侯相府裏親戚故舊要奠祭拜儀，也都措手不及，況且事關國體，反而拘禮，不便張揚，那裏就說到親疏冷熱上去了。老太太素來最心寬大度的，如今怎麼反倒多心起來？」

賈母歎道：「你那裏知道這些？那日在十里亭，戴公公宣讀聖旨，雖然說的天花亂墜，字眼動聽，可是到底連個追封謚號都沒有；而且當地裏就喝令扶柩著歸孝慈縣，連城也不讓進，家也不讓回，便連鐵檻寺停放幾日也不許，雖說屍身不便久擱，那裏就急到這樣兒？總要過了三七再發引也不遲。況且提前又是一絲風兒不透的，弄的爺兒們一點準備沒有，竟鬧了個措手不及……」

正說著，忽見雪雁滿臉淚痕闖進來，跪下回道：「老太太，我們姑娘不好了。」眾人聽了，都是心頭一驚，由不的滴下淚來。湘雲早拉著寶琴搶出門去。賈母亦是老淚縱橫，哭道：「我苦命的孩兒啊。」扶了鳳姐往外便走。剛出門來，只見前頭幾個小廝一陣飛跑進來，滿口裏只嚷：「不好了，不好了。」幾不曾迎面撞上。鳳姐氣的劈面一掌，把爲首一個打了個倒仰，罵道：「我把你們眼裏沒主子的混賬奴才，不在二門外侍候，怎麼竟跑進裏面來了？滿嘴裏說的什麼昏話？唬著老太太，我揭你們的皮！」

那小廝打了個趔趄，忙直挺挺跪下，也不知磕頭，也不知求饒，仍是亂嚷著：「不好了，來了好多穿衣戴帽的大人。」鳳姐更怒：「放屁！難道你是不穿衣服，光著身子的不成？到底什麼人來了，把你唬成這樣兒？」賈母心中驚疑不定，顫巍巍道：「慢點聲兒問他，別嚇壞了他。好孩子，跟你主子好好說，到底是什麼事？」小廝定一定神，方回道：「外面來了一隊穿官衣的衙役，還有許多戴官帽的，奴才也不認得是什麼官兒，都不是從前常往府上走動的那些人，各個執棒拿牌，好不威風，都黑臉兒包公一樣，見了人只管踢打，教把幾層門通通打開，不放一個人出去，說是什麼王隨後就到……」

鳳姐大驚道：「這不是抄家？」賈母一句沒聽完，早已倒仰過去，渾身抖顫，喉嚨裏咳咳作響。鳳姐和鴛鴦忙一邊一個抱住了，掐人中，揉胸口，哭著亂喊。便見一隊皂隸殺騰騰的進來，叫道：「賈府的人聽著，北靜、忠順兩府傳旨辦事來了，出來一個喘氣的領罪。」雪雁看見光景不對，早飛跑著去了。

這裏鳳姐忙扶著賈母跪下，賈母氣息奄奄，幾次張口想要說句什麼，竟是一個字也吐不出來。於是先是一隊執事軍卒進來，把守兩邊門口，接著北靜王爺與忠順王爺各帶一路人馬進來，分頭站定，忠順王遂高聲宣讀聖旨，鳳姐也沒大聽清，只說是什麼「窩藏贓物」、「私賣禁品」云云，便知是自己委託冷子興搗賣甄家古董種下的禍根，那裏還敢言聲。

原來皇上回京不數日，忠順王便悄悄將北靜王水溶告下，說他趁皇上外出期間，借生日爲由聚黨鬧事，私交外邦，親近佞臣，平日往來的多是些夤緣鑽刺、心懷不軌之輩，每每非議朝政，狂言謗上，又舉出賈政、賈雨村等一干人來。皇上聽了，半信半疑，惟念在元妃之情，並不肯輕易辦理，只命有司提審相關人等，明察暗訪。免不了審出寧國府賈珍、賈蓉父子夜夜設局聚賭，鬥雞酗酒，且以女尼、道姑侍酒，充作粉頭之類。當今原是至仁至聖之君，聞此醜事，能不震怒？又看了參與聚賭的一干人名單，所來往的，都是些世家顯宦，王孫公子，連宮中內相也偶有加入，更覺嚴重。

看官須知，自古以來，朝廷最忌之事便是官宦勾結，私設賭寮妓寨。這賭與嫖還是其次，只怕以賭爲名，以色爲餌，行賄賂之實，蓄虎狼之勢，勾結各方勢力，聚黨亂政才是至大隱患。再將北靜王府客如雲來、海上志士多所投轄之事，與寧國府夜夜聚黨兩宗並看，愈覺嚴重，更又有待罪之臣、前兵部大司馬賈雨村以做媒爲名，走動兩府之間，設結通家之好，豈無禍心？遂命忠順王親提賈雨村嚴刑審問。

那賈雨村起先只抵死不認。偏偏禍不單行，百密一疏，滔天大案往往泄於芥豆之微。原來，賈雨村從前在應天府時，因有個來自葫蘆廟的門子深知自己底細，心裏大不自在，遂將其尋釁充發，只當無事。不料前些年遇著大赦，那門子得還自由身，改姓更名，輾轉來了京城，又托親靠友做回老本行，心下將雨村恨的賊死，只爲懼他權勢，不能如願。今既遇著雨村降職，皇上又令人明察暗訪其所有經手官司，往來官員，各府縣衙門俱得了密旨。被那門子知道，正撞在心坎兒上，如何不報仇，便將從前雨村在應天府所爲添油加醋的舉報了上去。府衙不敢怠慢，一道密折奏了上去。

雨村聽見這件事發，情知逃脫不過，心想此事原爲賈、薛、王三家而起，如今賈府大勢已去，自己身上正有許多謀私貪污、斷案不公之罪不能自辯，不如都推在賈府身上，只說礙於寧榮兩府及王子騰淫威，不得不徇私枉法，並取出當年與王子騰、賈政等往來書信爲據，又供出賈赦貪求古扇授意自己逼死石呆子等事來，但求脫身自保，陷之惟恐不深，且道：「若不信，只管去榮國府搜檢，那二十把古扇想來自然還在府裏的。」又一力開脫北靜王，說兩府聯姻之事原是賈政爲慕北靜王府之勢，再三托自己代結紅線，意欲攀龍附鳳，其實王爺並未應允。只望開脫了北靜王，可爲自己護身之符。

皇上雅不願與北王分崩，況且寧府聚賭之眾，牽連甚多，一旦治罪，必定朝廷大亂，群臣反目，此時邊疆不穩，外患不絕，如何再可引發內亂？然而賈府既爲北靜王之羽翼，卻是不可不除，只恨不能以聚賭罪處之。今既得了賈雨村這番供詞，遂順水推舟，且將北靜王水溶開脫，一邊著府衙重審薛蟠、馮淵一案，一邊又另尋隙端處治賈家。恰在此時，京中又有探子來報，說查得賈府奴才周祿私當御制違禁之物，經查問，得知乃是賈門孫媳王熙鳳委託古董商人冷子興運出變賣；內務府又對出此物原爲案犯甄家所有，並將寶月瓶獻呈御覽，稟道：「此乃朝鮮國進貢之物，卻爲甄犯吞沒。玉瓶原爲一對，已查過冷子興所賣貨單，並無此物，想來還藏在賈府未出。」

至此，鐵案如山，終成定議。當今便是再仁慈寬厚，也免不得龍顏大怒，遂將甄家之案審結，指其「行爲不端，虧空甚多。朕屢次施恩寬限，令其賠補。非但不肯感激朕成全之恩，盡心效力，反而將家中財物暗移他處，企圖隱蔽，有違朕恩，甚屬可惡！」當即判了個削去戶籍，賣身爲奴；復下旨「賈府藏匿犯臣家資，是明知故犯，罪同欺君」，令其「家中財物，固封看守，並將重要家人，立即嚴拿」。

忠順王又上疏云：既然賈府敢於藏匿甄家之物，想來查抄賈府之際，必定早有防範，將財物他移；況且賈府在朝中黨羽頗多，說不定有人通風報信，又或是賈府中人四處求告，阻逆官差辦事，恐生枝節；遂獻了一個調虎離山之計。因此朝廷上下密不通風，皇上一道聖旨，著賈府所有男丁往孝慈縣守靈，趁其毫無防備、府內空虛之際，命忠順王聯同北靜王一道夙夜抄檢，亦是敲山震虎之意。

北靜王亦深知聖意，更不敢稍有懈怠徇私之處，遂與忠順王並肩前來，先問的一聲：

「誰是王熙鳳？」鳳姐顫巍巍答應一聲，早有侍衛上來將一條繩兒五花大綁，便喝令著送往獄神廟去監禁起來。接著忠順王一聲令下，眾衙役便搜家的搜家，攆人的攆人，貼封條的貼封條，挨屋逐院的抄將起來。先抄了寧榮二府正房大院，將看家的僕婦盡皆趕出，都教押往宗祠去暫且看守；抄出大量賭具，宮用緞紗，當票，書信等物，又果然自賈赦房中抄出二十把古扇來，與賈雨村所供毫無二致，都交兩王過目了，著師爺記錄在冊。

兩王早聽說大觀園之名，恨無機會領略，趁此正要仔細玩味一番，遂都不理寧榮二府，只由的士兵抄檢，自己且先進園來，但見屏山掩路，清溪九曲，引池疊石，饒有幽致，不禁都點頭歎息。忠順王便向北靜王笑道：「這裏卻比府上後花園如何？」水溶謙道：「寒舍鄙陋，不如此處多矣。」忠順王笑道：「北王何必過謙？此處雖然也算的上玲瓏可觀，卻只得『清秀』二字，依我說不如府上遠矣。我聽說府裏後花園有座瀑布，一丈多高，聲或擂鼓，巨麗無匹，只可惜無緣親見。」水溶忙道：「忠順王若有雅興，小弟掃花煮茗以待。」士兵們各處打門呼喝，搜房攆人，只驚的鷗鶴逃飛，鹿兔奔走，他二人只是閒庭信步一般，一路把玩閑花野石，奇山秀水。

只見迎面一個院落，妝紅砌綠，門額上寫著「怡紅快綠」四字，院內曲徑遊廊，蕉葉冉冉，室內屏障泥金，玻璃鏡隔斷，博古架上杯盤碟碗俱全，皆可式可樣兒的擱在預先鑿好的槽兒裏，什麼青花蕃蓮碗，二龍戲珠流雲花朵葫蘆瓶，五彩仕女敞口盤，宋代汝窯紅梅瓶，元代龍泉中盤，還有許多叫不出年代名號的精緻器物，都鎏金燙花，文彩輝煌。忠順王喜的眉開眼笑，都叫侍衛小心收起，一一記錄。

北靜王且只顧著看對聯字畫。兵士們早衝進去驅攆丫環，搬拿東西。襲人正病在床上，行動略遲慢些，就被那些兵役死拉硬扯起來，拖在地上，麝月忙走來攙起，與眾丫環一起出來院中，役卒們這便翻箱倒篋，又搜出許多珍玩古董來。因其中有大紅汗巾子一條，北靜王只覺眼熟，忙命人拿過來，可不正是從前茜香羅女國王贈與自己、自己又轉贈了琪官之物，且新配了石青的條子，極是搶眼出色。忠順王卻也認得了，不禁微微冷笑。水溶只做不聞，問道：「這是誰的？」那襲人半死不活，走來跪下回稟：「是我們二爺賞與奴才的。」

水溶便知是寶玉之物，約摸猜到幾分，遂將襲人看了幾眼，雖是滿面病容，倒也溫柔端麗，便知必是寶玉身邊心愛之人。這水溶雖然位極人臣，畢竟年輕，有些少年心性，既知襲人是寶玉近身之婢，便故意要同他搗亂，遂笑道：「這人病成這樣兒，只怕活不長，若一時半會兒死了，倒是不便，且傳出去也不雅。不如叫他家裏人領了去吧。」便又打聽襲人可有什麼家人在此，因問知府外頭尚有個哥哥，便命人找了花自芳來，領他妹子回去。

襲人那裏肯走，只哭道：「情願與主子在一處，死也死在府裏。」無奈身虛體乏，那裏扎掙的過，早又吐了兩口血，暈死過去。麝月摟著大哭，那些衙役那會有憐香惜玉之心，只覺不耐煩，大聲喝斥著，強行分開兩人，將襲人生拉活拽丟出府去，只等花自芳來領。怡紅院眾人一併攆出園去，與鴛鴦等拘在一處。那襲人爬在地上，睜開眼來，只見自己衣衫凌亂，襪甩鞋脫，身邊許多衙役指點嘲笑，卻連一個姐妹熟人亦無，不禁既羞且愧，忽想起從前抄檢怡紅院攆晴雯之事，比起今日何等相似，而自己之形容狼狽，更比晴雯猶甚，不由的心灰意冷，垂下淚來。

水溶侯著忠順王往攏翠庵去了，又將搜撿之物一一細察，撿出多件自己歷年贈送寶玉之物，都叫親兵藏了收起，這方閑閑出來。

妙玉稟燭開門，凜聲道：「我是本庵住持，並非賈族親眷，既然此處已爲是非地，便是我緣盡離開的時候。你們須不可阻我。」眾隸聽了，面面相覷，做不的主，便將妙玉帶至忠順王爺前，說了一遍。那忠順王看見妙玉仙姿絕色，玉骨冰肌，便起了垂涎之心，故意道：「你在賈府多年，雖依你說原本無親無故，如何能信？只別被搜出證據來。」因教皂隸搜檢。一時果然搜出大量瓷器字畫，都是稀世珍玩，不可多得。便又闖入臥室中來，只見素帳高懸，清香嫋嫋，沁人心脾，最可異者，是窗下置一青玉五枝燈，高七尺餘，雕蟠鏤螭，以口銜燈，燃之，則鱗甲皆動，燦若列星。

忠順王笑道：「一個尼姑，如何藏有這般寶貝？自是賈府之物了。」遂令抄沒。妙玉雖不捨，然見那些人兇神惡煞一般，自知不能保全，況且畢竟身外之物，也只得道：「東西你們便拿去，但我本方外之人，並無過犯處，須不可拘禁。」忠順王道：「既這樣，我就差兩個軍卒送你去別的庵裏掛單，也好知道你的下落。將來說不定還要提審對證。」說罷，果然命了兩個親隨跟從妙玉出府。妙玉往外走時，有意無意，將袖一拂，便將自己平日吃茶用的那只綠玉斗拂落在地，跌成幾瓣。忠順王也不在意，只嘿嘿冷笑。

眾衙役一路抄至瀟湘館前，紫鵑堵著門跪著，手裏握把剪子，將鷹口對準自己心口，哭道：「我們姑娘死了，我反正也不想活了。你們還要搜，還要翻！姑娘千金貴體，豈是你們可以褻瀆的？誰敢碰他一下，我就死在這裏。」雪雁見他這樣，便也一旁跪下，也說願意隨姑娘去死。春纖等看了，也都跪下了。衙役們不敢妄動，只得又飛報與兩王知道。

水溶早有心要借抄檢之機好歹見黛玉一面再做道理，聽說竟然死了，頓足不已，因來至院門前遠遠的向裏面一張，只見兩邊翠竹成蔭，夾著一條石子路，那石子被月光照的雪亮，如冰如銀，印著樹影參差，苔痕濃淡，越覺清幽，月洞窗裏帳幕低垂，銀燭高燒，朦朦朧朧的看不清爽，卻有一股異香如蘭如菊，聞之令人肅然起敬，不禁歎道：「原來這裏叫作瀟湘館，倒是好個所在。」又見紫鵑一身縞素，披髮執剪而立，更覺感慨：「有其主必有其僕，鬟婢輩尚且如此，可想姑娘爲人。」從前只知他才貌雙全，如今方知更是冰清玉潔、剛烈忠貞之輩，益發捶首歎息。便令軍卒不許騷擾，自己在門前恭恭敬敬，拜了幾拜。紫鵑看著，不禁又發呆想，心道倘若姑娘果真嫁了這位王爺爲妃，未必就不如意了，說不定還不至於死。想著，更加流淚悲泣。

那忠順王聽說死了人，便也過來張了一張，只見院宇深沉，簾幕掩映，竹樹蔥茜，溪榭幽絕，森森然若有冷氣襲來，自思新死的人靈魂未遠，打擾了須不吉利，且北靜王一力環護，不教搜檢，便不堅持，只道：「把院門封了，不許一個人進出。」復帶隊向前搜去。

水溶拜罷，忽聞半空裏有女子歎息聲，且吟道：「爾今死去儂收葬，未卜儂身何日喪？儂今葬花人笑癡，他日葬儂知是誰？」不禁一驚問道：「何人說話？」紫鵑跪答道：「是鸚哥，念的是我們姑娘的詩。」水溶聽了，悠然嚮往，暗思近朱者赤，所養鸚哥尚通靈至此，可想那林黛玉是何等超凡出世的一個謫仙人物了，我終俗人，竟無緣一見。不禁向著鸚鵡點頭再三，方始離去。早有親隨便向簷上取了鸚鵡籠下來，跟在後面，紫鵑等看著，雖怒而不敢攔。

遂到秋爽齋前。探春聽說抄檢，歎道：「我從前說什麼來著？果然來了。」並不消兵卒們喝命，只自帶著丫環出來，因請求面見王爺。兩王聽了兵士報告，均覺驚訝，心道一個姑娘家，看見這許多兵來抄家，不說懼怕躲避，反要主動求見，這樣奇女子，倒是不可不見的。遂命帶來。探春站定，不卑不亢的稟道：「我並不知我家犯了什麼彌天大罪，但只我父親月前已經奉旨將我繪像造冊獻上，一日未將我從冊中除名，我便一日還是侯府千金，待選郡主，如何容的這些兵卒造次？」

原來朝中規矩，凡是待選之女，皆比男人高貴，且在放定之前，權作皇族看待。如今賈府雖抄，然探春、惜春卻因為已經送冊入宮，並不在罪屬之列，故而探春有是語。忠順王啞口無言，且也衷心感佩，遂向北靜王笑道：「此女前程不可限量。」復向探春道：

「姑娘見教的是，既這樣，姑娘請自收拾了隨身衣物，我教幾個士兵送姑娘出去。」又故意當著探春面傳令下去，不許爲難賈府女眷。探春這方看著待書等從從容容收拾了幾件衣物出來。

忠順王直看著探春去了，方命番役進去搜檢，自己便也步進院來，只見梧桐挺密，芭蕉扶疏，又是一番景象。及進了屋，更覺佈置的與別處不同，雖爲瓊閨繡閣，卻無一毫脂粉氣，甚是寬敞闊大，彝鼎圖書、棋枰茗具咸備，靠東壁設一白玉盆，大如甕，浸著各色香花，西壁設一水晶瓶，內插珊瑚樹，長九尺餘，襯一鳥尾，金翠燦爛，既非孔雀，亦非稚雞，長七尺餘，瓶更瑩澈，內外可鑒。中設花梨大理石大案，案上置著一尊七尺高的漢青銅長信宮燈，綠鏽斑斑，銘文累累，又有寶硯成堆，插筆如椽，四壁書畫琳琅，皆爲名家筆墨。

忠順王不住點頭讚歎，又將宮燈拎在手上顛了一顛，怕不有二三十斤重量，不禁笑道：「這位賈府三小姐倒是個女中豪傑，閨閣陳設與尋常公侯千金大不相同。」水溶亦打量著壁上字畫道：「這幅米襄陽的〈煙雨圖〉甚是難得，如今書畫市上，便一千兩銀子，未必求的來。」因見桌上放著茶吊子，觸手猶溫，便取一隻玉枝梗光杯來斟了一杯，潤了潤，笑道：「這是千葉多心茶。走了這半日，正覺的口渴。」又讓忠順王爺。

時有侍衛進來回稟，稻香村現住著賈府孫媳的娘家親戚母女二人，請求辭去。忠順王問明身分，無非寡婦弱女，料無干係，便命檢查了隨身包裹即可放行，只不許帶走府中財物。就便出了秋爽齋，往稻香村來。方至門前，眾役已抄檢已畢，不過是些家俱被褥，再略有幾件古董擺設，除此竟沒一點值錢東西，別說金銀珠寶，便連幾軸字畫也都是近代仿品。忠順王聽了不通道：「必是你們搜檢的不仔細。」又命重新搜過，且叫李嬸娘打開包裹給士兵再搜一回，雖有幾件頭面首飾，四季衣裳，李嬸娘咬緊口只說是自己娘倆的，忠順王卻也看不上眼去，只得揮揮手叫他們去了，倒覺詫異：「閥閱之家，何以有此粗陋窳劣之物？政公對待寡婦兒媳如此苛刻不成？」及進院中來，看見籬落蕭疏，雞飛狗跳，井臺邊上尚有洗衣盆、擣衣杵等物，遂不疑有他，反笑道：「榮府裏亦有自食其力者乎？倒是孤兒寡母的有志氣。」

接著，薛姨媽也哭著進來，帶了寶釵、寶琴、湘雲、邢岫煙等辭去，也都只帶些隨身衣裳，並無違禁之物。薛姨媽還惦記著黛玉，卻聞瀟湘館中忽然哭聲大作，紫鵑泣血一般喊著「姑娘」，情知黛玉不好，便欲進館去瞧，卻被差役攔住，喝問：「你說是親戚，這親戚也恁多，難道你竟一胎生了四個女兒不成？還要拉三扯四的不足。你若不走，就一條繩兒綁了。」寶釵只得勸著母親離開，想著與黛玉姐妹一場，臨死竟不能見上一面，都不禁傷心流淚。

那妙玉此時已走至曲徑通幽處，但見風掃殘紅，香階亂擁，正自歎息，忽聞哭聲，便又站住了向兩王求情道：「原來瀟湘館主人仙逝，我本佛家弟子，豈能袖手旁觀，視而不見，理該爲之誦經超度。」這話卻投了水溶的心，歎道物以類聚，人以群分，這林黛玉所結交的竟然各個都是鳳毛麟角、百不逢一之人，忙道：「既這樣，仙姑請便。」忠順府雖不情願，也不便阻攔，仍叫親兵跟隨監管便罷。

正亂著，忽然一個帶髮修行的小尼姑穿著簇新的直裰僧袍走來，也請道：「我也不是他家的人，只是來講經的，被留宿在此，你們抄家封門，須得放我出去，怕回庵裏晚了，師父罵。」湘雲展眼看的清楚，驚叫一聲：「四妹……」寶釵忙將他嘴捂住，使眼色兒不教叫破。那些皂隸正忙著搜檢，衣飾細軟，俱各登記，那裏耐煩分辨，也不細問，便向忠順王爺稟報，說有個小尼姑因說經留在府中未去，綁也不綁，忠順王爺看他只有十三四歲年紀，僧衣布鞋，面目冷淡，並不留意，只道：「佛門中人，不必爲難，教他各自去罷。」竟然就此輕輕放過，教他走了。寶釵等看著他頭也不回的離去，都望著背影點頭歎息。

湘雲卻又另起一番心思，暗想跟出去也罷，留下來也好，橫豎都是寄人籬下，且自己又和邢岫煙不同，他原是薛家未過門的媳婦，又有老子娘住在外邊，自己雖與寶釵要好，畢竟不是他家的人，與其倉皇出去，倒一動不如一靜的，倘使叔叔嬸嬸來找，也容易聯絡。便說情願留下，同賈母等一處。寶釵也不深勸，反是薛姨媽拉著垂了幾滴淚，說「我這一出去，必定立時寫信與你叔叔，叫他們派車來接你」。

及出來，才知道自己家門前也擁著許多官差，不禁大吃一驚，忙攔住一個差役道：「我們只是借住在此，除房子是賈家的，一總衣食都是我們薛家自己帶來的，如何也一同抄了？」那番役道：「管你什麼薛家、賈家，皇上下旨抄檢寧榮二府，咱們不聽麼？皇旨明明白白：凡府內財物一概封存，你既然住在賈府裏，自然要抄。憑你天大冤屈，且到金鑾殿上喊冤去，咱們聽旨辦事，卻不管查案的。」

薛姨媽還要再說，另一個差官模樣的人走來說：「原來你是薛家老太太，薛家也不乾淨，你們兩家既是至親，又住在一處，已經該抄，況且自己還有錯處。」一句未完，早見寶蟾人群裏竄出來，拉住薛姨媽道：「大爺被他們帶走了。」薛姨媽聽了，抖衣亂顫，忙問：「封了我家東西也就罷了，怎麼人也要帶走？難道住在這裏也有罪？」那差官笑道：「應天府打死人的，可是你兒子？殺人償命，你們躲在這府裏幾年，俗話兒說的：善有善報，惡有惡報，不是不報，時候未到。如今可不是到時候歸案了。」

薛姨媽再想不到是這件事發，心知薛蟠此去凶多吉少，往時還有賈王兩家幫忙周旋遮庇，如今卻靠誰去？不禁哭天搶地，喊著薛蟠的名字哭道：「造孽的兒啊，你這一去，可教你娘死也閉不了眼啊。」又數落起馮淵、香菱來，「我知道你們死的屈，可是初一、十五，清明、重陽，沒斷了給你們燒紙、誦經，如何陰魂不散，又來纏他？」寶釵惟恐人聽見笑話，忙拉住母親勸撫：「這都是哥哥宿日積下的冤孽，應有之劫，媽媽這時候且別亂說話，叫人聽見，反落話柄。」又命人出去打轎子，送岫煙去邢大舅處。

薛姨媽自知失態，又見岫煙在旁邊，更不好意思，欲要忍著淚叮囑幾句，那裏忍的住。寶釵一顆心恨不的分作幾瓣，又惦著裏頭賈母等這會兒不知怎樣，又要安慰母親，又爲哥哥難過，煩惱焦慮難以形容，礙於閨閣身分，又不好上前同人打話，只得問寶蟾：「可見著薛蝌兄弟？」寶蟾道：「二爺跟著大爺去了。」寶琴吃了一驚，忙問：「我哥犯了什麼罪？」寶蟾方知匆忙中答得不妥，忙道：「二爺沒罪，是他們帶大爺出去，二爺跟著出去打點了，說是就回來的。」寶琴這才略略放心，遂拭淚與岫煙道別，只說：「等我們安頓下來，再給姐姐送信去。」岫煙見薛家如此，心下也自暗驚，又不好多說的，況且對薛蟠、香菱的舊事雖有風聞，原不深知，此時更加不便說什麼，只得含淚安慰了薛姨媽幾句，登車而去。

好在不多一會兒，薛蝌進來，找見薛姨媽，說已經問準了薛蟠押往之處，容後再找門路疏通便是。方才已雇下一輛大車，就停在外面，此處雖然封了，幸喜城南的幾十間房子俱已收拾妥當，如今便往那裏去好了。薛姨媽也無別法，只得應允，又亂著找人往裏邊報信，寶釵經此一番變故，卻早暗自打定主意，遂向母親稟道：「母親有琴兒與薛蝌兄弟照料，想必暫且無妨，倒是這裏除了探丫頭外，竟無一個正經主子留下，又都沒經過什麼事，未免大亂，不如我留下來幫他們料理幾日。」

薛姨媽訝道：「這又何苦來?他家弄成這樣，你留下，卻不是自己往坑裏跳？」寶釵道：「我留下來，不過是親戚的情意，朝廷裏便有旨下來，也未必會難爲女眷，縱有什麼事，少不得還要放我出去，總不見的將我一同治罪；這時候走了，倒顯的咱們薄情寡義，以後也難相見；況且咱們家現在也弄成這樣子，若說爲怕株連要躲開，終究也是躲不開的。」薛蝌和寶琴也都深知緣故，都道：「既這樣，嬸娘倒不如成全姐姐的義氣，所謂『患難見真情』，大家彼此也好互通聲氣，況且有咱們照顧嬸娘，姐姐也放心的。」薛姨媽想了想，只得允了。於是哭哭啼啼的出來，一家人上了車，且往城南去了。

接著蘅蕪苑、紫菱洲、藕香榭等處也都搜過了，不過是些字畫玩器，頭面衣物而已，二王遊興已盡，便命封了大觀園門，只留角門一處派人把守，預備另有用途。遂將寧榮二府一干人都先押往寧府西邊宗祠中暫時安頓，黑油柵欄外攔了老粗的繩索，派著幾個兵輪流看守，等候御裁。

一時兩王去了，賈母悠悠醒來，神思漸定，見探春與鴛鴦等正圍著哭泣，且不問搜檢之物，卻先向人群中撒目一周，因不見黛玉與鳳姐兩個，便向二人詢問。探春哭的兩眼腫起，不敢告訴，鴛鴦知不能瞞，從實稟道：「二奶奶被那些人捆著，說要帶去什麼獄神廟監押候審；林姑娘方才於搜檢之前，已經氣絕升天了。」賈母聽了，長歎一聲：「他倒去的乾淨。」兩行老淚流出，左右看看，又問其他人。探春只得也都照實說了，賈母聽說岫煙、寶琴被薛姨媽帶出，點了點頭，又見寶釵守在身邊，歎道：「你這丫頭癡心，怎麼不跟你娘出去，倒在這裏陪我老婆子受罪。」說到惜春竟然就此易裝出走，又流下淚來：「傻孩子，他打小兒就愛和小尼姑做伴兒，動不動就說要剪了頭髮做姑子去，這佛門是容易進的？可憐他身上一個錢也沒有，就這樣走出去，卻吃什麼？」

寶釵強忍悲痛勸道：「古語說：一子出家，九祖升天。今日之難，是咱們家命中有此一劫也未可知，倒是四妹妹這一走，或者可以托帶著一家人都功德圓滿了，想來過不了多久，就會風平浪靜，雨過天晴的。」探春、湘雲也都道：「寶姐姐最博學多識，說的一定不錯。」賈母歎道：「但願如你說的就好了。」遂命探春與鴛鴦扶他起身。探春與鴛鴦原本擔心賈母風燭殘年，禁不的這樣驚動，又不能請大夫來診治，急的只是哭。及賈母醒來後，略作休息，便已神清氣定，反安慰他們道：「你們平時也都是能經事拿主意的，如何經歷這一點子事，就這樣張惶起來？他們爺們兒不在，原該慶幸，好歹外面留些可以打點的人。這時候倒該想想，派個什麼人出去，通知爺們兒一聲，想些法子才是。」一言提醒了鴛鴦，拭淚回道：「寶姑娘方才進來前，已經拜託了他兄弟薛二爺，想來這會兒已經派人去通知老爺了。」因見賈母心智清明，知道一時不妨，略略放心，方慢慢鎮定下來。

原來賈母素來最是膽小，每於尊榮之時，常思沒落之日，況且前些時候為甄家抄沒的事，一再懸心，每每慮及後事，憂心不已，及後元妃歿了，便知運數將盡，日日夜夜只耽心這一刻。如今果然抄了，心中一塊大石落地，反倒坦蕩，只一心一計為兒孫打算起來，眼看枝葉凋零，自己再不出來說句話，只恐難有把持大局的人，因此非但不用探春等照顧自己，反打頭兒安慰眾人道：「這是祠堂，列祖列宗在上頭看著，須不可哭哭啼啼，叫祖宗見笑。雖在非常之時，不能沐浴更衣，亦不可蓬頭亂髮，舉止失儀。」遂正一正衣冠，來至寧榮二公像前，帶頭拜下去。眾人見了，也都整衣理鬢，依次跪拜，一如往日祭祖之儀。

堂中原有坐息之所，茶炊之具，並有專人打掃看護，一切甚是乾淨齊備，堂中松柏蓊鬱，夾著白石甬路，庭內錦幔高張，彩屏環護，鼎彝香燭俱全，賈母向鼎內焚了香，暗祝暗禱已畢，復回身命探春道：「念上面的對聯與我聽。」探春恭敬念道：

「勳業有光昭日月，功名無間及兒孫。」

賈母道：「解給眾人聽，什麼意思？」探春道：「這是先皇御筆親賜，稱頌咱們祖上建下不世功勳，可昭日月，惠及兒孫。」賈母淚流滿面，歎道：「解的好。我並不信祖宗打下的百年基業，就這樣敗在我手上，有列祖列宗保佑，我們賈家將來必然還有出頭之日。眼前艱難，是我賈家的一道劫數，只要咱們上下齊心，安貧樂居，終歸過的去，惟今之計，須得節衣縮食，再說不得從前如何如何的話來，亦不可哭哭啼啼，抱怨牢騷，另生是非。」探春等俱跪下道：「老太太教訓的是。」

看守在黑柵欄外的那些差兵看見賈府女眷先前那樣張惶紛擾，一眨眼工夫卻又安靜平定下來，列隊拜祖，有條不紊，都覺佩服，讚歎：「這才是詩禮大家的氣派。」及僕婦們將陋就簡，胡亂燉了些稀粥鹹菜來，眾人都覺難以下嚥，賈母卻吃的津津有味，反向眾人道：「有的吃，且吃一口罷，說不的後邊，連這一口粥也沒的吃的日子還有呢。」雖粗茶淡飯，倒一日日似乎更健朗起來。眾人見老太太這樣，也自寬心打氣，漸漸安定下來。薛姨媽又買通侍衛，每每送些衾枕被褥、弄些湯水進來與賈母等享用，不在話下。

如今且說寶玉隨著賈府眾人在孝慈縣結廬守靈，終日禾席草枕，咽菜食粥，十分辛苦。更兼思念黛玉，想起行前一日辭別之際，許多話都未能出口，反有無限可回思處，心上反覆掂量，不能放懷。

這夜守著靈前燒了些奠器紙紮，放過焰火，跪了回經，又守著王夫人吃了藥，這才各自睡下。方朦朧欲眠，忽聽一陣音樂聲，似琴箏又似簫管，竟不能分辨，不禁暗想：水陸道場已散，又那來的聲響？況且清幽雅致，也不似那些和尚道士吹打的那般。又聞一陣幽香縹緲，亦不是尋常檀香麝香。正納悶時，便見許多仙子簇擁著一位麗人走來，羽衣縞袂，遙遙站定，且向寶玉凝眄不語。寶玉定睛看去，竟是林黛玉的模樣兒，卻比黛玉顯的豐潤，不禁大喜道：「原來妹妹大好了，我這裏還只是替妹妹懸心。卻不知吃了那位太醫的藥？回去定要好好謝他。」

那林黛玉這方斂衽施禮，輕聲歎道：「原來你都忘了，可還記的靈河岸三生石畔灌溉之情麼？」寶玉聽了這一句，只覺心頭恍惚，若有所思，卻又一時想不清楚，因問：「妹妹說什麼靈河岸？寶玉愚鈍，一時不能明白。這又是什麼典故？」黛玉歎道：「你果然都忘了，想當年離恨天外，我承你日夕以雨露灌溉，總沒什麼報答，所以在警幻仙子座前立誓，自願跟你到世上走一遭，把一生的眼淚盡還與你，以完此債……寶玉，只願你能以待我之心對待後人，就是不辜負我了。否則，若只是一心以我為念，更有負佳人，豈不令我之罪愈重，令我之債難還？」說罷，連連歎息。

一番說話，寶玉總未聽懂，只這句「把一生的眼淚盡還與你」卻是錐心刺骨，痛不可抑，不禁哭道：「妹妹要去那裏？我跟妹妹一同去。」說罷抓住黛玉袖子只是不放，卻被黛玉迎面一拂，只覺身上一涼，驚醒過來，室內空空如也，那有什麼黛玉，只一縷幽香，如有似無，依稀彷彿。

寶玉心如刀絞，遂放聲大哭起來，道：「林妹妹故去了。」賈政等都被驚醒，聽見斥道：「三更半夜的胡說些什麼？都爲你日裏胡思亂想，才會做這些亂夢，有這些邪話，還不好好睡去？」寶玉那裏肯聽，只要備馬回京，說是再不回去，就趕不及最後一面了。

賈政氣的渾身亂顫，喝命李貴等：「把他給我捆起來，把嘴裏塞上，看他還敢胡說不了？」李貴等原不敢動手，只爲賈政喝命的緊，只得胡亂將寶玉捆了，綁在牲口欄邊拴馬樁下，又用隨身汗巾子塞了嘴，叫他跪著給元妃守靈。賈政親自提鞭打了幾鞭，被李貴等苦勸住了，只說「眾人都還睡著，太太現又身上有病，剛吃過藥睡了，驚醒了倒不好。」賈政扔了鞭子，又指著罵了幾句，只道「明日再揭你的皮」，這方去睡了。

茗煙看了不忍，俟賈政去了，便要上前解縛，李貴唬的攔住，罵道：「賊小猴崽子，難道只有你心疼主子，咱們的心都不是肉長的？只是老爺已經發下話來，誰敢放了二爺，不要剝我們的皮呢。」茗煙哭道：「李貴，貴大哥，你若放了二爺，我從此叫你貴大爺。不然，休想我們再聽你差遣。」李貴罵道：「猴兒崽子，我有什麼可差遣你的，我又聽誰差遣？我今兒放了二爺，明天老爺問起，難道是你替我捱鞭子？」茗煙道：「咱們做奴才的，不能爲主子分憂，還算人麼？別說捱鞭子，怎麼還有人替主子去死呢？」

他們這般吵嚷哀告，早又驚動了另一個癡人。你道是誰？便是那寧府裏年老僕人焦大。原來這焦大也隨眾人來孝慈守陵，卻給派了個看守牲口欄的差使，自然不樂意，約著幾個小廝往壚上喝了點酒，便又忍不住借著酒意大發牢騷，說是：「從前你焦大太爺在戰場上何等威風，一夫當關，萬夫莫開，任他千軍萬馬，我焦大單槍匹馬，殺進殺出，不在話下。不但自己活的出命來，還保全國公爺整個兒進去，囫圇兒出來，所以才有這些後福可享。要不是焦大太爺，你們能有今天這大米白飯吃著？都還不知在那個林子裏鬼哭狼叫呢。如今得了意了，都不把你焦大太爺放在眼裏，可知太爺眼中原也看不上這些敗家的子孫，通沒一個好東西。那有從前國公爺的影兒？」

那些小廝原是哄他拿錢出來打酒吃肉，既見他醉了，越說越不上道，生怕惹起是非牽連到自己身上，便都一哄散了。焦大遂罵罵咧咧，提了酒壺自個兒一溜歪斜的往牲口欄來，冷冷月光下，遠遠看見茗煙正苦苦求告李貴，寶玉卻被縛在拴馬樁上，登時大怒，罵道：「反了，兔崽子竟敢把主子捆起，還有王法沒有？」便要上來給寶玉解縛。李貴忙攔道：「不與你老人家相干。這原是我們府裏二老爺叫捆的，誰敢放了二爺，老爺要剝我們的皮呢。」

焦大醉眼看去，見那寶玉形容樣貌竟與當年國公爺一般無二，頓時激出一腔忠勇義憤之情，用力推開李貴罵道：「兔崽子，仗著爺們兒給你幾分臉，連你焦大太爺也不認得了。焦大太爺說放人，誰敢攔著？千軍萬馬也不是你太爺爺的對手。」說著三兩下解開寶玉。李貴被茗煙抱著手，急的只喝罵別的人幫忙攔阻，豈知那些人原懼寶玉，又知焦大粗莽，出手重，都怕他酒醉之人不知好歹，若是被打傷了倒不值，況且並不與自己相干，便都躲的躲了藏的藏了，那實在躲不過的也只上來裝模作樣拉扯，那肯真心使力。

寶玉一旦解綁，更不停留，只道：「貴大哥請了，回來老爺要打要殺，憑我領去，不連累你們就是。」旁邊便是牲口欄，甚是方便，遂與茗煙兩個解了馬轡繩騎上就走。那焦大看見，大喝一聲：「爺，等等我焦大。」便也搶了一匹馬，揚鞭踢蹬，隨後追上。李貴連聲追著喊「二爺且聽我說」，卻只聽馬蹄清脆，炒豆般「噠噠噠」一陣去的遠了，先還見的馬蹄揚的塵土飛起，轉眼便連一絲聲兒也不聞了，只見的一彎冷月，半天箕斗，那裏還有三人的蹤影。李貴朝著去的方向瞪了半日，唉聲歎氣，頓足不已，只得垂著手來回賈政。

寶玉等遂打馬揚鞭，一直奔回榮府裏來，卻見門上貼了老大封條，且有官兵把守，只驚的魂飛魄散，便要撕封條闖進去。那些兵忙攔住道：「奉皇上旨意，兩府已被查抄，你們是什麼人，膽敢在此鬧事？」寶玉只得拱手央告：「軍爺請了，我是這府裏的賈寶玉，卻不知我家人如今何在？」那人道：「有的死了，有的押著，有的關著，知道你問的是誰？」寶玉聽見「有的死了」，便知是黛玉，大哭道：「你許我進去看一眼，就出來的。」說著也不知那裏來的力氣，推開那兵便搶進門去，且向園裏奔來。將及穿堂，眼見園門近在眼前，卻被那兵追上，扯住手臂叫道：「反了，你敢撕皇上封條？」便大喊大嚷起來，各處把守之兵也都聞聲趕來，焦大、茗煙忙攔住，且護著寶玉往裏衝。無奈寡不敵眾，那裏是那些侍衛的對手，早被拉手拖腳，死死按住。

寶玉大哭起來，只道：「放開我，只放我進去看一眼就出來，忘不了你們的好處。」那些人那裏肯聽，反隨手抓些草來只管堵他的嘴。茗煙氣的亂踢亂打，罵道：「我們二爺何等尊貴，豈是你們這些王八羔子可荼毒的，早晚茗大爺脫了困，一個也不饒你們。」

那焦大仗著自己年輕時強弓硬馬，出生入死，便渾忘了如今老邁，久不用武，只當可以護著寶玉衝殺的進去，不料只三兩下交手，便被眾侍衛掀翻在地，踏在背上笑道：「恁老貨也敢來現眼。」

焦大趴在地上，見那些人一邊攔截寶玉，一邊指著他口出穢語嘲言，只氣的目眥欲裂，忍辱不過，奮起餘力一躍而起，大喝一聲：「爺，我焦大來也！」便如蛟龍出海，猛虎下山一般，衝著那兩個拉扯寶玉的侍衛直撞過來，那人見他來勢勇猛，忙撒手讓開，焦大一衝而過，撞在牆上，頓時頭破血流，癱倒在地，口中猶喃喃：「主子，焦大幫你。」遂撒手而去。茗煙見了，大哭起來，跪下道：「焦爺爺，茗煙今兒認得你了。」那些人見鬧出人命來，都不再嘻笑，將寶玉主僕兩個綁起，逕自報與北靜、忠順兩王。

兩王正連夜看著書記官將查抄之物登記造冊，以備明日上朝稟明聖上，單頭飾一項就有：金鑲珠寶頭箍十四件，金廂珠玉寶石頭箍兩件，九鳳朝陽掛珠釵一件，雙龍奪珠勒絲嵌寶挑心一副，鴻燕銜枝金鑲玉髮梳兩對，飾斧鉞五兵玳瑁簪九根，這是幾樣大的，其餘簪、釵、梳、篦、步搖、翠翹、珠花、帽花、金銀寶鈿、金玉搔頭等不計其數；

項飾又有：累絲嵌玉雙龍戲金珠項圈一領，珍珠翠毛瓔珞圈四隻，金鑲玉項圈掛金鎖飾麒麟送子、福壽雙全等共計二十四件，海棠四瓣鑲貓眼石紅寶石銜東珠金鎖兩件，鏤金裹珊瑚嵌珠玉墜角項圈六件，大東珠二十掛，其餘長命鎖、銀鈴、桃心、掛件總有上百之數；

耳飾約有：金水晶仙人耳環四對，金點翠珠寶耳環四對，純金方楞耳環四對，金鑲玉燈籠耳環二十對，金累絲燈籠耳環二十對，嵌翠環金流雲飛蝠耳環十四對，丹鳳銜珠九連環耳墜三對，玉兔搗藥金玉耳環各一對；其間裝飾祥禽瑞獸的有龍、鳳、鶴、鹿、麒麟、十二生肖、獅子、蝙蝠、魚、蝴蝶、蜻蜓、蜜蜂、蟬等，奇花異果的有牡丹、蓮花、梅、菊、竹、靈芝、石榴、桃、佛手、葡萄、葫蘆等，人物神仙的有觀音、童子、八仙、福祿壽三星、和合二仙、刀馬人物以及戲曲故事等，其餘還有文房四寶、吉祥文字、暗花古錢、方勝如意等等，難述其詳；

又有許多傢俱屏障，也有紫檀雕鏤，也有鐵梨玳瑁，皆泥金鑲嵌，文彩炫耀，便比尋常王府也不差什麼；又有紋龍金樽、金盤、執壺、碗匙、象牙箸無數，許多繡龍刺鳳的內造衣料，紋龍金玉鈕扣、別針，紫貂、玄狐、豹皮，蟒衣、玉帶，西洋大玻璃鏡、自鳴鐘、自行船等，皆爲逾制之物；至於金銀賭具，洋呢倭緞、紗綾縐絲、棉單夾襖、名人字畫及古扇名帖，更不可勝計；至於利契當票，家人文書，自然更在查抄之列。兩王並書記官一邊造冊，一邊歎賞不絕。

尚未謄清，忽聞侍衛捉了寶玉主僕，且打死一個老家奴，俱是一愣，水溶便要起身親自出見，忠順王勸阻道：「他現是犯官之屬，私晤恐怕不妥。倒是先送去獄神廟，同那王熙鳳一起關押，明日朝上稟告了皇上再聽從發落吧。」水溶原也要避些嫌疑，遂點頭應允，命侍衛且押去獄神廟與王熙鳳關在一處，分別拘押待審。

鳳姐見了寶玉，自有許多別情可訴，及見他頸上空空，不由訝道：「你的玉呢？」寶玉這才發覺不知何時竟將那塊隨生即來、刻不離身的寶玉丟失，咕噥道：「誰知道落在那裏了，我如今只恨不的一時三刻死了，又理那勞什子做甚？」並不放在心上，只一心記掛黛玉，不提。

且說次日忠順王上朝面聖之際，便備述抄檢詳情，並遞上查檢單子。皇上閱過，沉吟不決。兩王均知聖心仁慈，不願降罪元妃親眷。北靜王水溶趁機進言，力陳賈政爲人忠稟正直，恪守本份，向來言不妄發，身不妄動，雖然勒管家人不嚴，本人卻無過犯；忠順王雖與賈府不睦，既參的他勢敗，料其再無死灰復燃、柙虎出籠之日，便也不放在心上，且正在力主和議之際，既見皇上有意網開一面，樂的送個順水人情，又成全自己之勢，遂盛讚賈府之女賈探春智勇孝義，端方得體，不啻愷悌君子，堪負議和重任，力舉和談。

皇上因連日來朝廷中主戰、主和兩派爭議不下，其樞紐處又在於議和一派並無恰當人選，皇族王公之女固不肯負楫遠行，便尋常侯府千金凡有備選女兒者亦多有怨尤，無不賄賂內監良工以免入選，今上孝悌爲先，更不肯強人所難，致使人家骨肉分離，況且有那羞手羞腳無膽識之輩，既便不敢抗旨，勉強從嫁，倘若不能安撫夷敵，反爲不美，未能議和，反招嫌隙，豈不有違初衷，因此久決不下。如今忠順府既有絕佳人選，且可減賈家之罪，正是一舉兩得之計。龍顏大悅，遂召賈探春進殿面聖。

忠順王親自往賈氏祠堂傳旨，先叮囑賈探春數句，恩威並施，詢其心意。探春暗想：我家已敗，且子孫輩更無有力挽狂瀾者，便留在此，也是牛衣對泣而已。況我每欲出人頭地，建一番不世功業，苦無機會，今日果能學歷代先賢烈女，以一介閨閣弱質，而抵千軍萬馬，息干戈，平戰亂，也是一件功德，更不負此生素志。遂垂淚道：「若犧牲探春一人，而能於家國有益，既解君王邊疆之擾，復脫父母狴犴之困，使其得免囹圄，安享遐齡，雖萬死而莫辭。」反再三拜謝忠順舉薦之功。忠順王大喜，即命探春辭別賈母，帶回府裏著意裝飾。

探春遂整一整衣裙，在宗祠牌位前跪下，再三叩拜了，又請賈母上座，也跪下磕頭。

賈母早一把抱在懷裏，放聲大哭道：「叫我如何捨的你去？」探春流淚道：「老太太那般不捨的林姐姐，他要去，還不是撒手便去了；我這一去，老太太也只當我死了，再不必為孫女牽掛。不然，反教孫女於心不安。離合聚散，原是各人的定數，老太太說過：不信賈家從此敗了。孫女此行，若能為重建賈家略盡綿力，已是萬死莫辭，何況只是嫁人？老太太該為孫女高興才是。便是我爹娘前，能見一面固然好，若竟無緣再見，也只有求老太太與他們說，孩兒這裏再三拜請堂上各自保重、萬不可為我懸念操心，便是成全孩兒的孝心了。」說罷，磕下頭去。

賈母數日裏經歷了這許多生離死別，心如刀絞，只哭的說不出話來。眾人也都無不掩面痛哭。探春又與湘雲、寶釵等一一話別，又再三拜囑寶釵：「我今日去了，不知有再見的日子沒有。你我原本就是好姐妹，如今又與我哥哥訂了親，不如今兒就改了口，讓我先叫一聲好嫂子。我能得寶姐姐做嫂子，便不能親在爹娘面前盡孝，也可放心了。若是爹娘想我時，還求嫂子多多解勸，請他們保重身體，勿以探春為念。」說著便福下去，口稱「嫂子」。

寶釵也顧不的羞恥，忙忙還禮，拉住道：「妹妹這一去，必當雀屏中選，替閨閣揚名。你素來志向高遠，今能如此，方不負你素日為人。至於家裏的事，盡請放心。」待書、翠墨等人，更是死死拉住探春不放，只說願隨姑娘一起去。忠順王權情道：「果然事成，宮中少不得也要陪送許多宮女，若府裏有願意隨行的，倒是可以相伴的。且等上朝回來再議。」遂催促著去了。

次日陛見，那賈探春豐容靚色，儀止端方；肩若削成，腰如紈束；寶髻玲瓏，步搖金鈿之蝴蝶；冰裙百褶，動轉翠環之跳脫；蛾眉淡掃，裁拂窗之新月；粉面輕勻，綻映水之嬌花。額黃侵綠雲之鬢，碧釧透紅袖之紗；香如高閣浮屠，而幽遠益清；明若長廊宮燈，而高華猶勝；雖美玉之瑩潔，不足喻其神；既寶珠之光潤，不能奪其志；俊眼修眉，文采精華，顧影徘徊，竦動左右。皇上見之大驚，贊道：「此非明妃再世乎？」詢其志，又應對自如，言必有據，跪陳自願撫夷遠嫁：「非邀王嬙、文姬之名，實效緹縈、木蘭之志。妾以罪臣之女，蒲柳之姿，而能上解君王社稷之憂，下慰椿萱養育之慈，此乃天恩祖德，集於探一身，何敢不從？」

皇上聽其出語不俗，愈覺嘉許，歎道：「此既曹娥、昭君，亦不能比肩矣。」當即令皇后認爲螟蛉義女，更其姓氏，脫離賈氏宗籍，授寶封號，賜「杏元公主」，暗含元春之名，也是悼念之意。遂命即日遷入宮來，命內廷教養儀禮，擇於三月十九日起行，羽林軍護送。並爲其孝心所感，法外開恩，赦免賈政之罪，並許賈母及賈政夫婦等送親，只不許相認。探春聽了，既驚且悲，無可奈何。他原爲開脫父母縲絏之苦方請命遠嫁，卻因此永別膝下，失天倫之緣，移異域之花，安得不痛。

是年三月十九恰值清明，漫天淫雨霏微，無遠弗屆，江邊自有許多人家不憚細雨，應節應景，放風箏，點荷燈，都教侍衛遣散了，一早插屏攔幕，搭棚彩結飛龍舞鳳之形，設御座，鋪紅氈，單等送親儀輦。探春的嫁妝船隊妝金堆花，停在江邊，只等擇時起航。到了吉時，皇上親臨江畔，升御座，祭祖先，諸王進表稱賀，領皇上宴。

一時宴樂大作，半空裏鸞鳴鳳舞，樂部人員著紫緋綠三色寬衫，齊作百鳥之鳴，最前一列乃是拍板，次用畫面琵琶，金妝畫台座上張著三尺箜篌，有一人高髻大袖，交手輪撚，跪而擘之；又有高架上畫花地金龍大鼓兩面，擊鼓人寬袖外於肘處又套著黃窄袖，垂著條子，揮舞著兩條金裹鼓棒高低互擊，宛若流星；再後面又有羯鼓一隊，杖鼓兩列，都是長腳襆頭，紫繡抹額，紮著寬袍，窄袖，次列簫、笙、篥、笛等，歌一陣，舞一陣，簫一陣，鼓一陣。酒過三巡，菜已數道，賈探春所乘文車始至，鏤金為輪，丹畫其轂，軛前有雜寶為龍鳳，銜百子鈴，鏗鏘和鳴，響於林野。兩列有宮女灑花前引，其後使臣、燭籠、打扇、提燈相隨。

至墀下，鐘鼓齊歇，有司儀上前打起鶱帷，探春步下車來，鳳冠霞帔，嫋嫋婷婷，由宮女扶著，來至御前跪倒，口呼「萬歲」，自稱「孩兒」，行宮廷叩拜大禮。當今與皇后均離座起身，執手叮嚀，殷殷垂囑。一時萬眾跪伏，口稱「萬歲萬歲萬萬歲」，聲動四野，震天撼地。尋常百姓不得近前，都圍在帷幕之外，沿江倚著碼頭踮腳翹首而望，有讚歎皇家排場聲勢浩大的，有羨慕公主風姿逸豔高華的，也有感歎海疆路途僻遠的，不消詳敘。

卻說賈政、王夫人、趙姨娘一干人已於前一日被侍衛接回，與賈母會齊，都夾在百官中相送，陪座末席，卻只可遠遠看著，不能挨近，別說抱頭執手，便連說一句話也不得其便，情知今朝別後，永無相見之日，都五內摧傷，悲啼不已，又不好出聲的，只得強自忍耐，兩淚默流，杯中酒只當苦藥一般，迴難吞咽。

那探春也於行禮之際暗暗尋找，好容易方遠遠看見祖母、父親等在席末悄悄招手，不禁痛在心中，淚盈雙睫，惟以雙目遙遙注視、微微點頭而已。復回身稟於皇上：「昔蔡文姬出使有胡笳十八拍傳世，昭君亦有琵琶，女兒雖不才，得無一簫管乎？」

皇上聞言自是喜歡，即命人取來點金紫竹笛一管，探春遂當庭吹了一曲〈遊子吟〉，如鶴語長空，雁鳴曠野，時抑時揚，若斷若續。賈政等聽了，都暗暗點頭，越發傷感，喉中哽咽難言。

一時，禮炮三響，吉時已到，探春遂鄭重拜別今上，棄岸登舟，揚帆起行，船已去了老遠，猶站在甲板上不忍歸去，煙水渺茫，早已看不見岸邊人影，半空裏卻有幾隻風箏搖曳，依依有不忍別之態。探春看見風箏，不禁想起生日時，湘雲與寶琴送了一隻帶哨風箏，還沒來的及放起，而那一社定了題目詠水，也為寶玉哥哥的缺席終未起的成，如今自己渡江而去，連與哥哥見一面辭別幾句都不可，大觀園詩社，已成絕響，風箏斷線，更無歸家之日。想到此，淚如雨下，將袖掩面，惟一聲長歎而已。

且說京中諸人聞得賈府被抄，所謂牆倒眾人推，那素來不睦的，便告他營私舞弊，仗勢欺人；那原有仇隙的，便告他草菅人命，結交外官。於是牽牽連連，又扯出賈璉強娶尤二姐案，張金哥被逼婚致死案，又有王熙鳳私設銀貸、重利盤剝等等一干事來，大大小小足有一二十件，男女人命也有七八九條，一齊告在御前。更有甚者，賈赦與平安州節度史的通信也被查抄了一併呈上，這私交外官罪名非輕，尤難開脫。

皇上看了邸報，既驚且怒，惟念在元妃慘死之情，探春和番之功，法外開恩，免其親父賈政之罪，其餘人等，那本該問斬的便改了充軍，本該充軍的便改了杖刑，本該杖刑的便改了革職，且許折銀抵罪，不急充發，日前只在孝慈守陵，面壁思過，不許私自回京，亦不許與外界往來，斷七方可還家。

賈政等俱向上磕了頭，含愧謝恩領罪而去。法度雖嚴，無外乎人情，既有了這一個多月供人奔走，少不得又上行下效，權情從寬，雖不能大改，那流三千里的便作一千里，杖一百的改作五十，無職孺婦諸如李紈、賈蘭等更有許多脫身免罪，只降爲庶民了事。又因大觀園本爲元妃省親所建，皇上念在元妃情份上，准予賜還，仍命賈母、賈政等一干人住進去。寧榮二府雖爲前朝敕建，然而賈赦、賈珍罪不可赦，遂予削爵籍沒。這都是後話，不提。

只說黛玉既去，北靜王傷逝之餘，自願一力承擔其身後事以慰芳魂，遂問及瀟湘館諸人。紫鵑垂淚回稟：姑娘早有遺言，願死後靈柩得還故里，與父母相伴。北王遂派了一隊親兵護送棺槨往姑蘇安葬。妙玉聽了，便也請求扶靈同去，因道：「我本是姑蘇人氏，原在蟠香寺修行，既然林姑娘回南，我願一同回去。也使他沿途有伴，不致孤單。」北靜王聽了更喜，准予同歸。便遣了兩隻船，一隻是雪雁、妙玉等護著靈柩同行；另一隻便是北靜王委派護送的差兵。紫鵑因是賈府家生子兒，不得同去，臨行前扶著棺材哭的死去活來；黛玉乳母王嬤嬤年紀老邁，膝下並無一兒半女，便不願回去南邊，北王打發了他一些錢，讓他自求生計去了。

那船行了將有半月，來至瓜州一帶，風勢漸緊，波濤恐人，船夫望一眼天上，只見凍雲四合，銀蛇猙獰，驚道：「只怕要下雨。」話音未落，一聲焦雷，天便黑下來，大雨傾盆，黑浪翻滾，船公亂喊著要收帆靠岸，那裏騰的出手來，都抱住桅杆船舷滾爬號叫，且伸手不見五指，張嘴便灌進水來，竟不知此身是在船上，是在水裏。

雪雁鬧亂裏猶抱住黛玉的棺槨不放，心裏想著：姑娘死的那般孤單，咽氣時身邊竟連一個親人都沒有；當年他來京城是我陪著，如今回南又是我陪著，我若再捨了他，姑娘孤苦伶仃的該有多麼可憐，今天這船若沉了，我便隨姑娘一道去了也罷。這般想著，心中倒覺平靜安詳，忽聽雲中似有仙樂縹緲，如鳳吹鸞吟，清妙不可言，俄見許多華服麗人嘻笑行來，都道：「絳珠仙子總算到了，雪雁妹子也一起來了，如此更妙。」

雪雁看時，那些人中也有晴雯，也有司棋，為首的一個更似從前東府裏小蓉大奶奶的模樣兒，恍恍惚惚，並不記的這些人已死，便連黛玉之死也已忘記，只笑問道：「你們怎麼都在這裏？難道知道我們姑娘回南，特來相送麼？」那些人都拉著他手道：「只管問什麼，且隨我們到警幻仙子案前銷號，自然知道的。」雪雁身不由己，便隨那些人前去，卻隱隱記的還有一人不曾隨來，因回頭不住張望，卻見黑浪翻滾中似有一女子隨波逐流，面目依稀，只一時想不起來，還欲看時，忽然眼前現一座大石牌坊，上書「太虛幻境」四字，遂被眾仙子擁過石坊去了。

那妙玉披頭散髮，也死抱著一根船槳不放，黑暗裏只見江水滔滔，荊榛遍地，虎狼同行。忽然一葉輕舟自天邊飛流而下，船上有兩個人向他叫道：「妙姑還不上船？」妙玉趔趄道：「這是何地，汝係何人？」二人道：「此乃迷津，深有萬丈，遙亙千里，我乃木居士，他是灰侍者，特來度你往離恨天歸案。」

妙玉聽了不信，詰問道：「這裏既是萬丈迷津，什麼木居士、灰侍者，如何撐的了船？況我本佛門中人，何罪之有，又有何案可歸？汝輩不可欺我。」那灰侍者搖頭道：「枉修了這許多年，還是看不破，如此執迷不悟，終究難度沉淪之厄。」說罷，引楫回槳。妙玉又覺不捨，方欲喚時，忽聞迷津內水響如雷，一夜叉自黑水中竄出，直撲而來，不禁大呼一聲：「我命休矣。」睜開眼來，卻在船板之上，許多兵圍著他指手劃腳，方知已經得救，卻並不知因這一念貪生，便失卻超度之機，從此墮落迷津，歷劫無數，這也是運數使然，暫且不提。

卻說方才風浪雖猛，那些官兵仗著體格強壯，一半人降帆扳槳，一半人㕡水定舵，幸喜把得船不曾翻沉。好一時風浪才停下來，點算人數，計較得失，卻有一個指著道：「那隻船呢？」眾人這才知道送靈之船已沉，都頓足道：「這回去如何向北王交待？」忽見遠處有一物漂來，極力看去，似是人影。忙引船靠近，打撈上來，竟是那姑子，忙一頓掐指控背，亂了半晌，妙玉方星眸半啓，雙唇微張，問道：「我還活著麼？」那些兵都笑道：「你若不活著，我們這些人豈不成了牛鬼蛇神？」又引船來回馳騁，只望還能再找到雪雁等一併救起，卻見煙波浩渺，寒光漠漠，那裏找的見。

這些兵只怕北靜王知道了責罰，不敢這般回去，便商議著湊些銀子，又請了會水的艄公下水去撈，想著若是尋得到黛玉棺槨屍首，便仍送往蘇州去安葬，以完此差。一連撈了幾日，才終於找到了，已被水沖出百丈之遠，及打撈上來，只覺得重量有異，便都覺詫異：如何浸了水，倒不重反輕？遂顧不的忌諱，請道士來燒香念符，安慰了亡魂，這才大膽撬起長命釘，打開棺來，只聞一股異香撲面襲來，中人欲醉，都道：「好香，好香。」探頭看時，卻見棺中空空如也，而一塵不染，滴水不沾。不禁都瞠目結舌，不能解釋。只得引船回來，如此這般告訴北靜王。水溶聽了，引以為奇，歎道：「這真仙人也，是小王無緣。」終日鬱鬱不樂，情思繾綣。

偏偏那隻鸚鵡自到北府以來，便不飲不食，亦不肯開口說話，百般逗引，只不理睬，卻每每長吁短歎，腔調便與絕世美人一般。雖金籠翠架，錦袱玉粒，而絕無歡勢，沒幾日，便一命嗚呼了。水溶更覺沮喪，悔不該將他弄來，歎道：「姑娘竟連一隻鸚哥也不肯留與我為念。」親自執鍬在後花園畸角上掘了一穴，用只錦匣將這鸚鵡鄭重埋了，又立一塊碑，親書「鸚鵡塚」三字，聊寄哀思。這些，都已是後話了。正是：

絳珠本是百花仙，
生不同人死不凡。
若問神瑛身後事，
明宵夢筆續奇緣。

最貼近曹雪芹原著韻味

才女西嶺雪西續紅樓夢系列
挑戰高鶚，重續紅樓大結局！

著名紅學家鄧遂夫聲稱：
「這是我迄今所見的古今《紅樓夢》續書中寫得最好的一部，
它真正讓我體會到了什麼叫續書的亂真。」

完全以曹雪芹前半部原著和脂批所提供的後文線索為依據

定價：320元

作品

西續紅樓夢之

賈寶玉後傳

故事從《紅樓夢》第八十回開始……

話說因王夫人生日，一早定了兩日的戲酒，
偏偏寶玉這日發作得更比昨日厲害，大哭大鬧，
弄得頭破血流的，襲人拉著替他揉頭，又上了藥，方才安靜了。
賈母、王夫人等心裏雖焦的了不得，奈何前邊已漸漸的有客來，
少不得要打起精神去招呼，又見寶玉已安頓下來，
便叮囑襲人好生伏侍，各都散去。

襲人因端藥來與寶玉吃，寶玉歎道：
「別人不懂，難道你也不懂？我這病，那裏是藥治得好的。」
襲人聽了這話，又似明白，又似糊塗，只得含糊勸道：
「生病哪有不吃藥的？你吃了藥，踏踏實實睡一覺，
趕緊好了，老爺、太太也放心，老太太也歡喜。」
寶玉冷笑道：「只管他們歡喜，便不問我心裏是怎麼樣嗎？我與林妹妹本是一個人，
如今倒被他們弄成兩個人了，就吃上一車子的藥，怕也不得活呢。」

西嶺雪◎著

西嶺雪
作品
西讀紅樓夢之
金陵十二釵
上
下
西嶺雪◎著
你知道黛玉進賈府時究竟幾歲？寶黛釵何時第一次鬥法？
誰說黛玉小性子？貴妃元春爲什麼不喜歡林黛玉？
賈母會不會近釵遠黛？八面玲瓏的王熙鳳竟功高蓋主？
爲什麼脂硯齋不可能是女人？細說賈寶玉的春夢

西續紅樓夢之 林黛玉後傳

作者：西嶺雪
出版者：風雲時代出版股份有限公司
出版所：風雲時代出版股份有限公司
地址：105台北市民生東路五段178號7樓之3
風雲書網：http://www.eastbooks.com.tw
官方部落格：http://eastbooks.pixnet.net/blog
信箱：h7560949@ms15.hinet.net
郵撥帳號：12043291
服務專線：(02)27560949
傳真專線：(02)27653799
執行主編：劉宇青
封面圖提供：西嶺雪
美術編輯：許惠芳

版權授權：劉愷怡
法律顧問：永然法律事務所　李永然律師
　　　　　北辰著作權事務所　蕭雄淋律師

初版日期：2013年10月
ISBN：978-986-146-868-6

總 經 銷：成信文化事業股份有限公司
地　　址：新北市新店區中正路四維巷二弄2號4樓
電　　話：(02)2219-2080

行政院新聞局局版台業字第3595號 營利事業統一編號22759935

定價：320元

國家圖書館出版品預行編目資料

西續紅樓夢之林黛玉後傳 ／ 西嶺雪著；-- 初版 --
臺北市：風雲時代，2013.10　面；公分

ISBN 978-986-146-868-6（平裝）

857.7　　　　101006977